AF279183

Riobamba
Band 2

Familiensaga, Roman in 3 Bänden von
Kurt Koch

Bibliografische Information der Deutschen Nationalbibliothek: Die Deutsche Nationalbibliothek verzeichnet diese Publikation in der Deutschen Nationalbibliografie; detaillierte bibliografische Daten sind im Internet über dnb.dnb.de abrufbar.

Die automatisierte Analyse des Werkes, um daraus Informationen insbesondere über Muster, Trends und Korrelationen gemäß §44b UrhG („Text und Data Mining") zu gewinnen, ist untersagt.

Veröffentlicht durch: Klar Web Services (www.klar.ws)

© 2025 Kurt Koch
www.kurt-koch.com

Verlag: BoD · Books on Demand GmbH, Überseering 33, 22297 Hamburg, bod@bod.de
Druck: Libri Plureos GmbH, Friedensallee 273, 22763 Hamburg

ISBN: 978-3-8192-0054-0

Der Inhalt - ein Geständnis

Ich gestehe und versichere jeder verehrten Leserin und jedem geehrten Leser, dass mich mein Textaufbau als auch meine Ausdrucksweise als echten Pfälzer ausweisen.

Der Autor Kurt Koch

Band 2

Der Inhalt

**Register,
Namen und Zuordnungen**

Der dicke Diakon, Notar im bischöflichen Amt in Riobamba, ohne Namen
General **Henrique Alvaro Rodrigo de Avila** für den Goldtransport verantwortlich
Antonio Claudio Echeverria Sanchez Hafenkommandant in Guayaquil
Sanchez - der entlaufene Seemann
Kommandante - **Juan Pablo Hernandez Palacios**

Hilda - Daniels Indiafrau in Ecuador
Carlos Daniels Sohn - Erstgeborener
Humberto - 2. Sohn Daniels und Hilda
Anita - 1. Tochter Daniels und Hildas
Angela - 2. Tochter Daniels und Hildas
Christobal. - 3. Sohn Daniels und Hildas
Angelina - ihr Leben auf der Hacienda
Rosa - die Bedienstete Angelinas auf der Hacienda
Felipe - Sohn des Kommandanten und Angelinas

Riobamba, Band 1.
Ein kurzer Rückblick

Im Königreich Spanien herrschte in den Dekaden zwischen 1700 und 1750 weiterhin der Geldadel. Die *„eroberten(?)"* neuen Länder, hauptsächlich im südlichen Teil des amerikanischen Kontinents, spülten große Reichtümer in das „Mutterland" Spanien. Diese materiellen Werte wurden aber kaum zur Verbesserung der oft unbarmherzigen Lebensumstände der Menschen in der landwirtschaftlichen Produktion genutzt. Und Spanien war, wie fast alle Länder der Epoche, ein Agrarland.

Die vorherrschende spanische Großmannssucht, verbunden mit den Weltmachtansprüchen der Staatsführung, schluckte einesteils, gestützt vom Militär, ungeheure Werte. Andererseits wurden die Weltmachtansprüche sehr aktiv von der katholischen Kirche unterstützt bis angefeuert.

Dazu wütete, wie in keinem anderen Land, die *(un)heilige Inquisition*. Viele materiellen Reichtümer flossen zudem in den Vatikan, der immer noch mehr finanzielle Mittel zum Führen der Religionskriege forderte.

Prunk und Protz häuften sich in den größeren Städten.

Die ländliche Bevölkerung lebte vielfach in Abhängigkeit, in einer Art Leibeigenschaft von ihrem Patron, in der Regel einem Großgrundbesitzer.

Dieses System wurde, auch und besonders aktiv, von den Machern der katholischen Religion gestützt, mitverwaltet und gefördert. Besonders in der großen Region der Extremadura gab es die erschreckendsten Auswüchse einer Knechtschaft oder auch Leibeigenschaft, bis zur totalen Unterdrückung und Ausbeutung. Keine Seltenheit war es, dass Familienverbände in Höhlen hausen mussten. Zeugen davon werden heute zum Teil Touristen vorgeführt.

Kurz: Die „Macher" der katholischen Religion lebten durchweg sehr gut bis zu: „in Saus und Braus". Sie machten schlicht gemeinsame Sache mit den Großgrundbesitzern, von deren Spenden (Abgaben) sie lebten und die bei ihren Gläubigen eine strenge Hand führten. *„Im Namen Gottes und des Königs."*

Nach einem Unfall rettete die in äußerst prekären Umständen hausende Familie Machado dem Großgrundbesitzer, ihrem „Patron", das Leben. Diese Familie fristete bis dato in der kargen Region ihr Leben, hatte sich aus „Tradition" für ihren Patron aufzuopfern. Sie *durften* alle eine Höhle bewohnen.

Der genesene Patron bot aus Dankbarkeit der ganzen Familie Wohnstatt in Form eines Häuschens, nahe dem Herrenhaus der Estancia. Das galt für jeden der nahe am Haupthaus Lebenden als ein großes Privileg. Diese Bewohner hatten durchweg ihren Lebensunterhalt durch ihre Dienste im oder beim Haupthaus. Auch das war Tradition. Doch im Falle der eingesiedelten Familie Machado gab es eine Welle der Missgunst, des Neides und viel Hass. Trotz des Schutzes des Patrons machten andere Habenichtse den Kindern und ihren Eltern das Leben zur Hölle. Aufgehetzt von den Klerikern ging es immer wieder um einen Teufel, der in Mutter Machado stecken musste. Und sie musste eine Hexe sein, so krumm und gebeugt sie sich bewegte.

Ihre Kinder verschwanden nach und nach oder wurden misshandelt tot aufgefunden.

Mittlerweile hatte der Patron, statt *„wie es sich gehörte"* Kirchen und ein Kloster aus Dankbarkeit für seine Rettung zu bauen, seinen Untertanen ein besseres Leben versprochen. Sie sollten nicht mehr in absoluter Knechtschaft vegetieren. Alle Kinder der Hintersassen, bisher Analphabeten, sollten lesen und schreiben lernen. Alle Menschen auf dem riesig großen Besitz, sollten freier leben und arbeiten können. Sie sollten besser wohnen und ihre Gesundheit betreut werden.

Doch dagegen rebellierten und agierten die Pfarrer und Bischöfe. Sie befürchteten Einbußen ihres von den Patrones durch Spenden garantierten Lebensstandards.

Sie ließen den Patron vor die „heilige Inquisition" zerren, wo sein Leben nur noch an einem sprichwörtlichen seidenen Faden hing. Die hohen Herren in den Talaren und bunten Roben drohten mit Folter und Tod, sollte er seine Lebensweise gegenüber seinen Untertanen nicht wieder in die totale Ab- und Rückständigkeit zurückführen. Es sollte mit ihnen wieder zurück in die totale Ausbeutung gehen. Sie erpressten ihn in aller Offenheit. Sie würden ihm aber sein Leben schenken, wenn er seine Pläne zugunsten seiner Untertanen/Leibeigenen, aufgäbe. Obendrauf sollte er eine Kirche bauen und ein Kloster mit großzügigem Grundbesitz stiften.

Der älteste Sohn der leibeigenen Familie Machado hatte unterdessen eine Küchenmagd geehelicht. Auch sie, als neues Mitglied der gehassten und verfolgten Familie, war jetzt Zielscheibe von Gemeinheiten bis zu Übergriffen.

Inzwischen hatten des Patrons Großgrundbesitzerfreunde ihm den Rücken gekehrt, dies und auch ganz besonders, weil der den Sklavenhandel nicht mitfinanzieren wollte. Auch seine Frau mit den beiden Kindern kam von einem Besuch bei ihren Eltern nicht mehr zurück.

Der Druck auf den Patron wuchs von allen Seiten des Königreiches. Der Patron wähnte sich, wegen seiner beispielhaften sozialen Vorhaben für seine Untergebenen unter dem Schutz seines Gottes. Die Herrschenden und besonders die katholische Kirche waren da vollkommen anderer Meinung. Sie verstärkten ihren Druck gegen die „unnützen und auch für die Privilegierten gefährlichen sozialen *Machenschaften*" des Großgrundbesitzers. Die gesamte Clique der Reichen in Spanien befürchtete Einkommenseinbußen. Die leitenden Angestellten und das Führungspersonal auf der Estancia stellten sich großteils ebenfalls auf die Seite der Kirche.

Der Schreiber und Vertraute des Patrons kehrte nicht mehr von einer Inspektionsreise zurück. Man fand ihn ermordet.

Zudem musste der Patron feststellen, dass sein oberster Verwalter insgeheim gegen ihn intrigierte. Und dass er im Verbund mit den Männern der katholischen Kirche paktierte und gegen ihn arbeitete.

Der Patron musste auf „Anordnung der Inquisition" die Aussichtslosigkeit seiner guten Taten für die Familie, die ihm das Leben gerettet hatte, einsehen. Er ermunterte den ältesten Machado und seine Frau, zusammen mit dem letztendlich verbliebenen zweitältesten Sohn der Familie in die neuen Länder nach Südamerika auszuwandern, um dort ein neues Leben zu beginnen.

Noch vor Beginn ihrer Überfahrt verschwand der jüngere Bruder. Er wurde auf einem Segelschiff zwangsverpflichtet.

Die junge Ehefrau verlor auf der Überfahrt, in einem Sturm, ihre Leibesfrucht.

Es herrschte unter den spanischen Besatzern in den unterworfenen Gebieten Südamerikas ein Mangel an Frauen. Ein Kommandant der Kolonialverwaltung schmiedete einen äusserst niederträchtigen Plan, um dem Neuankömmling Machado seine Frau wegzunehmen.

Im Hafen Guayaquil, dem Ort der Ausschiffung, organisierte der verbrecherische Kommandant mit dem vorbestraften Hafenkommandanten einen gemeinen Aktionsplan. Der älteste Machado sollte verschwinden und wurde zwangsverpflichtet, um bei einer erfundenen Aktion gegen angeblich entlaufene Sklaven mitzumachen. Von dieser, als militärisch getarnten Operation sollte er nicht mehr zurückkehren. Der gemeine Plan des Kommandanten war, nach dem Soldatentod Machados dessen Frau zu „überzeugen" mit ihm zu ziehen. Mit ihm ein „glückliches" Leben zu führen.

Machado wurde gerettet und begann seine Frau in diesem weiten Land zu suchen. Und an dieser Stelle beginnt das vorliegende Buch „Riobamba Band 2".

Riobamba Band 2
Teil 3

Andentäler und die Reise ins Hochland

Die geschrumpfte Reisegruppe hatte aus Guayaquil kommend und nach Auskunft ihres Führers, die höchstgelegene Stelle ihrer Reise erreicht. Sie bestand aus drei Männern, vier junge Rinder, ein Pferd und die Arbeitstiere Esel sowie das Maultier des Reiseführers. Der Hund blieb verschwunden, seit sie der ersten größeren entgegenkommenden Reisegruppe begegnet waren.

Sie erreichten eine breit ausgefahrene, staubige Piste. Es war ein verbliebenes Teilstück des uralten Wegenetzes der Inkas. Allerdings stammten die Räderspuren nicht aus dieser Zeit. Dieser Weg schlängelte sich, seit der Besetzung des Landes zum Teil neu angelegt, zwischen den beiden markanten Bergketten der Cordillera de los Andes. Er führte als Nord-Süd-Hauptverbindung von weit im Norden Ecuadors durch die unterschiedlichen Hochtäler bis zu den Zentren der ehemaligen Macht in Peru.

Jetzt befand sich dort in einer Wüstengegend und auf Meereshöhe die Hauptstadt des neuen Vizekönigreichs LIMA. So hatte es der „Eroberer" Pizarro vor gut 2 Jahrhunderten bestimmt.

Das mit dem Schlängeln, dem Weg mit den zeitweisen vielen Kurven, war demnach keine Originalanlage der Inkas. Diese hatten ja für ihren Verkehr keine Wagen verwendet. Das Rad an sich war ihnen unbekannt.

Für ihre Lasten-Transporte hatten die Inkas in der Regel Lamas als Tragtiere eingesetzt. Steigungen waren daher nicht als ein Hindernis anzusehen. Die Wegeverbindungen zwischen zwei Verwaltungszentren wurden weitgehend in gerader Linie geführt. Teilweise bauten sie die besonders steilen Strecken mit Treppenstufen aus. Für Lamas, als ihre Transportmittel und das Fußpersonal waren sie allemal ausreichend.

Die spanischen Kolonisatoren hatten bereits an vielen Stellen des bestehenden Wegenetzes bedeutende Änderungen vorgenommen. So mussten die neuen Herren vielfach nachbessern, damit sie auch mit ihren Wagen und Zugtieren gefahrlos reisen und Waren transportieren konnten. Die wesentlich schmaleren Wege und steilen Anstiege hatten den Inkas für ihre damaligen Bedürfnisse ausgereicht.

Daniel konnte die beiden markanten, im Osten und Westen in Nord-Süd-Richtung parallel verlaufenden Bergketten klar unterscheiden.

Die Erhebungen zeigten in den Gipfelregionen oft eine weiße Bedeckung. Daniel kannte diesen Anblick von einigen Bergen in seiner Heimat, wenn sie im Winter ebenfalls weisse Mützen trugen. Schnee sei das, hatte man ihm erklärt. Und jetzt, wo er ihn am wenigsten vermutet hätte, sah er ihn wieder. Aber auch wie damals in seiner Heimat, nur aus der Ferne.

Zwischen diesen gewaltigen Gebirgsketten gab es in der Landschaftsbeschaffenheit so etwas wie Abwechslungsreichtum. Alle Hänge zeigten bis hoch an den Bergen hinauf Bewuchs. Üppigen Bewuchs, wie Daniel mit zunehmender Begeisterung feststellte. Alles schien fruchtbar. Ideal für einen geborenen Landarbeiter oder auch Bauer.

Seltsam nur, dass die weiter weg liegenden Berge blau erschienen. Blaues Gras? Blaue Blätter an den Bäumen? Das wäre etwas völlig Neues für Daniel gewesen. Aber, so erinnerte er sich, hatte er nicht schon bei der Annäherung an die Berge nördlich von Guayaquil einen blauen Bewuchs gesehen? Geglaubt zu sehen? Und beim Näherkommen war dann doch alles grün. So musste es auch hier sein, entschied er für sich. Er hatte aber für diese Erscheinung keine Erklärung.

Ungleich große Parzellen landwirtschaftlich genutzter Erde waren in unregelmäßiger Folge an den Flanken von Bergketten zu unterscheiden. Und immer wieder verwunderte Daniel dieses seltsame tiefe Blau, in dem die weiter entfernt einzusehenden Berge sich mehr und mehr verloren. Wie eingeflickt waren an den unteren Rändern diese offensichtlich landwirtschaftlich bearbeiteten Flächen zu erkennen.

Diese Anblicke wirkten beruhigend. Daniel spürte, dass er seinem Traum näherkam. Nur eine Frage trieb ihn noch um, wie denn wohl die Klimaunterschiede zwischen Winter und Sommer sein würden. Gab es Trockenperioden? Er würde sich zur rechten Zeit schlau machen müssen.

Dann Daniels Frage an das Schicksal: Würde das, im Bereich seines Überblicks, seine neue Heimat werden?

Sein Blick richtete sich wieder in Richtung des Sonnenaufgangs. Der Begriff Osten war Daniel noch nicht so geläufig. Dort ragten einige Berggipfel empor, weitläufig verteilt und mit Schnee bedeckt. Eben mit der weißen Mütze, wie sie es in der Extremadura bezeichneten. Weiter im Norden, aus seiner Sicht geradeaus, schaute ein ziemlich spitzkegeliger, majestätischer Gipfel mit ebenfalls weißer aber auch besonders großer Mütze aus den umliegenden, nicht bemützten Gipfeln heraus.

Der Führer hatte den intensiven Blick Daniels bemerkt und konnte sich auszeichnen. Er bemerkte aufklärend, dass dies der Tunguragua sei. Der spucke hin und wieder Rauch, Feuer und Asche. „Dem solltest du nicht allzu nahekommen," fügte er noch hinzu.

Und Daniel dachte für sich: <Was soll ich bei dem da oben?>

Ebenso geradeaus, etwas auf seiner linken Seite, war ein riesiger gleißend weißer Brocken von einem Bergmassiv zu erkennen. Es musste gewaltige Ausmaße und eine sehr grosse Höhe haben. Er hatte sie auch tatsächlich. „Das ist der Chimborazo," klärte ihn wieder sein Reiseführer auf. „Die Indios holen dort oben Eis und bieten es auf dem Markt an."

Und wieder war es Daniel, der sich über diesen Brauch wunderte. Wer sollte Eis kaufen? Auf einem Markt Eis kaufen? Bei ihm zu Hause, er ertappte sich mit einer gewissen Verwunderung bei dem Gedanken, dass er ja noch niemals ein eigenes zuhause hatte. Dort wo er gelebt hatte, fürchtete man sich vor dem Eis. Wenn sie es hatten, dann war es immer bitter kalt gewesen. Sie gingen dann nicht einmal vor die Höhle. Und wieso sollte man Eis kaufen? Oder sammeln und es verkaufen? Wenn es in der Extremadura Eiszeit war, dann hatte jeder genug davon, mehr als genug. Dann hatte man Probleme und musste zuwarten, bis das Eis wieder zu Wasser geworden war. Und wenn keine Eiszeit war, dann sehnte sich gewiss keiner nach Eis. Und Eis kaufen? Wer käme auf eine solche Idee?

Daniel schüttelte kaum merklich seinen Kopf.

Wasserläufe waren aus der Entfernung meist nicht einzusehen. Sie verliefen, wie er es bereits erlebt hatte, relativ tief in der Erdkruste, in das Land regelrecht eingeschnitten. Die Erde war überall lose, locker. Es gab kaum Felsen, kein felsiger Boden, wie er solche bei ihrer Wanderung im Süden Spaniens ebenfalls kennengelernt hatte.

Rechts, hoch oben, dort wo offenbar keine landwirtschaftlich genutzten Flächen mehr waren, schien ein nicht enden wollender, dicht bewaldeter Saum bis in sehr hohe Regionen

zu reichen. Ob dem wirklich so war, würde er sicher eines
Tages erkunden können.

Der stille Begleiter, von dem man eigentlich kaum je merkte,
dass er zu ihrer Gruppe gehörte, war wieder da. Er hatte, in
weiser Voraussicht, die Nähe zur letzten Reisegruppe gemie-
den. Die war ja nach Guayaquil unterwegs und dort wartete ja
der Hafenkommandant. Er glaubte sich nämlich an den fünf
Fingern ablesen zu können, dass sie dieser nach ihm ausfragen würde. Er wollte ja einfach untertauchen. Besonders für
die Behörden unsichtbar werden. Er schien kein Held, wenngleich er mit seinen, durch schwere Schiffsarbeit gestählten
Muskeln sicherlich eine gute Arbeitskraft abgeben würde.
Daniel hatte ihm, der nach seiner Flucht sehr spärlich bekleidet war, und als sie die kühle Luft der Hochlagen der Anden
erreicht hatten, von seinen Sachen etwas geborgt, *geborgt*, wie
er ausdrücklich betonte. Ja er wollte ja hart werden. Hart im
Nehmen und Geben. Doch Daniel wollte auch erkannt haben,
dass er von diesem Menschen nicht betrogen werden würde.
Würde es auch so sein?
Vorläufig würde er aber sein Misstrauen noch nicht ganz
beiseitelegen.

An diesem kristallklaren Morgen war an dem etwas seltsam blauen Himmel kein Wölkchen zu sehen. Er war in der
Frühe noch nicht tiefblau, zeigte etwas Hartes, durchaus Ab-
weisendes. Nein, das stimmte nicht ganz. Sie hatten, immer
in ihrer Reiserichtung gesehen, bald freien Blick auch nach
Südosten, rechts unten, wie sie vereinfacht zu sagen pflegten.
Dort schwebte über einem Bergkamm eine grauweiße Wolke.
Der Führer wusste es wieder und meinte, dass dies Rauch
aus einem Vulkan sei. Es könne der Sangay oder vielleicht
sogar der Altar sein. So genau kenne er die dortige Gegend
auch nicht. Beide seien fast immer am Qualmen. Und das sei

gut so. Denn es gäbe da eine sehr unangenehme Erfahrung mit diesen Burschen. Wenn sie aufhörten aktiv zu dampfen, dann sei Gefahr im Verzug. Dann stünde ein Ausbruch bevor, mit Erdbeben, Feuer und Ascheregen .... und so.

Daniel antworte nichts und fragte auch nicht weiter. *<Erdbeben und so>*? Da wusste er nichts mit anzufangen.

Der Führer fuhr aber unbeirrt fort: Je länger die Vulkane scheinbar ruhig seien, desto heftiger seien die zu erwartenden und mit Sicherheit kommenden Ausbrüche. Es sei nicht gerade selten, dass dann dunkelgrauer bis schwarzer Regen fiele.

Jetzt glaubte Daniel, dass der doch sicher gewaltig übertreibe. Oder selbst nicht wisse, was er da an vorgeblicher Weisheit von sich gab.

Waren sie in der Reisegruppe bisher ziemlich mundfaul gewesen, eine Unterhaltung hatte sich selten eingestellt oder anregen lassen. Jetzt schien der Führer geradezu inspiriert zum Reden. Und er fuhr fort:

„Das ergibt dann ein fürchterlich schweinischer Dreck, klebrig, schmierig, der scheint direkt aus der Hölle zu kommen."

Ausbrüche außerhalb der Regenzeit, so habe er sich sagen lassen, hätten zur Folge, dass sich die Gegend teilweise verdunkle. Dabei setze sich ein pulverartiger, grauer Dreck überall hin. Auf Dächer, Straßen, Tiere - überall. Das Atmen soll schwer sein. Man sollte sich dann ein nasses Tuch vor das Gesicht binden. Wenn man ohne Kopfbedeckung erwischt wurde, sollte man sich danach bald die Haare waschen, sonst kleben die wie mit Maurermörtel behandelt zusammen. Sagt man. Ihm sei es gottseidank noch nicht passiert.

„Man sagt auch, dass deswegen die Indios immer Hüte auf ihren Köpfen spazieren trügen. Ihr werdet es sehen, alle haben wirklich Hüte auf. Schon den Allerkleinsten stülpen sie diese grässlichen Dinger über. Jeder Eingeborenenstamm hat seine eigene Hutmode, ja, daran kann man sogar erkennen, woher sie kommen und wohin sie gehören. Das weiß ich von meinen früheren Reisen weiter nach Norden und in den Süden. Also nach oben und unten." Der Führer hatte nun scheinbar die Geduld und auch Begeisterung den Reisenden immer wieder die Begriffe für die Himmelsrichtungen nahezubringen. Zumindest für Daniel. Von Sanchez nahm er an, dass der darüber offenbar Bescheid wusste. Sanchez gab dazu aber niemals einen Kommentar ab.

Und der Führer fuhr dort fort, wo er aufgehört hatte.

„Ein Indio ohne Hut das wäre so etwas wie ..." der Führer suchte nach Worten, „na was soll ich sagen, das wäre wie eine Sau ohne Ringelschwanz."

Er grinste verstohlen. Keiner der beiden Männer tat es ihm gleich. Möglich war, dass er selbst nicht ganz zufrieden war mit seinem gefundenen Vergleich. Aber sicher hatte er mehr Heiterkeit erwartet. So versuchte er so schnell wie möglich das Thema zu wechseln. Überhaupt war seine plötzliche Gesprächigkeit erstaunlich. Vielleicht beflügelte ihn das nahe Ende dieser Reise und die Aussicht bald die Restlöhnung für seine Dienste zu erhalten.

„Ich habe viele Indiostämme gesehen. Sicherlich leben alleine von hier bis zur Hauptstadt Quito vier verschiedene Stämme. Und alle haben sie unterschiedliche Hutformen. Dazu kommt auch die unterschiedliche Art sich zu kleiden. Insbesondere ist daran ihr Poncho auffällig. Alle tragen sie ihn, diesen farbigen Umhang ohne Löcher für die Arme. Jeder Stamm hat seine eigenen Farben, wobei die Formen und Größen fast alle gleich sind."

Es entstand eine kleine Pause bis dann der Führer wieder fortfuhr.

„Apropos Farben, also da können wir diesen Wilden nichts vormachen. Die haben ihre Geheimnisse und die können wirklich für ihre Bekleidung alle Farben herstellen. Alles leuchtende Farben und die sollen auch noch mehrmaliges Waschen aushalten. Ich kann das auch bestätigen. Ich habe selbst einen Umhang gehabt. Aus dem waren die Farben nicht rauszukriegen. Allerdings hatten ihn die Motten oder anderes Ungeziefer in Guayaquil bald aufgefressen. Na ja, dort brauchte ich ihn ja sowieso nicht."

Es trat eine kurze Stille ein, weil er an seinem Maultier eine etwas lose Bindung eines Riemens entdeckt hatte und zog den Verschluss mit Geschick straffer. Fuhr aber danach wieder fort sein Wissen an den Mann, in diesem Falle an die beiden Männer weiterzugeben.

„Hier aber an einem so kühlen Morgen wie heute, da kann man sowas gut gebrauchen. Muss mal sehen, dass ich wieder zu einem komme. Ich will aber nicht unbedingt einen von den Burschen totschlagen, um ranzukommen. Und auf dem Markt bieten sie kaum noch einen an. Schade", kommentierte er beinahe für sich selbst. Verstohlen blickte er nach den Männern, um ihre Reaktion auf seine etwas radikale Bemerkung zu erkunden.

Da tat sich aber nichts. Hatten sie ihn vielleicht gar nicht recht verstanden? Und so es ging weiter:

„Die Männer, richtige Männer sind das ja nicht," fühlte er sich wie verpflichtet anzumerken, „das sind ja nur Stöpse, ′n guten Kopf kleiner als unsereins anständig gewachsenes Ebenbild Gottes." Das hatte ihm anscheinend Spaß gemacht, er lachte kurz laut für die Umwelt und dann kamen noch eine Reihe Gluckser, die aber dann sicher mehr für ihn selbst bestimmt waren.

Sein ungewöhnliches Mitteilungsbedürfnis, mehr ein Redeschwall, hielt an.

„Und die Weibsbilder sind noch gestutzter. Aber aufgedonnert. Die lieben es sich bunt zu kleiden. Und nicht nur das, viele von ihnen hängen sich pfundweise buntes Zeug um den Hals, ob das dann lästig ist oder nicht. Manche, da gibt es so einen Stamm noch weiter im Norden von Quito, die kriegen regelrecht einen steifen Hals von all dem Umgehängten.

Sie können mir das glauben, das habe ich selbst gesehen."

Er fühlte sich scheinbar genötigt diese Aufforderung an die Glaubwürdigkeit seiner Ausführungen loszuwerden.

„Sie werden es schon erleben und sehen, dass ich nicht schwindele. Sie werden die Frauen züchtig in Röcke gekleidet sehen, die immer bis auf den Boden reichen, so wie es auch bei den Christenfrauen ist und wie es auch sein soll. Die Indiofrauen scheinen es sogar zu übertreiben und ziehen sich manchmal bis zu einem Dutzend Röcke übereinander an."

Er kicherte, bevor er fortfuhr.

„Da habe ich mir mal eine geangelt, um ihr die Methode zu erklären, wie man bei uns zivilisierten Menschen die Frage des Nachwuchses regelt. Wie ich dann so zugange war, dachte ich überhaupt nichts wesentlich Weibliches mehr unter den vielen Röcken zu finden. Ich kann ihnen sagen, wenn ich nicht so ein wirklich geiler Bock gewesen wäre, ich glaube meine Genusswurzel wäre verwelkt gewesen, bevor ich endlich den letzten Rockteil beiseitegeschoben hatte."

Nun trug er ein breites Lachen für seine Umwelt vor. In einer Mischung aus Verlegenheit und Ungläubigkeit griente dann auch Daniel. Sanchez reagierte so gut wie gar nicht.

Der Führer holte tief Luft. Scheinbar war er etwas enttäuscht über den mangelnden Effekt seiner entschieden aufmunternden Erläuterungen. Er wollte jetzt das Thema rasch abschließen. So zerrte er ohne Not wieder an den unverändert gutsitzenden Gurten eines Esels und fuhr dann mit seiner oberflächlichen Einführung in die kulturellen Eigenheiten der Ureinwohner fort.

„Die Männer, na ja einesteils sehen sie gerade nicht wie solche aus, aber Schlappschwänze scheinen sie auch nicht zu sein, denn Kinder haben sie immer reichlich. Also die tragen helle, beinahe weiße Hosen, bei jeder Gelegenheit, weit und füllig. Sonderbar, die Hosenbeine gehen dabei gerade mal bis höchstens auf die Höhe der halben Waden. Festes Schuhwerk kennen sie alle nicht. Sie machen sich so was aus geflochtenen Gräsern oder Schilf. Auch aus Agaven sollen sie Fasern erzeugen. Genau weiß ich das aber auch nicht."

„Ach und noch was," versuchte er noch etwas draufzusetzen, „die Weiber schleppen ihren Nachwuchs immer mit sich rum. Scheinen immer die passende Größe zur Hand zu haben. Sie binden die Kleinen einfach auf den Rücken. Überall kann man sie damit sehen. Wickeln sie in ein langes Tuch und schwupp mit ihnen auf den Buckel. Den Rest des Tuches binden sie vorne fest und ab geht die Reise."

Sie querten in den gut erkennbaren Furten noch die eine oder andere der sehr unterschiedlich tiefen Schluchten. Es war erkennbar, dass diese vom Wasser ausgewaschene tiefe Einschnitte in die Erde waren. Meist war es mehr ein Rinnsal, es war aber auch ein größerer Wasserlauf dabei. Dann, der Führer verkündete es gegen Abend: Dort sei Riobamba, in der Richtung, in der er zeigte. Morgen seien sie da.

Das magische Wort Riobamba verging auf Daniels Zunge. Es weckte tiefgehende Gefühle und es schmerzte ihn, dass er nicht wie geplant, zusammen mit Angelina in diese Stadt kommen konnte.

Der gleichmäßig wehende Wind, der am Nachmittag stetig von hinten kam, hatte die Reisegruppe regelrecht auf die Stadt zugetrieben.

Sie waren aus einer kleinen Senke hinter einer Bodenerhebung hervorgekommen und konnten nun die Ansiedlung Riobamba vor sich sehen. Ein etwas tristes und recht einfarbiges Bild. Aber sie waren trotzdem alle glücklich über diesen Anblick. Nach der weiten Reise, einer sehr weiten, langen und mehrfach überaus gefährlichen Reise, hatte Daniel einen neuen Ausgangs- oder Bezugspunkt erreicht. Hier, im Einzugsgebiet dieser Stadt würde er gerne seine Existenz aufbauen und so schnell wie möglich, und unermüdlich, sagte er sich, nach

Angelina suchen. Denn es konnte nicht anders sein. Schließlich war es ihr gemeinsames Ziel gewesen. Sie hatten sich die Umstände aber ganz anders vorgestellt.

Riobamba, der Name dieser Stadt war auch in einem Dokument aus Madrid erwähnt, sie sollte der Mittelpunkt ihres Lebens werden.

Ja, es war eine richtige Stadt, keine unwirkliche, verworrene Durchsiedlung wie Guayaquil, mit ihren vielen zerstreut liegenden primitiven Bambushütten und nur wenigen festen Bauten aus gemauerten Steinen. Riobamba lag auf einer gut überschaubaren Ebene, an der Stelle, von der sie kamen, leicht hügelig.

Es musste so kurz vor der Mittagszeit gewesen sein, als sie den Stadtrand erreichten und die Luft geriet in Bewegung. Keinesfalls wegen der kleinen Karawane mit Kühen, einem Pferd, Maultieren und Eseln. Es war einfach die Tageszeit, in der es jeden Tag die gleiche Luftbewegung gab. Der durchaus lästige Wind legte von Minute zu Minute an Kraft zu. Bis er über den vegetationslosen Stellen den Staub und auch Sand in kleinen Wellen vor sich hertrieb. Immer wieder erzeugte er auch so eine Art Trichter, in dem Staub und sicher auch Sand in die Luft hochgewirbelt wurden. Diese Trichter wanderten dann von alleine über das Land, bis sie sich irgendwo auflösten.

Der Wind war trocken und keinesfalls warm, wie man es sich für eine Gegend so kurz unter dem Äquator gedacht hätte. Jeder Indio brauchte seinen Umhang, Poncho, und viele weisse Machthaber oder die bereits zahlreichen Mischlinge taten es ihnen gerne nach. Nach der Mittagszeit würde dieser Wind noch mehr Staub und feine Erde mit sich bringen, und vor sich hertreiben, der Wind. Der ungeliebte Wind.

Wenigstens war es so in der trockenen Jahreszeit. Und die war keinesfalls genau kalendarisch eingegrenzt. Im Gegenteil.

Der Führer fühlte sich wieder gefragt und er erklärte die Situation so: „Wenn es regnerisch wird, sehr viel gibt es nicht, dann ist eben Regenzeit. Das bezeichnen sie hier als Winter. *Heute ist mal wieder Winter*, das kann man dann allenthalben hören. Die Nichtregenzeit ist der Sommer, wenn es warm und auch heiß ist. Wenn es nicht so ganz warm ist, dann nennt man die Zeit eben Sommerchen. Ist doch niedlich, schön ausgedrückt, oder?"

Der Wettervorgang sei einfach einzusehen. Wenn die Sonne hoch genug stehe, erwärme sie die Bergflanken der Andenketten. „Diese erwärmen dann die Luft, sie steigt nach oben und von irgendwo muss die verschwindende Luft wieder ersetzt werden, um den Platz der nach oben entweichenden einzunehmen. Unten in der Küstenebene, Guayaquil und so - da gibt es immer genug davon und die wird nach oben in die Bergtäler gezogen. Sie wird dann gewissermaßen durch ein paar Hochtäler geschleust aber auch an den Eismassen der hohen Berge vorbei. Wo sie sich abkühlt. Und das bekommen wir auch zu spüren.

Dann fallen diese Luftmassen in die Hochtäler ein, das ist dann mit Wind verbunden und der hält dann so seine traditionelle Marschrouten bei. Und eine dieser Routen, die Straßen der Luft, ist eben mitten durch oder über oder um Riobamba. Später am Nachmittag werden sich dann Wolken bilden. Die feuchte Luft aus der Küstenebene verklumpt in den Hochlagen und bringt Regen. Meist aber nur an den Hängen ringsum, weniger sonst wo und recht selten über Riobamba. Trotzdem ist es dann am Nachmittag sonnenarm und noch kühler." Ganz schön schlau dieser Führer. Daniel hatte aber nur bestenfalls die Hälfte der kostenlosen Riobamba-Heimatkunde verstanden.

Aber das war noch nicht alles, der Schlauberger wusste noch mehr. „Am späten Nachmittag, wenn die Talkessel mit neuer Luft gefüllt sind, beruhigt sich die Luftbewegung, der Wind schläft ein, eine längere Zeit vor dunkel werden. Das ist dann hier die schönste Tageszeit - meiner Meinung nach.

Nachts ist es ebenfalls schön windstill. Das ist dann die Zeit in der die Kälte aus den schneebedeckten Hochlagen sich in die Täler, zwischen die Häuser und auch in die Häuser schleicht. Dann braucht man ein paar Ponchos, um nicht zu frieren und dabei recht steif zu werden. Trotz aller Vorkehrungen sind die Bewegungen seiner Bewohner in den Morgenstunden mehr behäbig. Kein flinkes Huschen aber sachte Fuß vor Fuß setzen ist dann die allgemeine Fortbewegungsart.“

Der Führer beschrieb kurz seine Absichten für den nächsten und letzten Reiseabschnitt. Er wolle sie auf einen dafür vorgesehenen Sammelplatz für Menschen und Tiere führen. Es gäbe eine Herberge dabei, die aber nicht in Anspruch genommen werden müsse.

Daniel und Sanchez standen dann bald mit ihrem Führer in einer Art großem Hof.

Direkt angeschlossen, von dem Weg zugänglich, gab es ein Quartier für Durchreisende. Hier konnten sie sich von den Reisestrapazen erholen, auf einen Reiseführer warten oder einfach verbleiben, bis sie wussten, wie es mit ihnen weitergehen würde.

Der Platz war teilweise eingegrenzt von einer gut mannshohen Wand aus vorgeformten Lehmbrocken, die aufeinandergeschichtet und mit Lehm miteinander verbunden waren.

Angelehnt an diese Wände waren von entrindeten dünnen Baumstämmen abgestützte Überdachungen aus einer Schilfart. Auf dem gleichen Material, ausgebreitet auf dem Boden, der Führer nannte es Totora, würden auch Daniel und Sanchez nächtigten.

Zunächst aber mussten sie alsbald nach Tierfutter suchen oder es kaufen. Die Herberge, die sich an den Rastplatz anschloss, kümmerte sich nicht um solche Nebensächlichkeiten.

Der Führer wollte sich verabschieden, seine Dienste seien bis hierher vereinbart worden.

Daniel entlohnte ihn und verabschiedete sich.

Sanchez hatte zwar die Absicht sich in der Stadt umzuschauen und umzuhören, überlegte es sich dann aber anders und bat Daniel dies für ihn zu tun. Schließlich war er noch zu nahe an der Hafenstadt Guayaquil, dem Hoheitsgebiet seiner Flucht. Riobamba war die Stadt, in der sich die Reisewilligen aus dem Hochland für die letzte und gefährlichste Etappe nach Guayaquil aufhielten. Sie sammelten sich hier und suchten sich einen Führer. Oder sie schlossen sich einer Reisegesellschaft an. Ein Zusammentreffen mit Reisenden zum Hafen, konnte demnach für einen geflohenen Seemann gefährlich werden. Denn der Hafenkommandant würde sicher, wenn nicht alle, doch den einen oder anderen Reisenden nach seinem Verbleib ausfragen.

Hier, in Riobamba wollte er in Erfahrung bringen, wie er wohl seine Zukunft gestalten konnte. Daniel hatte ihm bereits angeboten, zumindest für den Anfang, bei ihm zu bleiben, mitzuhelfen den Grundstock einer Hacienda aufzubauen. Der Traum von Daniel und Angelina.

Morgen wollte Daniel, ohne weiteren Zeitverlust beim Gouverneur vorsprechen, um sich so bald wie möglich Land zuweisen zu lassen.

Als Daniel, nach einem kurzen Obstfrühstück zum Gouverneurspalast kam, erlebte er gar keinen guten Empfang.

Seine Excellenz hatte anderweitige Verpflichtungen. Er müsse wiederkommen, beschied man ihn in den Vorzimmern der Macht.

Schon kramte er nach seinen Empfehlungsschreiben, der Urkunde und der Bescheinigung. Diese, die ihn als Vorbild und Held der großen, die Welt beherrschende Nation und seiner Monarchie auswies. Ein junger Mann in einem ärmellosen, bestickten Jackett herrschte ihn barsch an, ob er nicht verstanden habe? Jetzt hatte er. Heute war nicht sein Tag.

Daniel führte dann mit Sanchez sein Vieh vor die Stadt, wo es Futter finden sollte. Sie hätten aber schon weiter in die Richtung des großen Eisberges gehen müssen, um großzügig Grünfutter zu finden. An den Namen dieses riesigen Bergmassivs konnte sich keiner der Beiden mehr erinnern.

In der Nähe der Stadt waren verständlicherweise alle Ländereien bereits in fester Hand, besonders die fruchtbaren und weniger staubigen. Es gab Einfriedungen mit einer saftig grünen Hecke und an anderen Stellen wuchsen als Zaun schlanke Kakteen. Und über die Eigenheiten der jetzigen Besitzer wusste er nicht annähernd Bescheid. Eine knappe halbe Tagesreise bis zu den Ausläufern der westlichen Andenkette laufen, dorthin wo sie hergekommen waren, dorthin wollten sie dann aber auch nicht gehen. Sie wussten ja auch nicht mit Sicherheit, was sie da alles erwarten würde. Nur, dass es da viel trockene Gegenden geben würde, das war noch in ihrer Erinnerung.

So blieb es beim spärlichen und vor allem staubigen Futter. Frisches Grün war eigentlich nur so andeutungsweise hinter der einen oder anderen windgeschützten Busch- oder Heckengruppe zu sehen.

Sanchez bot sich an etwas weiter gegen die Berge zu gehen, um Futter zu suchen und um es für die Nacht und den frühen Morgen bereit zu haben. So brauchten sie es nicht zu kaufen.

Sie waren nun auf sich allein gestellt. Sie hatten den Führer entlöhnt, sie mussten nun ihr Leben selbständig gestalten. Und so begannen sie Gemeinsinn und besseren Zusammenhalt zu entwickeln.

Ihr Führer, der in der Herberge genächtigt hatte, ließ unterdessen in allen Kneipen und Herbergen der Stadt verkünden, dass er in der Lage und bereit sei, jederzeit jede Reisegruppe sicher zum Hafen nach Guayaquil zu geleiten.

Der Mittag kam und damit auch der Wind mit seiner Staubladung. Es war eigentlich gar kein Staub wie ihn Daniel aus der Extremadura kannte, es war hier mehr ein Mix vom feinsten Pulver bis zu körnigem Geriesel. Gerade dieses spürte man auf nackter Haut. Es piekte und die Augen brannten.

Wie aus dem Nichts kam eine Gruppe Indios mit Frauen und einigen Kindern. Eine panikartige Stimmung kam in Daniel hoch. Es war das erste Mal, dass Daniel mit den Ureinwohnern zusammentraf. Sanchez war unterwegs nach Viehfutter suchen. Er allein und alles kam so überraschend und beängstigend fremdartig. So wagte er nicht einmal sie genauer zu betrachten oder zu beachten. Doch die aufkommende Furcht vor den Eingeborenen war unbegründet. Sie trotteten, ohne ihn sonderlich zu beachten, weiter. Daniel schaute ihnen hinterher.

Die Gruppe war als solche gar nicht wahrzunehmen. Die Männer trotteten voraus. Fünf bis zehn Schritte hinterher liefen die Frauen mit den Kindern. Ja, die Frauen hatten tatsächlich weit fallende und glockenförmig ausladende Röcke an. So wie es der Reiseführer angesagt hatte. Daniel konnte sich tatsächlich vorstellen, dass sie mehrere übereinander trugen - so wie es ebenfalls der Führer geschildert hatte.

Es gefiel ihm, dass die Röcke allgemein schön bunt bestickt zu sein schienen.

Alle in der Gruppe waren irgendwie mit Bündeln bepackt. Die Frauen hatten, das war klar zu erkennen, größere Lasten zu schleppen und gingen teilweise recht tief gebeugt. Alle hatten Hüte gleichen Stils und Farbe, auch die Kinder, die hinterhertrabten. Und auch sie schleppten das eine oder andere Bündel.

Die Hüte waren grob geformt, mit breitem Rand, aber nicht so breit wie die schwarzen Hüte der Patrones und Caballeros in

Spanien. Die hier waren hellgrau bis schmutziggrau. Daniel schätzte, dass sie aus Rohwolle gewalkt und gesteift waren. Diesen Herstellungsprozess hatte er auch schon auf der Estancia in der Extremadura beobachten können.

Die Männer hatten die Ponchos auf beiden Körperseiten gelüftet und teilweise gefaltet auf ihre Schultern gelagert. Die Frauen trugen kleinere schwarz-weiße und bunt bestickte Umhänge.

Es waren tatsächlich kleine Menschen. Gegenüberstehend müsste er sicherlich auf sie herabsehen. Aber wie Wilde sahen sie nicht aus. Zumindest nicht wie jene in den Schauergeschichten, die sich Seeleute und die Begleiter auf dem Isthmus erzählten. Menschenfresser konnten das auf keinen Fall sein. Ob sie wohl bereits gezähmt und eventuell schon getauft waren? Demnach wirklich wertvolle Christenmenschen waren, fragte sich Daniel? Wohl kaum. Denn das müsste man ihnen doch ansehen, dachte sich Daniel.

Sanchez kam spät nachmittags mit einem Bündel Futter zurück. Er musste weit gelaufen sein. Das Gras sah noch recht frisch aus und keineswegs staubig. Er habe es an einem Uferabhang bei einem tief in die Landschaft eingeschnittenen Wasserlauf gefunden.

Sie führten die Tiere zurück in die Stadt zu ihrem Lagerplatz. Besonders die Jungtiere wollten sich diesmal nur widerwillig von ihrem Futterplatz wegbringen lassen.

Dann verbrachten sie die zweite Nacht in der so beschriebenen alten Königsstadt der zerschlagenen Inkakultur. Nichts erinnerte mehr an diese Zeit. Daniel hatte sie sich ganz anders vorgestellt. Später erfuhr Daniel, dass man angeblich alte Pracht- und Kultbauten eingerissen habe, um mit deren Steinen die Kathedrale zu errichten. Ein unbarmherziges, definitives Zeichen des Sieges über diese barbarischen Goldhamsterer.

Man hatte einen kleinen Teil des erbeuteten Goldes aus den

prächtigen Kultbauten für die Ausschmückung der eigenen Kirchen und vor allem der Kathedrale genutzt. Den weitaus größten Teil allerdings hatte man der christlichen Krone nach Spanien geschickt. Sie hatte es verdient reich zu sein. Die Feldzüge gegen die Reformisten, Protestanten, Sektierer, Ungläubigen, Gotteslästerer und Ketzer kosteten halt leider Geld. Die Kriege, die gegen sie geführt werden mussten, waren teuer und auch Rom konnte nicht genug von den Reichtümern aus Südamerika bekommen. Aber anders war ein Sieg über das Böse, alle diese Teufelswerke nicht zu erreichen. Dazu war das Gold der Inkas, aus Kultgegenständen eingeschmolzen, gerade zur rechten Zeit nach Europa gekommen. Da konnte man es zur größeren Ehre des katholischen Gottes einsetzen, statt es in Kultstätten der Inkas im Dienst und der Ausschmückung von Götzenaltären zu verschwenden.

Am Abend kamen Daniel und Sanchez zu dem endgültigen Schluss, dass es doch fürs Erste besser sei, zusammenzubleiben. Sanchez konnte nämlich als sein Bruder durchgehen, der auf einem Schiff mit dem Namen <Santa Ceacilia> Dienst getan habe. Daniel konnte es sogar belegen, denn sein Bruder war in einem Empfehlungsschreiben seines ehemaligen Patrons ausdrücklich enthalten. So sei er als ein Humberto Machado freier in seinen Bewegungen und Fragesteller konnten eine klare Antwort erhalten. Auf diese Weise bekam der flüchtige, ehemals zwangsverpflichtete - *gepresste* - Seemann die Möglichkeit mit einem neuen Namen ein neues Leben zu beginnen.

Wo würde sich wohl in diesem Moment Humberto befinden? Daniel spürte einen Druck auf seinem Herzen. Für einem Moment erschien es ihm als hätte er einen Verrat begangen. Was hätte er nicht alles getan, um ihm zu helfen.

Nun würden er und Humberto, alias Sanchez, zusammen eine Hacienda aufbauen und, wenn er denn glaubte von diesem Leben genug zu haben, sollte er jederzeit seine eigenen

Wege gehen können. Vielleicht sogar auch wieder nach Spanien zurück, was der Traum von Sanchez überhaupt war. Doch so viel wusste er, dass dies doch besser ein Traum bleiben sollte. Die Wirklichkeit wiedererkannt zu werden, müsste in Ketten, Kerker oder gar an einem Strick um seinen Hals enden. Jetzt aber gab es zunächst für beide eine Aussicht auf Zukunft. Morgen würde Daniel seinen neuen Bruder mitnehmen zum Gouverneur, um ihn vorzustellen. Dann überlegte er sich diese Absicht noch einmal. Es war vielleicht verfrüht. Er tat es dann doch nicht, noch nicht.

Andererseits, würde diese Art zu handeln nicht doch vielleicht eines Tages den Gouverneur verärgern? Sie beließen es dennoch bei ihrem Entschluss.

Daniel bekam seine Audienz. Seine Excellenz hatte schlecht geschlafen, hatte noch eine lange Zipfelmütze auf, die seine Glatze vor der Kühle schützte. Oder war seine Perücke noch nicht fertig herausgeputzt? Seine Füße steckten in bepelzten Hausschuhen aus weißem Fell die von dem langen bestickten Mantel beinahe noch verdeckt wurden.

Er beklagte sich breit über die Dienstboten, diese Halbwilden, die sich einfach nicht an disziplinierte Zeitvorgaben gewöhnen konnten. Sein Frühstück sei niemals zur richtigen Zeit auf dem Tisch, die Kleider nicht ordentlich gebürstet und bereitgelegt. Der Tee entweder zu heiß oder schon abgestanden.

Der korpulente Herr seufzte, was man da so alles mitmachen müsse, daran werde er sich niemals gewöhnen können. Das aber sei der Preis, den man an die eigene Überlegenheit zahlen müsse. „Wären diese trögen Indios so perfekt gewesen wie wir Spanier, wir hätten sie ja so einfach nicht besiegen und unterwerfen können", meinte seine Excellenz hellsichtig und gleichzeitig großherzig herablassend.

In dem großen und ungewöhnlich hohen Raum brannte auf der, den Fenstern abgewandten Seite ein gewaltiges Kaminfeuer. Davor stand ein gewaltiger Tisch, rundum beschnitzt und in einem warmen Ton gebeizt. Gegenüber dem Herrschervertreter sollte Daniel Platz nehmen.

Seine Excellenz grollte noch dem einen oder anderen Diener, die er abwechselnd mit besonderen Klingelzeichen herbeirief. Mal klingelte er zweimal, mal einmal langanhaltend, mal nahm er das kleine Glöckchen und wiederholte das Spiel. Immer kamen vorbestimmte Diener, barfuß und sehr ärmlich gekleidet. Das war allerdings nur die Meinung Daniels.

„Man muss sie nur dressieren, einfachste Methoden helfen, mehr kann man von ihnen nicht verlangen,“ geruhte seine Excellenz unaufgefordert aufzuklären. „Irgendwann lernen sie wenigstens das Wesentlichste. Mehr brauchen sie auch nicht zu können. Doch dafür müssen sie immer wieder abgerichtet werden. Ein Klingelzeichen für das, ein anderes für dieses. So kann man sie ertragen. Niemals zu viele Aufgaben übertragen. Das, mit dem man sie beauftragt, das muss aber, zack-zack, klappen. Der Teufel mag sie holen, wenn sie sich zierten.“

Ein bemerkenswerter Mann, dachte Daniel. Eine abschließende Meinung wollte er sich jedoch noch nicht bilden. Seine eigene, irgendwie angeborene Scheu gegenüber Würdenträgern oder Vorgesetzten allgemein, wurde diesmal durch diese Vertraulichkeiten in keinem Fall vermindert.

Seiner Excellenz war angeblich bereits zu Ohren gekommen, dass ein verdienter Bürger seiner Majestät gewillt war hier Pionierarbeiten zu übernehmen. Dieser saß ihm nun gegenüber.

Der Herr wendete schweigend einige Papiere, bevor er sich direkt, und ohne weiter über sein unnützes Personal zu dozieren, an Daniel wandte.

Wann er denn ausgereist sei? Welche Abenteuer er auf See zu überstehen hatte? An welche Namen von Schiffen er sich erinnern könne - sie mussten doch mehrheitlich neueren Datums sein. Von den meisten hatte er noch niemals gehört.

„Ja, ja, die Zeit schreitet schnell voran. Spanien diktiert dem Rest der Welt seine Forderungen und Bedingungen. Wir haben die wichtigste Rolle auf dieser Erde übernommen. Und wir werden keinen Schritt mehr zurück machen. Um unsere Vorstellungen durchzusetzen, haben wir die Mittel und den Willen. Und wir haben den wichtigsten Verbündeten, nämlich Gott und seinen Stellvertreter auf Erden auf unserer Seite. Der Vatikan gibt uns für alle unsere Aktionen seinen Segen. Damit, junger Freund, sind wir unschlagbar.“

Damit hatte er schon wieder eine patriotische Rede gehalten.

Seine Excellenz griff wieder zur Klingel, schellte kurz, stellte sie ab und nahm die andere, um zweimal zu läuten. Ein abgemagerter, blasser, etwas gebeugt gehender Mann mittleren Alters kam und wurde sofort wieder hinausgejagt. Dahinter erschien aber bereits das nächste Gesicht und nahm eine Frage im Befehlston entgegen: „Was ist mit meiner Perücke? Wie lange soll ich denn *noch* warten?“

Der Diener stand dann noch eine Weile wie angewurzelt, bis der gnädige Herr mit einer Hand mehrere gut verständliche Handbewegungen machte. Danach verschwand der Diener wortlos.

Interessiert las seine Excellenz dann die Empfehlungsschreiben, die Urkunde aus Spanien und auch den Bericht aus Guayaquil. Der Inhalt war an sich relativ unwichtig für seine Excellenz. Aber aneinandergereiht stellten die Dokumente so etwas dar wie Nachrichten aus erster Hand. So erfuhr er nämlich über die Namen der ausfertigenden Personen Zusammenhänge, die er mit anderen Informationen zu verknüpfen wusste.

Ihm war die Familie von Daniels Patron bekannt. So ließen sich mit einigen Fragen zu Diesem und Jenem über die Entwicklung seines Bekanntenkreises, seinem Wissensstand immerhin neue Erkenntnisse hinzufügen. Über den Hafenkommandanten in Guayaquil stellte er keine weiteren Fragen. Seine Excellenz grunzte nur vernehmlich beim Lesen seiner Berichte.

Dann gab es wieder ein Donnerwetter, weil immer noch nichts zu trinken für ihn und seinen Gast bereitstand. Der verantwortliche Diener für die Perücke, der wahrscheinlich zunächst versehentlich in den Raum kam, stammelte irgendwelche Entschuldigungen. Oder waren es Verwünschungen? Daniel verstand nichts.

Der Nächste, der in einem ganz anderen Outfit erschien, erhielt barsch Aufträge, schnellstens diese und jene Getränke herbeizuschaffen. Es drehte sich um auszupressende Früchte, deren Bezeichnung Daniel bis jetzt nicht gehört hatte.

Über die entflohenen Negersklaven wollte er noch etwas wissen. Ob Daniel selbst die Besiegten oder Hingerichteten gesehen habe?

Daniel musste sich zunächst einmal eine unverfängliche Antwort zurechtlegen. Der Herr Excellenz geruhte auf eine Antwort Daniels zu warten.

Er habe sich ganz auf die Führung seines Kommandanten, seine Befehle und Anordnungen verlassen, versuchte Daniel das Gespräch nicht auf unsicheres Terrain verlaufen zu lassen.

Seine Excellenz vermerkte dies als gute Tradition eines disziplinierten königlichen Soldaten - zusammengefasst: Keine Vermutungen, sich an Befehle halten, keine Extravaganzen. Doch zum Erschrecken Daniels wollte seine Excellenz das Thema mit den N***rn immer noch nicht ruhen lassen. Denn nach einer Pause sprach er nochmals darüber, allerdings mehr wie zu sich selbst.

„Das muss aber doch schon Jahre her sein, das mit der Meuterei und Flucht. Meldungen zufolge, die allerdings unbestätigt blieben, hätten sie sich in einem unfruchtbaren Wüstental sesshaft gemacht. Seltsam, dass ich darüber dann keine weiteren Benachrichtigungen mehr erhalten habe." Das Letzte hatte er wieder mehr wie zu sich selbst gesagt.

Zu Angelina bisher kein Wort, keine Frage.

Er schaltete jetzt auf ein anderes Thema, auf das Hauptthema von Daniels Besuch. Letztendlich war ja das Weiterdenken und die Aussprache über solche militärstrategische Angelegenheiten bei der Anwesenheit von Untergeordneten oder nichtmilitärischem Personal unerwünscht.

Ob Daniel bereits eine besondere Örtlichkeit für seine Niederlassung ausgekundschaftet oder in eine nähere Wahl gezogen habe? Ob er Erfahrung habe im Umgang mit Indios? Ob er eine Frau mitgebracht habe oder beabsichtige eine nachkommen zu lassen? Ob ein zuzuweisender Besitz für Daniel allein oder auf beide Namen, auch der seines Bruders einzuschreiben sei? Was er an Handwerkszeug, Vieh, Baumaterial, Einrichtungen oder Waffen besitze? Über welches Startkapital er verfügen könne?

Bei diesem Punkt musste Daniel dann doch zugeben, dass es damit nicht berauschend bestellt sei. Sein Bruder habe so gut wie nichts, nein er habe gar nichts als seine Arbeitskraft, die er aber mit Begeisterung einzusetzen gedenke, genauso wie er, Daniel. Und der neue Besitz möge auf seinen Namen eingetragen werden.

Daniel war erleichtert, als der Gouverneur nicht weiter mit Fragen bohrte.

Doch dann erinnerte sich Daniel an sein Zuchtvieh, das ja ein beachtliches Startkapital darstellte. Bekanntlich ließ sich dieses über den Umweg des Futters, das es hier ja gottseidank ....

Seine Excellenz unterbrach Daniel in seinen hörbar geäußerten Gedankengängen und geruhte zu bemerken, dass dies meist nicht recht ausreiche. Denn es dürfe nicht sein, dass auch nur einer der Kolonnen schlechter behaust sei als seine zugewiesenen Leibeigenen. Das würde keine guten Voraussetzungen für eine respektvolle und zufriedenstellende Zusammenarbeit mit diesen Indios erbringen. Als verdienter Bürger seiner königlichen Majestäten stünden ihm Startkapital zur Verfügung. Er würde dies in angemessener Höhe erhalten und der Gouverneurspalast würde dafür bürgen. Anweisung erginge an die örtliche Bank <zum Heiligen Geist>. (Banco Espirito Santo) Dorthin möge er sich wenden.

Eine Menge gab es noch zu besprechen. Seine Excellenz bemühte sich das Wesentliche rasch hinter sich zu bringen. Er hatte zwischenzeitlich nach einem Sekretär geschickt, der einige Anweisungen schriftlich festzuhalten hatte.

Daniel schwindelte vor so viel Bürokratie und zitterte immer wieder vor nur vielleicht begründeter Angst, dass sich alles irgendwie doch noch als Irrtum herausstellen könnte. Und er eventuell, im schlimmsten Fall, im Gefängnis landen könnte.

Aber seine Excellenz geruhte anzuordnen, dass Daniel am übernächsten Tag mit drei Soldaten ausreiten solle. Gemeinsam würden sie sich zunächst zusammen im nördlichen Teil des Hochtales nach geeigneten Ländereien umzuschauen. Die Soldaten seien ortskundig und wüssten ihn dorthin zu führen, wo noch Land zur Verteilung zur Verfügung stünde. Danach, wenn die Entscheidung einmal gefällt wäre, würde man die übliche Kommission zusammenstellen, um Fakten zu schaffen, die Begrenzungen festzulegen und die Akten zu beglaubigen.

Das hörte Daniel aber nur mit halbem Ohr. Zu groß war die Begeisterung, dass er kurz vor seinem Ziel stand - er verbesserte sich: Vor ihrem Ziel, Angelinas und seinem Ziel.

Er glaubte, dass es richtig war, seiner Excellenz nichts vom Schicksal mit seiner Frau mitgeteilt zu haben. Weiß der Himmel, was das eventuell für Schwierigkeiten hervorgerufen hätte. Gut möglich, dass seine Excellenz auch ehemaliger Militär war, vielleicht sogar irgendwie dem Kommandanten verbunden. Gemeinsam wäre es den beiden dann sicher möglich gewesen - nein: todsicher möglich gewesen, ihn definitiv aus diesem Leben zu befördern und von Angelina endgültig zu trennen.

In diesem Punkt irrte sich Daniel gewaltig. Aber das konnte er zu diesem Zeitpunkt unmöglich wissen. In seiner jetzigen Position und gemäß seinem augenblicklichen Kenntnisstand, war aber eine andere Reaktion einfach nicht realistisch. Man könnte sich nun trösten, dass die Zeit sprichwörtlich <manche Wunde heilt>. Doch eben nur manche. Andere Wunden aber reifen weiter, eitern und können Menschen verzehren und vernichten.

Auch davon wusste Daniel noch nichts.

Nachdem Daniel aus dem Gouverneurspalast herausgekommen war, ging er die paar Schritte bis zur Kathedrale. Er wollte sich jetzt bei seinem Schöpfer für die letztendliche glückliche Fügung bedanken. Und, das nahm er sich auch vor, ihn daran zu erinnern, dass er es doch fügen möge Angelina zu ihm zurückzubringen. Bald und unversehrt. Allzu viel Optimismus spürte er nicht hinter seinem Anliegen. Denn, was mit Angelina geschehen war, hätte doch sein Gott verhindern können. Eine gewisse Bitternis trübte die gerade erlebte Freude.

Wie er so da stand und das große Gebäude bewunderte, bemerkte er nicht, wie eine alte Frau, eingewickelt von oben bis unten in schwarzes Tuch, zu ihm ungebeten sagte, dass die Hochmesse am Sonntag um zehn Uhr stattfände.

Daniel stand der Mund offen und er vergaß in seiner Überraschung sich darüber zu bedanken. Die Alte war aber bereits weitergeschlurft.

Und Daniel stand immer noch der Mund offen, als er sich erinnerte, dass er keinen blassen Schimmer hatte, welcher Wochentag heute war.

Ach, und eine Uhr hatte er auch nicht - noch nie in seinem Leben gehabt. Er würde also noch einige Fragen stellen müssen.

Dann ging er in das Gotteshaus, kniete vor dem Hauptaltar nieder und begann seine Zwiesprache mit Gott, sowie er es gelernt hatte. Dann kam doch seine Fürbitte wegen Angelina an erster Stelle. Den Dank für seine eigene Rettung wollte er dann doch erst an zweiter Stelle bringen. Gott sollte einesteils sehen, dass noch nicht alles für Daniel in Ordnung ging, dass da noch ein Anliegen unerfüllt war. Danach sollte Gott erkennen, dass er gleichwohl auch dankbar war, für das was er bis jetzt er- und überhaupt überleben durfte.

Nach seinem Besuch schaute er sich vor dem Gotteshaus wie suchend um. Er erkannte, dass in der näheren Umgebung der Plaza einige Gebäude über die weiter wegliegenden hinausragten. Rund um die Plaza selbst waren alle Gebäude mit soliden Steinmauern errichtet. Dahinter sah es nicht danach aus.

Was er aber jetzt im Weitergehen entdeckte war, dass alle weiteren Häuser und Baulichkeiten in einem quadratischen Grundmuster angeordnet waren. Das erleichtert die Orientierung, fand er.

Jetzt, mit dem guten Gefühl endlich erfolgreich zu sein, interessierte sich Daniel auch für die Umgebung und das Leben allgemein. Er fand die Ausführungen seines Reiseführers zutreffend, dass alle Menschen mit nicht weißer Hautfarbe, denen er begegnete, bedeutend kleiner waren als er selbst. Und sie waren auch kleiner als alle Männer und Frauen in Spanien, mit denen er Umgang hatte oder die er gekannt hatte.

Er sah jetzt die Bewohner, die Eingeborenen mit anderen Augen. Sie hatten so fremdartige Gesichter und schienen von der Sonne extrem braun gebrannt zu sein. In Guayaquil hatte er niemanden von ihrem Aussehen gesehen. Alle, auch die Frauen und Kinder trugen Hüte, so gut wie alle immer die gleichen Hutformen. Bei Männern saßen sie auf dem Kopf, die Frauen trugen sie hoch oben auf einem Bündel Haare befestigt.

Und alle diese Menschen, er sah nur wenige mit dem Aussehen eines Spaniers, waren seltsam bekleidet. Sie hatten ihren bunten Umhang, der auch die Arme bis zu den Händen bedeckte. Darunter sah man bei den Männern das Beinkleid aus hellem Stoff, und diese Beinkleider endeten etwas unter dem Knie.

Schuhe kannten sie scheinbar nicht, sie hatten tatsächlich eine Art Sandalen - aus welchem Material wohl? Fragte sich Daniel.

Er sah sich die Häuser näher an. Es waren nach seinen Begriffen meist Hütten, die aus Lehmmauern mit eingeflochtenen Zweigen und Ästen bestanden. An einigen älteren Exemplaren, wo bereits Lehm herausgebröckelt war, konnte man eben diese Einflechtungen erkennen.

Keine dieser Hütten hatte Fenster, wenigstens nicht, soweit es Daniel einsehen konnte. Die Eingangstüren waren unterschiedlich verschlossen - wenngleich ihm der Begriff <verschlossen> völlig ungeeignet erschien. Sie waren verhängt mit geflochtenen Matten, aus einem Material, das ihm unbekannt war. Oder es gab vereinzelt auch eine Art doppelte Tür, zwei Türenteile aus grob bearbeitetem Holz, ein Teil unten, ein anderer oben. Der obere Teil stand meist offen.

Viele Straßen und Wege waren mit faustgroßen Kieselsteinen belegt und befestigt. Das war für Daniel neu - *muss ich mir merken*, sagte er sich.

Hocherfreut und stolz berichtete er seinem brüderlichen Freund Sanchez von den Ergebnissen beim Gouverneur.

Beide konnten sich zu Recht freuen.

Daniels neue Welt
Geschichte, Politik, Macht und Religion

Daniel bekam von einem Boten bestätigt, dass er sich am nächsten Tag für einen Ausritt bereithalten sollte. Er werde, wie angeordnet, von drei erfahrenen Soldaten begleitet. Alles weitere sei von seiner Excellenz schriftlich festgehalten und an den Anführer der Soldatengruppe weitergeleitet worden.

Er fragte den Boten, ob er ihn auf seinem Weg zurück begleiten könne. So könne er auch den Treffpunkt kennenlernen. Daniel bedrückte aber etwas anderes. Er hatte für sein Pferd keinen Sattel. Er dachte daran sich einen ausborgen zu können.

Als er dem Leiter der Expedition vorgestellt wurde und ihm sein Problem geschildert hatte, gab es keine langen Diskussionen. Er bekam ein gesatteltes Pferd angeboten. Man wollte es sowieso anbieten, weil man gar nicht wusste, dass er überhaupt ein Pferd besaß.

Sanchez, nun Humberto, blieb zum Hüten, zur Pflege und Ernährung der Tiere zurück. Am Tage des Ausritts war wieder so ein stahlblauer Himmel, der jetzt Daniel bereits vertraut war.

Sie ritten auf dem Weg aus der Stadt, auf dem sie mit dem Führer aus Guayaquil gekommen waren. Allerdings bog dieser bald in nördliche Richtung, ziemlich genau in Richtung des riesigen Eisklotzes ab. Rechts hinter seinem Rücken, über Riobamba stand die Rauchwolke des Vulkans - Sangay oder war es der Altar? Keiner „seiner" Soldaten wusste das genauer zu sagen. Die Krater selbst lagen hinter der Hauptkette der östlichen Anden.

Dort hinunter sei noch niemand gekommen. Die Berge seien dort zwar nicht mehr so hoch wie die rundum sichtbaren Gipfel, aber dort begänne eine grüne Hölle. Endlose Wildnis mit Bergen und immer tieferen Tälern, reißenden Wasserläufen. Es sei alles mehr und mehr undurchdringlich. Ein kaum zu durchdringender Dschungel oder Urwald.

Kopfjäger und Menschenfresser gäbe es dort. Leute seien verschwunden. Andere erzählten grauselige Geschichten.

Nun, dort wollte Daniel ja auch nicht hin. Sie bewegten sich weiter nach Norden. Ihr Reiseweg drängte sich mehr an die westliche Andenkette, die östliche lag weit entfernt und zeigte sich tiefblau. Beständig hatten sie die mächtige Eismasse des Chimborazo im Blick.

Die drei Soldaten, waren bei der Abreise aus der Stadt ordnungsgemäß gekleidet, wie es sich für Streiter seiner königlichen Majestäten gehörte. Jetzt begannen sie in der sich schnell erwärmenden Luft den Helm abzulegen und die gepanzerte Brust zu öffnen. Jeder Soldat führte an seinem Pferd ein Maultier mit Gepäck. Sie transportierten Zelt, Essen, Ersatzkleidung, Zeichenmaterial für die Landschaftserfassung usw. Zum Trinken, sagten sie, würden sie unterwegs immer mal wieder sauberes Wasser finden. Der Chimborazo würde es in grossen Mengen spenden.

Um die Mittagszeit, die Zeit, in der also in Riobamba der Wind schon unbequem war, ritten sie in einem recht paradiesischen Klima. Die Landschaft hatte sich komplett verändert. Die kaum bewegte Luft fühlte sich angenehm warm und weich an. Alles in der Natur präsentierte sich satt grün.

Dann begegneten sie einer größeren Reisegruppe mit mehreren Wagen. Sie waren mit Warennachschub für die Provinzhauptstadt Riobamba unterwegs. Die Begleitmannschaften waren Daniels drei Begleitern gut bekannt und alle freuten sich über die Abwechslung des Zusammentreffens. So saßen sie dann längere Zeit beisammen und tauschten Neuigkeiten aus.

Ihre bisherige Wegstrecke war stets leicht angestiegen. Links vor ihnen wurde jetzt der riesige Chimborazo immer grösser und wuchtiger. Daniel fand es faszinierend, wie dieses Eismassiv in rascher Folge sein Aussehen veränderte. Mal lag er glasklar, wie zum Greifen nahe vor ihnen. Dann zeigten sich zaghaft an einer Flanke weiße Wölkchen. Es waren eigentlich nur feine Striche.

Aus diesen wurden, bevor man ein Vaterunser beten konnte, richtige Wolken, weiß und gleißend. Sie verwandelten ihre Form ständig und in wahnwitziger Geschwindigkeit. Sie schienen manchmal geradezu wie eine Kapuze über dem gesamten Massiv. Diese Kapuze blähte sich dann gewaltig auf und eine kurze Wegstrecke später verdeckten dicke Wolken alles, was vorher so glänzte und betörend weiß in den Himmel geragt hatte. Nur noch graubraune Riefen, gewaltigen Schrunden gleich, zogen sich die Ausläufer zu anderen Abhängen hin oder herunter in die Richtung des Tals, dem sie bisher gefolgt waren. Unterhalb der Abhänge verschwanden sie, lösten sich einfach auf.

Nach rechts schienen diese tiefen Sorgenfalten des Bergkönigs in einen Höhenzug einzumünden, der nach Norden das gesamte Tal abschloss. Weiter nach Osten ging dieser Riegel in immer mehr Bergkuppen über, die dann mit der östlichen Andenkette scheinbar übergangslos verschmolzen, immer höher hinaufstrebten.

Sie kamen an großen Feldern mit Mais vorbei, eine in Europa noch weithin ungenutzte Feldfrucht. Diese sollte auch bei Daniel noch eine große Rolle übernehmen. Wie versteckt oder sich hineinduckend in die Felder konnte Daniel Dächer von Hütten erkennen. Wenn das Behausungen waren, dann mussten die Strohdächer bis nahe an den Erdboden heranreichen.

Einige Male waren sie an schmalen Wegen vorbeigekommen, die meist im rechten Winkel von ihrem Weg in die Landschaft hinein abzweigten. Ein Herrenhaus, einen Stammsitz einer Estancia hatte er bisher noch nicht ausmachen können. Vielleicht hatten sie auch ein ganz anderes Aussehen als in der Extremadura. Er gab sich wieder einmal mehr seinen Gedanken hin. Die Soldaten liebten offensichtlich ihre Abwechslung und unterhielten sich ständig lebhaft.

Auf seine Frage wurde Daniel belehrt, dass es hier keine Estancias sondern Haciendas gäbe. Also der eigene Großgrundbesitz sollte mit <Hacienda> bezeichnet werden. Aber es sei im Grunde das Gleiche.

Ein Weg zweigte im stumpfen Winkel rechts ab. Es war mehr so etwas wie eine breite Spur, die sich einfach so ohne Ankündigung selbständig machte. So als wollte ein Teil des bisherigen Weges nicht mehr mitmachen.

Ein breiter Bach, diesmal nicht tief eingeschnitten, war zu durchqueren. Das Wasser lief flott, war klar und bitter kalt. Es schien direkt aus den Schnee- und Eismassen des Chimborazo zu kommen. Überall ragten glatt geschliffene Steine hervor, die größten, so in Stuhl- bis Tischgröße an den beiden Ufern entlang.

Die Soldaten bedeuteten ihm, dass es gut wäre jetzt etwas zu essen. Es sei Mittagszeit. Tatsächlich stand die Sonne fast senkrecht. Ein aufrecht gehender Mensch warf fast keinen Schatten. Der Bach lieferte Trinkwasser, die Soldaten jedenfalls versicherten Daniel, dass man es gefahrlos trinken könne. Im Gegensatz zu manchen Bächen, besonders an den Abhängen hinter der östlichen Andenkette. Da könne man so fürchterlich und erbarmungslos Dünnschiss bekommen, dass man meint man würde sich vollkommen ausleeren. Kraft- und Saftlos soll schon mancher an den Folgen verstorben sein.

Daniel hatte diesen Fluch bereits kennengelernt. Ihm brauchte niemand mehr den Wahrheitsgehalt dieses Zustandes zu versichern.

Über eine kleine Siesta waren sie sich schnell einig. Auch Daniel fand, dass es eine Wohltat war.

Ihr weiterer Weg war keiner mehr, es war ein Trampelpfad. Wahrscheinlich wurde er bereits seit hunderten von Jahren von Generationen von Indios benutzt. Auf beiden Seiten standen Reihen von Gebüschen, allesamt fremdartig und Daniel unbekannt. Andere Trampelpfade kreuzten oder zweigten ab. Buschland wechselte jetzt mit Baumgruppen oder auch unregelmäßigen gemischten Baumgruppen.

Sympathisch fand es Daniel, dass an manchen Stellen die Gebüschreihen an den Seiten und auch stellenweise über ihnen fast einen geschlossenen Durchgang bildeten. Wie im trüben Licht ritten sie weiter, mussten sich aber an diesen Stellen bis hinter den Hals ihrer Pferde beugen. Für solch große Tiere und mit Menschen obenauf waren diese Durchgänge offenbar nicht geschaffen.

Es ging wieder einen Hügel hinunter, ein rauschender Wasserlauf bedeutete ein mittleres Hindernis in einem recht tief eingeschnittenen Bett. Von den nachfolgenden höher gelegenen Stellen konnte Daniel das Tal überblicken. Immer noch war das Klima sehr angenehm. Kein Staub, es war nicht kalt und auch nicht heiß.

Größere Flecken beackertes Land waren immer wieder in die Landschaft eingestreut. Geschickt hatte man die günstigsten Gelände dafür ausgesucht. Langgezogen formten sich Hügel oder vielleicht auch nur flache Rücken, hinter denen wieder mal ein mehr oder minder breiter Bach floss.

Es war später Nachmittag als die Soldaten nach einem Platz für die Nachtruhe Ausschau hielten. Mit bemerkenswerter

Routine und Gewissenhaftigkeit bauten sie das Zelt, machten eine Feuerstelle, versorgten die Pferde und Maultiere, holten noch mehr Holz und begannen zu braten und zu kochen. Sie betrieben wirklichen Aufwand, aber auch sehr routiniert. Daniel bemerkte aber auch, dass sie an diesem Leben richtig Gefallen hatten. Sicherlich hatten Sie sich das Beste für die Reise übergeben lassen.

Dann, kurz vor Dunkelwerden knebelten sie den Tieren die Vorderläufe. Sie banden sie mit Stricken zusammen und zusätzlich einem breiten Scheit Holz. Das kannte Daniel bereits. Der Holzscheit war als zusätzliches Hindernis gegen das weitläufigere Herumstreunen in der Nacht gedacht. Mit diesen querstehenden Holzstücken konnten sie sich keinesfalls im Unterholz verlaufen. Ihre Vorwärtsbewegung war sehr stark eingeschränkt. Wenn sie sich von der Stelle bewegten, schafften sie das nur in kleinen Hopsern.

Einer zauberte aus einer Art Sack eine Tonflasche und reichte sie herum. Es war hartes Zeug. Daniel wollte zunächst nicht, zu viele schlechte Erinnerungen waren noch frisch. Er ließ sich aber überreden doch einen Schluck zu nehmen. Dann ging es nochmals lustig zu, bis sie sich dann, wie zögerlich zum Schlafen ins Zelt begaben.

Morgen solle sich der Herr Daniel nach den vorgeschlagenen Geländeteilen umschauen.

Daniel schlief auf diese Ankündigung hin unruhig. Er war zu nervös sich nach solch langen Strapazen kurz vor seinem Ziel zu sehen. Wenn das jetzt der Patron sehen könnte. Er empfand menschliche Wärme für ihn.

Auch das Frühstück konnten seine Begleiter recht gut zubereiten. Sogar Speck und Eier hatten sie mitgebracht.

Als alles wieder, diesmal sehr sorgfältig, verpackt war, bemerkte Daniel, dass die Soldaten das Gepäck an einer Hecke verstauten und die Maultiere nicht entfesselt wurden. Er erhielt die Auskunft, dass man wieder hierher zurückkehren werde.

Auf die Frage ob man keine Sorge vor einem Diebstahl zu haben brauche, meinten die Soldaten unisono, dass dies ein fataler Fehler der Indios wäre. Die Tiere seien alle als Eigentum der Armee gekennzeichnet. Aber man habe von sowas eigentlich noch niemals gehört.

„Denen haben wir rechtzeitig Manieren beigebracht. Zur richtigen Zeit das eine oder andere Mal hart durchgegriffen" - einer machte mit seinem Zeigefinger eine horizontale Bewegung vor seinem Kehlkopf - „und du hast keine Probleme mehr. So läuft halt die Welt," setzte er selbstgefällig hinzu.

Mit den Pferden, ohne die hinderlichen und lahmen Maultiere, konnte man nun das Gelände weitläufig erkunden. So ritten sie auf einem kaum merklich ansteigenden sehr flachen Hügelrücken hoch. Danach bildete sich eine Ebene. Indios hatten hier recht fleißig ihre Parzellen bestellt.

Bäche, Ebenen, Bergrücken, Senken, Täler, Daniel konnte sich immer mehr ein gutes Bild von dieser Landschaft machen. Die Sonne begleitete sie den ganzen Tag, so dass er sich ausgezeichnet orientieren konnte.

Sie fanden wieder einen Platz für das Nachtlager. Sie erklärten ihm, dass man am nächsten Tag den langgezogenen, schwach ansteigenden Hang, bis zu dem von hier aus sichtbaren Kamm gelangen würde. Dort oben gäbe es nochmals weiter Ebenen, Senken, flache Täler, allerdings sei das schon recht hoch gelegen.

Das Abendessen fiel dann, aus Mangel an Auswahl, etwas spärlicher aus.

Auf die höher gelegene Landschaft gelangten sie dann am nächsten Tag nach einem längeren Ritt. Hier gab es keine Buschgruppen mehr. Es gab bis zu mannshohe Gräser und überall war es grün. Es gab Pflanzen, die wie dicke Kerzen bis zu ca. einem Meter hoch wuchsen. Sie hatten von unten bis oben und ringsum einen richtigen Pelz. Wolle wie die Schafe. Und es gab andere, bis zu zwei Meter hohe palmenartige Gewächse, ähnlichen manchen Palmenarten in der Küstenebene bei Guayaquil - unseligen Angedenkens.

Die Luft begann sich zu bewegen, ein schwacher Wind wurde fühlbar und wurde langsam aber stetig stärker. Dann wehte er, ohne sich in seiner Intensität zu verändern. Er blies einfach ohne auch nur einmal Atem zu holen. Und er wechselte auch nicht die Richtung.

Eine Rast wurde angemahnt und er stieg begeistert vom Pferd, doch eine neue Erfahrung war ernst und bitter. Fürchterliches Stechen in beiden Kniegelenken ließen ihn vor Schreck zu Boden sinken.

So als hätten sie nur darauf gewartet begannen die Soldaten zu lachen. Sie kriegten sich beinahe nicht mehr ein vor Lachen.

„Das ist die <Puna> mein Herr. Wir sind hier recht hoch. Da hat man seine Probleme. Leute, die hier arbeiten oder ständig auf der Höhe zu tun haben, kennen das nicht mehr. Sie aber sind noch nicht lange genug im Land. Das trifft sie alle, die Neuen. Machen sie langsame Bewegungen, atmen sie tief durch, dann ist das bald vorbei. Spätestens aber, wenn wir wieder in der Nähe unseres Lagers sind."

Daniel bemerkte nun, wie sein Atem flog, er spürte auch sein Herz wie es recht schnell und kräftig pochte.

Er blieb noch eine Weile sitzen und schaffte sich dann vorsichtig auf die Beine. Er dachte an die Indios, die mit ihren Lasten auf dem Rücken in Tippelschritten vorwärtskamen. Er nahm es wie eine Erleuchtung. Die hatten es in Generationen gelernt in diesen Höhen rationell mit ihren Kräften umzugehen. *Alle Achtung*, rief er sich zu.

Der Boden schien überall weich und tief zu sein. Er fühlte als lief er auf einem ellendicken Teppich. Das Gras hatte zwar kurze Halme, dafür aber schien es sich wie an einer endlosen Wurzel immer weiter fortzuschlängeln. Alle diese Grasschnüre waren in sich verwachsen, ineinander verwoben und wer weiß

wie lange sie das schon so trieben. Es leuchtete ihm ein, dass
die Teile, die überwachsen wurden, einfach zu Wurzeln für
das an der Oberfläche weiter wachsende Gras umschalteten.
Ein tiefes wohliges Gefühl für diese Weisheit der Natur erfüllte ihn mit großer Zufriedenheit.

Ein solches Fleckchen Erde, das ihm doch vor einigen Momenten noch solch einen Schreck eingejagt hatte, wollte er
gerne in seinem Besitz haben. Ob das wohl ginge, fragte er
sich.

Das war natürlich nicht die einzige Überraschung die die
Natur auf diesen Hochebenen für ihn und jeden guten Beobachter bereithielt. Für die Soldaten mochten das Belanglosig-
keiten sein. Sie verfolgten ja eine ganz andere Lebensphiloso-
phie.

Aber hier, da waren so viele Überraschungen, die er so gerne
noch heute erforscht hätte, einfach darüber nachgedacht hätte.
Welche Aufgabe hatten diese und jene Pflanzen wohl übernommen und mit welchen Tricks hatten sie sich ein Überleben hier oben gesichert.

In der Nähe plätscherte ein Bach - es war mehr ein Rau-
schen, wenn man nahe genug herangekommen war. Mal lief
er ruhig, um dann an anderer Stelle mal wieder einen Fuss
tiefer zu fallen. Was Daniel aber total überraschte war der
Anblick der entblößten Erde, dort wo die steile Böschung an
einer Stelle wohl offensichtlich abgerutscht und der Untergrund
dieser Erde offengelegt war.

Er griff hinein in diese schwarze Erde, presste sie in seiner
Hand zusammen. Wie schwach gekühlte Butter fühlte sie sich
an. Sie roch kräftig erdig und schien ihm zuzurufen: *Bearbei-
te mich.*

Vom Gouverneur hätten sie die Aufgabe erhalten ihm diese
Ländereien vorzuschlagen. Der vortragende Soldat zeigte
talwärts und machte eine Schwenkbewegung mit seinem Arm.
Man könne sich aber auch noch weiter umschauen. Doch

Daniel hatte schon entschieden: Genau hier und nirgendwo sonst.

Ob er denn von dieser Anhöhe auch einen Teil bekommen könne, wollte er wissen. Der junge Offizier, der die Expedition leitete meinte dann, dass er natürlich kein endgültiges Urteil abgeben könne, letztendlich entscheide der Gouverneur. Aber, wenn er mit dem gezeigten Landstrich einverstanden sei, dann *müsse* er die Hochebene dazunehmen. Dies sei gewissermaßen eine Verpflichtung, der er sich nicht entziehen könne.

Daniel setzte sich erst einmal hin.

Der junge Offizier deutete dies offensichtlich falsch und meinte, dass er selbstverständlich mit dem Gouverneur auch dieses Problem besprechen könne.

„Ach nein", hörte sich Daniel plötzlich mit einer unbekannten Leichtigkeit sprechen, „ich wollte eigentlich nur einmal die Luft meiner neuen Heimat und meines zukünftigen Besitzes tief einatmen. Den Geruch der Pflanzen und der Erde aufnehmen."

Der Offizier schien es erleichtert aufzunehmen. So konnte er bereits an den zweiten Schritt seiner Aufgaben herangehen. Er musste Fixpunkte suchen, um den Umfang der geplanten Landvergabe festzuhalten. Das musste ja irgendwann und irgendwie in Worten, in einem Vertrag und einem Plan des Geländes erfasst werden.

Der Offizier hatte Kenntnisse der Landvermessung. Auch kannte er die Fixpunkte und Markierungen wo die Besitztümer der nächstgelegenen Haciendas anfingen und aufhörten. Sein Wort hatte beim Gouverneur und dem Leiter des Registers für Landbesitz hohe Geltung.

Also wolle man sich ans Werk machen. Geschickt hatte er Daniel, von diesem unbemerkt, das sowieso vom Gouverneur vorgesehene Landgebiet, Daniels zukünftiger Grundbesitz, schmackhaft gemacht.

Daniel konnte schon vor seinem geistigen Auge seine Weidetiere glücklich grasen sehen. Diese Aussicht erfüllte ihn nun einerseits mit Ungeduld und auch einem wunderbaren Gefühl der Vorfreude. Was würde Angelina dazu sagen?

Alles, was er sah, und in seinem Umfang abschätzte, würde für eine beachtliche Herde ausreichen.

Es war Mittagszeit und der Vorschlag zunächst etwas zu essen fand begeisterte Zustimmung. Jetzt konnten die Soldaten in aller Ruhe noch die nächsten Tage verbringen. Der Offizier würde die Hauptaufgabe übernehmen, nämlich auf allgemeinverständlichen Zeichnungen Bezugspunkte festlegen. Er und Daniel mussten sich besprechen und immer wieder abstimmen, denn beide mussten das Gleiche verstehen, meinen und festhalten. Soldaten hatten den beiden zuzuarbeiten.

Zwei Soldaten bereiteten ein für Daniel doch überraschend gutes Mittagessen. Danach genehmigten sie sich wieder eine anständige Siesta.

Daniel hätte darauf liebend gerne verzichtet. Jetzt wo er davor stand ein Landbesitzer zu werden, endgültig herauszuwachsen aus seinem angeborenen Stand als Abhängiger, als Leibeigener, jetzt ging es ihm nicht schnell genug.

Und so wurde bei ihm auch aus der Siesta nichts. Eine Menge Fragen, verbunden mit Gefühlen und auch einige Gefühle der Bedrückung, sprangen ihn regelrecht an.

Es begann mit dem Wichtigsten, er musste aus seiner Vergangenheit heraus. Aber war das gegenüber seiner Mutter und seinem Vater gerecht?

Es musste so sein. Sie würden ihm aus einer unschätzbaren Ferne zusehen, wie er die Machados als Familie ehrte, indem er Großes vollbringen würde.

Daniel verdrängte alle Gedanken aus seiner Jugendzeit, als er zu den Hintersassen gehörte. Gedanken, die aber einfach immer wieder auftauchten, denn er sah Ländereien vor sich auf denen Hütten und Hüttengruppen stehen würden. Sie würden Eingeborene beherbergen. Wilde. - ? Heiden. - ? Indios! Und er sah - zumindest vor seinem geistigen Auge - die Menschen über deren schicksalhafte Zukunft gerade entschieden wurde. Keine einzige Frage würde man ihnen stellen. Und auch keine einzige Frage würde man ihnen erlauben zu stellen. Sie würden seine Hintersassen werden, ja sie waren es fast schon, ahnten nur noch nichts von ihrer vorbestimmten Zukunft.

Auch nichts von einem Patron, von dessen Vergangenheit und Absichten sie nichts wussten.

Sie, die bereits seit wieviel Generationen -? - hier siedelten, sich ernährten, sich vermehrten, wechselten gerade von einer geschichtlich relativen Freiheit in die Sklaverei. In eine praktische Leibeigenschaft. Von einer weitgehenden Selbstbestimmung unter die Knute eines weißen Mannes. Eben denen, wie die seit Generationen weitergegebene Geschichte erzählt, die auf großen schwimmenden Häusern an der Küste - was war das überhaupt? - an Land gingen. Sie brachten große Tiere mit, Pferde zum Arbeiten, als Zug- und Tragtiere und zum Reisen. Andere gaben Milch, so wie die Lamas. Ihnen fehlte allerdings der Vorteil der Lamas, nämlich auch Wolle zu besitzen.

Sie würden zwar weitgehend auf dem angestammten Boden, als ihre Ernährungsgrundlage, bleiben können. Sie würden für einen ihnen unbekannten Menschen arbeiten müssen, ihn respektieren müssen - allerdings auch ihre Unterkünfte, ihre Chozas behalten dürfen. Sie würden ein Dach über dem Kopf haben. Und weitgehend sesshaft bleiben.

Es könnte aber auch anders kommen.

Man würde sie, ohne auch das Recht auf eine einzige Frage zu haben, vertreiben können. Jedwede Entscheidung, ob gut oder böse, ob weise oder abgrundtief dumm, würden sie widerspruchslos zu akzeptieren haben. Würde man ihre Kinder misshandeln, sie hätten nicht mal die Möglichkeit einer Gegenrede geschweige denn einer Gegenaktion oder wenigstens einer Beschwerde.

Daniels Gedanken schwebten davon zu einem Gebiet, auf dem er sich ziemlich wenig sicher fühlte. Aber diese Gedanken überholten ihn einfach, er musste zusehen, wie er ihnen hinterherkam.

Würde man diese Eingeborenen auffordern die Huldigung ihrer Ahnen und deren Geistern einzustellen? Nichts hätten sie dem materiell Mächtigeren entgegenzusetzen. Man würde ihnen vorschreiben welchen Gott sie anzubeten hätten. Ihre bisher verehrten Geister bestimmter verdienter oder auch wundertätiger Vorfahren würden sie dem Namen nach vergessen müssen. Andere, fremde Geister und Nebengötter würden nun ihre Plätze einnehmen. Ob sie dann aber auch in ihren Köpfen die neuen Namen zu den neuen verordneten Feiertagen verinnerlichen würden? Das, den Göttern sei Dank, das konnte man nicht mit Sicherheit kontrollieren oder verordnen. Ihre Köpfe und ihre Erinnerungen würde man nicht so einfach manipulieren können. Wenigstens nicht bei den aktuell lebenden Generationen.

Sie würden einen neuen Mann, einen Menschensohn kennenlernen, der in einem Land geboren wurde, von dem sie nichts wussten und von dem ihnen ihre Geister niemals etwas mitgeteilt hatten. Sollten sie also bisher völlig umsonst ihre Vorfahren geehrt haben? Sind sie dann eventuell von ihnen betrogen worden? Hatten die sich im Jenseits am Ende gar nicht mehr um sie gekümmert? Hatten sie ihre Kinder einfach vergessen? Sie der Unbestimmtheit in einer völlig neuen Weltordnung ausgeliefert?

Sie würden sich mit den neuen Geistern arrangieren müssen. Die Eindringlinge hatten gefährliche Tötungswaffen. Prügel, Vertreibung, Folter, Familientrennung konnten auf sie zukommen und dort, wo sich bereits viele ihrer Leidensgenossen befanden, einordnen. Überlebenskämpfe, harte Realitäten eines Stärkeren würden dazu ausschlaggebende Argumente sein.

Nicht mehr die Sonne, die Erde und das Wasser würden die bestimmenden Grundlagen ihrer Lebensweise und ihres Daseins bedeuten. Nein, das sei ein großer Irrtum gewesen, würde man ihnen eintrichtern. Statt ihres Glaubens, der ihnen vorgab, den Ahnen durch Spenden und Opfer das Jenseits zu erleichtern, würden sie Glitzerdinger in großen Protzbauten anzubeten haben. Wie würden sie es einrichten können, damit es ihre Vorfahren, dort wo sie waren, schöner als hier auf Erden hatten?

Von dem Erarbeiteten und ihren Ernten würden sie bis an die Grenze ihrer Leistungsfähigkeit, und oft genug darüber hinaus, abzutreten zu haben. Davon würden Funktionäre zu bezahlen und zu ernähren sein. Jene, die sich als die einzig wahren Mittler zwischen dem neuen Gott und ihnen aufspielen würden. Kostbare Gewänder mit viel Geglitzer würden sie diesen Vertretern ihres Gottes bezahlen müssen. Denn, so werden die behaupten, nur so könnten sie ihrer Rolle vor diesem neuen, sicher sehr anspruchsvollen Gott gerecht werden und für die gemeinen Menschen sprechen.

Gold werden sie beanspruchen, um so etwas gleichartiger zu sein, als der sicher um und um mit reinem Gold behängte neue Gott und seine Diener. Vielleicht war dieser Gott sogar aus reinem Gold? Vielleicht ist Gold gleich Gott?

Diese Erkenntnis müsste wirklich schlüssig sein, anders konnte man sich das Verhalten dieser neuen Gottesmänner nicht erklären. Das hatten sie bereits seit langem, auch vom Hörensagen mitbekommen, dass diese Gottesmänner sich daran beteiligten, wenn es darum ging Gold zu stehlen. Und sie taten nichts, um Tötungen zu verhindern, Hauptsache ihre Sippe konnte an Gold herankommen.

Man hatte bei ihrer Ahnenverehrung auch Gold verwendet. Aber in was sonst sollte man denn die Opfergaben darbringen. Eine weite Auswahl an anderen zu Gefäßen formbaren Metallen hatte man nicht. Und Gold war beständig. Und wegen Gold hatte man nicht gemordet, Menschenleben vernichtet, nur um einem Gott zu gefallen. So wie es offenbar bei der Geisterverehrung der neuen Unterdrücker der Fall war.

Sie hatten sich in ihren Völkern auch mit Gold geschmückt, die Frauen für die Festtage damit herausgeputzt. Neuerdings kam es vor, dass sich diese neuen großen Menschen nicht einmal die Zeit nahmen ihnen alles vom Körper weg zu nehmen. Getötet wurden manche, um schneller in den Besitz des Schmucks zu kommen. Hände abschneiden oder einfach den Kopf, weil manches Geschmeide nicht mehr einfach abzulösen war. Legenden? Märchen? Nein das gab es wirklich. Was musste das für ein Gott sein, der solches guthieß, ja es offenbar sogar forderte?

Wenn wirklich alles gut ging, Frauen ihren Schmuck haben konnten, ohne auch ihr Leben zu verlieren, dann durften sie sich fortan an glitzernden Perlen erfreuen. Sie sahen ähnlich wie Gold aus, zersplitterten aber wie gewisse Steine. War denn dieser neue Gott so schlau den Unterschied zu erkennen? Würde es ihm wirklich etwas ausmachen, wenn man statt wirklichem Gold nur eben sonstige schöne Glitzerdinge darbieten würde? Konnte ein solcher Gott nur gütig sein, wenn man ihm mit Mineralien und Metallen huldigte, die er doch, auch gemäß der neuen Religion, selbst nach seinem Ratschluss und seiner Allmacht geschaffen hatte? Wenn dem wirklich so war, dass er von Gold nicht genug bekommen konnte, weshalb schuf er es sich nicht in beliebigen Mengen aufgrund seiner Allmächtigkeit, seiner Schöpfungsgewalt?

Oder war es in Wirklichkeit ein strafender, wütender, nachtragender, grollender, schimpfender, verurteilender Gott?

Sie hatten bisher die Freiheit in einem Kollektiv einen Teil des ganzen Körpers zu sein, ihres Staatsgebildes. Das hatte zwar bereits seit einigen Generationen aufgehört sie zu beherrschen. Aber absolut unmündig waren sie nie. Immer sorgte ihre Gemeinschaft für ihr gutes Überleben, auch in schlechten Zeiten.

Daniel wollte sich einreden ein sehr guter und gerechter Patron zu sein - zu werden, verbesserte er sich. In diesem Augenblick, praktisch schon an seinem Ziel angekommen, hätte er nicht nur sich, auch allen anderen Menschen das versprochen zu verwirklichen, was sie von ihm verlangt hätten. Seine Gefühle kannten keine Grenzen mehr. Es schäumte und wallte in seinem Körper. Er hätte losheulen und gleichzeitig mit seinem Lachen alle beglücken mögen. Dann kam der Knick. Angelina konnte dieses Glück nicht mit ihm teilen.

Die Zeichnungen waren recht gut. Besonderer Wert wurde auf die Darstellung bestimmter, beständiger und unveränderbarer Merkmale in der Natur gelegt. So wurde jeder Berggipfel, ja jeder Hügel hinter ihnen mit einer Bezeichnung versehen. Manche hatten bereits einen Namen, andere bekamen Nummern. Die Namen würde man ihnen später verleihen.
Ja - diese und jene Berggipfel, sogar ganze Berge mit ihren Gipfeln würden ihm ebenfalls gehören.
Nach unten, talwärts, waren Einschnitte zu sehen. Sicher waren es Wasserläufe und man fixierte Zusammenflüsse als Eckpunkte der zukünftigen Hacienda. Geschickt und gekonnt brachte der Offizier seine Erfahrungen ein. Das Ganze nahm Gestalt an. Der Gouverneur würde zufrieden sein. Wieder ein Stück Land sicher und unveräußerbar in der Obhut der Krone. Das würde über die Produktivität den Reichtum seiner Provinz und den seiner Majestäten mehren.
Er war sich ja bewusst, dass gerade seine Provinz nicht zu den bevorzugten Landnehmern und Ansiedlungsgebieten zählte. Er hätte sich auch niemals freiwillig für den Gouverneurs-

posten hierher beworben. Doch auch da hatte das Schicksal noch einige Pläne mit ihm.

Ja, im Norden Ambato, auch und sogar Latacunga, Quito, Cayambe, Otavalo oder weit in den Süden hinein, er dachte z.B. an Cuenca, das waren fruchtbare und auch vom Klima mehr gesegnete Provinzen. Aber, wenn einer nicht vergleichen konnte, wie Daniel, war das hier das Paradies - würde er sein Paradies daraus machen.

Dieser selbst wäre bestimmt auch begeistert gewesen, wenn man ihm ein Stück Halbwüste überschrieben hätte. Alles, was für ihn zählte war, sein eigener Herr zu sein. Der Gouverneur war sich sicher, diesen jungen Mann richtig eingeschätzt zu haben. Das Klima? Nun da hatte der bereits schlimme Lebenserfahrungen in der Extremadura hinter sich. Trotz aller Vergleiche, das Stück Land, dass er für ihn ausersehen hatte, war für die hiesigen Verhältnisse ein schönes Stück Land und zum überwiegenden Teil auch fruchtbar.

Zurück in Riobamba wurde die rechtmäßige Überschreibung der Besitznahme vorbereitet. Daniel erlebte wieder einmal die Organisationsformen der königlichen Krone kennen, die Hand in Hand mit den Vertretern Gottes abliefen. Ohne den Segen dieser anderen Weltmacht wurde nichts unternommen. Aber was man auch unternahm, war zum Segen beider Seiten. So wurde stets danach getrachtet den Reichtum der Majestäten und der Kirche gleichermaßen zu mehren. Man profitierte wechselseitig, also achtete man darauf im Gleichgewicht der beiderseitigen Interessen zusammenzuarbeiten. Interessenkonflikte bügelten kompetente und loyale Verantwortungsträger der Krone im Vorfeld ihrer vorhersehbaren Wirkung mit den Vertretern des Vatikans glatt. Dabei spielte auch die Korruption eine leider große Rolle.

Wenn im Zweifelsfall eine paritätische, profitable Situation nicht abzusehen war, rührte man keine müde Hand. Versprach aber ein Vorhaben lukrative Zugewinne, scheute man keine Mühe es unter allen Umständen durchzuziehen, koste es was es wolle - auch an Menschenopfern versteht sich. Denn Geld wurde niemals unnötig geopfert. *Ehre und Ruhm sei dem Herrn und seinen königlichen Majestäten.*

Ein Vikar aus dem örtlichen Episkopat in Riobamba wurde ausgewählt, um als Notar die Enteignung der bisherigen Besitzer, also den ansässigen Indios, als rechtmäßigen Verkauf an Daniel zu beurkunden. Die Ländereien an sich waren ja bereits seit längerer Zeit, durch Inbesitznahme der Eroberer, in das Weltreich der spanischen Krone eingegliedert worden. Und so konnte man mit Fug und Recht behaupten, dass im Spanischen Königreich die Sonne niemals unterging. Das Gleiche galt somit auch für den Vatikan.

Geschichtliches: Der Vatikan hatte ein überragendes Interesse einen Streit zwischen dem Königreich Spanien und den ambitionierten und ebenfalls erfolgreichen Portugiesischen Eroberern zu vermeiden. So hatte Papst Alexander VI bereits im Jahr 1493 eine Aufteilung der bekannten und eroberten Welt zwischen den beiden führenden Seemächten Portugal und Spanien in einer Bulle festgeschrieben. Die Grenzlinie verlief im Atlantischen Ozean und teilweise auch durch Brasilien, das damals noch nicht so hieß. Sie wurde zwischen dem Nord- und Südpol auf dem Längengrad 46" 37′ West festgelegt.

In der spanischen Stadt Tordesillas regelten am 7. Juni 1494 die Portugiesen und die Spanier ihre Differenzen in einer gleichen vertraglichen Vereinbarung - *Vertrag von Tordesillas.*

In diesem Vertrag wurde über das Schicksal und über die Köpfe der Ureinwohner Südamerikas hinweg, entschieden. Alle Bewohner, der im Vertrag festgelegten Gebiete waren, ohne mit der Wimper zu zucken, von den Vertragsparteien schlicht de facto enteignet und entrechtet worden. Ein auch für die damalige Zeit einmaliger Rechtsbruch.

Wikipedia vermerkt dazu: *Der spanische Kronjurist Juan López de Palacios Rubios entwarf 1513 den Text des Requerimiento, der „Mahnung“, die ein Konquistador der indigenen Bevölkerung in **spanischer Sprache** vorzulesen hatte. Danach habe der Hlg. Petrus das Land den katholischen Königen zum Geschenk gemacht. Dessen Bewohner hätten sich ihnen zu unterwerfen, wenn sie Krieg und Versklavung vermeiden wollten.*

Der Verlauf der Trennungslinie im Atlantik wurde dann nach Jahren nochmals verschoben, was aber für die Bewohner Südamerikas keinen Einfluss mehr hatte.

Danach sollten die Portugiesen alles, was östlich eines bestimmten Längengrades entdeckt oder gefunden werden würde in Besitz nehmen und ausbeuten dürfen. Die Ureinwohner sollten getauft und durften versklavt werden - verlautete ausdrücklich seine Heiligkeit.

Über diesen genannten Längengrad hinaus, westlich davon, galt das Gleiche für die Spanier. Die katholischsten Majestäten von Spanien und die Könige Portugals waren es zufrieden. Auch eine Abgabe an den Stuhl Petris war vereinbart sowie den Herrschenden die Pflicht auferlegt den wahren Glauben Gottes - den Roms natürlich - überall dort zu verteidigen, wo er Gefahren ausgesetzt war. Und die gab es im, durch Reformationsbestrebungen in Europa genug. An allen Ecken und Enden.

Eine Menge Leute wollte einfach nicht mehr länger den zutiefst verdorbenen Machenschaften im Kirchenstaat auf der heutigen Halbinsel Italien länger zuschauen. Das rief dann die Verteidiger der „wahren Lehre“ auf den Plan. Die daraus resultierenden unseligen Kriegshandlungen auf allerlei Kriegsschauplätzen in Europa kosteten Millionen Menschenleben und Unmengen Geldes/Goldes. Der Zufluss der geldwerten Produkte sollte nicht dadurch gestört werden, dass sich womöglich Portugiesen und Spanier in die Haare kriegten. Der Erlass des

Papstes war also sehr im Sinne der katholischen Kirche und, keinesfalls zuletzt, zu Ehren Gottes .... natürlich.

In jener Zeit, anfangs des 16. Jahrhunderts, wurde zur größeren Ehre Gottes und der Kirche auch gleich noch ein Thema endgültig im Sinne Gottes erledigt, nämlich die Sklavenhalterei. Besonders die Portugiesen hatten die Westküste Afrikas als wertvolle Rohstoffquelle entdeckt und durch Stützpunkte gesichert. Dieser wertvolle Rohstoff bestand aus schwarzen eingeborenen Menschenleibern, <manpower>, die man als billigstes Arbeitsmaterial weltweit handeln konnte - was man damals so als Welt verstand. Die Spanier durften damals keine Farbigen aus Afrika zwangsversklaven, aus ihrer Heimat entführen, wie die portugiesischen Nachbarn. Dies ganz pragmatisch, weil gemäss der Trennungslinie für die Einflussgebiete Spaniens und Portugals, ganz Afrika als Eigentum den Portugiesen zugesprochen worden war. (Siehe Papst Alexander VI.)

Das hatte für die Bewohner dieses Kontinents extrem gravierende Folgen.

Ein Nachfolger dieses Heiligen Vaters erteilte dann zeitnah im neu beginnenden Jahrhundert im Voraus Absolution und segnete den Sklavenhandel und -ausbeutung als gottgewollt ab. (Begründung: Man habe es ja nicht mit Menschen zu tun - sie seien als Sachen zu sehen. Und Beschädigung von Sachen beichtet man nicht - so oder so ähnlich argumentierte und verfügte der „Heilige" Vater.)

Alle Schwarzen auf diesem Kontinent wurden als im Sinne Gottes als Nichtmenschen abgestempelt und wurden vogelfrei. Daher sei es auch keine Sünde oder Frevel Hand an sie zu legen und sie zu misshandeln oder gar zu töten. Allerdings sollte *jede Tat gegen sie auch berechtigt sein (!).* Zu taufen lohnte es sich auch nicht, denn auch durch eine solche heilige Handlung könnten sie nicht menschenähnlicher werden. Folglich könnten sie von der Sklaverei auch nicht durch die Taufe frei werden. *Zeiten und Meinungen waren das!*

Es sei daher recht und billig sie für die Sklaverei zu fangen, zu handeln und zu behandeln. Man brauche sich also auch keine Gewissensbisse zu machen, wenn aufgrund von äußeren Umständen solche Wesen auf der Atlantiküberfahrt stürben und ins Meer geworfen werden mussten. Nur schade um die verlorengegangene Arbeitskraft. Das Bedauern wurde aber durch den Gedanken aufgewogen, dass diese Verschiedenen eben Schwächlinge waren und zur harten Arbeit doch nicht getaugt hätten.

So ausdrücklich auf die Stufe von Sachen herabgestuft, widmeten sich besonders die Portugiesen aufopferungsvoll - später auch Engländer - dem einträglichen Sklavenhandel. Militärische Verbände wurden aufgestellt und meist von den Sklavenhändlern finanziert. Diese waren bestens organisiert und gingen bis tief ins Hinterland Afrikas auf Menschenjagd. Die Küstenbereiche waren nach den vielen Beutezügen bald nicht mehr lukrativ und rentabel genug... um *Sachen* zu erbeuten!?

Nun ja, die Portugiesen hatten, durch den vatikanischen Zuschlag Afrikas unter ihre Fittiche, in diesem Menschenhandel, eine sehr lukrative Einnahmequelle ge- und erfunden. Relativ benachteiligt waren sie „leider" insofern, als sie auf ihren Eroberungen und Besetzungen östlich des festgelegten Längengrades keinesfalls das erhoffte Gold fanden. Daher machten sie aus den Schwarzen goldwerten Gewinn.

Die Spanier dagegen hatten das Glück, erstens viel mehr Land als erwartet zu finden und dann noch vielerorts mit viel Gold gesegnet zu werden.

In dieser Zeit wurden aus den Gewinnen, besonders in Lissabon und Madrid, pompöse und monumentale Bauten errichtet. (Denken Sie bei Ihrem Besuch auch daran)

Zurück in die **Gegenwart Daniels** und die der **Urbevölkerung**:

Die meisten Indios bewohnten die ländlichen Gebiete Ecuadors weit verstreut, oft auch in Einzelbehausungen, immer nahe den Flächen ihrer landwirtschaftlich genutzten Erden. Große Ansiedlungen oder Ballungsgebiete waren seltener. Ihre geistige und kulturell maßgebende Elite war bereits seit langer Zeit von den Eroberern systematisch ausgelöscht worden. Soweit es ging, vernichteten die Eindringlinge auch ihre Zeugen vergangener Größe. Diese dann aber auch möglichst spurlos. Nichts sollte noch auf ihre Überlegenheit auf vielen kulturellen und sogar einigen wissenschaftlichen Gebieten hinweisen. Ja, man vernichtete und löschte aus, z.B. wirklich so gründlich, dass vielerorts nicht einmal mehr Spuren nachweisbar sein sollten.

Der Inkastaat war bis auf die unteren Ebenen der lokalen Organisationen ihrer Köpfe beraubt. Widerstand gab es so gut wie nirgends mehr, die Eroberer konnten sich sicher fühlen. Sie drückten allerorts ihre Organisationsformen durch. Alle Indios waren praktisch rechtelos geworden.

Spanisch wurde zur Landes- und Umgangssprache. Vor den Behörden in jeder staatlichen Organisationsform wurde die eigene Sprache der Indios, das Quechua - deutsch Ketschua - geächtet.

Trotzdem hielten die Eroberer noch an, wenn auch nur scheinbaren Rechtsformen fest. Enteignungen oder schlicht die Wegnahme und anderweitige Zuteilungen von Land - an wen auch immer - behielten den Schein von Recht und Ordnung.

Die Indios erfuhren in der Regel nur gefühlsmäßig von der Vereinnahmung ihrer Ländereien, denn sie wurden nicht in ihrer Sprache belehrt oder informiert. Sie hörten Urteile und Beschlüsse in Spanisch und von dem hatte nur eine kleine Minderheit der Urbevölkerung Kenntnis. Am allerwenigsten die zerstreut lebenden Menschen in der Landwirtschaft.

Man hätte genauso gut alle Indios ignorieren können, einfach irgendwo die Herrenhäuser bauen können. *Wer nicht pariert wird fortgejagt* - das hätte man bei den Machtverhältnissen machen können. Aber die Spanier mit ihrem Königshaus wollten wenigstens die Form wahren. Trotzdem waren die Vorgänge rund um eine offizielle Enteignung eine grausame Farce. Ein einstudiertes Zusammenspiel zwischen Militärs, (des spanischen Königs) der Kirche und dem oder der Begünstigten. Die Militärs repräsentierten die Macht. Die Kirche stellte den Notar zur Beglaubigung des *rechtmäßigen* Besitzerwechsels, der/die Begünstigte, so bestätigte der Notar, war auch zugegen. (??)

Man kam ja aus Spanien, einem zivilisierten Land, und diese Zurückgebliebenen (--- Unterworfenen) sollten lernen was Verwaltung in einem christlichen Königreich bedeutete. Das brachte selbstverständlich nur Vorteile für die, die sich dieses Recht zu eigen machten, damit umgehen konnten, es nach Belieben verdrehen konnten, bei Bedarf neue Regeln suchtenfanden-einführten-durchsetzten. In keinem einzelnen Fall wurden alte Rechte oder das Rechtsverständnis der Indios berücksichtigt.

Aus diesem Zustand heraus dachte man natürlich auch an die Indios. Selbstverständlich aber nur in dem Sinne der billigen Arbeitskräfte und an die Durchsetzung der eigenen Machtansprüche - sprich Gier. In der Praxis konnte beliebig oder schlicht gemäß den Interessen der Kirche und/oder neuen Eigentümern gehandelt werden.

Anderenorts, in anderen Gegenden der neuen spanischen Gebiete, hatten die Spanier die Eingeborenen bereits zur Arbeit herangezogen. Doch die in ihrer *„faulen Lebensauffassung"*, hielten nicht viel davon ihre Arbeitskraft für die ferne Krone und fremde Religion einzusetzen. Wie man, wider besseres Wissen, nicht müde wurde zu betonen und zu wiederholen. *Sie starben wie die Fliegen,* wie die neuen Besatzer sich auszudrücken pflegten. Ganz besonders dort, wo sie in Silber- und Goldminen regelrecht *aufgebraucht* wurden. Es war stellenweise eine Vernichtung durch Arbeit. (Adolf Hitler lässt grüßen)

Die „N***r"sklaven aus Afrika dagegen, dort wo sie bereits im Einsatz waren, bewährten sich als robuste Arbeits*ware*. Das bezog sich aber in der Hauptsache auf die Inseln und Ländereien in den Bereichen Mittelamerikas. Peru und Ecuador unterlagen ganz anderen Voraussetzungen.

Die Indios in den Gebirgsregionen der Anden ebenfalls durch „N***r" zu ersetzen, schlug dagegen komplett fehl. Die Höhenlagen mit dem frischen Klima bekam ihnen nicht. Man musste sich wohl oder übel weiter mit den verbliebenen Indios plagen. Die waren zwar faul, langsam und bei weitem nicht so kräftig wie die stämmigen Schwarzen, aber sie hatten Ausdauer. Sie erkrankten selten und waren die kräftezehrenden Arbeiten auf den Plantagen und Minen in großen Höhen gewohnt. So fand man sich mit ihnen ab. Man ärgerte sich jeden Tag von früh bis spät über ihre mangelnden Leistungen und scheinbaren geringen Leistungswillen. Aber etwas Besseres gab es nicht.

Vor der Eroberungszeit hatten die Indios im Staat der Inkas in einer Form von Kooperativen gelebt. Persönliches Eigentum und Besitzrechte an Grund und Boden waren ihnen fremd. Staatliche Vorgaben und Planungen legten fest, wer wann, wo, wie lange, mit was und wie den Boden zu bewirtschaften hatte. Aus diesem Denkschema - oder Antidenkschema - waren sie noch lange nicht herausgewachsen, als sie Bekanntschaft mit den radikal anderen wirtschaftlichen Interessen und Vorgaben der Eindringlinge machten.

Angelinas Weg

Angelina hatte in Guayaquil aufgrund ihrer Durchfallerkrankung sehr viel Kraft verloren. Sie war stark abgemagert und fühlte sich an einem Tiefpunkt, das reine Elend. In diesen Zustand hinein brachte der Kommandant die niederschmetternde Nachricht vom Tod, vom *„heldenhaften* Tod"* ihres Mannes auf den *fürchterlichen* Schlachtfeldern. Bei den Kämpfen gegen die „barbarischen, wilden, heidnischen N***r."

Doch er bot in diesen schier unerträglichen Stunden Angelina seine Hilfe an, jede, die sie nur wünsche.

Angelina konnte das, unter den besonderen Bedingungen, unter denen sie litt, nicht mit der letzten Konsequenz einordnen.

Sie hatte vollständig den Boden unter ihren Füßen verloren. Das Elend war nicht zu beschreiben. So viel Strapazen hatte sie hinter sich, nur um jetzt, kurz vor dem gemeinsam mit Daniel erträumten Ziel vollkommen allein und auf sich gestellt zu sein. Dazu unerreichbar von ihrer Heimat und hilflos, ohne jedes Mittel allem und Jedem ausgeliefert zu sein.

Allzu gerne wäre sie jetzt einfach gestorben, aber nicht einmal eine Ohnmacht wollte sich einstellen. Es wurde nur um sie herum alles leer. Sie vernahm keine Geräusche mehr, keinen Geruch, keine Grillen und Cucarachas, kein Zeitgefühl mehr, nur für immer dunkel wollte es nicht werden. Der Tod, den sie so sehr herbeiwünschte, wäre für sie jetzt die glücklichste Erlösung gewesen. Doch nur die Leere war da, der Kommandant mit in diese einbezogen. Der entschuldigte sich, er habe noch Einiges zu erledigen. Doch Angelina hörte das nicht, nahm es nicht auf. Es war etwas in ihr zerbrochen, irreparabel zerstört.

Da war dann wieder der Kommandant - oder war er niemals gegangenen - und er redete sachlich und langsam: ..."verstehen sie mich?" ...."verstehen sie mich?"

Angelina wollte nicht und vermutlich verstand sie daher auch nichts. Sie verschloss sich jedem Laut, der bis an ihr Ohr kam. Momentan weigerte sie sich auch nur ein Wort wirklich in sich aufzunehmen.

Ein überstarkes Brummen setzte in ihrem Kopf ein. Geräusche vernahm sie wie Dröhnen, ein gewaltiges Vibrieren ging dann durch ihren Körper, einzelne Worte waren plötzlich wie Hammerschläge gegen ihren Kopf.

Jemand flößte ihr eine Flüssigkeit ein. Es war ihr egal was und warum auch, aber die automatischen Schluckbewegungen beförderten das vom Körper dringend benötigte Wasser nach innen.

Der Nebel um sie herum wurde noch dichter, wurde dann sehr dunkel. Ein Gedanke schwamm vor ihren Augen vorbei - ein schwarzer Nebel, das gibt's doch gar nicht. Aber eine herbeiersehnte, einfache, alles verschlingende Dunkelheit wollte sich einfach nicht einstellen. Offenbar war sie dazu verdammt weiterzuleben. Dann wurde es aber doch dunkel. Aber es war nicht die von ihr gewünschte immerwährende, auf ewig dauernde Dunkelheit.

Aus Erfahrung wusste sie, dass der faulige Gestank der Flussufer nachts besonders intensiv quälen konnte. Doch auch der drang nicht mehr bis zu ihr.

Nur die Stimmen - waren es innerliche oder von außen kommende? - mit denen wurde sie beharrlich behämmert. Kopfschmerzen verwandelten sich in Ganzkörperschmerzen. Sie wollte schreien, aber nicht einmal den Mund bekam sie auf. Da dieser Versuch die Schmerzen noch mehr verstärkte, wollte sie auch daran nicht mehr denken.

Der Nebel kam wieder, die Dunkelheit verschwand. Sie wurde bewegt. Vielleicht trug man sie zu Grabe - hoffentlich, das wünschte sie sich wahrhaftig.

Es war aber kein Grab. Es wurde nicht dunkler, sondern eher heller. Sie musste weiteratmen, konnte es einfach nicht abstellen. Sie wurde gewaschen, das lauwarme Wasser erreichte sie wie eine ungewollte Erfrischung.

Sie wehrte sich nun aber intensiv dagegen, in dieser Waschung eine Besserung ihres Befindens anzuerkennen. Das durfte nicht sein, nein sie wollte ja nicht mehr auf dieser Welt bleiben. Wieso konnten Menschen so gemein sein und versuchen sie aufzuhalten oder wieder in diese unerträgliche Schweinerei, die die Menschen untereinander, miteinander und aneinander auslebten, zurückzuholen. Einen Schlussstrich zu ziehen. Sie vor dem Verlassen all dieser Gemeinheiten abzuhalten?

Aber sie war zu schwach, um stark genug zu sein freiwillig den großen Schritt hinüber zu vollziehen.

Natürlich konnte sie nicht einmal ahnen, dass zur gleichen Zeit Ihr Mann Daniel mit übermenschlichen Kräften genau entgegengesetzt kämpfte. Nämlich zu leben, ihr zuliebe, um wieder mit ihr vereint sein zu können.

Sie hatte wirklich keinen Willen und auch keine Kraft mehr noch einmal neu anzufangen. Noch einmal in die Widerwärtigkeiten eines Guayaquil einzutauchen. Das sah sie als ihre Chance und sie war immer noch bereit den Schritt hinaus, weg, in die Hölle oder in den Himmel zu gehen, wohin letztendlich war ihr jetzt ebenfalls egal.

Doch wie auch immer Dunkelheit und Nebel sich abwechselten. Leute um sie herum ließen nicht locker und zogen sie stückchenweise wieder hinein in die verhasste, hasserfüllte, unausstehliche, widerwärtige, gewalttätige, verlogene Welt.

Ein repräsentativer Teufel, der für all dies mitverantwortlich sein musste, der stand nahe bei ihr. Der stand stets bereit noch einen Schritt weiterzgehen, sie mitzuziehen in diesen verfluchten, krankmachenden Sumpf, den anzulegen er sich seit Anbeginn der Welt bemüht hatte, um ihn immer größer werden zu lassen und um ihn dazu noch mit heimtückischen Krankheiten auszufüllen.

Er schmeichelte, dieser Teufel schmeichelte. Sie kannte seine Stimme. Er machte ein Angebot nach dem anderen. Alle aber gleichen Inhalts, dass er sich nämlich mitverantwortlich für das Schicksal ihres Mannes und damit auch ihres fühlte. Dass er nur noch ein Ziel im Leben habe, nämlich ihr noch Schlimmeres zu ersparen. Dass er alles daran setzen würde sie doch noch glücklich zu sehen. Ihr jeden Wunsch von den Augen ablesen wolle. Dass er für sie bereit sei alles, ja auch sein Leben zu geben. Und er würde es auch geben, wenn er ihr mit der Wiederbelebung ihres Mannes eine Freude bereiten könnte.

Sie wollte kräftig sein, ihn zum Teufel in der Hölle jagen. Jedes Wort blieb ihr aber im Halse stecken. Es fehlte ihr die Kraft, ihre Lunge mit dieser verfluchten fauligen Luft zu füllen, um ihren festen Willen lautstark zum Ausdruck zu bringen.

Und der Kommandant fuhr mit seinen verlogenen Gemeinheiten fort. -- Er sei bereit sein bisheriges, armseliges Leben aufzugeben, nur um ihr zu dienen, ihr ein menschenwürdiges Leben, möglichst sogar eines in Luxus und Fülle zu bieten, wenn er damit nur ein wenig von der Verantwortung, die er sich mit dem ehrenhaften Tod ihres Mannes aufgeladen hatte, abtragen könnte. Wie könne er ihr nur helfen? Wenn sie nicht imstande sei die Antwort darauf zu geben, dann würde er alle seine Beziehungen, seinen Namen und Ruf, seinen Einfluss geltend machen, um ihr einen Platz an der Sonne zu bieten.

Angelina war zum Erbrechen zumute. Aber offenbar fehlte ihr auch dazu die Kraft.

--- Nie sollte es ihr an etwas fehlen. Sie brauche sich nur um ihre Gesundheit zu kümmern, er werde für ihr dauerhaftes Glück schon sorgen. Zunächst aber müsse man hier aus dieser Hölle Guayaquil hinaus. Hinaus, dorthin wo sie immer geträumt hatte mit ihrem Mann ein neues Leben aufzubauen. Alle Wünsche, alle, würde er ihr von den Augen ablesen. Sie solle niemals mehr das Gefühl haben, dass sie vom Leben schlecht behandelt werden würde.

---- Er würde jedenfalls dafür sorgen, dass sie möglichst schnell die Schicksalsschläge vergessen könne.

----- Aber bitte, sie sollten so schnell wie möglich aus diesem krankmachenden Stück Hölle auf Erden wegziehen.

------ Er würde alles daransetzen sie wieder gesund zu bekommen. Sie möge verzeihen, doch er müsse Maßnahmen ergreifen. Angesichts der schlimmen gesundheitsschädigenden lokalen Tatsachen sähe er sich gezwungen und verpflichtet, Entscheidungen zu treffen, die nur zu ihrem Besten seien. Man müsse zunächst unbedingt aus dieser Gifthölle Guayaquil hinaus. Hinaus, dorthin wo die Luft sauber, rein und gesund sei. Dorthin wo auch ihr geliebter Mann mit ihr wollte.

------- Er werde alles Notwendige veranlassen, dass sie möglichst bald in den Genuss dieser verheißenen Welt kommen konnte. Alles andere ergäbe sich dann schon, wenn sie wieder bei besseren Kräften sei. Dann könne sie auch ganz frei entscheiden, freien Willen werde sie haben, ob sie ihm weiter vertrauen wolle oder ihn einfach abschieben möchte. Das wolle er hoch und heilig versprechen. Ihre Worte, ihre Wünsche, ihre Entscheidungen seien ihm Befehl.

Angelina konnte diesen Schwall, ja mehr und mehr unübersichtlichen Wust von Behauptungen, Angeboten, Versprechungen, Süßholzraspereien und dergleichen noch immer nicht verarbeiten. Doch sie standen vor ihrem inneren Auge, jederzeit lesbar, wenn auch im Augenblick nicht begreifbar und in ihrer ganzen Tragweite nicht innerlich gefestigt durchzudenken.

Sie erfasste dann, dass der Fluss überquert wurde. Eine unausstehliche Panik erfasste sie, Gedanken stürmten auf sie ein - es könnte ja auf ein Schiff gehen, eine Reise in unbekannte, ferne - noch fernere Gegenden und Daniel würde niemals wieder etwas von ihr hören. Wenn sie tatsächlich in die Berge gelangte. Wie könnte Daniel sie finden, wenn er doch wieder - wenn auch durch ein Wunder, und an ein solches wollte sie unerschütterlich glauben - in Guayaquil auftauchte, sie nicht finden würde. Ihr Kopf arbeitete weiter und schickte eine Welle der Panik nach der anderen durch ihren Körper.

Sie war sich sicher, dass dies auch für ihren Mann die schlimmste auszudenkende Katastrophe wäre. Sie fühlte sich jetzt wie in einem Martyrium.

Das war aber jetzt zu viel, was aus ihrem Inneren und auch von außen unbarmherzig auf sie einstürmte. Jetzt endlich konnte sie sich einer Ohnmacht hingeben. Einer erlösenden Ohnmacht.

Viel später, waren es Minuten, Stunden, Tage oder gar Wochen? Zu schön wäre es gewesen daraus niemals mehr zu erwachen. Einfach dort zu bleiben. Der Schritt war so einfach, so kurz, so schmerzlos. Es hätte definitiv der Himmel sein können. Sie hätte ihn aus ganzem Herzen begrüßt.

Doch auch daraus wurde wieder nichts. Irgendwann erwachte sie. Rhythmische Bewegungen, schaukeln oder war es ein Schweben, das sie wahrnahm. Sie wollte es gerne himmlischen Gefühlen zuschreiben. Doch die wahre Erkenntnis setzte sich schnell durch. Sie war an die Erdenschwere gebunden. Die Unterlage, die sie vor dem harten Kontakt mit der Erde bewahrte, war ganz einfach eine Trage. Keine einfache, rustikale, harte, sondern eine, die ihrem Körper wohltat. Sie war gut gepolstert.

Die seelischen Schmerzen erwachten aber ohne Rücksicht auf den physischen Zustand und pochten, klopften, drängten oder boxten sich in den Vordergrund.

Es war zwar halbdunkel. Man hatte sie vollkommen vor der unbarmherzigen Sonne geschützt. Aber für ihre jetzt zaghaft geöffneten Augen war es grelles Licht, schmerzhaft grelles Licht, das Angelina in ihrer nächsten Umgebung wahrnahm.

Langsam, ganz langsam öffnete sie die Augen weiter. Sie wollte etwas wahrnehmen von dem, was man ihr antat. Denn sie hatte jetzt schlagartig erkannt, dass man ihr Gewalt antat, dass es nicht ihr Wille war hier und jetzt unterwegs zu sein. Wohin der Weg auch führte, welches Ziel auch immer geplant war, es geschah alles gegen ihren Willen.

Erstaunlich, ja selbst für sie in ihrem Zustand war es erstaunlich, dass sie jetzt versuchte Gedanken mit einem klaren Willen zu verbinden. Wahrscheinlich zu früh und ohne auszudenken. Aber sie wollte dem Spuk ein Ende bereiten. Doch sie brachte nichts zustande. Vielleicht ein Stöhnen, das übrigens nicht geplant war, und doch, es reichte aus, um Personen in der Nähe auf sie aufmerksam zu machen. Sie reagierten.

Die Schaukelbewegungen nahmen ein rasches Ende. Die Schutzhülle wurde zur Seite geschoben und ein schmerzhaftes grelles Licht blendete sie. Dadurch konnte die nicht sehen, wie sich mehrere Personen zu ihr hinabbeugten, sie anstarrten. Und sie konnte nicht erkennen, dass der verhasste Kommandant dabei war. Allerdings wurde sie schnell von jedem Zweifel befreit, denn sie konnte unverwechselbar seine Stimme hören, als er beteuerte, dass man schon ein gutes Stück näher zu ihrem endgültigen Glück vorangekommen sei.

Sie wollte wieder protestieren, aber ihr Körper gehorchte ihr immer noch nicht. Sie hatte zwar noch einen eigenen Willen, doch ihr Körper war mit seinen verbliebenen physischen Fähigkeiten nicht mehr oder noch nicht in der Lage sie dabei zu unterstützen.

Trinken und Essen wurden ihr angeboten. Ihr Kopf wurde gehoben und sie musste trinken. Bald darauf fühlte sie ein wenig mehr Entschlusskraft und sie entschied sich Trank und Speisen anzunehmen. Sie wollte wieder zu Kräften kommen, erst dann könnte sie etwas unternehmen. Jedenfalls konnte sie noch nicht allzu weit von dort entfernt sein, wo sie von Daniel getrennt wurde und von ihm wieder gesucht werden würde. Und sie war sich sicherer als je zuvor, dass sie von Daniel gesucht werden würde. Er lebte, er würde leben - er musste leben.

Sie beschloss auch nach Möglichkeit Kräfte zu sammeln, ohne ihre Peiniger etwas davon merken zu lassen. Wenn sie eine Chance haben wollte, dann musste sie in die Welt dieser Vergewaltiger ihres Willens eindringen. Ihre krummen Gedankengänge nachvollziehen, um sie irgendwann überlisten zu können.

Jetzt wunderte sie sich, dass sie zumindest geistig wieder buchstäblich die Füße auf den Boden bekommen hatte.

Ein Teil der Schutzhülle wurde wieder gelüftet. Sie lag zwar vor der Sonne geschützt, konnte aber weitgehend die Beobachtung ihrer Umgebung aufnehmen. Das Landschaftsbild war ähnlich dem um Guayaquil. Alles war flach, von den vom Kommandanten versprochenen heilsbringenden, wunderwirkenden Bergen mit klarer Luft war nichts zu sehen. Aus diesen Erkenntnissen konnte sie also keine Schlüsse über ihren Standort oder auch eventuell über die Richtung ihrer Wanderung ziehen.

An einem Platz mit Hütten aus Bambus wurden für die Nacht Vorbereitungen getroffen. Ständig waren mindestens zwei Personen in ihrer direkten Nähe. Sie versuchten immer wieder ihr Essen und Trinken zu reichen oder einzuflößen. Vielleicht gab es in der Nacht eine Möglichkeit zu verschwinden. Aber wohin? Zurück nach Guayaquil? Das war lediglich eine rhetorische Frage. Sie wusste bei wachsender Klarheit

ihrer Gedanken, dass sie dorthin nicht wieder zurückkehren
konnte oder auch durfte. Sie würde die Wartezeit auf die erhoffte Rückkehr Daniels nicht lange überleben. Plötzlich stand
ihr die bittere Erkenntnis vor Augen, dass sie ja völlig mittel-
los war.

Doch nein, erinnerte sie sich. Sie hatte ja dem versoffenen
Hafenkommandanten ihre gemeinsamen Wertsachen zur Aufbewahrung übergeben. Ihr Kopf arbeitete jetzt klarer und der
sagte ihr, dass sie auf dieses heruntergekommene Charakter-
schwein nicht vertrauen durfte. Der würde doch sicher ihre
schwache Position ausnützen und sie.... es war einfach zu spät.
Nach Guayaquil konnte sie sich nicht retten, sie würde genau
in ihr dann sicheres und endgültiges Verderben gehen.

Erstens war sie zu jeder Initiative dann doch zu schwach
und zweitens musste sie voller Kummer bemerken, dass sie
möglicherweise besser bewacht wurde als Kronjuwelen. Nicht
einmal Wasser lassen durfte sie allein.

Der nächste Tag verlief wie der erste und der darauf fol-
gende ebenso. Immerhin hatte sie jetzt herausgefunden, dass
auf der Seite, wo die Sonne aufgegangen war, eine hohe Berg-
kette sein musste, deren Oberteile offenbar ständig von Wolken verdeckt waren.

Am vierten Tag ging es zunächst zwischen einigen Hügeln
leicht bergan und sie gelangten in ein teilweise enges Tal. Dort
verbrachten sie wieder eine Nacht. Es war nun nicht mehr
ganz so drückend heiß und schwül. Dafür empfand sie eine
allumfassende Feuchtigkeit. Die Pflanzenwelt war abwechs-
lungsreicher. Mannshohe Blumen mit bizarren Blüten und
riesigen Blättern drängten sich an jedem Plätzchen, auch an
manchen senkrechten, stark mit Moosen behangenen Bergflanken.

Ständig hatte man kleinere Wasserläufe durchquert. Schmet-
terlinge, ähnlich in ihrer Pracht und Größe denen, die sie auf

der Durchquerung des Isthmus gesehen hatten, beschäftigten sich mit der Blütenwelt.

Nach der Fortsetzung der Reise am nächsten Tag schwand ihre Hoffnung auf eine Fluchtmöglichkeit vollends. Sie waren in engen Schluchten und zwischen steilen, schier unendlich hohen Bergen auf kleinstem Raum eingeschlossen. Immer wieder musste der schmale Weg von Hilfskräften nachgebessert werden. Trotzdem war es oft genug recht gefährlich, wenn auf der einen Seite kein Halt mehr zu finden war und auf der anderen tief unten wilde Wasser tosten. Einige Male hatten sie Wasserfälle auf deren Rückseite zu umgehen.

Die kommende Nacht verbrachten sie in einem engen Seitental in einigen Hütten.

Am nächsten Tag kam starker Wind auf. Auch sie erhielt wärmere Kleidung. Männerkleidung.

Die Vegetation hatte gewechselt. Die großartige Blumenvielfalt gab es nicht mehr, auf Hängen konnte sie sowas wie Weiden erkennen. Die Schluchten hatten sie hinter sich gelassen, die Luft war recht trocken und frisch bis kühl geworden. Erinnerungen an die Extremadura wurden jetzt nach langer Zeit in ihr wach.

Das Schicksal Daniels stürzte dann doch auch wieder mit gewaltiger Wucht auf sie ein. Sie konnte jetzt endlich hemmungslos weinen. Der Kommandant sah keine Möglichkeit sie zu trösten. Oder wollte er gar nicht mehr?

Die kommende Nacht verbrachten sie in einer kleineren Siedlung. Ihr kleiner noch nicht ganz erloschener Hoffnungsschimmer auf Flucht war nun total zunichte. Sogar das Aussehen der Menschen hatte sich geändert. Angelina fühlte sich orientierungslos.

Die Nacht war geradezu kalt. Große Feuer wurden angezündet an denen sich alle wärmten. Auch sie musste sich bewegen und schon war jetzt auch der Kommandante auf dem Plan. Seinen Fragen wollte sie keine Antwort geben und versuchte es mit Ausflüchten oder wenn überhaupt mit allerknappsten Antworten.

Sie zogen am nächsten Tag in ein weites Tal. Auf der gegenüberliegenden Seite waren hohe Gebirgszüge zu erkennen und einige, im Morgenlicht gleißend helle, schneebedeckte Gipfel.

Noch bevor sie die weite Ebene des Tales erreichten, teilte sich die Wegespur, sie folgten der nach links.

Das nächste Nachtlager war in einem größeren Ort. Sie sah zum ersten Mal Indios, Indias und Indiokinder und hörte auch zum ersten Mal den Begriff Riobamba. Sie konnte aber diesen Namen nicht mit dem Ort in Verbindung bringen. Und fragen mochte sie auch nicht. Jetzt hätte sie gern ihre Erfahrungen mit jemandem ausgetauscht. Daniel kam wieder in schmerzhafte Erinnerung. Er war jetzt körperlich unendlich weit entfernt aber ihrer Seele immer sehr nahe.

Der nächste Tag brachte sie durch trockene Landstriche. Der Weg führte über Hügel, einen Bergpass und dann durch weit geöffnete Täler, bis sie schließlich die Stadt Ambato erreichten. Den Namen dieses Ortes hatte sie unterwegs bereits öfter gehört.

Sie hatten noch auf einer waghalsigen Brückenkonstruktion einen tosenden Fluss zu überqueren, dann ging es hinauf in den Ort selbst. In der Nähe der Kathedrale nahmen sie Quartier.

Der Kommandant selbst ließ sich jetzt wenig sehen. Er beteuerte, einige Angelegenheiten von größter Wichtigkeit erledigen zu müssen. Das aber nur, damit er ihr so bald wie möglich ein paradiesisches Stückchen Erde bieten könne. Das, was sie wirklich verdient hätte. Für Angelina wurde die Situation immer klarer. Ein goldener Käfig wartete auf sie, ein Luxusgefängnis. Sie fühlte sich jetzt regelrecht ausgeliefert. Zu allem war sie noch lange nicht wieder voll bei Kräften.

Ständig hatte sie weiterhin zwei Frauen unbestimmten Alters um sich, die sie betreuten oder auch bewachten. So genau konnte man das nicht auseinanderhalten. Sie sprachen fast nichts mit ihr und das, was sie untereinander sprachen, war durchweg unverständlich. Nun, so viel Menschenkenntnis besass Angelina, um zu erkennen, dass sie von ordinärer Natur waren. Wer weiß wo und wie der Kommandant die aufgegabelt hatte.

Die Gruppe brach wieder auf. Nach einer weiteren, knappen Tagesreise erreichte die kleine Reisegruppe offenbar ein Ziel. Die sie vorher begleitenden Männer waren ebenfalls wieder dabei. Seit Ambato reisten sie mit zwei voll beladenen Wagen. Drei weitere Pferde gehörten jetzt ebenfalls zu ihrer Gruppe.

Sie zogen in ein noch relativ neues Herrenhaus. Unweit an einem kleinen Hang standen einige primitive Hütten, wahrscheinlich von Eingeborenen. Drei dunkelhäutige Männer in abgetragenen Ponchos und teilweise durchgescheuerten Beinkleidern kamen herbei, verbeugten sich und drehten ihre Hüte vor der Brust.

Der Kommandant sprach mit ihnen im rauen Befehlston, aber in einer fremden Sprache. Sie begleiteten ihn zum Haupteingang und offenbar inspizierte der Hausherr die Einrichtung.

Als er wieder auf der Treppe vor dem Haupteingang erschien, schimpfte er lauthals mit den Begleitern, die es darauf recht eilig hatten zu den Hütten zu kommen. Auch sie begannen schon auf halbem Wege Laute auszustoßen und bald darauf kamen sie wieder im Gefolge einiger Frauen.

Das Haus hatte lange Zeit unbenutzt die Zeit überstanden. Alles war recht staubig. So wie es eben in einem nicht fugendichten Wohngebäude in einer oft von staubbeladenen Winden heimgesuchten Gegend vorkommt. Das besonders dann, wenn nicht regelmäßig geputzt wird. Und hier war es nicht erlaubt das sowieso verschlossene Haus überhaupt zu betreten. Das wiederum traf ganz besonders und explizit auf die ansässigen

Familien zu, offenbar die Indios und Indias, von denen Angelina gehört hatte.

Für den Kommandanten war das aber keinerlei Entschuldigung. Auch nicht der offenbar wiederholte Hinweis, dass in der Zeit, seit es nicht mehr bewohnt war, niemand von den Indios Zugang hatte, es überhaupt nicht betreten durften. Was Angelina erst viel später erfahren konnte, war, dass der Kommandant erst in Ambato das Recht und die Schlüssel zum Betreten erhalten hatte.

Zu ihr wandte sich aber jetzt der Kommandant und bat sie umständlich um Entschuldigung. Er erklärte weitschweifig, dass sie das Haus nicht sofort betreten könne, denn die ewig faulen Nichtsnutze von Indios hätten während seiner Abwesenheit nichts gepflegt. Auch, wenn er im Namen Gottes sprechen würde, das hatte sich Angelina vorgenommen, würde sie ihm nichts glauben.

Die Begleitmannschaften führten Befehle des Kommandanten aus, entluden die Wagen, brachten die Sachen in Nebengebäuden unter, während der Hausherr mit brüllendem Befehlston im Haupthaus zu hören war.

Vor Einbruch der Nacht konnte Angelina dann in die ihr zugewiesenen Räume einziehen. Sie hatte viel Platz, so viel, dass sich sogar ihre Begleiterinnen - oder auch Bewacherinnen - ganz in ihrer unmittelbaren Nähe einrichten konnten.

Das Reinigen ging die nächsten Tage weiter, Möbel wurden gewechselt, Bilder ausgetauscht, Türen und Fenster ausgebessert, ein gewisser Alltag begann. Eine Zeit in der die Spannung bei Angelina wuchs. Sie fragte sich, was denn Daniel sagen würde, wenn er denn gerade mal so die Tür hereinspaziert käme. Aber wie sollte er wissen wo sie zu finden sei.

Sie wollte wieder zu Kräften kommen, herausfinden wo sie selbst überhaupt war, dann Fluchtmöglichkeiten erkunden und auf ihre Stunde warten. Flucht ja, aber wohin, schoss es durch ihren Kopf. Sie verdrängte den Gedanken schnell - irgend eine Möglichkeit wird sich ergeben, müsse sich ergeben, würde sich ergeben müssen. Wie sollte sie sonst leben, vollkommen ohne Hoffnung Daniel wiederzufinden?

Es waren leider Wunschträume, die von Woche zu Woche mehr und mehr von der Wirklichkeit verwaschen oder ausgelöscht wurden.

Jetzt saßen sie, der Kommandant und sie regelmäßig an einem langen Tisch. Er war nicht so lang wie im Herrenhaus in der Extremadura, aber für diese Ecke der Welt respektabel. Mehr und mehr wuchs in dieser Zeit ihre Ahnung, dass sie mit ihrem Leben, ihren Hoffnungen und Sehnsüchten in einem abgelegenen Teil der Welt festgeklemmt war. Weit, weit weg von der Zivilisation, wo sie geboren und aufgewachsen war.

Zunächst hatte er sie gebeten ihre gezeigte Unnahbarkeit abzulegen, dann mehr und mehr gedrängt und sie gab etwas nach. Vielleicht half es, wenn sie auf diesem Weg selbst mithalf Misstrauen abzubauen, um dadurch mit der Zeit mehr Freiheiten zu erlangen.

Erste Erfolge glaubte sie errungen zu haben, denn auf ihren Wunsch hin mussten die beiden <Damen> in andere Räume ziehen. Sie hatte sich eine kleine Selbständigkeit in einer fremden bis feindseligen Welt weniger erkämpft als vielmehr ertrotzt.

Dass dies die Pläne des Kommandanten überhaupt nicht störte, dass er damit gerechnet hatte, dass er ihr gerade als Militär in Punkto Strategie absolut überlegen war, das müsste sie noch lernen und letztendlich verinnerlichen.

Der Kampf hatte noch gar nicht recht begonnen. Der Kommandant hatte aber im Vorfeld einige strategisch wichtige Ausgangspositionen besetzt. Einen, auch nur rhetorischen Überraschungsangriff seitens Angelina, brauchte er nicht mehr zu fürchten. Er glaubte alles bedacht und auch unter Kontrolle zu haben.

Er brachte ihr Blumen, das eine oder andere anscheinend

neue Kleid - was sie besonders misstrauisch machte. Wann hatte er die gekauft oder hatte er sie bereits vorher hier angesammelt. Aber da konnte er sie ja noch gar nicht gekannt haben. War da vielleicht eine andere Frau gewesen? Hatte er sich vielleicht in Ambato eingedeckt?

Sie wuchs mehr und mehr in den goldenen Käfig hinein.

Der Kommandant war die einzige Person auf der Angelina bekannten Welt der Hacienda, der man eine spanische Abstammung, oder überhaupt die Zugehörigkeit zur weißen Rasse ansehen konnte. Er war die einzige Person mit der sie, wenn es erforderlich war oder es sogar musste, in Spanisch reden konnte. Keiner der Ureinwohner, niemand vom Personal auf und um die Hacienda herum sprach so, dass sie es verstehen oder überhaupt ein Gespräch führen konnte.

Von diesem Käfig aus hatte sie in den Morgenstunden einen faszinierenden Blick. Die Sonne ging neben einem spitzen schneebedeckten Vulkankegel auf, wie man ihr sagte, dem Tunguragua. Nach ihm war auch die Hacienda benannt, von der sie nur ahnen konnte, dass sie sehr groß sein musste. Vielleicht sogar so groß wie die Ländereien des Patrons in der Extremadura Spaniens.

Und jedes Mal, wenn sie sich ergötzen konnte an der grandiosen Natur, erschien ihr Daniel. Was würde er dazu sagen? So gerne würde sie ihre Eindrücke mit ihm teilen. Dann wurde ihr wehmütig ums Herz und sie spürte einen starken seelischen Schmerz.

Der Kommandant brachte ihr eines Tages die Idee nahe, dass sie reiten lernen sollte, dann könne sie doch den Tag nach Belieben nutzen. So wie sie das mit dem Reiten beherrschen würde, wolle er ihr ein Pferd schenken. Eine wertvolle Versuchung.

Vielleicht könnte sie damit dann das Weite suchen. Der plötzlich erscheinende Gedanke war sehr verführerisch. Vorher würde sie aber noch viel zu lernen haben, mehr über die Geografie in Erfahrung bringen müssen. Aber jedes Mal, wenn sie in der kommenden Zeit daran ging und versuchte einen Plan zu bedenken und zu definieren, versuchte das Wichtigste vorn anzustellen, entglitt ihr die Konzentration. Sie hatte einfach nicht genug Anhaltspunkte, nicht genug Kenntnisse, weder der näheren als auch der allgemeinen Geografie dieses Landesteils, den man Ecuador nannte. Sie hatte nicht einmal eine ungefähre Vorstellung von den Ausmaßen des Landes, noch weniger von seinen geografischen Beschaffenheiten. Und die hatten es wirklich in sich. Und wenn sie dann an einen Fluchtpunkt dachte, erschien Guayaquil - und dort wollte sie gewiss nicht enden. Dann, ja dann dachte sie resigniert und demütig, dann wäre es so gut wie Selbstmord.

Nein, eine Flucht unter den gegebenen Umständen war keine Lösung. So niederschmetternd diese Erkenntnis auch war, sie begann sich auf diese Realität einzustellen. So, auf diese Weise, kam sie mit ihren Gedanken nicht weiter. Sie erkannte, dass sie sich in Wunschdenken hineingesteigert hatte. Daniel würde gewissenhafter und in die realistische Zukunft denkend, planen können. Sie vermisste ihn so schmerzlich. Und wieder: Wo würde er jetzt sein? Etwas spornte sie immer wieder an, und das schrieb sie sich als ein positiver Gedanke gut - sie glaubte mit immer größerer Sicherheit daran, dass er noch lebte. Er musste noch leben. Anders hätte auch ihre Existenz auf dieser Erde keinen Sinn mehr. Für ihn und diesen beflügelnden Gedanken lebte sie.

Sie war sich gewiss, er suchte sie und sie suchte ihn.

Doch so als hätte der Kommandant ihre Gedanken erraten schränkte er, was die Reiterei anbetraf, ein, dass er sie natürlich niemals allein reiten lassen werde. Schließlich könnte ihr ja etwas zustoßen. Die bösen Indios könnten ihr etwas antun. Sie sei ja hilflos. Oder sie könne sich heillos verirren. Diese Gedanken könne er unmöglich ertragen, wo er doch die volle Verantwortung für ihr Wohlergehen übernommen habe. Und er wiederholte seine eingefahrenen Formeln, dass er nur noch ein Lebensziel kenne, sie glücklich zu sehen, nach allem, was sie doch leider schicksalhaft mitmachen musste.

Tag und Nacht denke er nur an sie und seine Gedanken würden sich nur um das eine drehen, wie er ihr helfen könne glücklich zu werden und zu vergessen. Er bete zu Gott, dass es ihm vergönnt sein möge dieses Ziel möglichst bald zu erreichen. Bis dahin - bis wohin? dachte Angelina - würde er sich herzlich gern mit der Rolle eines Freundes begnügen. Ein Geschenk des Himmels wäre es dann aber, wenn er darüber hinaus ihr etwas näherkommen könnte.

Angelina schauderte es zwar im Augenblick bei diesem Gedanken. Aber die Monate vergingen und die strategische Planung des Kommandanten hatte den Faktor Zeit vollkommen mit eingeplant. Der Widerstand, nicht gerade seines Feindes, aber so etwas Ähnliches wie ein Gegner, würde, musste folgerichtig mit jedem Tag bröckeln. Es war, in militärischen Kategorien gedacht, wie bei einer Belagerung. Der Gegner würde nach einer zermürbenden Zeit des eingesperrt sein, eines Tages aufgeben. Die Verteidiger würden eine schmähliche Niederlage mit allen Folgen dem sicheren und schleichenden Hungertod vorziehen.

Er verschrieb sich noch mehr Zeit und Geduld.

Nur nichts überstürzen. Er war zwar nicht mehr ganz der Jüngste, aber er würde unter allen Umständen Angelina keine einzige andere Möglichkeit zur Auswahl lassen. Sie würde sich ergeben müssen, es gab keine irgendwie anders geartete Alternative.

Besuche in einer Stadt würden oder konnten sich bei Angelina als Wunschdenken entwickeln. Da durfte sich aber *so* lange nichts Realistisches ergeben, bis er an seinem Ziel angelangt wäre. Besuche in Ambato oder gar eines Tages in Quito konnten nur unter ganz anderen Vorzeichen stattfinden. Nur dann, wenn er vor Gott und dem Gesetz das Recht hätte zumindest im gleichen Raum aber wünschenswert im gleichen Bett mit ihr schlafen konnte. Davon war man im Augenblick noch ein gutes Stück weit entfernt.

Ein Jahr der Witwenschaft sollte man - würde er - in Anstand respektieren und auch durchhalten. Und in dieser Zeit wollte er kontinuierlich auf sein Ziel, sie zu ehelichen, diszipliniert hinarbeiten. Er hatte seine Ziele im Leben immer erreicht, das sollte dann die Krönung sein. Seine ganze strategische Erfahrung und seine umfangreichen Kenntnisse mit *Weibern* werde er einbringen. Um dann am Tag X diese Frau so weit zu haben, dass sie gar nicht mehr nein sagen konnte, bestenfalls vielleicht auch nicht mehr wollte.

Er glaubte bereits Geländegewinne verbuchen zu können. Vielleicht schon mehr als Angelina das selbst erkennen mochte. Trotzdem musste er vorsichtig sein, auch alle taktischen Finessen im Auge behalten. Er würde alle Alternativen im Vorfeld zu prüfen haben, um im Ernstfall nicht auf Improvisation angewiesen zu sein. Derartiges ging aus militärischer Sicht meist schief. Nur schlechte Militärs denken nicht ausreichend im Voraus und halten sich keine Ausweichmöglichkeiten offen. Gute Militärs versuchten vom Ende an rückwärts zu denken, dann konnte man Fehler in der Planung entdecken und auf sie reagieren.

Niemals ließ er Angelina lange allein im Haus. So gerne er hin und wieder die faulen Indios weiter draußen auf der Hacienda aufgescheucht hätte, das musste er sich bis in eine hoffentlich nicht allzu ferne Zukunft aufheben. Dann könnte er diese krummbeinigen Idioten immer noch auf Trab bringen.

Ganz vorsichtig schnitt er beim Essen das eine oder andere Mal das Thema an, dass es Angelina vielleicht Spaß machen werde in der Küche ein bisschen zu kommandieren, sich den einen oder anderen Leckerbissen machen zu lassen.

Ein anderes Mal war es die Gärtnerarbeit, die Blumen würden doch viel besser erblühen, wenn eine Frau Anweisungen und Fantasie einbringen würde. Man sähe es gewissermaßen einem Garten an, ob der gute Geist einer Frau dabei walten würde.

„Ein Haus und Heim erblüht, wenn eine Frau die Aufsicht über die Reinlichkeit der ganzen Wohnung die Regie führt." Solche Weisheiten brachte er nicht gerade tölpelhaft ein ums andere Mal zu Sprache. Da waren immer wieder zumindest Tage, wenn nicht Wochen dazwischen.

Ob sie auch genügend Schutz vor den kühlen Nächten habe? Ob er nicht doch nach wärmerer Kleidung schicken solle? Es gäbe doch so viele verschiedene Seifen und Duftwässerchen, ob sie da nicht einen besonderen Wunsch habe. Selbstverständlich wäre er bereit nach der besten Haarpflegerin zu schicken, sie brauche nur ein Wort zu sagen. Sie dürfe doch sicher sein, dass er nichts lieber tun würde als ihre Wünsche zu erfüllen. Oder noch lieber, diese ihr von den Augen ablesen zu dürfen. Sie brauche nur eine Andeutung zu machen, und schon wäre er der glücklichste Mensch ihr zu dienen, ihr diesen Wunsch erfüllen zu dürfen.

Ja das hörten Frauen gern. Die Kunst war halt stets diese Schmeicheleien gut dosiert und in der richtigen Zeitfolge vorzubringen. Er war sich sicher, dass er bis jetzt nichts verkehrt gemacht hatte.

Ein paar Reitstunden entfernt, südlich von Angelinas jetzigem Standort, hinter dem gewaltigen Riegel von Bergmassiv, hatte unterdessen Daniel unter ganz anderen Voraussetzungen seine Aufbauarbeit vorangebracht.

Daniels Einstieg als Patron

Der Gouverneur konnte sich seiner Sache der gerechten Landzuweisung und Landnahme wie geplant sicher sein. Jetzt konnte die ganze ausgewählte Gruppe auch gleich mit den Tieren Daniels und seines Bruders aufbrechen. Es war ein gewaltiges Aufgebot, ausgerüstet als wollte man ein Stück Territorium erobern oder von bösen Besatzern befreien.

Diesmal wurden sie von sechs Soldaten und einem Offizier begleitet. Dazu kamen der Standortkommandant und der Vikar.

Letzterer hatte zu seinem eigenen Pferd noch ein eigenes Maultier derart beladen, als wolle er eine Expedition bis zum Amazonas durchziehen.

Daniel, zweifelte nie am Wort Gottes, wenn es von Priestern, Klosterbrüdern, Nonnen, Bischöfen, Kardinälen interpretiert wurde. Er nahm ihre Aussagen schon als geheiligt, auch jene von einfachen Kirchendienern, wenn diese nur irgendetwas auf ihrem Leib trugen, das, wenn auch nur entfernt an eine kirchliche Uniform erinnerte. Allerdings an eine sehr bunte und bestickte Kirchenoffiziersuniform. Daniel, wie jeder andere einfache Mensch im Spanien seiner Zeit, stufte die „heiligen Worte" umso höher und gewichtiger ein, je bunter und gewichtiger die „Uniform" des „heiligen Mannes" war. Die natürlich das Pfauenhafte nur zur größeren Ehre Gottes trugen. Klar!

Nie vorher war Daniel auch nur einmal in seinem Leben für einige Tage so in eine enge Lebensgemeinschaft mit einem Kirchenvertreter eingebettet. Ganz besonders nicht mit einem in gehobener Position, wie gerade jetzt. Er hatte ausreichend Zeit seine kritiklose Bewunderung zu steigern oder - so Gott es wollte - neue Einsichten zu gewinnen. Dies, auch wenn sie dann doch nicht so vorteilhaft sein sollten. Gott wollte es ja offenbar so.

Sein Vertreter in den wallenden Umhängen war hier schlicht und einfach ein Säufer.

Sein Gesicht war aufgeschwemmt, aufgedunsen, wabbelig in jeder Hinsicht. Er hatte Tränensäcke, die sich bemühten, demnächst eine Verbindung mit den Nasenflügeln einzugehen. Er besaß hochrote Ohren. Auch das ganze Gesichtsfeld war von mehr dunkelroten bis lila Äderchen durchzogen. Er war chronisch schlecht rasiert. Sein Mund lag schief in seinem Gesicht und aus einem tiefer liegenden Winkel lief ständig grauschmutziger Speichel. Die Lippen seines fast zahnlosen Mundes versuchte er durchweg erfolglos zusammenzuhalten. Auf der heruntergeklappten Unterlippe lag meistens die Zungenspitze sichtbar auf. Sie zuckte dann auch in unterschiedlichen Zeitabständen ruhelos vor und zurück. Sein Kopf war beständig vorgeneigt. Er bewegte ihn aufwärts und es entstand der Eindruck, als wollte er ihn immer wieder an seinen angestammten Platz auf den Schultern zurückbeordern. Doch, wenn es ihm dann gelang ihn zu einem Blick geradeaus hochzubringen, senkten sich gleichzeitig die schweren dicken Augenlider. Dann konnte man nur noch die Hälfte der Pupillen erkennen. Dafür klappten dann die Unterlider übermäßig nach vorn und legten blutunterlaufen einen weiteren unnützen Teil seiner Augäpfel frei.

Auf das Pferd ließ er sich von Soldaten hieven und blieb dann in seinem Spezialsattel einseitig sitzen - im Damensitz. Freilich hätte ihn seine weite, faltenreiche und am unteren Rand schmutzig ausgefranste Soutane am Überschwingen eines Beines gehindert. Sein wabbeliger Hals wurde, wie es schien, notdürftig von einer Art Band oder Kragen zusammengehalten.

Er schwitzte ständig, zog seinen breitkrempigen flachen Hut öfters und trocknete sich mit einem grauen Tuch den kahlen Schädel. Ansonsten wusste man über seinen Leibesumfang nicht Bescheid. Spielend leicht hätte man aber unter so viel Stoff einen dicken Bären verschwinden lassen können.

Der ranghöchste Militär, der Standortkommandant, war fast das Gegenteil. Er schwitzte nicht, war hager, fast dürr, trug einen äußerst gepflegten Schnurr- und Schnauzbart, legte Wert darauf, dass seine Unform, zumindest den Umständen entsprechend, tadellos saß. Öfters ordnete er seine verschiedenen Orden auf der linken Brustseite. Auf dem Pferd saß er senkrecht mit durchgedrücktem Rücken, wenngleich er ganz offensichtlich nicht mehr der Jüngste war. Doch den anderen niedrigeren Rängen musste er es immer wieder einmal zeigen.

Er trank den ganzen Tag nicht, während der Vikar in kurzen Intervallen eine seiner Keramik-Flaschen hob, um einen Schluck zu sich zu nehmen. Seine Fahne flatterte hinterher.

Die Karawane mit Menschen und Tieren kam natürlich langsamer voran, als Daniel mit seiner Gruppe zur Prospektion unterwegs war. Viel früher am Tage wurde auch ein Lager aufgeschlagen. Diesmal hatte man sogar dreibeinige Sitze und einen zusammenklappbaren Tisch mitgebracht. An ihm tafelten der Militär und der Vikar. Für Daniel, seinen Bruder und die Soldaten wurde auf dem Boden serviert. Man lebte aber nicht schlecht.

Die Nacht war wieder kühl und sehr unruhig. Der Vikar schnarchte so lautstark, dass sogar deswegen die Pferde in ständiger Unruhe schienen.

Nachdem man sich in der Morgensonne erwärmt hatte, konnte es zu vorgerückter Stunde weitergehen.

Der Vikar hatte bereits wieder Durst.

Wie es schien ignorierte es der Standortkommandant.

Einige Zeit nach der Mittagsstunde wurde bereits wieder

ein Lager aufgebaut. Man war aber schon auf dem zukünftigen Gelände Daniels, das erklärte ihm der junge Offizier, der bei der Auswahl vor Tagen das Sagen hatte.

Der Standortkommandant rief Daniel zu sich, um ihm den Ablauf der Zeremonien zu erläutern. So, wie er es darstellte, sollte es - hatte es abzulaufen.

Unter Führung des jungen Offiziers wird eine Gruppe Soldaten Indios aufsuchen und herausfinden, wer für alle oder wenigstens mehrere sprechen konnte. Der oder die würden dann herbeizitiert, um mit ihnen den Kaufvertrag - sprich: Übernahmevertrag - abzuschließen. Der Vikar würde als Notar funktionieren, den Akt bezeugen und beurkunden. Den Indios würde man dann noch ein paar Geschenke übergeben, das sollte besser Daniel machen, denn der habe sie ja dann auch <am Hals>.

Als Geschenke habe man das Übliche dabei, ein paar Spiegel, bunte Glasperlen, Messer und sonst noch ein paar Kleinigkeiten. Normalerweise habe man sich kaum etwas zu sagen, da die Indios selten ein paar brauchbare christliche Laute hervorbrächten. Sie würden ständig auf einer mit Zischlauten durchsetzten eigenen Sprache herumkauen, die kaum einer verstünde. Der junge Offizier beherrsche sie annehmbar und auch er selbst traue sich zu noch so Manches zu verstehen. Was immer das bedeuten mochte.

Der Kaufvertrag oder „Enteignungsdokumentation" aber sei natürlich nur in Spanisch abgefasst. Wenn die Indios allerdings zu faul oder unfähig seien das zu verstehen, dann sei das nicht unser aller Problem, sondern damit müssten diese fertig werden. „Sie sind ja die Verkäufer", sagte er, verengte die Augen zu Schlitzen und lächelte vielsagend. Korrekter ausgedrückt hätte er sagen können: „Entrechteten".

Den späteren Nachmittag verbrachte man noch mit einem Jagdausflug, der aber, trotz aller Bemühungen zweier Soldaten ihnen etwas zuzutreiben, ohne Erfolg blieb.

Kurz vor Dunkelwerden kamen die ausgesandten Soldaten zurück und berichteten, dass morgen Vormittag drei Indios als sogenannte Bevollmächtigte erscheinen würden. Sie hätten zwar keinen Kaziken auftreiben können, aber die ausgewählten Personen - „Entschuldigung", entfuhr es dem Offizier - „natürlich die <Indios>" würden seiner Ansicht nach die Rolle ebenso gut ausfüllen können.

So saßen sie, Daniel der „Käufer", der hohe Militär und der Vikar am nächsten Vormittag an dem kleinen Tisch vor ausgebreiteten Papieren mit Zeichnungen und Handgeschriebenem. Eine Gruppe Indios kam, es waren zehn bis zwölf Männer und nicht die angekündigten drei. Sie bewegten und näherten sich eher unentschlossen, aber keinesfalls mit Tippelschritten, den weißen Herren. Es schien als würden sie wetteifern, wem die Ehre des Vortritts gebühre. Verlegenes Lächeln war zu bemerken und einzelne mehr gezischte Wortlaute zu hören.

Geduldig wartete der Standortkommandant. Der Vikar zog sich noch einen rein. Seine Unterlippe schien diesmal noch weiter nach unten zu hängen. Seine Zunge war zeitweise zum Stillstand gekommen, hing dafür aber ein Stück weiter aus dem Mund.

Schließlich machte der hohe Militär eine einladende Handbewegung. Das wurde von der Gruppe mit allgemeinem Gemurmel quittiert. Sie holten ihre Hüte vom Kopf und begannen sie mit beiden Händen wie ein Rad vor ihrem Bauch oder Brust zu drehen.

Tiefschwarze, ja beinahe mehr blauschwarze lange Haare waren hinter ihrem Genick mit einem bunten Band zusammengebunden. Einer nach dem anderen zeigte, dass er Zähne besaß, legte die Arme frei, indem er jede Seite seines Ponchos nach oben schlug, ihn geschickt faltete und auf der jeweiligen Schulter zurechtlegte. Die weißen Hosen endeten in halber Wadenhöhe, ihre nackten, teils knorrigen Füße steckten in Sandalen, ihren typischen Alpargatas. Sie befanden sich sicherlich in ihrer Sonntagsnachmittagsausgehfußbekleidung. Daniel bemerkte, dass die Hautfarbe der Beine der Farbe des Kupfers nach einer Wärmebehandlung ähnelte. Mehr rötlich mit dunkleren Flecken.

Sie waren nun ganz nahe am Tisch, aber mehr denn je waren sie sich scheinbar noch nicht einig, wer denn nun näher an den Tisch treten sollte bzw. ihm am nächsten sein sollte.

Der junge Offizier begann einen mit Zisch- und Schnalzlauten gefüllten stolpernden Monolog, worauf sich die Indios wieder gegenseitig wie überrascht anschauten. Man brauchte keine großartige Fantasie, um zu erkennen, dass sie nicht viel verstanden. Vielleicht gar nichts.

Der Offizier sprach weiter, offensichtlich eröffnete er ihnen ihre aussichtslose Lage. An ihren Gesichtern war nicht zu erkennen, ob sie von dem Gesprochenen beeindruckt wurden. Zwischendrin zeigte der Offizier schon mal auf die ausgebreiteten Papiere und dann mit dem Zeigefinger auf Daniel. Der hatte dabei das Gefühl damit direkt durchbohrt zu werden. Er wurde ihnen vorgestellt als ihr Herr und Patron, der neue Eigentümer ihres Landes und ihrer Leben, der Verwalter ihrer zukünftigen Schicksale.

Alles, was der Patron beschließen werde hatten sie kritiklos als unumstößlichen Befehl anzunehmen und auszuführen. Er sei die erste, direkte und oberste Gerichtsbarkeit. Gegen ihn gab es seitens der Untertanen keine Klagemöglichkeit oder auch nur Beschwerdemöglichkeit. Sie würden sich seinen Arbeitsanweisungen zu fügen haben und vor allem hätten sie für ihn zu arbeiten von Sonnenaufgang bis Sonnenuntergang, sechs Werktage lang. Sonntags sollten sie den Herrn ehren, ihre Wäsche sauber halten, froh sein, feiern. Dazu könnten sie u. U. - das hänge vom guten Willen des Patrons ab - ein Stück Land erhalten, das sie dann ebenfalls sonntags bearbeiten könnten. Alles Land gehöre nun uneingeschränkt dem

Patron. Er sei der Herr, den sie respektieren mussten. Er bestimme über ihr Schicksal.

Er könne bestrafen oder belohnen, je nachdem welche Motive sie liefern würden.

Die sechs Tage der Woche aber gehören dem Patron. Jeder solle sich das gut merken, betonte er in Wiederholung.

Der Vikar genehmigte sich einen weiteren Schluck aus einer bauchigen Tonflasche.

Am zweiten Tag von heute an, hätten sie alle mit weiteren Freunden und ganzen Familien beim Patron zu erscheinen, um eine Minga zu bilden. Dem Patron und seinem Bruder solle eine achtsame Behausung gebaut werden, wenigstens eine vorläufige Behausung, denn später werde er sich prachtvoll einrichten, derart, dass jeder von den Untergebenen stolz auf ihn sein könne.

Die Minga, das hatte der junge Offizier Daniel bereits vor Tagen erklärt, ist eine Gemeinschaftsarbeit. Bei Bedarf, z.B. bei einer Heirat kommen alle Verwandten und Bekannten zusammen, um im Ruck-Zuck-Verfahren ein Haus mit Lehmmauern zu bauen. Das konnte in einem, höchstens zwei Tagen bezugsfertig sein. Dann würde gemeinsam die vollendete Arbeit gefeiert.

Der Standortkommandant fragte den Offizier, ob die Indios das alles verstanden hatten, ob er ihnen gesagt habe, dass sie jetzt nur noch als großen Vater ihren Patron Daniel hätten. Dass sie mit allen Anliegen zu ihm kommen könnten, ja müssten. Halb murmelnd fügte er hinzu - „hoffentlich brüten die nicht allzu viel Kleinscheiß aus. Das brauchen sie aber nicht zu übersetzen", sprach er den jungen Offizier direkt an.

Ein mittelgroßes Korbfläschchen mit Schnaps wurde auf den Tisch gestellt und daraus einige Kupferbecher gefüllt. Sie sollten zugreifen, ermunterte sie der junge Offizier, dies sei ein grosser Moment für sie, denn ab jetzt bräuchten sie sich nicht mehr um ihr Leben und Sorgen selbst zu kümmern. Das sollten sie mit einem kräftigen Schluck begießen. Es waren aber mindestens vier große Schlucke.

Der Vikar trank begeistert mit. Der Kommandant nippte nur. Die Indios rollten die Augen, bekamen Atemnot, husteten, wollten aber offenbar niemanden beleidigen und tranken Schluck um Schluck, bis sie den Becher geleert hatten. Der junge Offizier begann nochmals mit bestimmten Ausführungen. Die Indios folgten seinem Zeigefinger in alle Windrichtungen. Sie bekamen oberflächlich mit, inwieweit ihr bisheriges kleines Reich - wohl ihre angestammte Heimat - beschnitten wurde. Sie jetzt rechtlos auf eigenem Grund und Boden wurden. Doch das wurde beileibe nicht so offen ausgesprochen. Sie wurden ja genug belehrt, was sollte man da noch weiter Aufklärendes dranhängen?

Alle, bis auf den Kommandanten und natürlich auch der Vikar setzten sich. Es sollte zwangloser aussehen. Eine Unterhaltung kam aber trotzdem nicht recht in Gang.

Die Indios wurden lauter mit ihren Bemerkungen und auch der eine oder andere Lacher war zu vernehmen. Ihre Bewegungen waren jetzt etwas unkontrollierter, der Alkohol tat seine Wirkung in den solche scharfe Sachen ungewohnten Köpern.

Die nächste Flasche stand bereits auf dem Tisch und die Becher wurden von einem Soldaten gefüllt.

„Bei mir sollst du nur so machen als, ob, oder denkst du ich will mich mit diesem Gesindel besaufen?“ Der hohe Militärherr hatte seine Ordonanz angezischt.

Die Indios waren jetzt schon nicht mehr ganz so schüchtern und griffen zu. Es schien ihnen bereits Spaß zu machen die Grimassen der Mitopfer zu kommentieren.

Bis sie die Becher wieder auf den Tisch gestellt hatten, war ein gewaltiger Wandel in ihnen vor sich gegangen. So zeigten sie auch auf den beeindruckenden Schnurrbart des Kommandanten, lachten, stießen sich in die Rippen, fühlten sich selbst unter die Nase - doch da war nicht einmal ein Flaum zu spüren oder zu sehen. Ihnen wuchs kein Bart, höchstens mal im vorrückenden Alter das eine oder andere einzelne Haar.

Den Hut schwenkten sie jetzt schon mit einer Hand, er war nicht mehr dazu da, um sich an ihm festzuhalten, Verlegenheiten in ihn hineinzuwalken. Einer wagte es sogar mit Fingern einer Hand seine Unterlider herunterzuziehen so, dass sich die Augen teilweise wie blutunterlaufen darstellten. Seine Begleiter schauten ihn an, dann den Vikar, schlugen sich auf die Oberschenkel und brachen in wieherndes Gelächter aus. Das würde ihnen der Vertreter der einzig wahren christlichen Lehre nicht verzeihen, dachte sich Daniel, dem das Spektakel immer peinlicher wurde. Gerne hätte er alles hinter sich gehabt.

Doch die Becher waren wieder gefüllt. Bereitwillig, oder war es jetzt die reine Begeisterung, bedienten sich die Indios weiter.

Bevor das Ganze ins total Absurde abgleiten konnte, nahm sich der junge Offizier die von ihm ausgewählten drei Burschen und bedeutete, dass hier auf dem Papier jeder ein Zeichen zu hinterlassen habe. Daniel konnte es nicht verstehen. Es hätte unter den gegebenen Umständen auch leicht sein können, dass er ihnen klarmachte, man müsse sich hier mit einem persönlichen Zeichen verewigen. *<Denn so jung werde man nicht mehr zu einer gemeinsamen Feier zusammenkommen>*.

Er schien ihnen klarzumachen - „siehst du, der Herr mit dem Bart macht es auch, ebenso der junge Mann da" - er bedeutete Daniel herbeizukommen, um zu zeichnen. Dann drückte er jedem der - in seinen Augen - Tölpel den Federkiel in eine der bei jedem schrundige Arbeitshand. Dann zeigte er auffordernd immer wieder auf die gleiche Stelle, bis sie offensichtlich begriffen und einige Klekse malten.

Der Vikar hatte jetzt plötzlich alle Hände voll zu tun. Er notierte, schließlich war er Notar, er notierte und notierte. Die

Fiesta war schon am Höhepunkt angelangt als er mit seinen Werkzeugen Siegelwachs vorbereitete und ordinäre Schriftstücke zu Dokumenten adelte.

Der Indiogruppe wurden noch fünf Flaschen Hochprozentiges in die Hände gedrückt. Sie wollten sich dann in der allgemeinen Runde niederlassen. Doch der junge Offizier machte ihnen klar, dass sie das Zeug ruhig mit ihren Familien und Freunden zu Hause teilen sollten.

Einige teilten noch freundschaftliche Umarmungen aus. Das Ganze sah dann doch etwas unbeholfen aus. Auch der Herr Kommandant konnte den Angriff auf seine Dignität ebenfalls nicht vermeiden. Und hier musste Daniel schmunzeln. Die dunklen Männer erreichten bei ihren Umarmungen mit ihren Augen gerade mal die Höhe der Ordensspangen der Respektsperson.

Der Vikar war offensichtlich stolz auf seine Amtshandlung und genehmigte sich einen doppelten Schluck.

Der Kommandant kam zu Daniel und gratulierte ihm zum Landerwerb. „Möge ihre Arbeit und Erfolg unseren königlichen Majestäten zur größeren Ehre gereichen.“

Daniel versprach sein Bestes zu tun.

Er erhielt noch Instruktionen wie es weitergehen sollte. Wenn die Indios ihm seine vorläufige Bleibe gebaut hätten, solle er doch in die Stadt in den Gouverneurspalast kommen. Man werde dann das Ereignis nochmals begießen und die Formalitäten in Anwesenheit des Gouverneurs abschließen. Die Bank „Heiliger Geist“ würde ihm dann Geldmittel zur Verfügung stellen. Er könne dann seine beglaubigten Eigentumstitel mitnehmen und für den Aufbau seiner Existenz einkaufen.

Alle verbrachten nochmals die Nacht zusammen. Daniel war es bei dem Gedanken zufrieden, dass er von Morgen an wenigstens wieder ruhig schlafen konnte, ganz ohne das Gedröhne des schnarchenden Vikars.

Recht früh am nächsten Morgen bereitete sich die Reisegesellschaft für die Abreise vor.

Das Lager wurde zügig und gekonnt von den Soldaten ab-
gebaut. Bald waren auch die Tragtiere bepackt und das Gepäck verschnürt. Der Kommandant überprüfte mit schnellen
Blicken die sichere Reisebereitschaft der einzelnen Tiere.

Dann verabschiedeten sich die Teilnehmer an dem
Verwaltungsakt. Man würde sich in ca. einer Woche wiedersehen.

Eine neue Zeitrechnung

Den Tieren beließen Daniel und sein brüderlicher Begleiter noch die Fußfesseln. In Riobamba hatte Daniel eine Axt
und eine Schaufel erstanden. Mit dem, was er sich bereits in
Guayaquil zugelegt hatte, war es eine Ausrüstung, mit der man
einen Start wagen konnte. Die Soldaten hatten ihm eine Art
Notzelt gelassen. Nächste Woche bei seinem Besuch in
Riobamba würde er es zurückbringen.

Sanchez, er war nun wieder Sanchez, und Daniel beschlossen wenigstens einen Teil des Grundes und Bodens für das
brandneue Hacienda-Haupthaus zu besichtigen und auch festzulegen. Die ebenfalls frisch erworbene Schusswaffe nahmen
sie auch mit. Nein, es war nicht eine Furcht vor Eingeborenen, aber man wollte sich an den Gedanken der Jagd gewöhnen. Allzu viel Fleischauswahl würden sie wohl in der nächsten Zeit nicht haben. Sich einfach bei den Indios zu holen, an
diesen Gedanken wollten sie sich beide nicht gewöhnen,
zumindest noch nicht. Daniel wollte ein guter und gerechter
Patron sein. Sanchez dachte in der gleichen Richtung, wie er
zu verstehen gab.

Sie fanden nachmittags eine Stelle, die Daniel die Beste
von allen erschien. Es gab hier genug Platz, um in einer unbestimmten Zukunft das Haupthaus für die Hacienda aufzubauen, wenn es einmal so weit wäre. Ganz in der Nähe, etwas
einen kleinen Hang hinauf, floss ein Bach, nicht zu wild, groß

genug für ihren Bedarf. An seiner Umrandung konnten sie erkennen, dass er zumindest recht lange Zeit sein Bett nicht mehr verlassen hatte. Zudem konnte man praktisch und ohne größeren Aufwand eine Zuwegung zum Haupthaus und vielleicht auch einen kleinen Teich bauen.

Daniel malte sich aus, wie er alsbald Bäume pflanzen werde, die dann nach Jahren mit großen Kronen einen schattigen alleeartigen Zugang bilden würden.

Ihm stocke für einen Moment das Herz. Angelina! Er und sie hatten diese Träume zusammen geträumt und nun stand er allein da. Fürs Erste, sagte er sich. Er wollte dann öfters in Riobamba an den Plätzen vorbeischauen, wo sich Wanderer oder ganz allgemein Fremde aufhielten. Er wollte nach dem Juan Pablo Hernandez Palacios fragen. Eines Tages musste dann einfach jemand dabei sein, der ihm eine Piste aufzeigen konnte.

Wie lange würde er noch im Ungewissen über ihr Schicksal leben müssen? Fragte er sich sorgenvoll immer wieder.

Am zweiten Tag auf seinem Grundbesitz und zukünftiger Hacienda kroch Daniel nach Tagesanbruch aus ihrem Unterschlupf und rieb sich verwundert die Augen. Er brauchte eine Weile, bis er begriff, was dieser ganze Aufmarsch zu bedeuten hatte. Eine richtige Menge Indios saßen in kleinen und grösseren Gruppen zusammen. Männlein, Frauen, Kinder aller Altersklassen. Zwei Indias hatten Kleine an die Brust gelegt. Andere wiegten sie auf dem Rücken. Die Kinder hatten diszipliniert Ruhe gehalten, um die neuen Patrones nicht zu erschrecken oder aufzuwecken.

Sie erblickten ihn und die Männer standen sofort rasch nacheinander auf, zogen ihren Hut, drehten ihn vor der Brust und erwarteten Anweisungen von Daniel.

Der versuchte nun eine erste Verständigung zustande zu bringen. Er wollte zunächst, dass sie ihre Hüte wieder aufsetzen sollten. Darauf waren die Männer aber nicht programmiert. Nach einigen unfruchtbaren Versuchen gab Daniel auf.

Sanchez war mittlerweile hinzugekommen. Daniel beschloss, dass es wohl das Beste sei an die Arbeit zu gehen, den Bauplatz aufzusuchen.

Das Weitere war recht einfach. Daniel holte Werkzeuge, schnürte Bündel, während Sanchez die Tiere holte. Recht bald hatten einige Indios verstanden, kamen, um beim Bündeln zu helfen. Jetzt setzten sie ihre Hüte auf, denn sie brauchten die Hände. Es erschallten einige Rufe, Frauen kamen herbei und luden sich die Bündel auf. Mit den Kleinigkeiten begnügten sich die Männer.

Es war eine richtige Karawane, wie sie jetzt nach dem Bauplatz wanderten.

Daniel bezeichnete den Platz, an dem er das provisorische Wohnhaus haben wollte. Die Indios hatten schnell begriffen und übernahmen von nun an die Initiative. Er konnte eigentlich auch gar nichts mehr tun. Befehle oder Anweisungen konnte er nicht übermitteln. Noch nicht einmal Wünsche konnte er äußern. Er fühlte sich beinahe schwindlig vor Ohnmacht. So versprach er sich die fremde Sprache so schnell wie möglich zu lernen.

Wie sie es auch schafften, es ging alles beinahe wie eingeübt und doch kunterbunt durcheinander. Frauen bereiteten Plätze für einen bestimmten Zweck vor, indem sie die Grasnarbe entfernten. Die einzelnen Fetzen setzten sie so aufeinander als hätten sie die Absicht das Ganze später wieder an seinen Platz zu bringen.

Männer zogen ab und kamen von irgendwoher mit primitiven Tragegestellen auf denen Erde gehäuft war. Es war nicht irgendeine ix-beliebige Erde. Es war *das* Baumaterial schlechthin und sie wussten sicherlich genau, wo sie es in der benötigten Qualität finden konnten. Daniel überzeugte sich und fand es heraus. So hatten sie sich einfach in einer ihnen bekannten

Bachbiegung eine Mine angelegt und bauten das Baumaterial ab.

Die Frauen nahmen es in Empfang. Kinder brachten Wasser und gemeinsam begannen sie die Erde weiter zu befeuchten und mit nackten Füßen zu stampfen. Die Frauen wickelten sich die Röcke bis zu den Knien. Kinder, Mädchen von vielleicht fünf Jahren aufwärts, bekamen ihre Geschwister auf den Rücken geschnürt und die Muttis hatten freie Hand, in diesem Fall freie Füße.

Der größte freie Fleck, so zeigte es sich jetzt, war das ebenerdige Fundament ihrer zukünftigen Behausung. Daniel wollte es noch etwas länger haben, das wurde verstanden und weitere Grasnarben abgetragen.

Sie hatten Holzbretter von gut einem Fuß Breite und vier Fuß Länge gebracht. Man konnte ihnen ansehen, dass sie bereits für andere Bauten gedient hatten. Diese wurden im Abstand von knapp zwei Fuß gegenübergestellt und mit Abstandsstücken auf gleicher Breite gehalten. Mit beinahe vier Schritt langen Seilen, alle mit einer Schlaufe an einem Ende, wurden die Bretter dann festgezurrt.

Die Konstruktion sah jetzt aus wie ein an zwei Längsseiten offener Kasten. Damit wurden die Wände an Ort und Stelle hochgezogen. Sie begannen den „Kasten" an einer Ecke mit Lehm zu füllen. Dieser wurde dann festgestampft. Bald danach wurde der „Formkasten" abgenommen, die Seile aus dem frischen Lehm herausgezogen und der Kasten an dem gerade fertiggestellten Stück Wand weiterversetzt wieder „festgebunden". Auf der gegenüberliegenden Wandseite machte eine zweite Gruppe die gleichen Arbeiten.

Nachdem rundum die Basis für die Mauern gelegt waren, wurden nun die kastenförmigen Schalenelemente für eine zweite Lage Lehm auf der ersten aufgesetzt. An einer Schmalseite der werdenden Konstruktion wurde mittig eine Öffnung für den Eingang gelassen. Fenster würde es keine geben.

Als die vierte Lage beendet war, gab es eine Mittagspause. Im Handumdrehen erschienen von Daniel bisher nicht bemerkte, mitgebrachte Speisen, in der Mehrzahl für Daniel unbekannt. Bald nagten Männlein, Weiblein und Kinder beidhändig etwas, an dem rundum goldgelbe Körner zu sitzen schienen.

Zwei kleine Mädchen überbrachten Daniel und seinem Bruder je eines dieser Stücke. Sie bedankten sich mit Gesten und Mienen. Sie nagten nun in gleicher Weise die wohlschmeckenden Körner ab. Es war ihre erste Begegnung mit Mais, dem Hauptnahrungsmittel im Hochland Ecuadors - und nicht nur hier.

Irgendwann sah Daniel, dass sich Frauen zwischendurch mal wieder mit ihren Kindern befassten, einige wurden gesäugt. Daniel staunte, wie die Indias unverhältnismäßig große braune Brüste aus einer Brustwicklung entnahmen. Die flachen Gesichtchen der Kleinsten machten sich dann schmatzend ans Werk sie leerzusaugen.

Andere Frauen hatten begonnen Feuer zu machen, ein ungemein interessanter Anblick für Daniel, den die Geschicklichkeit überraschte. Nun erst bemerkte er, dass unter den mitgebrachten Gepäckstücken noch weiteres, zumindest teilweise vorbereitetes Essen war.

Daniel kam sich bei der ganzen Betriebsamkeit regelrecht überflüssig vor. Er wusste mit sich nichts anzufangen.

Nach dem Mittagessen gab es keine Siesta, stattdessen begannen sie mit einer rhythmischen Melodie, in die nacheinander alle einfielen. Kinder, Frauen und Männer sangen oder summten bei der Arbeit. Der Text selbst wiederholte sich offensichtlich. Die Melodie war der Arbeit angepasst oder sie passten die Arbeit der Melodie mit dem Rhythmus an. Es wurde mal lauter, dann wieder abschwellend, gruppenweise schienen sie nicht mitzusingen, um sich dann mit anderen Gruppen abzuwechseln. Nun schien es als würden sie sich gegenseitig Fragen zusingen. Es war ein faszinierendes Erlebnis für Daniel. Alle

Melodien hörten sich wie Klagelieder an, mit einem traurigen Grundton. Und wieder schnürte ihm die Erinnerung an Angelina schmerzhaft die Brust ein.

Der Tag verging und noch vor Sonnenuntergang standen die vier Wände, freilich ohne Fenster, die hatten die Indios auch bei ihren Häusern nicht.

Der Singsang hatte seit geraumer Zeit nachgelassen. Müdigkeit machte sich bei vielen bemerkbar. Die Kinder, die z. T. recht gut bei der Arbeit mitgehalten hatten, zeigten fehlende Konzentration. Es war Zeit für den Feierabend.

Zunächst liefen einige Männer mehr oder weniger ziellos umher, sie hatten etwas zu sagen, aber es wurde nichts aus der Verständigung. Daniel ergriff aus einem bestimmten Gefühl heraus die Initiative, gab mit Zeichen zu verstehen, dass man ruhen und schlafen gehen sollte. Das wurde verstanden und nun wollten alle auf einmal Daniel klarmachen wie es weitergehen würde.

Es überwogen verständliche Zeichen, dass das Dach noch fehlte. Daniel wollte gern interpretieren, dass es Morgen weitergehen sollte. Ohne viel Aufhebens verteilte sich dann die Gesellschaft in zwei Richtungen und wanderten in der Mehrzahl talwärts.

Daniel und Sanchez hatten nun doch noch einiges zu tun, denn sie hatten ihr Nachtlager aufzuschlagen. Ein Feuer konnten sie wieder entfachen, Brennholz hatten die Frauen auch noch liegenlassen. Die Mahlzeit war allerdings bescheidener als das, was er gerne mit den Indios verzehrt hatte.

Die Tiere hatten sich etwas zerstreut. Es dauerte noch eine Weile, bis sie sie geknebelt hatten.

Bald wollten sie an die Arbeit gehen und Weideplätze mit Sträuchern und Hecken zu begrenzen.

Sanchez wollte mit Daniel noch seine Idee für eine Feuerstelle besprechen. Daraus wurde nicht mehr viel.

Die festgestampften Mauerblöcke hatten bereits an Festigkeit gewonnen, Feuchtigkeit war geringer geworden.

Daniels Indios schleppten Holz herbei, Stangen, Äste, Zweige. Sie bearbeiteten alles mit Werkzeugen, die Daniel unbekannt waren aber Äxten und Haumessern ähnelten. Daniel bot seine Axt an. Sie wurde angenommen aber nach einiger Zeit stand sie trotzdem ungenutzt herum.

Die Frauen und Kinder waren in der Mehrzahl verschwunden. Die Männer hatten bereits begonnen längere Hölzer mit selbstgefertigten Stricken oder mit den bereits bekannten Seilen zusammenzubinden. Nägel waren offenbar unbekannt. Dünnere Äste und auch Zweige wurden quer festgebunden. Doch zu dieser Zeit lagen bereits größere Mengen von Bündeln mit langgewachsenem Gras bereit. Immer wieder war eine der Frauen mit einem solchen Bündel gekommen. Geschickt machten sich dann einige Männer daran es zu sortieren, kleine Bündel zu machen und ordentlich aufzureihen.

Bevor sich die Sonne nachmittags dem Horizont zuneigte, war die Behausung dicht. Während die Männer noch auf dem Dach arbeiteten, hatten sich die Frauen wieder mit dem Anfeuchten und Stampfen von lehmiger Erde beschäftigt. Das Ganze wurde dann auf dem Boden der Hütte ausgebreitet und mit bloßen Füßen verteilt, festgetreten und ziemlich gleichmäßig zu einer Ebene verarbeitet.

In einer Ecke errichteten seine Leute, ebenfalls mit viel Geschick, eine Feuerstelle. Jetzt erkannte Daniel weshalb in der Ummauerung einige Nischen ausgespart worden waren. Sie deponierten in ihnen die kupferne Pfanne und die paar Utensilien die man in jeder Küche benötigte.

Lagerstätten, wo sie selbst nächtigen konnten, würden sie sich wohl auf dem Boden einrichten müssen.

Wie auch gestern gingen die Frauen zu dem Wasserlauf und wuschen sich dort besonders intensiv die lehmverschmierten

Beine und Arme. Die Kinder und Halbwüchsigen verpassten sich mehr eine Katzenwäsche. Sie wurden deshalb von niemandem gerügt.

Daniel hatte das Gefühl ihnen Geschenke machen zu müssen, doch stattdessen kam es umgekehrt. Sie hatten alle etwas für ihn, es würde ihm die Sorgen der täglichen Ernährung für einige Zeit abnehmen. Was danach kommen würde oder musste, nun das wusste er im Moment noch nicht vorauszusehen.

Für alle gab es wieder mitgebrachtes Essen.

Alle Minga-Beteiligten machten noch für eine Weile Palaver in wechselnden Gruppen. Die Kinder, die bisher bei allen Arbeiten fleißig mit Hand angelegt hatten, wurden nochmals ausgelassen, dann waren Daniel und Sanchez wieder allein.

Sie nahmen sich vor den Neubau am Tag des Einzugs mit den Indios zu feiern.

Bis aber der Lehm, das Baumaterial, vollkommen ausgetrocknet war, würden sie noch im Zelt übernachten.

Sie trieben ihr Vieh zurück und nahmen sich vor es in jeder Nacht ganz dicht beim Haus anzupflocken. Sie hatten zwar den Gerüchten der Soldaten wenig Glauben geschenkt. Aber wenn denn ihre Warnungen Wahrheitsgehalt haben sollten, dann durften es die Berglöwen nicht so einfach haben.

Daniel hatte also Fuß gefasst in einer - nein, in der neuen Welt. In der nun seiner neuen Welt. Der Grundstock der Machados auf dem Lateinamerikanischen Subkontinent begann Geschichte zu schreiben, deren Schockwellen noch über eine ganze Serie von Generationen bis in die Neuzeit hineinwirken sollten.

Das Leben würde jedoch noch von den bezeichneten kommenden Generationen die Überwindung gewaltiger Höhen und Tiefen verlangen. Dabei zählten die Schwierigkeiten, mit Land und Leuten zurechtzukommen, noch zu den kleineren Widrigkeiten.

Doch gerade *die* präsentierten sich logischerweise zuerst. Es ging um klitzekleine Kleinigkeiten wie die Nutzung der Feuerstelle zum Kochen und Braten, sanitäre Einrichtung in und um das neue Haus. Es ging um die Wasserversorgung, sie brauchten einen Tisch, sie waren ja bescheiden und wären schon mit einem Gestell zufrieden. Weiteres Koch- und Essgeschirr musste angeschafft werden und einige weitere wichtige Details, die einfach organisiert werden mussten, damit der tägliche Lebensablauf funktionieren konnte.

Wie lebten die Indios?

Beide Neusiedler beschlossen, sich bei ihnen umzusehen. Dadurch würden sie mehrere Fliegen mit einer Klappe schlagen. Sie würden deren Siedlungsplätze kennenlernen, den von ihnen bebauten Boden, und zum Beispiel auch wie und mit was er z.Zt. bebaut war. Sie wollten lernen, wie sie kochten, was sie für Viehzeug hatten, und schließlich mussten die Beiden ja auch einmal, wenn schon nicht am ersten Tag, so doch so bald wie möglich die Grenzen des Anwesens kennenlernen. Eines stand für Daniel fest, dass sie diese Aufgabe auch nicht an einem einzigen Tag bewältigen konnten. Schließlich mussten sie es gemeinsam machen und dafür stand nur ein Pferd zur Verfügung.

Also würden sie diese Aufgabe zu Fuß auf entsprechend langen Wanderungen bewältigen.

Daniel dachte, dass sie das Pferd doch brauchen würden, als Lasttier. Sie würden ja auf ihren Wanderungen das eine oder andere Gepäckstück mitzuführen haben.

Sanchez wollte nach den Tieren sehen, Daniel seinen Nachbarn und Anvertrauten einen Besuch abstatten.

Bereits beim Erreichen der ersten Ansiedlung, es waren drei Hütten, entdeckte er eine Menge brauchbarer Ideen, die sie bedenkenlos übernehmen konnten. Die Indios hielten hier eine Ziegenart in einem Pferch, der von lebenden Hecken umzäunt war. Vier Schafe waren auch dabei. Diese Art hatte Daniel bisher nicht kennengelernt. Waren das überhaupt Schafe?

Daniel nahm sich vor mit Sanchez die Idee zu besprechen. Er würde darauf drängen müssen, dass sie baldmöglichst mit dem Anpflanzen der Heckeneinzäunungen beginnen sollten, damit man nach absehbarer Zeit etwas Brauchbares für den Schutz und das Hegen der eigenen Tierzucht habe.

Dass dafür die - ihre - Indios zuständig sein würden, dieser Gedanke kam Daniel nicht. Einfach noch nicht. Er ging wie selbstverständlich davon aus, dass sie in Eigenverantwortung eine selbständige Hacienda aufbauen wollten und dafür zunächst von Fall zu Fall Hilfe benötigen würden. Zudem war die Euphorie Daniels über seine Selbständigkeit so groß, dass er, zumindest für den Moment und die nächste Zukunft nicht an seine Rechte als Chef denken oder auch glauben wollte. Im Geiste und seinem Gemüt war er zwar nicht mehr der Hintersasse, aber doch auch noch lange nicht ein Caballero. Also ein gestandener Großgrundbesitzer. Seine Nachkommen würden da schon eher, auch charakterlich, hineinwachsen.

Aus einem Feld kam ein Indio, riss sich den Hut vom Kopf und begann ihn vor der Brust zu drehen. Dabei schaute er in Richtung Boden, Daniel nicht in die Augen. Daniel wollte ihn schon auffordern dieses Verhalten zu ändern, ihn doch anzuschauen. Aber es fehlten ihm ja die Worte, wie hätte er sich ausdrücken sollen, damit ihn dieser Mensch verstehen konnte?

Aus einer Hütte kam eine Frau, die sich an einem künstlich angelegten kleinen Wasserfall noch schnell die Hände wusch. Daniel bemerkte wieder einmal mehr für sich selbst, dass diese Leutchen doch recht kleinwüchsig waren.

Er sah dann auch, dass aus der Hütte, die die Frau verlassen hatte, Rauch durch das grasgedeckte Dach quoll. Es waren keine dichten Rauchwolken. Der Qualm verteilte sich auf einer größeren Grasfläche des Daches, jedoch sie beunruhigten ihn. Etwas besorgt zeigte er auf die Rauchzeichen, doch keiner der beiden Bewohner konnten verstehen, was er meinte. Dann bemerkte er zwei kleine Kinder am Hütteneingang und erkannte, dass an der Situation sicherlich nichts Beängstigendes dran sein konnte.

So als hätten sie plötzlich seine Sorgen verstanden, baten sie ihn mit Gesten mit zur Hütte zu kommen. Das war jetzt eine wirklich aufrüttelnde Lebenserfahrung. Zunächst sah er im Innern, außer einer Glutstelle, überhaupt nichts. Es herrschte Dunkelheit wo er auch hinschaute. Ganz klar dachte er, die grelle Sonne draußen und hier der fensterlose Raum. Er konnte auch die einladenden Zeichen der jungen Frau nicht erkennen die ihm bedeuten sollten, sich doch weiter hineinzutrauen und vielleicht auf den Boden zu setzten, auf ihren häuslichen Boden.

Bevor sich seine Augen an die relative Dunkelheit im Raum gewöhnt hatten, begannen sie vom Rauch gereizt zu tränen. Er hatte am Eingang eine mit Fellen überdeckte kräftig erhöhte Schwelle bemerkt. Gleich sollte er auch wissen wozu.

Aus einer der für Daniel noch nachtschwarzen Stellen ertönte ein langgezogener, sich wiederholender Schrei: <kuuiii>. Die Schreie wurden immer kürzer. Ohne Zeitverlust kam die Antwort oder die vielfältige Antwort in gleicher Tonlage und Rhythmus aus einer anderen Stelle des Raumes.

Langsam konnte Daniel mehr Einzelheiten in dem Raum erkennen, seine Pupillen stellten sich auf das sehr schwache Licht ein, das nur durch die Türöffnung kommen konnte.

Was er dann zuerst genauer sah, war naturgemäß immer noch die Feuerstelle. Sie musste ebenfalls aus den selbstgeformten Erdquadern bestehen, große Kieselsteine lagen am Feuerrand. Der schwache Qualm stieg nach oben und verkroch sich zwischen den Gräsern der Bedachung hinaus in die Freiheit.

Er folgerte logisch, dass der Abzug des Rauches durch die Dachgräser, bedingt durch die warme Sonneneinstrahlung, für den Rauch nicht ganz so einfach sein konnte. Es musste für ihn sicherlich in der morgendlichen Kühle sehr viel einfacher sein nach draußen zu gelangen und abzuziehen. Der Abzug des noch warmen Rauches würde folgerichtig dann flotter vonstatten gehen. In Spanien hatten sie besondere Rauchabzüge durch Dächer.

Jetzt sah er mehr Einzelheiten der Inneneinrichtung. Von einzelnen Hölzern an der Decke hingen Behälter, sicherlich die Vorräte für die nächsten Mahlzeiten. Es waren Säckchen, Bündel, Tonbehälter und getrocknete Ware, deren Namen er nicht kannte. Auf einem Gestell aus Ästen und Zweigen fanden sich Tontöpfe, ein zerbeulter Topf aus Kupfer, verschieden große Holzlöffel und anderes Zubehör, was er nicht einzuordnen wusste. An der Gegenseite lagen Kleidungsstücke, Wollballen, Werkzeuge und nun konnte er auch, links und rechts in der Ecke, die Schlafstätten der Familie erkennen. Bei der Wolle lagen Holzwerkzeuge, die, wie er bei anderer Gelegenheit erfahren sollte, zum Spinnen und Weben der Wolle dienten.

Mehrere Felle lagen da recht ungeordnet - die Betten waren noch nicht gemacht - ein paar Ponchos waren gestapelt und da bemerkte er etwas sich bewegen.

Es huschte vorbei, dann gleich noch mehrmals. Du meine Güte, dachte er zunächst, Ratten! Das waren also die Quiektöne?

Seine Sehfähigkeit verbesserte sich weiter.

Wozu, wollte er sich gerade fragen, als sich die Hausfrau mit geschicktem Griff eines schnappte und es ihm in die Hände drückte. Um ein Haar hätte er das Tier zumindest fallen lassen, wenn nicht vielleicht weit von sich geschleudert. Aber es war keine Ratte.

Hatte er zunächst noch Bangen, dass die zubeißen könnten, wunderte er sich wie zahm und ruhig das Tierchen in seinen Händen lag.

<Kuuiiii> pfiff es wieder aus einer Ecke und mehrere andere Tiere antworteten. Die Hausfrau deutete auf das Tier in

seinen großen Händen und sagte: „Kuuiii.“

Daniel antwortete „kuuiii.“ Mann und Frau des Hauses freuten sich offensichtlich. Daniel hatte sein erstes Wort in Quechua, der alten Indiosprache dieser Weltgegend gelernt.

Er wollte das Tier wieder hinsetzen, doch das rief sofort Proteste hervor. Die Frau und der Mann machten Zeichen, dass er es mitnehmen solle. Sie zeigten auf ihren Mund, machten Kaubewegungen. <Nun das ist klar>, dachte Daniel, dass ich das putzige Tierchen nicht verhungern lassen werde. Doch seine Gedanken bewegten sich in eine völlig falsche Richtung. Essen und gegessen werden sind Gegensätzlichkeiten aber ein und derselbe Tatbestand des Überlebens.

Es dauerte von da an doch noch seine Zeit bis er das Geheimnis dieser Tierchen gelüftet bekam.

Zurück im Freien brauchte er wieder eine Weile bis sich seine Augen an das grelle, harte Sonnenlicht in dieser klaren Luft der Höhenlage gewöhnt hatten. Er betrachtete sein Geschenk. Das Kerlchen sah einer Ratte tatsächlich zwar nicht unähnlich, war aber doch ein gutes Stück größer und dicker. Es hatte ein ansehnliches Gewicht und nur ein kurzes Stummelschwänzchen. Er konnte ein großes gelbliches Schneidezahnpaar entdecken, sein Fell war leicht struppig.

Später sollte er erfahren, dass sie Haustiere seien und als Leckerbissen zubereitet würden. Ihre hygienische Funktion sei eine willkommene Zugabe der Natur. In den Hütten der Indios, in denen sich Kuuiiis aufhielten, gäbe es keine Ratten und keine Mäuse.

Nun, dachte Daniel, dann werde ich mir meine eigene Zucht aufbauen. Aber essen, nein, das wolle er niemals. Nein! Niemals! Er hatte sein Exemplar bereits ins Herz geschlossen. Einen Namen würde er ihm auch noch geben. Zwischen den Karnickel, die sie in Spanien züchteten und diesen putzigen Tierchen gab es doch einen großen auch emotionalen Unterschied.

Eine längere Zeitspanne später sollte Daniel den tieferen Grund der Meerschweinchenhaltung lernen.

Die Meerschweinchen, praktisch die Zimmergenossen der Ureinwohner, waren dabei auch eine praktische Begleiterscheinung in ihrem Leben. Denn hätten sie ihre Kleinkinder nicht ständig auf dem Buckel, könnte es passieren, dass diese am Boden liegend von Ratten angefressen werden würden. Dort, wo aber die Meerschweinchen ihren durchdringenden spitzen Ruf ausstießen, der ähnlich dem Todesschrei einer Ratte klang, ließen sich diese allesfressenden Nagetiere nicht blicken.

Meerschweinchen als Proteinlieferanten und Rattenschutz.

Daniel, wieder im Freien, hatte sich dem Pferch genähert und zeigte auf den lebenden Zaun und machte mit seiner freien Hand einige Bewegungen die eine stumme Frage ausdrücken sollte.

Mann und Frau Indio schauten sich an und bedeuteten, dass sie begriffen hätten.

Daniel wiederholte seine stumme Frage, machte noch einige zusätzliche Bewegungen, vielleicht würden sie ihn jetzt besser verstehen. Geduldig schauten sie ihn an und beteuerten wieder auf ihre Weise und mit Gesten, dass sie sehr wohl verstanden hatten.

Daniel wollte gerade zu seinem dritten Versuch ansetzen, doch er winkte sich selbst ab. „Einzäunung“, sagte er, und die beiden kleinen Wilden wiederholten ungelenk: „Einzäunung,“ das heißt, sie bewegten ihren Mund, es kam aber kein Laut zustande und es sah aus als wollten sie etwas zerkauen, mit den Zähnen zermalmen.

Daniel gab auf. Am Ende würden diese Leute noch glauben, dass er ihnen Tiere abluchsen wollte.

Es würde noch eine Menge zu lernen geben. Kuuiii konnte er ja bereits, da würde sich der Rest der neuen Sprache auch bald einstellen.

Den Hut immer noch ehrerbietig in den Händen drehend, ging der Mann vor ihm her Richtung Maispflanzung. Er öffnete geschickt einen grünen Kolben, entblätterte ihn sozusagen, zeigte auf die sichtbar gewordenen goldgelben Körner und sagte: „Choklo." Er wiederholte es noch einige Male, bis es Daniel dämmerte und er nachsprach: „Choklo." Donnerwetter, dachte Daniel, das geht aber schnell, jetzt kann ich bereits doppelt so viel Quechua als vor einigen kurzen Momenten.

Sanchez würde staunen. Auch über das neue Haustier und er wiederholte einige Male leise dessen Name, um ihn ja nicht zu vergessen.

Die Frau hatte ihren Hut nicht abgenommen. Bei ihr saß er ein wenig lächerlich oben auf dem Kopf, er schien einige Hausnummern zu klein, schien irgendwie festgesteckt, denn von alleine hätte er in dieser Stellung niemals gehalten.

Dass diese Art den Hut zu tragen ein Teil der Mode für diesen Stamm und Erkennungszeichen gleichermaßen war, konnte Daniel nicht, noch nicht wissen.

Daniel wollte weiter und machte Zeichen des Abschieds. Die Ureinwohner - „seine Untertanen" - verbeugten sich leicht und als sich Daniel nochmals umschaute setzte der Indio seinen Hut gerade wieder auf. Als er jedoch den Blick Daniels bemerkte, zog er ihn rasch wieder vor seine Brust. Daniel hatte es auch bemerkt und nahm sich vor solches in einer noch unbestimmten Zukunft nicht verlangen oder dulden zu wollen. Sobald er sich in ihrer Sprache auszudrücken imstande wäre, würde er diese als Demutsgeste verstandene Handlung nicht mehr wollen. Demutsgeste? Vielleicht eher Unterwerfung!

Sanchez kam ihm entgegen. Zunächst bestaunte er das Tierchen, das Daniel an seine Brust gedrückt in den Händen hielt. Auch er lernte hiermit sein erstes Wort in Quechua.

Sie hielten auf einen nahen Wasserlauf zu. Er entpuppte

sich doch als ein kräftig fließender Bach. Dort war ein halbwüchsiges Mädchen mit nach oben gerafften Röckchen und schlug mit einem Bündel, wie es schien aus langen blonden Haaren, immer wieder auf einen riesengroßen glatten Stein ein. Nach jedem weitausholenden Schlag auf den dicken und auch auf der Oberseite abgeflachten Stein, zog sie das Bündel durch das Wasser. Beim Aufklatschen auf den Stein zerstäubte das Wasser im gleißenden Gegenlicht der Sonne in funkelnde umherfliegende Diamanten.

Spät bemerkte das Mädchen die Zuschauer, war zutiefst irritiert, wollte weglaufen, dann doch nicht, wollte sich verbeugen, legte das Bündel hin und nahm es wieder auf, stand schließlich unschlüssig da, bestaunte den Fremden, der mit einem Kuuiii in seinen Armen herumlief.

Daniel bemerkte nun den Ursprung der Bemühungen. Da lag noch ein kleines Bündel Agavenblätter, die offensichtlich mit Steinen oder sonst wie gequetscht und eingeweicht wurden. Die schleimigen Zellen, die die ganzen Fasern in dem grünen Agavenblatt zusammengehalten hatten, wurden dann durch das Aufschlagen auf die Steine und dem neuerlichen Einweichen ausgewaschen. Übrig blieben feste, helle Fasern, die wie blondes Haar aussahen.

Weiter oben lagen auf dicken Steinen dünne Schichten dieser ausgewaschenen Fasern bereits zum Trocknen. Sie würden dann zu Stricken, Seilen, Schnüren gedreht oder zu Matten, Bahnen oder Behältern geflochten oder auch gewebt werden. Und sie taugten als Nähfäden.

Und diesmal bemerkte Sanchez, dass aus diesem Material sicher auch die geflochtenen Sohlen der Alpargattas, die Fußbekleidung der Indios stammen mussten.

Was Daniel über die weitere Nützlichkeit der Agave noch nicht wissen konnte, war, dass aus den schleimigen Zellmassen ein recht hochwertiges Waschmittel für die Körperpflege gewonnen wurde. Er hatte gerade erst begonnen zu lernen.

Dem Wasserlauf entlang, einem Pfad folgend, kamen sie zur nächsten Siedlung.

Ein Hund schlug an. Rannte auf sie zu, blieb dann in respektvoller Entfernung stehen, gab noch ein paar Laute von sich und trollte sich dann. Hätte er nicht gebellt, Daniel und Sanchez hätten sicherlich einige Schwierigkeiten gehabt ihn als Hund überhaupt zu identifizieren. Spindeldürr war das Kerlchen, rötlich braun, kurze Haare, ein Kopf der keiner ihnen bekannten Rasse zuzuordnen war. Irgendwie in der Weite der Hochtäler gemischt und immer wieder durchgemischt.

Auf einem aus Lehm gemauerten Sitz an der Hauswand, unter einem vorgezogenen Strohdach, saß eine uralte Frau, mit uralten Klamotten bekleidet. Die Haut ihres Gesichtes schien vom mehrfachen Gerben wie exzessiv gebrauchtes Leder auszusehen. Tief zerfurcht, mehr bräunlich denn ins rötliche gehend, richteten sich die unterschiedlichsten Gesichtseinteilungen streng in Richtung Erdmittelpunkt aus. Sie schienen regungslos, wie magisch der Erdanziehung zu folgen und wer weiß, vielleicht würden sie in nicht allzu ferner Zukunft in dieser Erde enden.

Die Frau machte mit ihrem Unterkiefer weit ausholende Kaubewegungen. Immer hin und her und den Mund auf und zu. Jedes Mal, wenn dieser sich nach unten bewegte, klappte die Futterluke weit auf. Zwei, oder waren es sogar drei gelbliche Zahnstumpen wurden dann sporadisch sichtbar. Sie hatte aber offenbar den Inhalt ihres Mundes trotzdem gut unter Kontrolle.

Natürlich hatte sie auch die Fremden kommen sehen. Aber ansonsten mit reglosem Körper weiter ihre traditionelle und scheinbar wichtige Aufgabe verrichtet. Kauen, kauen, kauen.

Dann neigte sie den Kopf zur Seite und spuckte eine kräftige Ladung in einen hohen irdenen Behälter. Jetzt schaute sie Daniel und Sanchez abwechselnd ins Gesicht, lachte breit mit offenem Mund. Und jetzt konnten die beiden Wanderer erkennen, dass es zwei Zahnstümpfe oben und einen unten gab. Dann schaltete sie das Lachen wieder ab, griff sich aus dem rechts neben ihr stehenden Korb junge Maiskörner, schob sie in den Mund und fuhr mit dem Kauen fort. Wer konnte schon wissen, vielleicht hatte sie ja noch einige Backenzähne?

Aber wieso bereitete sie den Futterbrei nicht für den eigenen Bedarf, für den eigenen Magen vor, sondern spuckte ihn nach längerem Durchkauen einfach aus? Daniel und auch Sanchez hätten gerne nachgefragt, aber mit den beiden Quechuaworten Kuuiii und Choclo konnten sie noch nicht an einem Frage- und Antwortspiel mitmachen.

Nach einer Weile mächtiger und doch scheinbar spielerischer Gesichtsbewegungen, neigte sie sich wieder nach links und spuckte mit gezieltem Strahl in den Behälter. Darin gab es ein Geräusch, dem man entnehmen konnte, dass sie für den heutigen Tag bereits fleißig gekaut und gespuckt hatte. Daniel und Sanchez war das Tun unerklärlich.

Die Alte hatte was zu sagen: „Chicha.“ Mächtige Mahlbewegungen im Gesicht begleiteten die Aussprache.

Daniel sprach nach - heute war sein Tag des Lernens - „Chicha“, aber er hatte keine Ahnung, was das bedeuten sollte. Eines Tages würde er es kennenlernen.

Na, denn Prost!

Sie überquerten den Bach und gingen in Richtung der östlichen Andenkette. Sie wollten die eingetragene Markierung an dieser Ecke seiner Hacienda kennenlernen, nötigenfalls befestigen. Bis dorthin kamen sie an keiner neuen Siedlung mehr vorbei, wenngleich sie weitgehend einem gut ausgetretenen Pfad folgten und auch noch zweimal einen anderen Pfad kreuzten.

Danach wollten sie in nördlicher Richtung einen weiteren Markierungspunkt erreichen und mussten dazu einem leicht ansteigenden Gelände folgen. Ziegenkacke - oder von Schafen - zeigte an, dass die Gelände beweidet wurden. Dann trafen sie auch ein Dutzend Tiere, aber von einem Hirten oder Bewacher war weit und breit nichts zu sehen.

Der aber hatte *sie* gesehen und hatte sich unsichtbar gemacht. Nachdem sie weitergelaufen waren, drehte sich Daniel in einiger Entfernung um und sah einen Jungen mit tief ins Gesicht gezogenem Hut und einem langen Stock. Er schaute ihnen neugierig nach, verschwand aber wieder in seinem Versteck, als er den suchenden Blick Daniels bemerkte.

Ein neuer Pfad tauchte auf und führte mitten durch eine Maispflanzung. Kurz vor zwei Behausungen trafen sie auf Pflanzen mit roten Früchten, das mussten Tomaten sein, sie hatten davon gehört. Und die Beschreibung passte. Auf einem weiteren größeren Stück Land wuchsen in schöner Regelmäßigkeit knapp kniehohe Pflanzen mit weißen und schwach rötlichen Blüten. Einige hatten bereits Früchte angesetzt, kleine grüne Knöllchen.

Sie hörten Schweine quieken. In einem Pferch, wieder mit dem lebenden Zaun abgesichert, rannten zwei hochbeinige, schmale schwarze Schweine flink davon.

Ein gut gebautes Mädchen, vielleicht gerade heiratsfähig, erschien. Sie hatte keinen Hut, dafür zeigte sie ein prächtiges, langes, blauschwarz glänzendes Haar. Es war in der Kopfmitte durch einen sauberen Scheitel in zwei Hälften getrennt. Selbstverständlich hatte sie lange Röcke an. Der Plural schien berechtigt, denn es war die Art wie sie relativ weit ausluden. Die Bluse war mehr ein bunter Wickel, der in den Rockbund endete, und er gab Teile eines gut entwickelten festen Busens frei.

Sie gab sich keineswegs scheu. Wahrscheinlich war sie bereits bei den Bauarbeiten des Patrons dabei gewesen. Ihr breites Gesicht mit der glänzenden hellbronzenen Haut wurde durch ihr Lächeln noch breiter und dann rief sie nach Jemandem.

Anzunehmen, dass es ihr Vater war, der schnell erschien und den Hut abnahm, um ihn in bekannter Manier mit beiden Händen vor der Brust zu drehen. Allerdings senkte er nicht seinen Blick in Richtung vor seinen Füssen.

Zwei kleine Knirpse kamen quiekend aus der Türöffnung. Der eine war als solcher bestens zu erkennen, er trug nämlich nur so eine Art kurzes Hemdchen. Sein gerundeter Bauch und der Rest bis zu den Füssen bekam ein Sonnenbad.

Der andere hatte ebenfalls eine Art Hemdchen an, recht undefinierbar in seiner Farbe und eine Hose, genauso wie sie die erwachsenen Herrschaften trugen. Kurz unter den Knien hörten die (manchmal) weißen Röhren auf. Die Füßchen waren in ihrer Anatomie nicht mehr so recht zu erkennen, sie hatten sich in der Einfärbung der allgegenwärtigen Mutter Erde angepasst. Sanchez machte eine Bemerkung in dem Sinne, dass diese sicher seit seiner Tretarbeit beim Hausbau Daniels nicht mehr gewaschen wurden.

Übrigens fiel ihnen jetzt auch auf, dass Papa ebenfalls auf solchen, aber bereits knorrigen wurzelähnlichen Tretern daherkam. Auch seine Füße schienen weder ihm noch der Erde zu gehören. Sie stellten sich mehr als eine Art traditionelle Verbindungsteile des Menschen zur Erde dar. Allerdings durch die ständige Bewegung des Menschen daran gehindert tiefer in die Erde einzudringen und festzuwachsen, wirkliche Wurzeln zu schlagen.

Hinter dem Haus kam ein Junge hervor - oder war es ein Mädchen? Diesmal war das Kind durch keinerlei sichtbare besondere Merkmale einzuordnen - und hatte einen jungen Hund am Pelz.

Ein kleines Bündel frisch geschnittener Mais lag vor dem Haus. Man schaute sich gegenseitig an. Daniel hatte den Eindruck, dass der arme Mann vielleicht bestimmte Befürchtungen hatte. Die Fremden schauten nämlich nur, mal dahin, mal dorthin, als wollen sie alles in sich aufnehmen, in ihrem Gedächtnis abspeichern. *Vielleicht glaubt er, dass wir zählen oder registrieren oder auch auskundschaften wollten,* spekulierte

Daniel über dessen Gedankengänge. Dazu trug der größere der beiden Männer auch noch ein Kui auf dem linken Arm, seine Finger leicht in das Fell gegraben, damit das Tierchen nicht entfleuchen konnte.

Doch dann schöpfte der Leibeigene wieder Hoffnung, denn der Patron lachte über sein ganzes Gesicht und ihm direkt in die Augen, die der Indio noch immer nicht gesenkt hatte. Auch der Indio lächelte. Daniel bewegte, wie zur Anerkennung seinen Kopf und machte die entsprechenden Grimassen. Der Indio schien sich (fast) ganz zu beruhigen.

Daniel zeigte auf sein Tier auf dem Arm und sagte „Kuuiii", schließlich wollte er unbedingt eine Unterhaltung beginnen, seine Sprachkenntnisse ausprobieren.

Irgendetwas schien schief zu laufen. Der Mann sagte etwas zu dem Mädchen, das sich sofort umdrehte, um in das Haus zu gehen.

Das zweite ihm jetzt geläufige Wort <Choclo> wollte Daniel nun auch noch an den Indio-Mann bringen. Damit hätte er dann bereits einen Großteil seines Wortschatzes ausgereizt.

Also zeigte Daniel auf die noch nicht entblätterten Kolben der Maisstengel und sagte es: „Choclo."

Sein Indio legte schnell den Hut ab und machte mit seinen Händen eine Bewegung, die man leicht deuten konnte und besagen sollten: *<Selbstverständlich, bitte mein Herr einen kleinen Moment, wird sofort erledigt>*. Daniel hatte noch viel zu lernen, denn er interpretierte auch diese Zeichensprache nicht richtig. Laut sagte der Indio zweimal, beinahe mehr für sich selbst: „Choclo, choclo."

Doch Daniel war ob seines durchschlagenden Erfolges schon nicht mehr zu bremsen, es rutschte ihm einfach so heraus: „Chicha".

Er wollte doch wirklich nur seine Sprachkenntnisse vervollkommnen, doch der Untergebene war bereits unterwegs in das Hütteninnere. Vorher hatte er noch vergeblich versucht dem Patron klarzumachen, dass er sich doch setzen möge.

Sein Mann kam dann nach einer kurzen Weile wieder und brachte eine kleinere Kürbisschale mit trüber, etwas milchiger Flüssigkeit. Das Angebot, per Zeichensprache an Daniel gerichtet war unzweideutig, er bekam zu trinken gereicht. Daniel kostete und war nicht abgeneigt noch mehr davon zu trinken. Er nahm noch ein paar weitere kräftige Schlucke und reichte es Sanchez dem es ebenfalls schmeckte. Es war erfrischend, leicht säuerlich aber wirklich süffig.

Zwischendrin zeigte Daniel auf die kleinen Beeren die er an den ihm unbekannten, kaum kniehohen Gewächsen bemerkt hatte.

Sein aufgeweckter Mann schüttelte den Kopf, begann mit den Händen im Boden zu wühlen, fand einige helle Knollen und reichte eine davon dem Patron und sagte: „Patata.“
Damit war Daniels Wortschatz wieder gewachsen.

Das Mädchen erschien jetzt wieder, hatte ein Kuuiii am Wickel und brachte es schnurstracks zum Patron. Er solle nehmen. Nun begriff Daniel, was er mit seinen Sprachkenntnissen erreicht oder auch angerichtet hatte, dass er ein weiteres Kuuiii entgegenzunehmen hatte. Er bedankte sich mit einer Verbeugung, die das Mädchen mit niedergeschlagenen Augen kokett entgegennahm.

Dann sahen die beiden Caballeros, dass der oder die Kleine, die den Hund hatte, dabei war Choclos abzureißen, teilweise zu entblättern und bündelte.

Hinter ihm erschien ein älterer Herr, auch reichlich wettergegerbt, um in der Erde bei den neu erfundenen Patatas zu wühlen.

Schon war Daniel dabei nach der Bezeichnung des Hundes in Quechua zu fragen, als er sich bremste. Womöglich hätte er der bzw. dem Kleinen den Hund abgeluchst.

Der Mann begutachtete ständig die Menge der zusammengekommenen Abgaben. Irgendwie hatte er entschieden, dass das Mädchen und der/die Halbwüchsige die Ladung zu schultern hatten, um sie dem Patron nach Hause zu tragen. Die Zeichensprache war effizient, Daniel hatte keinen Zweifel, dass es so kommen würde.

Bevor es dann so weit war, kam der Hausherr nochmals mit einem Schälchen und reichte es dem Patron, der es nicht ungern zur Hälfte leerte und die andere Hälfte Sanchez reichte.

„Chicha", sagte der stolze Indio. Daniel hatte es halb überhört. Den Begriff kannte er, aber wie das Leben so spielt, im entscheidenden Moment konnte er ihn nicht richtig zuordnen. Zum Glück für ihn und seine Gastgeber.

Daniel machte anerkennende Geste über die gut sortierte Anbaufläche.

Der Indio verstand es womöglich anders, vielleicht so: *<Ich der Patron werde wiederkommen und mir von dem hier angebauten noch mehr holen bzw. bringen lassen>*.

Vielleicht würde die Familie hungern müssen.

Trotzdem ließ er sich nichts anmerken. Er griff zu seinem Hut und begann ihn jetzt vor der Brust zu drehen.

Daniel nahm sich vor diesmal nicht zurückzuschauen. Sein Indio sollte sich in aller Ruhe den Hut wieder aufsetzen und aufgesetzt behalten können.

Die Träger bestanden darauf den bzw. die Patrones vorweglaufen zu lassen. Das waren Frauen den Männern schuldig. Sie hatten hinterherzulaufen, immer mindestens fünf Schritte. Erwachsenenschritte wohlgemerkt. Als junge Dame wusste sie es bereits und auch, dass es bei Nichtbefolgen dieser Regel mindestens einen Anschiss setzen würde, wahrscheinlicher jedoch ein paar schmerzhafte Hiebe.

Nicht, dass sich die Frauen davon sehr viel gemacht hätten, das kannten sie sicher aus der eigenen Familie, das waren sie gewöhnt, das hatte auch seine Ordnung. Daher achteten sie darauf dem Mann - ihrem Mann - so wenig wie möglich Gelegenheit für die Prügel zu geben. Von Zeit zu Zeit musste dies aber sein, denn wie sollte ein Mann seine Liebe bezeugen können, wenn er nicht hin und wieder seine Frau prügelte. Also musste sie der Liebesbezeugung bei Bedarf entsprechend nachhelfen.

Daniel fügte sich in die angemahnte Vorreiterrolle, ohne vom tieferen Sinn der Maßnahme Kenntnis zu haben. Er nahm es einfach so hin, dass er ja der Patron sei und womöglich den beiden Lastenträgerinnen den gewünschten Weg zu zeigen habe.

Sie waren bereits außer Sichtweite der Hütten, als Daniel seine neusten Sprachkenntnisse wiederholte, nur so vor sich hin, aber plötzlich blieb ihm buchstäblich ein Wort im Halse stecken.

„Chicha!"

Er murmelte das Wort vor sich hin und versuchte die Konsequenz seiner Erkenntnis im Zaum zu halten, zu unterdrücken. Zu spät, der Geist war aus der Flasche. Er hatte Chicha getrunken. Womöglich - ach was, mit Sicherheit hatten sie auch so eine überständige Oma im Haus mit drei Zahnstumpen. Sie würde den Mais zu kauen, ihn auch wieder auszuspucken haben und irgendwann würde dann daraus, das was er und Sanchez getrunken hatten.

In Erwartung, dass ihm jetzt alles aus seinem Gesicht fallen würde, bis hin zum Frühstück von Vorgestern, übergab er Sanchez seine Tiere und schlug sich ruckartig in die Büsche. Sanchez konnte erst den Brechreiz erahnen, als er würgende Geräusche hörte. Die kleine Karawane stoppte, um die Wiederbelebung Daniels abzuwarten.

Doch der bekam nichts heraus. Er forschte in den tiefsten Tiefen seiner Eingeweide, woher denn nun wohl die erste Eruption kommen werde. Er bekam keine Antwort. Er musste sich doch unwohl fühlen, vielleicht schon halbtot, aber nichts da, es ereignete sich nichts. Offensichtlich hatte er nochmals seine Chance.

Sanchez wunderte sich über den entgeisterten Blick, als sich Daniel wieder an die Spitze des Zuges setzte. Er hatte die Geschichte mit den Zusammenhängen nicht mitbekommen. Er wusste ja nichts von den Entdeckungen Daniels. Vielleicht würde sie ihm Daniel eines Tages berichten.

Am späten Nachmittag kamen sie zu ihrer Hütte. Daniel hatte jetzt ein noch stärkeres Bedürfnis, angesichts der Nahrungsmittelvorräte einen herzlichen Dank auszusprechen. Er wusste aber nicht, wie er es anpacken sollte. Spontan ergriff er die Hände des reifen Mädchens, um irgendetwas zu sagen. Doch ihre Hände zitterten nur leicht und kurz in den seinen, dann riss sie sich los, hob die Röcke etwas an und rannte so schnell davon, dass die/der Kleinere Mühe hatte nachzukommen.

Daniel fühlte sich so ähnlich wie beschissen. Was sollte das jetzt wieder bedeuten? Er wollte eines und hatte wieder etwas anderes erreicht. Das nahm so langsam Züge eines unkontrollierbaren Lebenswandels an. Wenn er sich nur an den auslaufenden Tag erinnerte, was der alles schon an Verständnis, aber dann aufgrund der neueren Erkenntnisse für Missverständnisse gebracht hatte? Meine Güte, dachte er, diese Art Erlebnisse hätte ich ganz gerne wenigstens über mehrere Tage verteilt.

Rumorte da nicht sein Magen? Gab es da nicht doch Anzeichen einer Rebellion seiner Innereien? Nun gut, das Zeug schmeckte nicht übel. Wenn es einem dann auch nicht übel wurde, konnte man es ja bei Gelegenheit wieder probieren.

Sie begannen beide ihre Kochstelle als solche brauchbar einzurichten. Daniel hatte es ja gesehen, wie sie sein sollte. Sie würden aber ein paar passende Steine brauchen.

In der Nacht waren die Tiere sehr unruhig, vielleicht gab es die berüchtigten Berglöwen doch. Sie fanden aber am kommenden Morgen keine Spuren.

Gerade hatten sie das erste Feuer in Gang gebracht. Immer

wieder liefen sie hinaus, um nachzusehen, ob ihr Haus jetzt auch so qualmen würde wie das der besuchten Indios.

Als Daniel mal wieder sein Heim rauchen sehen wollte und nach draußen ging, standen sechs Indios da und hatten auf ihren Rücken dicke Packen von ca. mannslangen Prügeln.

Daniel wusste mit dieser Demonstration nichts anzufangen. Zwei hatten noch was zu essen mitgebracht, dicke Maiskolben und weiße Bohnen, letztere auch eine Neuigkeit für die Neusiedler.

Daniel und Sanchez begannen langsam zu begreifen, dass ihre Untertanen Gehege anlegen wollten, sie mussten nur wissen wo und wie groß.

Daniel, der von der Idee gefangen war, dass er Schößlinge pflanzen musste, um dann jahrelang auf das Ergebnis eines brauchbaren Zaunes zu warten, bekam die beabsichtigte Machart nicht ganz auf die Reihe. Nun gut, dachte er, dann sollen sie halt die Dinger dicht an dicht beieinander stecken. So würde dann auch eine Einfriedung entstehen. Diese konnte dann so lange als Ersatz und Provisorium dienen, bis seine Schößlinge groß genug wären, um die richtige Einfriedung zu übernehmen. Dass die Stangen teilweise auch verflochten wurden, das hatte er auch noch nicht gesehen. Er würde noch viel zu lernen haben, bis er als ein richtiger Landbesitzer angesehen werden konnte.

Dicht beim Haus machten sie ein kleineres Gehege, wohl um die Tiere bei Nacht beisammenzuhalten.

Daniel und Sanchez steckten dann einige Areale ab und verdeutlichten ihre Pläne den Indios. Diese waren damit nicht ganz einverstanden, soviel kapierten Daniel und Sanchez. So ließen sie zu, dass aus der Erfahrung heraus Änderungen - oder waren es Verbesserungen? - vorgenommen wurden. Das Ganze war ja sowieso nur ein Provisorium. Man würde sie dann zur rechten Zeit wieder herausreißen müssen.

Einige der Handwerker gingen alsbald wieder aber nur um

später wieder mit Nachschub an frischem Gehölz aufzutauchen.

Alle arbeiteten zügig und geschickt, aber ohne große Eile, so wie es die beiden Patrones bereits beim Hausbau beobachtet hatten. Es war bemerkenswert, wie diese Leute ihre Kräfte einzuteilen wussten. Man sollte von ihnen lernen. Daniel und Sanchez waren sich nicht zu schade, um sich das einzugestehen.

Zwei, die offenbar als Sprecher ausgewählt worden waren, versuchten Daniel etwas begreiflich zu machen. Er hatte aber keinen blassen Schimmer, was sie vermitteln wollten.

Schließlich zeigten sie auf die Sonne, zeigten dieser einen Weg bis zum Horizont, machten das Zeichen zum Schlafen - aha die Sonne geht schlafen - dann zeigten sie auf die andere Seite des Horizonts und riefen: „Inti.“ Und dann einzeln: „Inti.“

Er verstand so viel, dass die Sonne <inti> genannt wurde und dass sie morgen wieder aufgehen würde. Doch sie zeigten in die Runde, zeigten auf die Stellen wo sie gerade standen und machten das Zeichen zum Essen und Trinken.

Daniel glaubte verstanden zu haben. Morgen würden sie kommen, um hier zu essen und zu trinken. Doch was sollte er ihnen vorsetzen? Lass den Tag kommen, trösteten sich die beiden Brüder einvernehmlich. „Wenn alle Stricke reißen, dann essen wir eben das, was da ist. Wenn es alle ist....“ - Daniel zuckte mit den Schultern.

Morgen war Sonntag. Auch eine Erkenntnis zu der er nach reiflichem Rechnen gelangte.

Sie kamen alle und vielleicht noch mehr. Es war ähnlich wie beim Hausbau. Seine Sorge, wie er sie verköstigen könnte war vollkommen unbegründet. Mehr als das. Sie brachten Essen mit, nicht nur für das, was man an diesem Tag zu essen gedachte, sondern auch noch mehr als Reserve.

Daniel fühlte Rührseligkeit, er hatte das Gefühl, dass ihm diese Menschen ans Herz wachsen würden.

Auch ältere Herrschaften kamen dazu. Es ging dann bald

zu wie auf einem Rummelplatz. Auch der freigiebige Spender der Chicha kam mit seiner Familie. Die Tochter, die ihn mit den Geschenken - er wollte sie auf keinen Fall als Abgaben betrachten (noch nicht) - bis hierher begleitet hatte, war anscheinend die Älteste der Kinder in der Familie. Auch die Frau des Hauses lernte er auf diese Weise kennen.

Feuer wurden entfacht und auf die Schnelle Glut produziert, wie sie mittels Holzkohlen nicht hätte besser sein können. Es schien als würde jede Familie ihre eigenen Spezialitäten zubereiten.

Die Männer begannen Chicha zu trinken und Daniel hatte mitzutrinken. Mit großer Mühe versuchte er das Gesicht der verrunzelten Urgroßmutter zu verdrängen. Doch immer wieder schob sich ihr breites Lachen mit den drei Zahnstümpfen in den Vordergrund. Das beeinträchtigte ihm zunächst den Genuss. Das änderte sich erst nachdem er die alkoholische Wirkung des Getränkes spürte. Bald schien es ihm als würde er besser Quechua sprechen als seine Besucher. Alle verstanden sich prächtig.

Auf großen Blättern einer schönen Blumenart wurden verschiedene Zubereitungsarten von Mais gereicht. Eine hatte es ihm besonders angetan und er lernte, dass dies <mote> sei. Er freute sich, dass unter den Gaben auch mote dabei war. Sie befanden sich in einem feuchten Tuch, das in einen tönernen Topf gesteckt war.

Kurz streifte ihn der Gedanke, ob da vielleicht auch die Urgroßmutter dahinterstecken könnte.

Wie sollte oder konnte das aber sein? Diese fingerspitzengrossen Körner mit der blassgrauen Farbe schienen gequollen und dann in einen teilweisen Prozess der Auflösung zu kommen. Die Herstellung interessierte ihn und er verstand mit Hängen und Würgen, dass die Maiskörner mit Holzasche vermischt wurden. Durch längeres Umrühren verloren sie die harte Schale. Danach weichte man sie in leicht gesalzenem

Wasser ein. Ob sie vorher oder nachher gekocht werden sollten, konnte er nicht verstehen. Was soll´s, tröstete er sich, ich lasse sie machen. Und ich werde auch hier das letzte Geheimnis der Herstellung zur rechten Zeit noch kennen lernen.

Langsam wurde der Patron in ihm geboren.

Über einem Feuer rührten Frauen in einer bronzenen Pfanne Maiskörner, die allerdings nicht besonders dick erschienen.

„Das ist eine prima Idee,“ tönte er in Spanisch und leicht angefeuert durch den Alkohol der Chicha. „Da werden die Maiskörner geröstet.“

Natürlich hatten die Frauen kein Wort verstanden. Sie kicherten und lachten auch schon mal laut heraus, nur um sich dann hektisch mit einer Hand den Mund zu verschließen, und dadurch die Sprachübung zu ersticken. Wie die Frauen in Spanien, dachte sich Daniel.

Nur ein Wort, durchweg das letzte blieb in der Runde hängen und wurde in den unterschiedlichsten Aussprachenmustern wiederholt. Und wieder wurde viel gelacht.

Geröstet hatte es ihnen scheinbar angetan. „Geröstet“, wiederholten sie immer wieder, ließen es sich immer wieder vorsagen und so hatten sie von ihm auch etwas gelernt. Das Wort machte noch den ganzen Tag die Runde. Auch das <Geröstete> wurde auf den großen Blättern der gleichen Pflanzengattung serviert.

Auf den Holzkohlen brutzelten Fleischteile. Sie dufteten verführerisch und das Wasser lief Daniel im Mund zusammen. Er konnte es kaum erwarten, bis diese Leckerbissen serviert werden konnten. Wie lange hatte er in seinem Leben auf diesen Moment warten müssen?

Als es dann so weit war kam alles anders. Seine Genusserwartung war so hoch geschraubt, dass es ihn beim Anblick beinahe wie ein Schock traf.

Da lagen die Kerlchen, bleckten die Zähne wie Ratten, hatten den Kopf wie Ratten, die Körperform und -größe wie Ratten. Die halb angetrunkenen Indios bemerkten seinen außergewöhnlichen Zustand und kamen ihm ziemlich respektlos zu Hilfe. Einer begann mit <kuuiii> und so machten es die anderen nach. Es waren in der Tat Meerschweinchen. Das machte es aber nicht gerade leichter sie mit Genuss zu essen.

Die Bauchgegend war zwar ausgeräumt, aber sonst waren ihre Körperformen noch recht intakt. Sie hatten ein spitzes Stück Holz vom Hinterteil bis aus dem Hals durchgesteckt und waren buchstäblich mit Haut und Haaren gebraten. Eine fremdartige Gewürzpflanze sollte offenbar den Leckerbissen verfeinern.

Trotz aller Vorbehalte schmeckten sie hervorragend. Es war halt ein Leckerbissen, nicht um sich rundum satt zu essen. Beim Ablecken der Rippchen und anderer kleiner Knöchelchen konnte man nachgerade hungrig werden. Daniel erinnerte sich an gebratene Tauben.

Er hoffte inständig, dass es mit dieser Art Überraschungen für heute genug sein möge. Einen Ausweg glaubte er im Trinken von mehr Chicha. Am Ende war er genauso wackelig auf den Beinen wie die kurzgewachsenen Untertanen.

Er bekam nicht mehr so richtig mit, wie die gesamte Gesellschaft sich trollte. Diese gesamten Untertanen aber rechneten es ihm hoch an, dass er mit ihnen gefeiert und sich mit ihnen betrunken hatte.

Sanchez erzählte ihm später, dass gar manche der Frauen beim Abmarsch einem Mannsbild kräftig unter die Arme gegriffen hätten.

Mit nicht ganz leichtem Kopf entschied Daniel für Dienstag seine Reise nach Riobamba anzutreten.

In Riobamba brachte Daniel das Behelfszelt zum Cuartel und ließ dem Standortkommandanten seine Grüße ausrichten.

Der Gouverneur empfing ihn nochmals für einen kurzen

Augenblick. Er übergab ihm die Dokumente für seinen Besitz.

Auf der Bank <Zum Heiligen Geist> holte er Geld aus dem Kreditguthaben und machte Einkäufe. In der Herberge erfuhr er so manches, nur nichts über einen Kommandanten oder Ex-Kommandanten mit Namen Juan Pablo Hernandez Palacios.

Auch den Namen Angelina hatte niemand gehört.

Dafür erfuhr er, dass die Kunde von einem in Guayaquil entflohenen Seemann lief. Er werde gesucht.

Am nächsten Tag hörte er sich noch vorsichtig in anderen Lokalitäten um und lernte, wo Reisende oder sonstige Nachrichtenträger verkehrten. Den Vikar brauchte er gottlob nicht zu besuchen.

Am späten Freitag-Nachmittag, die Sonne war gerade hinter der westlichen Andenkette verschwunden, war er wieder <zu Hause>. Bis nach Riobamba war es ein flotter Tagesritt. Zeit durfte dabei nicht vertrödelt werden.

Heute konnte er auf der gesamten Strecke nicht flott vorankommen. Er hatte ein Maultier erstanden. Dieses war ordentlich mit den Einkäufen Daniels beladen und konnte schon deswegen mit der Gangart von Daniels Pferd nicht Schritt halten. Daniel hatte jetzt einen Grundstock für das neue Herrenhaus beisammen.

In der Stadt hatten Männer darüber geredet, dass eigentlich bald eine kurze Regenzeit fällig wäre. An diesem Tag hatte er nur bis kurz vor Mittag die Sonne gesehen. Dann wurde es kühl und dicke Wolken fielen regelrecht von den westlichen Bergketten ins Tal.

Sanchez hatte Neuigkeiten für ihn. Die vorletzte Nacht wurde er von unruhigen und z. T. schreienden Tieren aufgeweckt. Er schwor einen Berglöwen gesehen zu haben. Ihm habe er einen Gewehrschuss hinterhergeschickt. Sonst gab es aber keine Spuren. Und, ach ja, das Indiomädchen sei da gewesen und habe Ziegenmilch gebracht. Die habe er getrunken, sonst wäre sie unterdessen sicher sauer geworden.

Eine sehr aufmerksame Familie, dachte Daniel für sich.

Von der eingeleiteten Suchaktion nach einem entflohenen Seemann erzählte er seinem Bruder im Geiste nichts.

Am nächsten Morgen entdeckten sie zu ihrer größten Überraschung, dass die von den Indios gesteckten Einfriedungshölzer bereits ausgeschlagen hatten. Sie trieben Knospen und bald würden sie eine saftig grüne, lebende Begrenzung bilden. Jetzt erst verstand er was die Indios ihm nicht erklären konnten bzw. er nicht verstehen wollte.

Daniel und Sanchez machten noch so manche Runde und Besuche bei den Leibeigenen. Sie lernten auf diese Art manchen Begriff in Quechua und auch die eine oder andere Sorge der Indios verstehen. Daniel war sich immer sicherer, dass der Platz, den er für das Hauptgebäude ausgewählt hatte, der Beste war.

Nachmittags wurden sie nass und kehrten bei einer Indiofamilie ein, um sich zu schützen. Der Regen ging auch am späten Nachmittag noch weiter. So mussten sie, trotz der Einladung für die Nacht zu bleiben, einen beschwerlichen Weg zurück. Durchnässt und frierend kamen sie zu ihrem Zuhause. Sie hatten das Vieh noch zu versorgen. Wenn er besser Quechua sprechen würde, dann werde er veranlassen, dass sich die eine oder andere Familie in der Nähe anzusiedeln habe, um diese Routinearbeiten zu verrichten. Sanchez fand die Idee ebenfalls gut.

Daniels Persönlichkeit begann sich an Höherem auszurichten. Er hatte ja in Spanien ein gutes Vorbild.

Der neue Großgrundbesitzer

Sie hatten sich auf den höher gelegenen Flanken der Berge Bäume ausgewählt und eingeschlagen. Mit dem Pferd und dem Maultier zogen sie das Holz zu einem Sammelplatz in der Nähe des vorgesehenen Hauptgebäudes. Die Arbeit gestaltete sich schwierig und Daniel vermisste Hilfe. Die Hin- und Zurückwege verschlangen viel Zeit und Aufwand.

Der Moment war gekommen sich seine Untertanen nutzbar zu machen. Er beschloss nochmals die eine oder andere Woche in seinem Gebiet Inspektionsreisen zu unternehmen, diesmal aber zu Pferd. Das machte mehr Eindruck. Und er wollte so viel wie möglich Konversation machen, wenn es sein musste mit Händen und Füssen, aber er wollte auch mehr von der Indio-Sprache verstehen. Er wollte mehr und besser verstanden werden.

Sanchez konnte sich unterdessen mit dem Holz beschäftigen, das eine oder andere Stück behauen. Es war auch Zeit Produkte zum Verkauf zu bringen. Irgendwann war er ja gezwungen eigenes Geld hereinzubekommen.

So informierte er sich mehr und mehr über Einzelheiten der landwirtschaftlich genutzten Flächen. Er erkannte, dass noch viel mehr angepflanzt werden konnte, was ja auch erforderlich war, sollten die Indios bei seinem eigenen Verdienst nicht darben. Er brauchte Personal, um sich und er brauchte auch Leute, auf die er sich verlassen konnte, wie immer sie betitelt werden würden. Ob das nun ein Vorarbeiter oder Unterverwalter oder Aufseher sei, schien ihm im Moment gleichgültig. Und wahrscheinlich würde das auch, zumindest für den Beginn, den bestallten Indios ebenso gleichgültig sein. Die Erfahrungen würden erkennbar machen in welche Richtung er die Zusammenarbeit am besten entwickeln sollte.

Zur rechten Zeit ein richtiges Essen auf den Tisch - auf einen *Tisch*, verbesserte er sich, denn er hatte ja noch keinen richtigen. Und dann würde er jemanden brauchen der sich um seine Wäsche kümmern musste. Waren diese Ziele zu hoch gesteckt, fragte er sich?

Nein, entschied er und Sanchez war nach Rücksprache der gleichen Meinung. Sie konnten über Menschen verfügen und es würde sicher solche geben, die es als eine Ehre erachteten, ihm zu Diensten zu sein. Auch in seiner unmittelbaren Nähe wohnen zu können. Die Extremadura ließ grüßen.

Wenn er sich aber weiter selbst um diese Alltäglichkeiten kümmern würde, käme er bestimmt nicht auf einen grünen Zweig. Er würde vor sich hin wursteln und jeder seiner Hintersassen ebenfalls so weitermachen wie bisher. Er erkannte, dass er allein und sonst niemand verantwortlich dafür war, ob sich sein Unternehmen erfolgreich entwickeln oder eines Tages spurlos aus dem Grundbuch getilgt werden würde.

Daniel brachte die Errichtung entsprechender traditioneller Wohneinheiten für seine Mitarbeiter, wie er sie gerne bezeichnen würde, mit Sanchez ins Gespräch. Sie würden die beste Lage dafür bestimmen müssen.

Daniel sträubte sich mit seinen ganzen Gefühlen seine Leute als Hintersassen zu bezeichnen. Und sie einfach als Indios zu bezeichnen, das befriedigte ihn auch nicht. Mitarbeiter, das würde ihm am besten passen. Und so beschlossen sie in nicht allzu weiter Ferne eine oder mehrere Mingas zu veranstalten. Sie beschlossen, dass diese Behausungen zwar im herkömmlichen Stil gebaut werden sollten. Sie würden aber geräumig sein und ihre herbeigeholten Bewohner sollten sich darin wohlfühlen.

Waren das jetzt alles uneinlösbare Traumvorstellungen von Vorhaben? Sie beschlossen und versprachen sich, bei aller Einsicht in die Erfordernisse einer Führung der Einheimischen keine Menschenschinder zu werden. Sie schauten sich in die Augen und besiegelten das Versprechen mit einem Handschlag.

Beide wussten, um was es hier ging. Beide hatten ihre Erfahrungen als geschundene Untergebene - und Ausgebeutete. Daniel als Hintersasse, Sanchez als einer, der sklavenartig auf ein Schiff verbannt und auch sklavenartig in blindem Gehorsam behandelt wurde.

Die meisten seiner Untertanen und ihre Wohnverhältnisse hatte Daniel bis jetzt kennengelernt. In einigen Behausungen standen einfache hölzerne Webstühle. Die meisten Frauen konnten Wolle verspinnen. Die taten dies sogar, wenn sie unterwegs waren, während des Laufens. Geschickt zupften sie mit den Fingern der einen Hand aus einem kleinen Bündel Rohwolle, das sie auf Schulterhöhe trugen. Die feinen Härchen wurden mit den Fingern der anderen Hand mittels einer dünnen Spindel verdreht - versponnen, verbesserte sich Daniel. Der entstandene Wollfaden wurde zu einem Knäuel aufgewickelt.

Die Webstühle waren von geschickten Händen, zu hundert Prozent in Handarbeit, in Eigenregie und vollkommen aus Holz gebaut. Die primitiven Schäfte versahen zuverlässig ihren Dienst und das Schiffchen wurde präzise von einer zur anderen Seite und wieder zurückgejagt. So entstanden z.B. Umhänge, Ponchos mit z.T. erstaunlicher Vielseitigkeit, sogar in doppelseitiger Webart. In dieser waren sie aber auch so fest verbunden, dass sie stundenlangem Regen standhielten, ohne durchzuweichen. Eine wundervolle Arbeit, eine Fertigkeit in einer Technik, die in Spanien noch nicht bekannt war.

Sie schafften es sogar eine Oberbekleidung herzustellen, in

einem Webarbeitsschritt Ärmel hineinzuweben sowie einen Kragen, ohne eine einzige Naht nähen zu müssen.

Feinere Webarten waren mehr für die holde Weiblichkeit verarbeitet. Dazu kamen vielfältige Stickereien oder bunt gewebte Bändchen, die dann aufappliziert wurden oder auch bereits eingewebt waren.

Für grobe Näharbeiten gewann man den Faden aus der Agave. Dafür brach man an dem stehenden Agaveblatt die knochenharte Spitze ab. Danach wurde diese mit einem Ruck mitsamt den daran hängenden Fäden aus dem fleischigen Blatt herausgezogen. Brauchte man einen einzigen Faden, wurden die übrigen, die manchmal mit an der Nadel hingen, abgetrennt. Der Faden wurde dann gewaschen und getrocknet, das Nähzeug war fertig. Nadel und Faden in einem Stück.

Für feinere Arbeiten hatten sie auch in Eigenarbeit angespitzte Knochen mit Öse. Erfahrene Männer kümmerten sich um die Färberei. Den Grundstoff der benötigten Farben fanden sie im Überfluss auf der Hacienda, nämlich Nussbäume. Die waren im Holz unterschiedlich zu denen in Spanien, wo das Holz heller gemasert war. Das Holz der hiesigen Walnuss war braun bis kräftig dunkel, hatte sogar einen Einschlag ins Violette.

Gerade hatte er zwei Indios bei der Färberei von gesponnenen Wollfäden angetroffen. Locker aufgerollte Fadenbündel hatten sie an besonders vorgefertigten Holzstückchen aufgewickelt. Das Ganze hing dann in der Brühe, die in einem grossen Kessel auf einem offenen Feuer erhitzt war. Immer wieder mussten diese Wollbündel bewegt werden aber immer so, dass es keinen unentwirrbaren Fadensalat geben konnte.

Schließlich mussten die Fäden nach dem Trocknen wieder aufgedröselt werden, um auf die Spindel gewickelt in ein Webschiffchen zu passen oder auf einen sogenannten Baum, um als Kette beim Weben zu dienen.

Da staunte Daniel, der sowas noch nie gesehen hatte, als er

die Haupthandwerkszeuge der Färber kennenlernte, nämlich deren Hände. Besonders die Handflächen waren in einer undefinierbaren Färbung dunkel und schillerten dennoch in allen Regenbogenfarben.

Er hatte kennengelernt, dass zu seinem Eigentum kleinere Herden Schafe, auch Lamas und Guanakos zählten. Sie waren also in Punkto Bekleidung auch Selbstversorger.

Daniel wusste, dass er bald zu einem Entschluss kommen musste, wen er von den Familien direkt bei seiner Hauptwohnung haben wollte. Und andererseits welche seiner Untertanen für die Feldarbeit vor Ort besser geeignet waren, also bleiben konnten bzw. sollten. Er war sich auch im Klaren, dass er keinem seinen freien Willen lassen konnte zu wählen zwischen verschiedenen Möglichkeiten.

Nein das hatte *er* zu bestimmen. Er war der Chef, er hatte zu bestimmen, möglichst ohne jemanden zu benachteiligen. Wenn er dann Fehler machen würde, gut oder auch schlecht, dann waren es seine Fehler. Er brauchte niemand Rechenschaft abzulegen. Besser wäre er natürlich dran, wenn er keine Fehler machen würde. Oder wenigstens seine Fehler so darstellen könnte, dass nämlich ein jeder Indio begreifen musste, dass der Patron es sich erlauben konnte welche zu machen, die Untergebenen aber möglichst nicht.

Manches erschien ihm im Detail doch recht kompliziert und unausgegoren. Er würde aber niemanden finden, der ihm die unangenehmen Entscheidungen abnehmen konnte. Vielleicht doch, aber dann würde er sich auch gleich wieder in fremde Hände begeben. Er verlöre dann einen Teil seiner Freiheit und Selbständigkeit, die er sich doch gerade so hart erkämpft hatte. Ein anderer konnte aber genauso Fehler machen. Nur, die Konsequenz hätte er auf seinen Schultern zu tragen, und die letztendliche Verantwortung würde er doch selbst für alles übernehmen müssen.

Er hatte bei seinem Patron in Spanien Dinge miterleben

müssen, die ihn größten Abscheu vor einer gleichartigen Organisation lehrten.

So kam er im Laufe der Wochen zu festen Entschlüssen. Jetzt war es an der Zeit sich mit der detaillierten Planung und schließlich den Durchführungen zu befassen. Er schob es nochmals den einen oder anderen Tag hinaus. Als er aber erkannte, dass dadurch nur noch mehr schlaflose Nächte zustande kamen, begann er eines Morgens mit den ersten wirklichen Maßnahmen und Entscheidungen.

Zunächst teilte er mit Sanchez das Gelände ein. Er hatte festgelegt, dass die Leute im Familienverbund genügend Platz zum Leben haben sollten und auch noch auseichend Parzellen, um sich ein Schwein zu halten und einen großzügig ausgelegten Garten bestellen konnten. Die Landschaft in der näheren Umgebung würde sich verändern, zumal er auch eine dauerhafte Lösung für die Be- und Entwässerung anstrebte.

Bis zuletzt dachte er daran alle seine Untertanen zusammenrufen zu lassen, um seine Entscheidungen zu verkünden. Das verwarf er dann, denn das hätte unmittelbar zum Ausbruch von Reibereien, vielleicht sogar zu ernsthaften Streitereien führen können. Das Entstehen von Missgunst wäre gefördert worden und hätte zu spontanen, nachteiligen Situationen und Spannungen führen können.

Er würde noch genügend Gelegenheit haben nach Lösungen für unvorhersehbar auftretende Probleme zu suchen und zu finden. Zunächst würde bei diesen Änderungen Arbeitszeit und Arbeitskraft verbraucht und gebunden, die in der gleichen Zeit für Feldarbeiten nicht zur Verfügung stehen würden.

Mingas mussten organisiert werden, es galt eine ganze Reihe neuer Häuser zu bauen. Gewachsene soziale Bindungen und Nachbarschaftsverhältnisse würden zerschnitten und neue aufzubauen sein. Das war einfach bei einer solchen Neuformung von Dasein nicht zu vermeiden.

Letztendlich hatte er einen gewaltigen Trumpf in der Hand. Wenn es Unruhen oder Gehorsamsverweigerungen geben würde, konnte er mit dem Einsatz von Militär drohen. An das allerletzte Mittel der Ausweisung von seinem Besitz mochte er nicht denken.

Gleich nach seinen ersten Beschlüssen musste er erkennen, dass zumindest manche vielleicht doch nicht durchführbar sein würden. Achtbare Männer kamen zu ihm, einige mit Frauen und brachten Argumente für und gegen die Planungen vor. Das war aufgrund der mangelhaften Sprachkenntnisse auf beiden Seiten zwar schwierig. Aber sie konnten ihm beibringen, und sogar das eine oder andere verständlich begründen, dass er nicht an alles gedacht hatte, dass dies und jenes als Voraussetzung fehlen würde, usw.

Am meisten glaubte er herausgehört zu haben, dass die neuen Böden, hier bei dieser Lage, nicht so gut wie die seien, die sie bisher bearbeitet hatten. Man würde darben müssen, denn die Ernten könnten nicht so gut sein. Was würde aus ihrem Nachwuchs werden?

Nachdem er sich die Demarchen eine Weile angehört hatte, wusste er nicht mehr so recht, wo er sich mit seinen Gedanken hinwenden sollte. Nichts schien mehr zu gehen. Wenigstens gewann er diesen Eindruck. Sollte er dann doch mit strengem Durchgreifen die eine oder andere Hürde beiseiteschieben? Oder sollte er bei seinem eingeschlagenen Weg der Überzeugung im Einzelfall treu bleiben.

Es blieb ihm nichts anderes übrig als im Einzelfall zu diktatorischen Mitteln zu greifen. Er musste einfach bestimmen, das musste durchgeführt werden und wenn dies oder jenes nachgebessert werden musste, nun dann würde man darüber reden können. Zunächst musste er aber Fakten schaffen.

So suchte er sich zuerst die Familie heraus, die er am ehesten umsiedeln konnte, der geringste Widerstand zu erwarten sein würde. Zudem versprach er sich, dass er jeder Familie

zugestehen würde, wieder an ihren alten Platz zurückkehren
zu können, wenn sie in der neuen Wirkungsstätte einen vollwertigen Ersatz aus dem eigenen Nachwuchs hinterlassen
konnten.

Das war ein gutes Argument. Die angestammten Felder
würden auch nicht aufgegeben, er wolle nur gezielter und spe-
zialisierter anbauen lassen. Dass dann sogar Familienmitglie-
der, die beim Hauptgebäude nicht gebraucht würden, diese
Felder weiterbestellen könnten, dem gedachte er zuzustimmen.

Wahrscheinlich sah dann die Wirklichkeit so aus, dass niemand mehr aus der Umgebung des Hauptgebäudes wegzuzie-
hen bereit sein würde. Die Praxis musste dann zeigen, wo er
von Fall zu Fall nachzubessern hatte. Dazu fühlte er sich
beinahe moralisch verpflichtet, denn er hatte ja die Entwurzelung am eigenen Körper miterlebt und die Erfahrungen praktisch mit seiner Familie geteilt.

Die Familie, dort wo er seinen ersten Chicha trank, sparte
er bei den radikalen Maßnahmen aus. Dort hatte er starke
Hemmungen. Er wollte aber keine Zeit damit verbringen über
die tieferen Gründe nachzudenken.

Daniel war sich auch bewusst, dass er Tatsachen für die
gegenwärtigen und auch zukünftigen Generationen schaffen
würde. Dabei musste er, das war der immer noch schwierige
Teil in seinem Charakter, sein weiches Herz auf mehr Durch-
setzungsfähigkeit trainieren. Ja, er würde auch von Fall zu
Fall mehr Härte gegenüber den Mitmenschen zeigen müssen.
Wenn er Chef sein und das gewollt und es sich gewünscht
hatte, dann musste er auch die Bürden dieser Stellung akzeptieren.

Die Mingas und Umzüge begannen. Oft waren sie eher
freudlos und nicht zu vergleichen mit den Begleitumständen
beim Bau seines Hauses.

Das ganze Vorhaben streckte sich weit mehr als es Daniel
lieb war. Zu viele Umstände bei der Ernte, der Tierhaltung,

den neuen Weidegründen, Nachwuchs und viele andere ernsthafte, nebensächliche und künstlich geschaffene Beweggründe verlangten oftmals Verständnis und Berücksichtigung.

Eines Tages war es dann so weit, dass Daniel von einem ersten organisatorischen Schritt sprechen konnte. Nun hatte er aber auch alle Hände voll zu tun, damit kein Erwerbszweig zusammenbrach. Nirgendwo durfte jemand Hunger erleiden. Nirgendwo durften zu tiefe Einschnitte in den Tagesablauf und in eingefahrene Sitten sowie Bräuche auftreten.

Sogar der erste Abschnitt des vorgesehenen Hauptbaus hatte Fortschritte gemacht. Sanchez hatte seine meiste Zeit damit verbracht. Er wurde in letzter Zeit aber immer wortkarger. Daniel bangte darum, dass er von dieser Seite auch noch Sorgen bekommen könnte.

Mittlerweile hatte sich Sanchez eine eigene Hütte zugelegt und schielte schon mal nach dem einen oder anderen feminin wackelnden Hinterteil. Das Angebot war da, am Willen sich zu paaren fehlte es sicher auch nicht bei der einen oder anderen Herangewachsenen. Es schien aber als würde Sanchez immer weltfremder, in sich zurückgezogen oder immer mehr ganz woanders sein. Sein Verhalten wurde für Daniel immer mehr zu einer Belastung. Eine Bindung für eine Familiengründung zu finden, wurde dadurch immer schwerer.

Daniel organisierte mehr die Fleischproduktion und erklärte den Leuten die Hintergründe. Dadurch brauchte man aber auch mehr Feldfrüchte für deren Ernährung. Nicht alles was kreuchte und fleuchte konnte sich ausschließlich von Gräsern und anderem wild wachsendem Grünzeug ernähren. Die Bevorratung musste anders organisiert werden.

Ein paar Maultiere hatte Daniel noch angeschafft. Esel wären den Indios lieber gewesen, die entsprachen mehr ihrer Körperstatur. Maultiere waren aber flotter, sie wurden für Transporte gebraucht. Marktreife Feldfrüchte mussten zu den Märkten gebracht werden. Geld musste verdient werden. Auch ein bevorzugter und zinsfreier Kredit musste irgendwann zurückbezahlt werden. Harte Erkenntnisse für Daniel.

Sicher man hatte auch weiterhin Vertrauen zu ihm. Respektvoll wurden seine Umsiedlungen kommentiert. Da habe man schon von ganz anderen Fällen gehört, bei denen das Militär einschreiten musste. Da wurden auch schon mal einige Indios füsiliert, danach sei alles viel einfacher gelaufen. Angeblich, relativierte Daniel. Und dieser Daniel Machado hatte es alleine geschafft. Offenbar sogar sehr vernünftig. Gesunder Pragmatismus war in seinen Planungen und Arbeiten zu erkennen.

Der Kapitän des Schiffes, dem der Seemann abgehauen war, habe wieder Nachricht geschickt und ließ anfragen, ob man denn immer noch nichts von ihm wüsste. Das kommentierte man mal wieder in Riobamba. Nichts, aber absolut nichts wusste man von einen Juan Pablo Hernandez Palacios. Nichts von Angelina.

Eines Tages musste es klappen, Daniel würde die Hoffnung nicht aufgeben. Und er sagte sich immer wieder, dass alles, was er tat, organisierte und vorbereitete auch für Angelina getan wurde. Umso besser, wenn sie dann zu ihm kam, waren die Hauptschwierigkeiten sicherlich schon überwunden.

Daniel sprach mit Sanchez über die hartnäckige Suche des Kapitäns nach ihm. Das ging Sanchez stark auf die Nerven. Er litt sichtbar und spürbar.

Er wurde noch wortkarger und eigenbrötlerisch. Litt er vielleicht auch darunter, dass er nur als Bruder Daniels in relativer Sicherheit war? Dass er jemand anders sein musste, und nicht er selbst? Unter diesen Umständen würde er niemals mehr frei sein. Ja, soweit konnte Daniel sehr gut nachfühlen. Und es schmerzte ihn, seinem Freund nicht helfen zu können. Und es schmerzte ihn doppelt, weil sein wirklicher Bruder vielleicht unter ähnlichen oder gar gleichen Bedingungen leben musste. Wenn er nur etwas machen könnte, um ihn zu finden, und ihn bei sich auf seinem Besitz zu haben.

Allerdings, in einem Punkt hatten sie es beide, was ihre persönlichen Lebensumstände anbetraf, jetzt wesentlich besser. Sie wurden betreut. Um das Essen brauchten sie sich nicht mehr zu sorgen. Die Wäsche wurde gewaschen. Daniel konnte bereits Anweisungen an Dritte überbringen lassen, auch eine Art Kontrollfunktion war er in der Lage zu delegieren. Der eine oder andere schälte sich heraus, um einmal als Vorarbeiter oder für eine noch bessere Stellung in Frage zu kommen.

Mit hartnäckiger Regelmäßigkeit brachte ihm die kleine Hübsche Ziegenmilch, manchmal Chicha, Fritada - köstlich geröstete Rippenteile vom Schwein - Mote, aromatische Pflanzen für Tee und sie kümmerte sich um die Pflege seiner Meerschweinchen. Dazu musste sie sich in seinem nun bereits zweimal erweiterten Haus zu schaffen machen und sich frei bewegen können.

Die beauftragten Familien für die Ordnung in seiner Wohnung waren zunächst nicht so sehr von ihr begeistert, aber aus irgendeinem Grund fanden sie sich bald großartig damit ab. Wer weiß, munkelte man, vielleicht hat sie bald was mehr zu sagen. Besser man verdirbt es sich nicht mit ihr.

Auch wenn Daniel mit ihr zusammentraf, schaute sie ihm praktisch nie in die Augen. Oft drehte sie sich demonstrativ ab, um an seiner Lagerstelle noch den einen oder anderen Zipfel eines Felles oder an der von ihrem Vater gestifteten Decke zu zupfen. Mit ein paar weiteren Handgriffen etwas ein wenig umzulegen, dann glitt sie irgendwie wieder irgendwo hin und war wieder weg.

Sie konnte auf eine besondere Art anziehend sein, wenn sie mit ihren unsichtbaren Tippelschritten die Röcke vibrieren oder schwenken ließ. Immer schien sie sauber frisiert und auch allgemein sauberer als andere zu sein. Sie glänzte mehr, obwohl man von den Leuten in der Umgebung Daniels nicht sagen konnte, dass sie eventuell schmutzig wären.

Ihre großen, breit auseinanderliegenden Brüste brachte sie kaum auffällig ins Spiel. Aber es war nicht zu übersehen, dass sie sie als verführerische Offensiv-Waffe ganz gut zu gebrauchen wusste. Andere Mädchen schäkerten schon mal echt auffällig mit jungen ungelenken Kerlen. Sie sah man dabei nicht mitmachen.

Daniel wies die Idee weit von sich, dass sich da etwas für ihn oder mit ihm oder durch ihn oder wie auch immer anbahnen könnte. Es war aber komisch, je weiter er diese Gedanken von sich stieß, desto öfter waren sie penetrant da. Sie tauchten auf, als wollten sie ihn verhöhnen. So als wollte ihm die Natur zeigen, dass er gegen sie machtlos sei. Trotzdem, nun ja?

Wie mit anderen Indiosippen, hatte Daniel auch mit ihrem Vater gesprochen und klargestellt, dass er einen bestimmten Einfluss auf die Art und den Umfang seines Feldfrüchteanbaus zu nehmen gedenke. Er machte klar, was er an Abgaben wolle und welchen Umfang die Familie für sich allein und für sich bewirtschaften könne.

Auch aus seiner Familie mussten zu bestimmter Zeit Mitglieder, arbeitsfähige Mitglieder, für Allgemeinarbeiten der Hacienda zur Verfügung gestellt werden. Er betonte, dass er niemandem drohe, wenn dies nicht geschehe, aber er erwarte, dass er auch niemals zu drohen brauche. Das, was er verlange, müsse für ihn, das spanische Königshaus und die Allgemeinheit getan werden. Und er ließ wissen und spüren, dass er sich sehr wohl in der Verantwortung für alle sehe, die auf seinem Grund und Boden wohnten, lebten und arbeiteten. Dafür dürften sie von ihm Hilfe und Schutz erwarten, wenn es denn in irgendeiner Weise erforderlich werden sollte.

Daniel hatte sich viel vorgenommen und er freute sich, dass nach den anfänglichen Schwierigkeiten, verbunden mit den Umzügen, mehr und mehr Ruhe einkehrte. Hin und wieder hatte er schlichtend eingreifen müssen, wenn sich neue Nachbarschaften nicht ganz grün waren. Es waren aber durchschnittlich schlichte Differenzen, die fast alle einfach zu lösen waren.

Und auch das hatte er gelernt. Er schaltete dann so viel wie ihm nötig erschien auch Unbeteiligte ein und die erledigten dann in einer Art Selbstverwaltung und langen Palavern das Problem. Er spendierte dann zur Belohnung Schnaps. Scheinbar beflügelte dieses System die Befriedung. Er wollte ja nicht so weit gehen, um anzunehmen, dass seine Untertanen auf die Idee kommen könnten Händel anzuzetteln oder gar vorzutäuschen, nur um in den Genuss der selbstverwalteten Flaschen Schnaps zu kommen.

Neben der organisierten Schweinezucht im Kollektiv, die allen zugutekam und die hervorragend funktionierte, hatte jede Familie das Recht auf die Aufzucht eines eigenen Schweines. Wenn die Familie aus acht oder mehr Mitgliedern bestand, durfte sie auch zwei pro Jahr züchten.

Es schien Daniel nun bald so als würden sich die noch jungen Paare beeilen die Mindestzahl möglichst schnell zu erreichen. In Wirklichkeit waren sie aber in der Zeugung von Nachwuchs niemals lendenfaul.

Daniels Rinder waren nun schon bald vor dem Gebären von Nachwuchs. Das Ereignis wurde von allen freudig erwartet. Daniel hatte versprochen einen Feiertag einzulegen, wenn alle Kälber gesund zur Welt gekommen wären.

Das Schafe- und Ziegenhalten war neu geregelt. Keiner konnte mehr machen, wie er es bisher gewohnt war, aber sie fügten sich.

Gelegentlich, nicht jeden Tag, überkamen Daniel die Schmerzen der Trennung von Angelina. Es schnürte ihm immer noch regelmäßig die Brust zusammen. Und er gestand sich sein Scheitern ein. Seit er auf diesem Fleck Land war, war er auf der Suche nach seiner geliebten Frau noch keinen Schritt weitergekommen. Er wollte aber nicht aufgeben - nein, niemals, versprach er sich und Angelina.

Daniel reiste spätestens alle zwei Wochen nach Riobamba um einzukaufen oder auch Geschäfte anzubahnen und zu vollziehen. Auf einer dieser Reisen konnte er eine gute Gelegenheit nutzen und einen gebrauchten Wagen kaufen. Er gedachte einen Marktservice aufzubauen und eine Familie damit zu beauftragen regelmäßig die Feldfrüchte der Hacienda in die Stadt und auf den Markt zu bringen. Dazu würde er mit besonderem Taktgefühl vorgehen müssen. Denn die Beauftragten würden eine besondere Vertrauensstellung innehaben.

Von seinen Reisen brachte Daniel immer auch das mit was jede Familie als täglichen Bedarf benötigte. Dazu gehörte in erster Linie Salz, Zucker, Mehl, Öl und Schnaps. Letzterer war natürlich nicht im Sinne von täglichem Bedarf gedacht. Aber bei besonderen Anlässen freuten sich die Indios ganz besonders über dieses Angebot.

Für den Wasserbedarf und die Hygiene hatte Daniel, nach dem Vorbild einer Familie, einen Teich angelegt. Davor ließ er den Wasserfluss so leiten, dass er an einer Stelle einen kleinen Wasserfall bildete. Der Standplatz darunter wurde mit flachen Steinen ausgelegt. Die Männer benutzten ihn nicht so oft, aber die jungen Mütter und die noch unverheirateten Mädchen waren dort am Wochenende öfters und intensiv zugange. Es spielte sich ab wie ein gesellschaftliches Ereignis. Sie pflegten das Waschen mit besonderer Begeisterung. Ja, es wurde sogar dabei gesungen.

Daniel schaute auch hin und wieder mit großem Vergnügen zu, wie die Mädels sich gegenseitig ihre langen blauschwarzen Haare wuschen. Dazu benutzten sie eine selbst gemachte Mischung auf der Basis von Agavesaft als Seife. Wenn sie sich die Brüste und andere sensible Körperteile wuschen, hielten zwei andere Mädels ein großes Tuch als Sichtschutz davor. Sie wollten sich natürlich denken, dass der Patron gerne mehr als nur das vorgehaltene Tuch sehen würde. Doch da spielten sie nicht mit.

Üble Zahnschmerzen plagten Daniel. Eine Gesichtshälfte war fürchterlich angeschwollen. Seine kleine Fee erschien zur rechten Zeit mit Heilkräutern und schmerzstillenden Mitteln. Sie setzte sich zu ihm auf sein Lager und machte immer neue Kompressen, Umschläge und ließ ihn einen bittersüßen Saft von Zeit zu Zeit kosten.

Es schien, dass sie, in Anbetracht der Probleme Daniels, von jetzt auf gleich ihre scheinbare Scheu abgelegt hatte. Sie brachte es fertig sogar Sanchez zu verjagen. Die Bediensteten mit dem Essen schickte sie weg und auch jeden der mit irgendeinem Anliegen sie und ihn stören wollten. Dabei konnte sie ganz schön keifen. Daniel fühlte sich benommen und auf keinen Fall in der Lage für die nahe Zukunft die Initiative wieder an sich zu reißen.

Er hatte tief geschlafen. Als er erwachte fand er sie an seiner Seite liegend. Ohne die Vielfalt ihrer Röcke. Als er sich bewegte war sie schon wieder voll da und auch in der Dunkelheit schaffte sie es, ihm wieder von dem bittersüßen Saft zu verabreichen. Beruhigende Worte fand sie, wie sie auch bei einem Kind beruhigend wirkten. Sie legte auch wieder eine neue Kompresse auf und er schlief bald wieder ein.

Der Morgen war gekommen und Daniel musste unbedingt aufstehen. Der Blasendruck übertraf in seiner Wirkung die schmerzgeplagte Gesichtshälfte. Sie hatte auch schon den irdenen Topf zur Hand, zeigte darauf, ging einige Schritte Richtung Tür und erwartete, dass er hinter ihrem Rücken sein Wasser ließ.

Na, das war ihm vielleicht jetzt peinlich. Auf keinen Fall wollte er ein plätscherndes Geräusch erzeugen. Andererseits wollte er sich nicht blamieren, und unter dem Gefühl, dass sie sich jeden Augenblick umdrehen könnte, brachte er überhaupt nichts zuwege. Er wollte schon aufgeben und statt seinem Urin dem Schicksal seinen Lauf lassen. Verwundert stellte er dann doch fest, dass sie sich noch nicht gerührt hatte. Sie hatte nichts gefragt, war nicht ungeduldig geworden, hatte sich einfach auch noch gar nicht umgedreht.

Nach dieser Feststellung beruhigte er sich und konnte seiner Blase die ernstgemeinte Anweisung geben das Wasser freizulassen.

Er tat alles so leise wie irgend möglich, konnte allerdings aufgrund seiner bedauernswerten Situation nicht sicher sein, dass es auch wirklich lautlos gewesen war. Wie dem auch sei. Kaum hatte er das empfindsame Teil wieder verstaut, drehte sie sich um, holte den Topf und verschwand nach draußen. Daniel selbst ließ sich erschöpft auf sein Lager fallen.

Sie war so schnell wieder zurück, dass sie den Topf unmöglich selbst entleert haben konnte. Sie hatte tatsächlich Anweisung gegeben das für sie zu erledigen. Nach einer Weile wurde der leere Topf wieder zur Tür hereingeschoben.

Unterdessen hatte die Fee die Behandlung wieder aufgenommen. Daniel tat es unendlich gut.

Gegen Nachmittag trat Besserung ein. Der Pflege und medizinischer Betreuung bedurfte er aber offensichtlich nach Meinung der Fee weiter, wie sie ihm mit sehr ernstem Blick beteuerte. Als er wach wurde war es Nacht und sie lag wieder neben ihm.

Er verlor dann keine Zeit mehr, sie aber ihre Unschuld.

Seit dieser Zeit verlor niemand mehr ein Wort darüber, dass sie ständige Bewohnerin der Behausung wurde und Tisch und Bett mit Daniel teilte. So manches änderte sich allerdings für die direkten Bediensteten. Daniel gefiel es, dass sie diesbezüglich das Kommando übernahm. Es war ihm eine sichtliche Erleichterung. Er musste nicht mehr seine Augen und Ohren überall haben.

Seine Quechuakenntnisse verbesserten sich wundersam.

Das gemeinsame Bett erwies sich wieder einmal als stimulierend für gewisse Hirnwindungen. Der Erfolg war für Daniel fast berauschend. Was für andere Sprachen Geltung hat trat auch hier ein: Das *Bettquechua* zeigte sich allen anderen Lernvarianten überlegen.

Die Fertigstellung der ersten Bauphase für das Herrenhaus wurde jetzt mit mehr Energie betrieben. Bei dem Liebeslebenswandel wirkte die Aussicht bald in einen wetterfesten Bau einzuziehen, wie ein kräftiger Magnet.

Daniel wirkte in allen Bereichen, in denen er seinen Untertanen Befehle oder Anweisungen zu geben hatte, befreiter, lockerer, niemals mehr wie besessen und verkrampft. Weitaus reibungsloser wurden die Anweisungen ausgeführt, sogar der Arbeitseifer schien sich gebessert zu haben. Das Zusammenleben mit der guten Fee, bisher hatte er einfach vergessen sie nach ihrem kompletten Namen zu fragen, wirkte sich in mehrfacher Hinsicht als fruchtbar aus. Inwieweit fruchtbar für seine unmittelbare Lebensführung erschloss sich ihm erst nach ca. 6 Monaten, als die werdende Mutter um mehr Vorsicht bei den Liebesakten bat.

Wieso war ihm diese Konsequenz vorher nicht in den Sinn gekommen?

Sein Umfeld wusste offenbar mehr als er.

Bei ihrem Namen hatte Daniel eine andere Vorstellung. „Das ist mir alles zu langatmig", befand er, „ich nehme einfach die letzte Endung, die sich so ähnlich anhörte wie <Hilda>".

Sie hatte nichts dagegen. Seine Schwiegereltern waren zwar überrascht, dass sich aus diesem Zusammenleben auch eine vollkommene Namensänderung ergeben hatte. Aber dann ging man zur Tagesordnung über.

Die Schwiegereltern waren zwar seit ihrem Zusammenleben öfter zu Besuch, aber Grundlegendes hatte sich nicht verändert. Es gab keine großen Reden, keine Fragen, keine Vorhaltungen, überhaupt schien alles einen wundersamen natürlichen Verlauf zu nehmen.

Noch vor der Niederkunft konnte man das Teil-Herrenhaus beziehen. Dort waren vorrangig die Küchenteile, ein zunächst bescheidenes Esszimmer und ein Schlafraum provisorisch fertiggestellt. Über einen geteilten Kamin konnte man sowohl das Esszimmer, das auch als Salon funktionieren sollte, als auch das Schlafzimmer heizen. Die Möblierung war in jedem Teil noch recht spartanisch und sollte nur vorübergehend benutzt werden. Schließlich sprossen Daniels Einnahmen noch nicht so, dass er sich größere Anschaffungen hätte leisten können. Die Rückzahlung des Bankkredites hatte bei allem Anderen Vorrang.

Die Wäscherei war überhaupt noch nicht eingegliedert. Dafür, so fand es Daniel, hatte man aber am Bach einen recht passablen Platz eingerichtet. Es waren die geeigneten Steine gesucht und herbeigeschafft worden. Für das Trocknen der Wäschestücke war eigens ein Stück Weideland eingezäunt worden, damit keine Tiere auf den ausgelegten Bekleidungen oder der Bettwäsche herumtrampeln konnte.

Fachkundige Hände sorgten dafür, dass stets ein guter Vorrat an Waschmittel, gewonnen aus der Agave, bereitstand.

Der Nachwuchs kam mitten in einer Regenperiode und die junge familienähnliche Gemeinschaft war es zufrieden, dass man im Herrenhaus recht gut aufgehoben war. Die Geburt verlief nicht ganz einfach, so wie es die breithüftigen Indiafrauen gewöhnt waren. Dafür war der Junge aber um etliches größer als alles, was die nativen Frauen bisher als Leibesfrucht ans Tageslicht gebracht hatten.

Frauen erledigten alle mit der Geburt zusammenhängenden Anliegen unter sich. Die Männer erwarteten nicht nur eine Schnapsrunde.

So gut wie alle Untertanen Daniels kamen, um das Wunder

zu bestaunen - soo groß! Sie brachten kleine Geschenke, durchweg aus eigener Fertigung. Daniel vermutete, dass sie mehr Glücksbringer sein sollten. Genaueres erfuhr er aber nicht. Jeder und jede Überbringerin verband damit geheime Wünsche.

Und Hilda fühlte sich sehr stolz - soo groß, der Kleine!

Daniels Welt

Daniel hatte einen Jungen mit einer Frau, die er zwar nicht liebte in dem Sinne wie er Angelina liebte, aber diese Frau nahm ihm still und leise Sorgen und Probleme ab. Ja sie schien darauf spezialisiert Probleme vor ihrer Entstehung zu erkennen und entschärfen zu können. Es ging alles ohne viel Worte ab. Für sie war Daniel aber zweifelsohne ihre Welt. Sie verehrte ihn.

Prügel hatte sie von „ihrem" Mann noch nicht bezogen, und es war äußerst unwahrscheinlich, dass es einmal dazu kommen würde.

So lasen sie einander Wünsche buchstäblich von den Augen ab. Ohne Diskussionen waren sie sich so gut wie ausnahmslos einig. Hilda gab gar keine Anlässe über irgendetwas uneins zu sein. Wollte Daniel denn doch einmal eine Unstimmigkeit entdeckt haben und nach Mannesmanier einfach mal Recht haben, eine Selbstbestätigung vielleicht erkennen, dann musste er einsehen, dass die Regelung bereits im Gange oder überhaupt kein Thema mehr war. Er hätte glücklich sein können. Doch Angelina stand immer, wenn auch unsichtbar, zwischen ihnen. Wenn Hilda es je gefühlt haben sollte, sie ließ es sich nicht anmerken.

Er hatte zwar keine tieferen Kenntnisse, geschweige denn Erfahrungen, wie es in den spanischen Haushalten zuging. Doch Hilda war so grundsätzlich verschieden zu den Familien, die er in Spanien im und um das Haupthaus erlebt hatte.

Sie legte auch die kulturell verwurzelten Gewohnheiten nicht ab. Sie versuchte aber auch stets von ihm zu lernen, ihn in seinen Empfindungen nicht zu verletzen oder zu beschämen. So hatte er sich auch an ihre, bis jetzt gutes halbes Dutzend Röcke gewöhnt und er freute sich, wenn sie sich auf ihre Art für einen Sonntagsbesuch schön machte. Er liebte es wie sie den Hut nur eben so auf dem sauber gekämmten Kopfhaar befestigte. Längst war es für ihn auch selbstverständlich *seinen* Hut zu tragen.

Mit ihr konnte man, so verspürte es Daniel, die Zukunft planen, ohne zu verplanen. So als hätte sie im Leben nichts anderes gemacht als ein Herrenhaus zu erweitern, wusste sie im Voraus was Daniel eigentlich als nächstes am Herzen liegen konnte und musste. Da hatte sie bereits seit einiger Zeit die Bäume ausgesucht, die am besten für den Weiterbau geeignet waren. Von ihr ausgesuchte Steine und ihr Liegeplatz hatte sie im weiten Umkreis des Herrenhauses im Gedächtnis. Hilda wusste wo und wie sie sich dekorativ am besten als Verblendung oder Befestigung sehr gut ausnehmen würden.

Dass Daniel den Sohn Carlos nennen wollte, war doch selbstverständlich. Ebenso war es für ihn selbstverständlich, dass er für die Großeltern einen indianischen Beinamen erhalten sollte. Überhaupt fand er, dass er keine besseren Schwiegereltern hätte finden können. Sie gingen ihrer Arbeit nach und waren doch immer präsent, aber in einer Weise da, dass er es praktisch gar nicht merkte. Wenn er es dann merkte, dann konnte er sie sicher gerade jetzt in einer liebenswürdigen und zuvorkommenden Art gebrauchen.

So gab es auch überhaupt keine Unstimmigkeit, als eines Tages das Thema <Taufe> anstand. Nun gut, das Wann war auch bald geklärt. Er wollte das in Riobamba mit den Kirchenvertretern vereinbaren.

Doch da stach er in ein Wespennest.

Er wurde belehrt, dass er ja in Sünde lebe und sein Junge

ein Bankert sei, der selbstverständlich das heilige Sakrament der Taufe nicht erhalten könne. Da sei die heilige Mutter Kirche vor. Immer der Reihe nach hat das zu gehen: Erst die Heirat mit dem Segen Gottes und der heiligen Kirche und dann Kinder kriegen. Er sei doch auch römisch-katholisch. Da habe er aber eine ganz schöne Menge Schuld auf sich geladen und dabei anderen auch noch ein sehr schlechtes Beispiel gegeben. Der Pfarrer rechnete schnell an seinen Fingern nach ... also er musste sich bereits nahezu ein Jahr in diesem Sündenpfuhl wälzen.

Woher *der* das so genau wissen konnte? war Daniels erster Gedanke.

Andererseits wollte Daniel noch nicht aufgeben und war auch weit davon entfernt aus der Haut zu fahren. Er machte einen Gegenvorschlag, ob er denn durch eine Beichte und Reue von dieser Sünde freigesprochen werden könne.

Das haute den Herrn Pfarrer beinahe vom Stuhl hinter seinem breiten und langen beschnitzten Schreibtisch. Das war im Grunde dann doch eine ganz besondere Herausforderung, vielleicht sogar eine Provokation der Institution, mit ihrer unanfechtbaren Weisheit und alleinigen Wahrheit.

So eigenwillig solle man die heiligen Regeln der heiligen Mutter Kirche dann doch nicht auslegen, meinte er, war aber sichtlich um eine korrekte Antwort verlegen.

Daniel gab sich noch nicht geschlagen und argumentierte: Sein ehemaliger Patron, ein sehr ehrenwerter Mann in Spanien habe ihn gelehrt, dass in einer Beichte alles vergeben werde - er glaube sogar vergeben werden müsse - nur nicht einen Mord. Und er habe doch niemand umgebracht. Im Gegenteil jemanden lebendig gemacht, gemäß den ureigensten Plänen Gottes. Sein Patron würde das ja wissen müssen, denn der habe einen Cousin bei der Heiligen Inquisition, ergänzte Daniel.

Das sei aber gewagt, vielleicht sogar Ketzerei und könnte eine unerhört harte Strafe nach sich ziehen, belehrte ihn der

Herr Pfarrer. Doch eine Antwort wusste er immer noch nicht. Der Herr Daniel könnte ja eventuell durch Zahlung einer Strafe, eine Art Dispens erteilt bekommen. Dadurch würde die Sünde getilgt und eine Heirat könnte stattfinden mit der Wirkung als wäre sie bereits vor längerer Zeit vollzogen worden. Das glaubte der Herr Pfarrer als vernünftigen Ausweg aus dem Dilemma zu erkennen.

An welche Summe er denn denke, mit wieviel er dann rechnen müsse, fragte Daniel und erhielt zur Antwort, dass eigentlich an gar keine gedacht sei, aber, er hob die Hand und spreizte seine fünf Finger. Man werde schon nicht unzufrieden sein. Schließlich sei das ja auch für einen guten Zweck.

Daniel dachte an seine Hilda, was die wohl dazu sagen würde. Sicher würde sie ablehnen, oder vielleicht auch doch nicht? In diesem Punkt konnte er wirklich nicht einer Antwort vorgreifen.

Daniel stand auf und ging zum Fenster, „darf ich nachdenken“, fragte er?

Er durfte und der Herr Pfarrer kam auch zum Fenster. Der ging davon aus, dass das eine Art Zeremonie war, in der sich Daniel gut auskannte.

Auch auf Daniel wirkte die Art und Weise wie das Geschäft unter Ehrenmännern zustande kommen sollte und zückte Münzen. Er drückte sie dem Herrn Pfarrer in die ausgestreckte Hand und wunderte sich sogleich mit welcher Geschicklichkeit dieser das Geld in den Weiten seiner schwarzen Soutane verschwinden ließ. Es sah schon beinahe wie ein Wegzaubern aus. Es war mehr ein eingeübtes Zucken. Die Hand verschwand blitzschnell und fast unmerklich in den weiten Falten seiner bis zum Boden reichenden Soutane und war auch schon wieder in der Wirklichkeit zu sehen.

„Nun, mein Sohn, dann wollen wir mal den Regeln der heiligen katholischen Kirche folgen“, bemerkte er und ging zu seinem Tisch zurück.

„Also das machen wir so, wir taufen den Kleinen - ehj, wie soll er heißen, er bekommt doch sicherlich einen christlichen Namen - und am gleichen Tag schließen wir die Ehe - ehh, nein umgekehrt, aber das macht ja nichts, wir haben ja den Dispens", bemerkte folgerichtig Hochwürden.

Klimperte da der Herr Pfarrer mit den Münzen?

„Das gibt einen sauberen Handel - ehhh, ich meine natürlich Dispensangelegenheit - die Urkunde der Ehe wird einfach mit dem gleichen Datum bestätigt, nur die letzte Zahl des Jahres fällt um eine Ziffer geringer aus. Dann kommen wir hin", strahlte Hochwürden. „Legen wir nur noch das Datum fest. Aus Erfahrung weiß ich, dass mittlerweile noch ein paar mehr Schäfchen unter ihren Fittichen, also in ihrem Herrschergebiet, geboren wurden. Die Kirche hat doch verständlicherweise ein vorrangiges Interesse diese kleinen Heiden so bald wie möglich zu taufen, um somit ihre Seelen nicht dem Teufel zu überlassen. Also bitte ich Sie zu veranlassen und organisatorisch so aufzubereiten, damit am gleichen Tag der kleine Nachwuchs unter den großen Schutzmantel der heiligen Kirche genommen werden kann." Ohne die üblichen komplizierten Schwurbeleien und direkt ausgedrückt wollte Hochwürden also sagen, dass er mit einem Schlag noch mehr Fliegen fangen wollte.

Hochwürden wolle selbst die beschwerliche Reise auf sich nehmen, um die Zeremonie auf dem Großgrundstück des Eigentümers Daniel Machado erfolgreich durchzuführen. Das geheiligte Taufwasser würde er selbstverständlich an Ort und Stelle weihen, was so viel hieß wie, *er würde es heilig sprechen*. Schließlich brenne er darauf seinem Bischof von erfolgreichen Taufnachrichten, dem Zuführen von neuen Schäfchen in den Schoß der Heiligen Mutter Kirche, zu berichten.

So kam es, dass bei den Machados große *fiestas* angesagt waren. Alle waren es zufrieden, wenigstens bekundeten sie offen ihre Vorfreude. Seine Hilda hatte dreifache Freude. Sie wurde eine echte Frau, eine gute echte Frau. Ihr Sohn bekam die heilige Wäsche und sie durfte den Sippschaften verkünden, was bevorstand und damit auch die Führerschaft der Organisation übernehmen. Daniel hatte es sich auch ohne große Aussprache so vorgestellt.

Von dem in der Soutane verschwundenen Spendenopfer erzählte er nichts. Er war sich aber nicht sicher, ob vielleicht noch Nachforderungen auf ihn zukommen würden.

Ob seine Hilda in irgendeiner Weise davon wusste oder doch wenigstens etwas ahnte, das konnte er nicht abschätzen, er war aber auch nicht erpicht darauf sie zu fragen.

Hochwürden kam, in seinem Gefolge zwei Adjutanten oder Ministranten - Hochwürden hatte entschieden.

Es war der Tag vor den großen Ereignissen, an dem etliche arme Schweinchen ihr Leben lassen mussten. Meerschweinchen zuhauf sowieso. Es wurde geschält, geputzt, geraspelt, gedünstet - nur die Chicha konnte man in so kurzer Zeit nicht mehr herstellen, sie brauchte ja mindestens drei Wochen zum Gären und zum Reifen. Doch es kamen dennoch beachtliche Vorräte (aus dem Vorrat für schlechte Zeiten) zusammen.

Es sollte in Serie getauft und geheiratet werden. Das würde von Hochwürden wiederum als Eintritt in den heiligen Stand der Ehe gepriesen. Nach Daniel und Hilda gleich noch fünf Paare, die nicht mehr im Sündenpfuhl leben mochten. Ob diese einfachen Analphabeten überhaupt wussten, was ein Sündenpfuhl war oder etwas von der Hölle verstanden, interessierte Hochwürden herzlich wenig. Dann würde es eine Essenspause geben, danach sollten die Zeremonien beginnen.

Da kamen viele kleine Bankerts und *Bankertinnen(?)* zusammen, wie sich wohl Hochwürden auszudrücken pflegte. Und er verkündete eine frohe Botschaft: Damit stünden diese alle vor dem Eintritt in ein gottgefälliges Leben. Sie hätten demnach die Chance *nach* ihrem Leben und einem erlösenden Tod freien Zugang ins Himmelreich zu haben. Und dort, so würde er es, wie immer bei den Leuten aus ganz unten sagen, dort und dann würde es keinen Unterschied mehr zwischen reich und arm, zwischen Patron und Diener geben. Dort seien alle gleich und sie würden ohne Rangunterschied am gleichen reich gedeckten Tisch des HERRN zusammensitzen. Es war immer der gleiche Tenor in solchen Situationen der Bekehrung und Aufnahme in die große Familie der christlich katholischen Religion. Somit würde er wieder einmal dem unersättlichen Teufel Seelen entrissen haben.

Vielleicht schaute sein Gott dem Treiben aus einer gewissen Höhe wohlwollend zu?

Zunächst gab es dann eine Zeremonie, die nicht mehr ganz so ernsthaft nach Gottes Vorschriften ablief. Dann nämlich, als der nun entsprechend uniformierte Geistliche den herbeigeschafften Bottich mit Wasser zu weihen hatte. Es fiel gottlob nicht auf, dass sich unterdessen einer der Spezialköche die Hände darin gewaschen und ein anderer das Ganze mit einer Schale Chicha angereichert hatte. Am späten Nachmittag wurde dieser Tatbestand dem heiligen Gottesmann gesteckt. Heiter verkündete er, dass das Gottes Wille gewesen sei. Hier und jetzt waren aber Hochwürden und seine Ministranten so besoffen, vom Geiste des Alkohols total eingenommen, dass es nicht ernst genommen wurde.

Bei der Reihentaufe schrien die ganz Kleinen, die Halbwüchsigen hatten ihren Spaß. Nun könne ihnen nichts mehr passieren, erklärte Hochwürden, denn sie seien jetzt Kinder Gottes. Kurz darauf holte sich nach einem Sturz ein Täufling eine blutige Nase, was sein Vertrauen in die eigene Unverwundbarkeit, aufgrund der Taufe, tief erschütterte.

Übrigens war Hochwürden wirklich ein Verehrer von Chicha. Daniel hatte es versäumt ihm wenigstens eine der älteren Damen vorzustellen, die für das Zermalmen und den Gärprozess verantwortlich waren. Vielleicht hätte dieser aber dann die versprochene und dispensierte Fälschung gar nicht mehr unterzeichnet.

Seine Hilda sah nun noch blühender aus. Er wusste jetzt auch ihr ungefähres Alter, denn dies musste ja auch in die Dokumente eingetragen werden. Sie dürfte jetzt - überschlägigen, aber natürlich nicht bestätigten Schätzungen zufolge - 16 höchstens 17 sein. Und sie tat in den nächsten Tagen viel, um möglichst bald wieder die Chance einer Tauffete zu bekommen. Hilda hatte richtig Gefallen am Kinderkriegen gefunden. Es schien als konnte sie nicht genug von den dazu erforderlichen Vorbereitungsübungen bekommen.

Doch auch diese Trainingseinheiten wurden ein wenig - ein wenig - zeitlich gestreckt, nachdem Hilda Daniel vom Ausbleiben der Regel berichtete.

Carlos hatte es gut.

Die Population der Schweine erholte sich wieder. Aber man redete allgemein so oft und so viel von diesem Volksfest, dass es diese Borstentiere in tiefster Seele getroffen hätte, wären sie imstande gewesen ihr Schicksal zu begreifen. Es würde lange dauern, bis die Hunde wieder so viel Knochen an einem Tag zu vertilgen oder zu vergraben hatten.

Stolz zeigte Hilda diesmal ihren anschwellenden Bauch. Erstaunlicherweise erging es vielen, nicht mehr nur den ganz jungen Familien gleich. Die Schwangerschaften deuteten auf ein außergewöhnlich fruchtbares Jahr.

Arme Schweine!

Zufriedener Gottesvertreter.

Die Bilanz der Hacienda verbesserte sich stetig. Sie erreichte ein besseres Ergebnis als geplant und erforderlich. Daniel zahlte jeder Familie an Weihnachten eine schöne Münze.

Der Eifer, erfolgreich auf den Märkten zu verkaufen steigerte sich. Niemand schuftete sich zu Tode, aber die Müdigkeit nach schwerer Feldarbeit wurde von vielen nicht mehr als eine Bürde empfunden.

Die Witwe Angelina

Vielleicht nur ein gutes Dutzend Meilen nördlich vom Anwesen Daniels, der Familie Machado, lief das Leben in ganz anderen Bahnen. Die Verzweiflung der jungen Angelina ließ keinen Gedanken an eine glückliche Familie oder zufriedenstellende Gemeinschaft auf der Hacienda aufkommen.

Das Witwenjahr war vorüber und auch Angelika wusste, dass demnächst der Druck auf sie wachsen würde. So weit hatte sie den Kommandanten bereits kennengelernt, dass sie wissen musste an einer Wende angekommen zu sein.

Es gab keinen Ausweg, irgendwann würde der Kerl eine Entscheidung herbeiführen wollen. Dass diese bei einer ablehnenden Haltung Angelinas nicht ihre Freiheit bringen würde, lag außer Zweifel.

Der Kommandante hatte sich nur selten für ein paar Stunden von der Hacienda entfernt. Dass dies nicht nur ihretwegen so war, konnte sie nicht wissen. Er wollte so wenig wie möglich gesehen werden, denn mittlerweile hatte er Nachricht bekommen, dass Daniel lebte. Was weiter aus ihm geworden war, das, soviel wusste er als erfahrener Militär und Intrigant, sollte er lieber nicht versuchen herauszufinden. Denn schnell würde sein Name ins Spiel kommen und wer weiß was dann alles an Schlamm aufgewühlt werden konnte.

Also war sein Plan sich so wenig wie möglich sehen zu lassen, dann wird auch nicht über einen geredet. Wenn nicht geredet wird kann auch sein Name nicht zur Unzeit fallen.

Mit seinem Täubchen würde er sich auf ein <zurückgezogenes Leben> einlassen. Man sollte ruhig den Eindruck haben, dass er in permanenten Flitterwochen lebte und kaum Zeit fand anderen Menschen aufrecht ins Gesicht zu schauen.

Des Kommandanten Vertrauensleute, die noch bei ihm ausharrten waren verschwiegen. Sie konnte er zur Erledigung von Geschäften losschicken.

Er musste vorsichtig sein, denn zu viele Feinde hatte er sich in seiner aktiven Militärzeit geschaffen, und es würde eine Zeit dauern, bis die alle nicht mehr aktiv gegen ihn werden konnten.

Nur nicht im Wasser rühren, das wirbelt Sand und Schlamm auf. Kopf einziehen, und warten bis sich der Sand und Schlamm, das, was sich immer noch nicht gesetzt hatte, beruhigt war. So gesehen hatte er alle Zeit der Welt, sich um die Zukunft mit Angelina zu kümmern. Es war ein harter Brocken Arbeit und musste mit größtem Geschick gehandhabt werden.

Gottlob brauchte er keine finanziellen Sorgen zu haben. Da hatte er in seiner Zeit als aktiver Militär vorgesorgt. Da gab es natürlich Leidtragende, solche die sich als Geschädigte betrachteten. Aber, das war seine Einstellung, wenn man die Dummheit anderer nicht ausnützte, dann war man am Ende selbst der Dümmste.

Der Kommandante lachte im Stillen, als er zufällig an den Hafenkommandanten in Guayaquil dachte. Zweimal hatte der es fertiggebracht als sein Freund ihm eine Frau auszuspannen.

Dann hatte er ihn ins offene Messer laufen lassen. Ein teuflischer Plan, ein verdammt teuflischer Plan, dekorierte er sich nochmals symbolisch selbst. Der Plan ging auf und führte zwangsläufig dazu, dass dieser nach Guayaquil auf diesen Höllensitz strafversetzt wurde. Nicht nur, dass dieser vertrottelte Weiberheld nicht wusste, dass er seinen Posten ihm zu verdanken hatte. Der war aber der Meinung in ihm weiterhin einen Fürsprecher zu haben, der ihn letzten Endes aus diesem

Dreckloch herausholen könnte - und würde. Zum Lachen.

Mittlerweile hatte der Hafenkommandant aber in diesem fieberverseuchten Dreckloch Guayaquil seinen Verstand versoffen. Seine Gesundheit hatte er so nachhaltig zerstört, dass er für keinen anderen Posten mehr zu gebrauchen war. Doch, nein, das stimmte nicht ganz, verbesserte sich der Kommandante grinsend. Er wurde nämlich von ihm immer noch regelmäßig über alle die ihn tangierenden Vorkommnisse benachrichtigt. Dazu, die Neuigkeiten abzuholen, schickte Juan Pablo Hernandez Palacios alle zwei Monate einen seiner Leute in die Hafenstadt.

Dann ließ der Hafenkommandant seinem Freund in kriecherischer Manier über dessen Kurier die entsprechenden Nachrichten zukommen.

Auf diesem Weg hatte er auch vom Auftauchen Daniels erfahren. Der habe zunächst gesoffen wie ein Loch, berichtete der Hafenkommandant. Dann sei er aber eines Tages kurz entschlossen mit Arancha, die ihm ja bekannt sei, vier Rindviechern und einem Gaul Richtung Berge aufgebrochen. Arancha sei dann nach einiger Zeit wieder aufgetaucht. Von Daniel aber fehle jede Spur. Er wolle sich auch nicht verdächtig machen, indem er zu auffällig nach diesem Daniel forsche. Also auffällig viel Interesse an einem gewissen Daniel Machado an den Tag legte.

Die Angelegenheit über die von ihm ausgestellte Urkunde für Daniels „angebliche" Verdienste unter Kommandante Juan Pablo Hernandez Palacios, verschwieg der treue Idiot in Guayaquil. Vorsichtig musste er auf seinem Posten also sein.

Der ja nun ex-Kommandante mit seinem aktuellen, weithin unbekannten Wohnsitz in Sichtweite des Vulkans Tunguragua, rief sich vergnügt eine Erinnerung auf. Demnach war da der Gouverneur in Riobamba mit seinen Ambitionen. Schnell war es damals aus mit seinen Träumen, als er gänzlich unverhofft in den Goldskandal verwickelt wurde. Mein Gott, der Dummkopf wird wohl heute noch rätseln, wieso er auf seine Falle nur hereinfallen konnte.

Dann der Vorbesitzer seines jetzigen Großgrundbesitzes, der Hacienda. Das war damals sein Vorgesetzter. Ein hohes militärisches *Tier*. An ihm kam keiner vorbei. Suchte sich in aller Ruhe das schönste Plätzchen für seine Hacienda aus. Dachte wohl, dass er immer nur seine Pflicht und Schuldigkeit als treuer Soldat seiner königlichen Majestäten spielen musste-sollte-würde. Ha-ha, wollte ihn fertig machen, ihn einen Juan Pablo Hernandez Palacios. Doch wer zuletzt lacht - nun ja, jetzt hatte er gut lachen, bestens zu lachen, sein Plan war aufgegangen. Der zum fast allmächtigen Generalissimus beförderte Offizier vernichtet. Die Hacienda fiel dann in seine Hände, wie man so schön sprichwörtlich sagte, problemlos in seinen Schoß.

Klasse, er brauchte sich nicht einmal mehr um den Aufbau des Herrenhauses zu kümmern. Das Nest war fertig, ein Weibchen hatte er auch gefunden. Er musste sie nur noch zum Brüten bringen. Allzulange würde er nicht mehr zu warten brauchen. So weit war ja alles planmäßig verlaufen. Das Haus hatte er mit Blumen füllen lassen, besonders viele der Lieblingsblumen Angelinas. Nicht, dass sie es ihm mitgeteilt hätte, aber es war für einen Militär im Offiziersrang kein Problem zu beobachten, aufzuklären und zu dem richtigen Schluss zu kommen.

Auch Angelina wusste, dass sich bald Entscheidendes ändern würde. Jedes Mal bei diesen Gedanken hatte sie den Drang einfach fortzulaufen. Dieser Drang wurde schon bald zur Obsession. Doch die Bewachung funktionierte grausam perfekt.

Sie hatte reiten gelernt und gehofft damit eine bessere Chance zu erhalten. Das erwies sich als gewaltiger Irrtum. Die Verfolger waren immer in der Nähe. Wenn sie ein Pferd bestieg, saßen die bereits fest im Sattel. Zudem, das hatte sie erkannt, war ihr Pferd eine gemütliche Stute, die absolut nichts und niemals von schneller Gangart, geschweige denn etwas von einem gepflegten Galopp wissen wollte.

Sie schlussfolgerte, dass diese Kreatur möglicherweise allein nach Hause laufen würde, wenn sie die Reiterin nicht mehr auf ihrem Rücken spüren sollte.

Die Häscher dagegen konnten mit ihren Hengsten gar manches Kunststück vollbringen und sie zeigten es ihr auch. Es war weniger, um ihr machomäßig zu imponieren, sondern, um sie gezielt einzuschüchtern. Ihr zu zeigen, dass sie im Falle eines Falles keine Chance haben würde.

Sie musste in den bald zu erwartenden Verhandlungen versuchen diese ständige Präsenz der beiden Weiber und diversen Reiter abzuschütteln. Ja, sie erwartete diese Verhandlungen mit dem Kommandante als unmittelbar bevorstehend. Auch jetzt, nach beinahe anderthalb Jahren kam es mit den sie <beschützenden> Frauen zu keinem zusammenhängenden Gespräch. Sie befolgten im eigenen Interesse sklavisch Anweisungen des Kommandante.

Als seine Bettgenossinnen konnte sie sich diese allerdings kaum vorstellen. Doch auch hier irrte Angelina.

Sie hatte auch einmal bemerkt, dass die kräftiger gebaute von ihnen mit einem blauen, geschwollenen Auge erschienen war. Sie hatte sich weiter keine Gedanken gemacht, aber jetzt, wo der Tag der Entscheidung näherkam, gedachte sie kurioserweise öfters an diese Erscheinung.

So kam dann tatsächlich die lange befürchtete Bewerbung des Kommandanten. Er habe Höllenqualen auszustehen, sie so leiden zu sehen. Er wollte ihr alle Wünsche erfüllen.

Sie habe ihn doch mittlerweile als Ehrenmann kennengelernt, der nur um ihren Schutz besorgt war. Doch er möchte sich Hoffnung machen dürfen mit ihr eine Familie gründen zu können.

Er hatte es tatsächlich geschickt gemacht und seine Überredungskunst ließ fast keine Lücke für eine erfolgreiche und hinhaltende Verteidigungshaltung. Das musste sie immer noch zu ihrem Schrecken eingestehen. Aber irgendwie konnte der jetzige Zustand nicht mehr weitergehen. Es musste sich einfach etwas bewegen. Weshalb nicht jetzt, sagte sie sich. Ich muss sehen, dass ich zu mehr Bewegungsfreiheit komme. Dann kann ich vielleicht zumindest an Leute herankommen, die eventuell doch etwas über einen bestimmten Daniel Machado aussagen konnten.

Zunächst erbat sie Bedenkzeit, dass sie das Angebot ehre, dass es aber trotzdem viel zu überraschend komme, dass sie halt etwas Zeit benötige, um nachzudenken. In Wirklichkeit hatte sie sich ihren Plan zurechtgelegt.

Er aber sah sich am Ziel seiner Planungen. Noch ein kleiner Schritt, sagte er sich und gratulierte sich auch zu seiner letztendlich erfolgreichen Strategie. Und er erinnerte sich an ein Sprichwort zum Thema Geduld: *Wenn du lange genug geduldig auf der Schwelle deines Hauses wartest, dann wirst du den Leichenzug mit deinem Feind vorbeiziehen erleben.* Diesen Spruch übersetzte er sinngemäß für sich und seine Situation. Er würde jetzt nicht mehr lange zu warten brauchen. Er hatte ja auch nicht auf einen Feind gewartet, ganz zu schweigen von einem toten. Er würde seine Trophäe erhalten, seinen Gewinn einfahren.

Angelina sprach dann doch noch über eine Bedingung, dass sie als Frau des Kommandanten, es schockierte sie, ihn beim Namen zu nennen, darüber bestimmen könne, wer um sie herum sein dürfe und wer nicht.

Sie verlangte diesen Anspruch in einem nach außen weichen Ton, nach innen aber unnachgiebig. Sie wusste, dass das, was sie jetzt nicht als feste Abmachung erreichen konnte, später unerreichbar werden würde.

Sie hatte immer noch ein Fünkchen Hoffnung, dass sie mit dem Gewinnen von Zeit möglicherweise doch noch ihrem Schicksal entrinnen könnte. Es war ihr immer noch scheinbar unauslöschlicher Sehnsuchtstraum: Daniel könnte eines Tages vor ihrer Tür stehen. So erklärte sie ohne einen festen Unterton, dass sie einer Heirat zustimmen würde, wenn er ihr noch eine Übergangszeit zugestehe, in der sie sich langsam an den Gedanken gewöhnen könne, mit ihm, statt mit Daniel das Bett zu teilen.

Nach außen zeigte der Kommandant keine Regung. Aber erstens war es die erbetene weitere Zeit, die ihm missfiel, ja ärgerte, und dann noch die Erwähnung von Daniel. Ihn hatte er eigentlich längst aus seiner Erinnerung gelöscht. Hatte er sich damit selbst getäuscht?

Angelina hatte ihn genau beobachtet und trotz seiner Regungslosigkeit etwas bemerkt. Es war ein tiefer Stich in die Seele es Kommandanten, wenn er denn eine haben sollte, sagte sich Angelina.

Aber aus ihrer Sicht musste die zeitliche Verschiebung eine unabdingbare Voraussetzung sein für das, was sie allerdings sowieso nicht vermeiden konnte.

Als einen tiefen Stich empfand es auch tatsächlich der Kommandante. Seine geheimen Befürchtungen, dass dieser Daniel doch wieder auftauchen könnte, wenngleich nur als Gespenst zwischen Angelina und ihm, verletzten ihn ernsthaft. In seiner Planung war diese Hürde eigentlich nicht mehr vorhanden gewesen. Daniel sollte nur noch als eine tragische Figur am Rande der Geschehnisse und zukünftigen Entwicklungen eine Rolle spielen. Allerdings aber wirklich eine geringe oder noch besser, eine untergeordnete oder gar vollkommen unbedeutende Rolle spielen.

Voller Zorn schwor er Rache, wenn er denn Daniel eines Tages habhaft werden könnte. *<Der muss auch physisch wirklich aufhören ständig in meinem Leben herumzugeistern. Definitiv und endgültig. Der kann doch keine sieben Leben haben wie eine Katze.>*

Er musste ernsthaft Leute auf dieses Phantom ansetzen.

Andererseits hatte er höllisch aufzupassen. Er fand wieder zu seiner abgestandenen Philosophie, dass wer im Wasser herumrührt, wirbelt nicht nur Sand auf. Und bis sich aufgewirbelter Schlamm wieder setzen würde, das könnte eine gewaltige Anstrengung und eine Menge Zeit erforderlich machen. Dazu, und das kam bei ihm jetzt ernüchternd hinzu, hatte er aber nicht mehr die Verbindungen <*nach oben*>. Ganz im Gegenteil, er sollte sich so verhalten, dass niemand auch nur auf den Gedanken kommen konnte, alte Geschichten neu aufzuwärmen. Und dafür würde das beste taugliche Mittel sein, unsichtbar bleiben. <*Keine Auffälligkeit heraufbeschwören*>. Wie schnell konnte man in einem Gefängnis oder auf der Garrotte landen. Und er dachte vorübergehend und kurz an seine Gesetzlosigkeiten, an seine Husarenstücke!

Ja, er hatte Leichen im Keller. Und das nicht nur metaphorisch. Es waren Vorkommnisse, die nicht nur den einen oder anderen betraf. Gewisse „Vorkommnisse" hatten damals ziemlich hohe Wellen geschlagen und teilweise die höchsten Verwaltungsstellen betroffen. Es gab bis heute ungeklärte Vorfälle, bei denen er sehr alt aussehen musste, wenn die Akten dazu nochmals geöffnet werden sollten oder müssten. Dann könnte es auf einmal sehr eng für ihn und sogar sein Weiterleben werden. <*Also Vorsicht, alter Junge*> rief er sich stillschweigend aber mit aller Entschiedenheit zu. <*Reiß dich zusammen. Keine Ausfälle, die die Öffentlichkeit interessieren könnten*>.

Er stimmte nun scheinbar Angelinas Vorschlag mit äußerlicher Ruhe zu, ja er brachte offenbar, der so vom Schicksal schwer getroffenen Frau, volles Verständnis entgegen. Sie könne sich Zeit nehmen, aber dann doch bitte nicht mehr als ein halbes Jahr, „mein Gott", seufzte er, „vielleicht auch ein Ganzes", aber sie möge doch einsehen und Erbarmen haben, dass er sich wirklich aus Liebe zu ihr verzehre. Sie sei halt bereits ein weit größerer Bestandteil seines Lebens geworden, als sie sich das überhaupt vorstellen könne. Und er würde doch gerne noch als halbwegs junger Mann mit seinen Kindern spielen können. Das ginge halt nur über den Vollzug der Eheschließung.

Angelina erstarrte innerlich bei diesem Gedanken. Kinder mit diesem ...! Niemals könnte sie sich diesem Scheusal hingeben, dem Mann der sie gegen ihren Willen, als hilfloses Bündel einfach hierhergeschafft hatte und letztendlich einsperrte. Physisch und gefühlsmäßig weit von Daniel entfernt. Wie der sich die Zukunft ausgerechnet hatte? Dachte Angelina.

Kinder von ihm? Niemals würde sie etwas für diese armen unschuldigen Geschöpfe empfinden können, empfand und sagte sie sich auch. *Gott möge ihr verzeihen*, fügte sie ebenso stillschweigend hinzu.

Beichten würde sie gerne und sich einem Priester anvertrauen, ihn bitten nach Daniel zu suchen. Doch alle Gespräche in dieser Richtung wurden stets von JPHP sanft, aber bestimmt abgeblockt. So kam es, dass sich seit sie hier auf der Hacienda waren, noch kein Priester sehen ließ. Wenigstens würde einer auftauchen, wenn die Ehe zu schließen war. War das eine Chance? Nein, dann würde es sicher zu spät sein, glaubte sie mit ohnmächtiger Verzweiflung zu erkennen. Auch daran würde der Herr Gemahl in spe zu denken belieben und vor der Hochzeit keinem Pfarrer den Zugang zu seiner Hacienda erlauben.

Angelina brachte dann noch eine weitere Bitte/Bedingung ins Spiel: Sie hätte gerne den Anteil im Haus weiterhin bewohnt, den sie bisher hatte. Nun, auch dagegen hatte er auf ihren Wunsch nichts einzuwenden - rein äußerlich verstand sich.

Den ebenfalls noch vorgebrachten Wunsch, mit ihrer Selbstbestimmung bei der Auswahl eigener Vertrauenspersonen, empfand er als eine lächerliche Nebensache. Das konnte er locker angehen. Da hatte er ja so seine Methoden das zu umgehen. Wer sollte da besser geeignet sein als ein entsprechend ausgebildeter Offizier.

Papiere wurden unter gewissen Voraussetzungen „in Ordnung“ gebracht und sie heirateten auf der Hacienda. Es war kein großes Fest, nur wenige Gäste waren geladen, durch die Bank für Angelina unbekannte Leute. Mehr als die Hälfte schienen reine Staffage zu sein. Es waren recht krude Typen, die sich rasch betranken, sich dann bald unter irgendeinen Busch legten, um einen Rausch auszuschlafen. Viele Freunde konnte also ihr Mann nicht haben. Nun, das war ja nichts Neues, das war ihr bereits vorher aufgefallen. Und, wer hätte an einem solchen Tag nicht alle seine Freunde eingeladen, um mit ihnen zu feiern?

Das, was sie zu sehen bekam schien alles zu sein. Als Freunde benahmen sie sich nicht. Oder hatte er mehr? Nur, dass diese ihm vielleicht nicht in die Quere kommen sollten, sich aus seinem Leben fernzuhalten hatten?

Als er ihr bei der Trauung den Ring an ihren Finger steckte, zuckte Angelina merklich zusammen. Es war ihre erste körperliche Berührung mit diesem Mann - ihrem Mann. Es klang scheußlich - *ihr Mann*? Oder ein ausgebuffter Verbrecher? Der Gedanke war neu und er schoss ihr ausgerechnet an diesem Tag und in diesem Moment intensiv durch den Kopf. Ein weiterer Gedanke überfiel sie: Es war nicht sein einziges Verbrechen sie gegen ihren Willen hierherzubringen. Da gab es sicher noch andere, vielleicht noch finsterere Verstöße gegen geltende Gesetze und die Menschlichkeit.

Was konnte, was würde da noch alles auf sie zukommen, auf sie und ihren *Gemahl*?

Sie war froh, als der Tag vorbei war und sie sich - unbemerkt - das hatte sich der Hausherr und Gemahl ausbedungen, zurückziehen konnte. Dazwischen hatte sie so gut es eben ging gute Miene zum bösen Spiel gemacht. Sie würde noch vielmehr Kraft brauchen, um gegen dieses Monster zu bestehen.

Daniels Leben

Bei Daniel stand die Geburt seines zweiten Kindes bevor. Es standen allgemein bei allen Bewohnern der Hacienda überraschend viele Geburten bevor. Es herrschte im Allgemeinen viel Vorfreude.

Bei allen Vorbereitungen genossen gerade die Schweine in den letzten Wochen eine außergewöhnliche Aufmerksamkeit. Wesentlich mehr als sonst wurden sie ausgeführt und an einem gut mit Gras bewachsenen Platz angepflockt.

Sie bekamen an einem Hinterbein einen Strick verknotet, der an einem eingeschlagenen Pflock befestigt war. Die Länge des Strickes war der maximale Radius, dessen Rundumfläche sie im Verlauf des Tages kahlfressen konnten. Alle auf der Hacienda freuten sich auf ein baldiges Fest mit Taufen und zumindest wieder einer Hochzeit. Vielleicht konnte man da noch ein wenig nachhelfen, damit es mehr wurden und die weite Reise von Hochwürden sich hochgradig lohnen konnte.

Diesmal brauchte Daniel kein Schmiergeld, oder wie es der Pfarrer nannte, ein Dispens zu entrichten. Seine eigene Gemeinde war unterdessen so zahlreich, dass er aber demnächst die Errichtung einer Kirche, mindestens aber einer Kapelle vorschlagen würde. Diese frohe Botschaft wollte er aber im Moment noch nicht für die Gemeinde offenbaren.

Hilda gebar wieder einen Sohn, was als gutes Omen angesehen wurde. Es war wieder ein großes, kräftiges Kind, jedenfalls bereits weiterentwickelt, als es bei den alteingesessenen Familien die Regel war. Alles deutete darauf hin, dass Daniels Kinder beachtlich über die Größe der einheimischen Verwandten hinauswachsen würden.

Noch immer trugen Hildas Geschwister gerne den kleinen Carlos auf ihrem Rücken. Mehr und mehr jedoch machte er sich selbständig, um unter den vielen aufmerksamen Augen der Mitbewohner auf Entdeckungen zu gehen. Seine Beinchen entwickelten sich schnell zu brauchbaren und guten geländetauglichen Fortbewegungsmitteln.

Für die Massentaufe wartete man das Ende der kleinen Regenzeit ab, damit man bei sicherem trockenem Wetter entsprechend feiern konnte. Hochwürden konnte man unterdessen im erweiterten Herrenhaus unterbringen und besser bewirten. Seine Ministranten schliefen in einem schlicht eingerichteten Anbau. Sie schienen es zufrieden. Sie wurden sicher hier auch besser verköstigt als sie es in ihrer Stadt Riobamba gewohnt waren.

Das Fest selbst gestaltete sich dann gleichzeitig zu einer Feier zum erfolgreichen Jahresabschluss. Die Ernte war gut gewesen und man hatte weiter an der Verbesserung der Vermarktung gearbeitet. Nächstes Jahr würde man von den jetzigen Erfahrungen profitieren. Diesbezüglich hatten sie bereits alle mit dem Patron gesprochen. Seine Frau und er fanden die Zusammenarbeit erfolgreich.

Dies Mal konnte man der Chicha noch unbekümmerter zusprechen. Die Omas hatten rechtzeitig vorgesorgt und Zusatzschichten zum Kauen und Spucken eingelegt.

Die Feiern fanden sonntags statt, für den darauffolgenden Montag war ein Ruhetag vorgesehen. Erst wenn die Kopfschmerzen auskuriert waren, wollten alle wieder an eine vernünftige Arbeit herangehen. Auch das rechneten sie ihrem Patron hoch an. Sie wünschten ihm ein langes Leben und noch viele Kinder. Zumindest in diesem letzten Punkt konnte Daniel einen guten Teil beitragen und seine Frau Hilda war gerne für die entsprechende Unterstützung bereit.

Es war in allem eine glückliche Gemeinde. Sicher, man musste auch die Toten begraben, aber die Indios trennten sich nicht so schwer vom Leben wie es Daniel im alten Europa kennengelernt hatte. Hier in den Anden übergab man der Mutter Erde, der *pacha mama, das* zurück, was man von ihr für ein Leben geborgt bekommen hatte, den Körper. Wasser und Sonne waren die anderen Bestandteile des Lebens. Sie blieben ja alle noch nach dem Ableben, also brauchte man sich keine Sorgen zu machen. Damit sie gut mit ihrer neuen Situation zurechtkamen, erhielten die Verstorbenen Grabbeigaben. Somit brauchten sie auf ihrem Weg in die Ewigkeit nicht zu darben.

Ihr neuer Gott schaute ohne Irritationen zu verursachen zu.

Diese Rituale entsprachen zwar nicht den Regeln und Vorgaben der exquisit gekleideten Führung der neuen angenommenen Religion. Allerdings, der Gott dieses Glaubens brauchte ja nicht alles zu wissen. Was sich in Jahrhunderten ihrer Vergangenheit bewährt hatte, konnte ja schwerlich von einem Tag auf den anderen schlecht sein. Sozusagen durch einen Guss Wasser über ihren Kopf den Sinn verloren haben.

Es würde noch eine Zeit vergehen, bis diese Ureinwohner als dann vollwertige Täuflinge die Richtung der katholischen Gotteslehre beherzigen würden - buchstäblich in ihre Herzen aufgenommen haben würden. Und dieser neue Gott würde über seine Religion so flexibel sein und einige der bestehenden Heiligen mit vergangenen Größen der Indios versöhnen und assimilieren. Feierlichkeiten oder Feiertage würde man zusammenlegen. Jeder Indio oder natürlich auch India kam so in die Lage daraus das zu machen, was ihm oder auch ihr für sein oder ihr Lebensbild am wichtigsten erschien. In ihre Köpfe und Seelen konnte sowieso niemand hineinschauen.

Über die Bedeutung dieses großen Gottes der katholischen Religion kamen sie von selbst ins Staunen, wenn sie einmal in Riobamba den Glitzer des Goldes an den Altären in der Kathedrale bestaunen durften. Das war es letztendlich und auch ausschlaggebend, was sie am meisten in Staunen, Bewunderung und nicht zuletzt in religiöse Verzückung oder auch Begeisterung versetzte.

Die katholische Religionslehre hatte ihnen da schon so manches beizubringen versucht. In ein ewiges Leben sollten die Verschiedenen eingehen? Das warf die eine oder andere Frage auf. Zum Beispiel auch, sollte das nach ihrem Verständnis erstrebenswert sein? Nun gut, dieser katholische Gott hatte sicher auch seine Vorteile, denn man konnte z.B. durch Geburten und Heiraten Feste mit langer Vorlaufzeit organisieren. Der Pfarrer kam zu Besuch aber auch, und das war wichtig, die Feierlichkeiten aus der eigenen Tradition wurden nicht vergessen oder gar verboten. Mit einigen Ausnahmen, na gut! Daniel und seine Familie hatten bereits einen geregelten Anteil an der Entwicklung.

Sicher, jetzt galten die Feste dem heiligen Johannes, dem ebenso heiligen Antonius, der *Jungfrau* Maria. Letzteres kam allerdings überhaupt nicht gut an, denn wie sollte sie als Jungfrau ein Kind, Jesus, auf die Welt bringen? Diese Glaubensregel, es war ja noch kein Dogma, verursachte allerlei Kopfzerbrechen bei diesen einfachen Leuten. Das konnten sie sich partout nicht vorstellen. Ein Heiliger Geist sollte da mitgewirkt haben. Sie machten sich so ihre Gedanken, die überhaupt nicht mit dem realen Leben in Einklang zu bringen waren. Da vermuteten die gegenwärtigen Generationen noch augenzwinkernd ein Flunkern ihrer Priester. Die ja nicht verheiratet waren. Was sollten die also über Kinder machen und kriegen wissen? So ganz fremdelnd mit dem Entstehen des wirklichen Lebens?

Was die Anordnungen für die Aufnahme neuer Geister anbetraf, sie waren nun als Heilige geadelt, waren sie sich weitgehend einig. Nämlich dahingehend, dass ihre hochverehrten Geister der Vergangenheit nichts dagegen haben würden, dass man ihnen jetzt Namen aus einer anderen Welt verpasste. Es war eben nur eine Anpassung an die Gegebenheiten. Und die alles überwachenden Behörden aus dem ehemaligen Inka-Reich waren nicht mehr da und konnten somit keinen Einfluss mehr über Kontrollen und Anweisungen ausüben.

Da gab es jetzt Weihnachten und Ostern. Das waren ganz gute Ideen, die in die Philosophie dieser Menschen hineinpassten.

Die Frau des ex-Kommandanten

Auf der anderen Seite des Gebirgsriegels zwischen den beiden Andenzügen gab es nichts zu feiern. Der Kommandante - bleiben wir bei dieser Bezeichnung - versuchte sich sehr behutsam seiner Frau zu nähern und musste miterleben, wie Angelina schon bei der kleinsten Berührung zusammenzuckte und wie zu Eis erstarrte.

Er versuchte darüber zu sprechen, ihr verständlich zu machen, dass er vor Sehnsucht vergehe, sie doch einmal liebevoll in seine Arme schließen zu dürfen. Angelina hatte ihn bisher noch nicht aggressiv oder gar gewalttätig erlebt. Ihre Antwort bestand aus einer wortlosen Reaktion, einem mehr oder weniger demonstrativen Rückzug Angelinas. Sie schloss sich dann für den Rest des Tages ein und verweigerte auch jedes Nahrungsangebot.

Sie hatte jetzt eine von ihr auf der Hacienda selbst ausgesuchte junge Indianerfrau als persönliche Hilfe zur Verfügung.

Wo hätte sie sich sonst umsehen können, alle anderen Möglichkeiten waren ihr versperrt. Der Kommandante hatte, darauf angesprochen, verärgert reagiert und ihr wortkarg klargemacht, dass sie keine Ahnung habe von den Leuten in der Stadt.

Da würde man sich wildfremde Leute ins Haus holen, die nur Ärger verursachten und das Ende sei immer gleich: Diebstahl, Veruntreuung, Respektlosigkeit, Aufsässigkeit, Nachlässigkeit usw. Dann müsse man sie hinausschmeißen und die nächste Hilfe würde nur noch schlimmer sein. Das sei in diesem beschissenen Land halt leider die Regel. Damit müsse man leben oder wieder nach Spanien zurückkehren. Da ihre Heimat aber nun mal hier sei, ihr Leben hier stattfände, müsse sie sich mit den Gegebenheiten arrangieren und das Beste daraus machen.

Selbstverständlich hatten die Eingeborenen schon recht bald von der außergewöhnlich ungewöhnlichen Situation des Zusammenlebens der Eheleute Wind bekommen. Dadurch wusste es bald jeder auf der Hacienda.

Das war wiederum dem Kommandante nicht verborgen geblieben. Die Situation stellte sich immer brisanter dar. Sein Gefühl einer Demütigung verstärkte sich nun rasch. Es lag nicht in seinem Charakter, dass er sich damit auf Zeit abfinden würde. Er war kaum noch in der Lage seine angeborene und auch, besonders durch seine militärische Ausbildung anerzogene Aggressivität zu bändigen und unter Kontrolle zu halten.

Gegenüber Angelina war er bemüht sich nichts anmerken zu lassen. Jedoch, es irritierte ihn gewaltig, dass ihm sein Wille mehr und mehr entglitt. Es belastete immer stärker sein Bewusstsein, dass das Schlimmste, was ihm tatsächlich passieren konnte war, wenn etwas außer Kontrolle geriet, etwas das nicht in seiner Planung vorkam. Dass er sich dann auch nicht nach Belieben steuern konnte und dass er bei der ganzen Geschichte auch noch sein Gesicht einbüßen, ja verlieren konnte. Im Innern kochte er und so sann er auf Abhilfe.

Zunächst war die Indianerfrau eines Morgens nicht aufzufinden. Großzügig bot sich der Herr Gemahl an einen Ersatz zu beschaffen. Diese Ersatzfrau zitterte bei jedem Wort, das Angelina an sie richtete, verlor oft regelrecht die Fassung, weinte hemmungslos. Für Angelina war es, aufgrund mangelnder Sprachkenntnisse in Quechua, nicht möglich den tieferen Grund ihres Verhaltens zu erkunden.

Auch sie kam dann nach einigen Tagen nicht mehr. Ihr Mann belehrte Angelina, dass sie sich unglücklicherweise einen Arm gebrochen habe und längere Zeit nicht kommen könne. Zwischenzeitlich werde er aber schon einige auftreiben, aus denen sich Angelina eine - oder, wenn sie wolle, so viel wie sie möchte - aussuchen könne.

Im Grunde wollte aber der Kommandante höchstens eine Bezugsperson für Angelina zulassen. Mehr waren zu schlecht zu kontrollieren. Eine konnte er einschüchtern so viel er wollte, sie dazu bringen ihm buchstäblich aus der Hand zu fressen. Bei zweien erhöhte sich das Risiko bereits unverhältnismäßig. Sie könnten sich gegen ihn absprechen. Es bestand die Gefahr, dass sie sich im Falle eines Falles in gleichlautenden Aussagen gegen ihn verschwören könnten.

Angelina hatte sich dann zwei ausgesucht, es kam aber nur eine. Sie schien sauber und war eine angenehme Erscheinung. Das Problem bei ihr war, sie konnte Angelina nicht in die Augen sehen. Auf jeden Versuch ein Gespräch anzufangen, und wenn es nur dem Zweck dienen sollte mehr Quechua zu lernen, kamen nur die knappsten denkbaren Antworten. Wenn Angelina versuchte, etwas mehr aus ihr herauszubekommen, konnte sie einfach wortlos das Zimmer verlassen.

Das baute immer mehr Spannungen zwischen allen auf. Eines Tages verschloss Angelina die Tür und nahm den Schlüssel an sich. Ihr Mann war ausgeritten. Sie fasste die junge Frau fest an den Schultern und gebot ihr in die Augen zu schauen. So gut sie sich ausdrücken konnte verlangte sie Aufklärung ihres Verhaltens. Es stellte sich heraus, dass sie sich in einem leidlichen Spanisch auszudrücken verstand.

Die Kleine begann am ganzen Körper zu zittern und schließlich laut zu schluchzen.

Angelina war verwirrt und schon wollte sie als Trösterin wirken und ihre Aktion abbrechen. Doch da fing das Mädchen an zu stammeln - „der Patron - der Patron".

Was mit ihm sei, begehrte Angelina nun auf, denn jetzt waren die ersten Steine aus einem Damm gebrochen. Sie musste weiterbohren, wer weiß, ob sich noch einmal eine solche Gelegenheit bieten würde.

Widerwillig packte sie die Kleine noch fester und gebot so herrisch wie möglich eine weitere Aussprache.

Die India schaute sie hilfesuchend an, sie schien unter dem Griff Angelinas zusammenzubrechen. Sie geleitete das Mädchen auf die Bettkante und ging vor ihr in die Knie. Diese ungewöhnliche Demutgeste ihrer Herrin brachte einiges in Fluss.

Sie berichtete so vieles so schnell, dass Angelina nur mit Mühe folgen konnte. Sie stoppte hin und wieder den Redefluss, um sich Aussagen, die sie nicht aufnehmen konnte, wiederholen zu lassen. Es war ein ungeheuerliches Bild, das sich abzeichnete. Sie erfuhr viel schlimmere Sachen über die Lebensweise des Kommandanten als jene, die dieser an ihr verübt hatte.

Die erste junge Frau ließ er büßen, weil er ihr vorwarf Geschichten aus dem Eheleben im Herrenhaus verbreitet zu haben. Er hätte sie vergewaltigt und danach halb totgeprügelt. Die hilflose Person habe er dann auf ein Pferd geworfen und es wie Abfall bei den Eltern abgeladen. Am Tag darauf sei er gekommen, habe die ständig vor Schmerzen wimmernde eigenhändig von ihrem Krankenlager geholt und sie trotz der inständigen Bitten der Angehörigen wieder auf ein Pferd geworfen. Mit seiner Peitsche habe er den flehenden Eltern noch ein paar übergezogen und sei mit der dann sicherlich Bewusstlosen weggeritten.

In einer Schlucht, am Rande eines Wildwassers habe man sie gefunden und in aller Heimlichkeit begraben.

Die zweite vergewaltigte er mehrere Male. Einmal war sie dabei nackt aus dem Haus zu rennen, doch er erreichte sie und sie bezog ebenfalls fürchterliche Prügel. Sobald sie nach bekannter Manier zu Hause abgeladen worden war, wurde sie von anderen Familien weggeschafft.

Tatsächlich sei der böse Mann wiedergekommen, wahrscheinlich, um auch sie in eine Schlucht zu werfen. Doch er fand sie nicht mehr. Mit der Peitsche habe er die gesamte Familie, einen älteren Herrn, Vater und Mutter und vier halbwüchsige Kinder vor sich hergetrieben. Sie wurden nicht mehr gesehen, aber man wisse, dass sie, so wie sie waren, ohne auch nur einen Poncho mitnehmen zu können, von der Hacienda gewiesen wurden.

Die durften - na ja - die wollten sie auch nicht mehr betreten. Das sei aber sehr schlimm, denn sie hätten jetzt als verbannte Leibeigene keine Chance mehr irgendwo anders unterzukommen. Schließlich würde jeder Besitzer einer Hacienda, bei dem sie um Arbeit und Unterkunft fragten, immer Einzelheiten über ihren vorherigen Eigentümer wissen wollen. Von dem verlangte ein neuer Patron die Gründe ihrer Ausweisung zu erfahren. Es endete unter bekannten Umständen immer damit, dass sie heimatlos irgendwie und irgendwo vegetieren mussten. Dass sie in einer Stadt wie Ambato, Riobamba, Latacunga und bisweilen auch in Quito ihr Leben unter erbärmlichsten Bedingungen fristen mussten. Geschunden, ohne Dach über dem Kopf, ohne jede Möglichkeit sich selbst zu ernähren, ja überhaupt etwas für ihr Überleben tun zu können, verschwanden sie dann bald lautlos aus dem Leben und aus den Blicken ihrer Peiniger. Aus den Blicken der erbarmungslosen weißen Herren, die aus einer fremden Welt gekommen waren, um sie zu erniedrigen, zu demütigen und zu unterwerfen. Und schließlich auch zu vernichten.

Die arme Geschundene wollte nach ihrer Wiederherstellung nicht mehr in die Hütte ihrer Eltern zurückkommen und habe sich davongemacht. Sie sei verschwunden, man wisse nichts Spezielles, aber sie soll bei weit entfernten Verwandten untergekommen sein. Aber um Gottes willen möge Angelina darüber nicht sprechen, das wäre ihr und der armen Entflohenen Ende.

Er, der Patron habe auch bereits zwei Männer totgeprügelt, persönlich. Man habe überall schreckliche Angst.

Angelina brauchte einige Zeit, um Worte zu finden. Sie fing an zu weinen und nun lagen beide Kopf an Kopf und weinten sich aus. Das Elend war sichtbar, regelrecht greifbar und auch ganz besonders fühlbar.

Es traf Angelina sehr hart, besonders weil sie mitfühlen konnte. Schließlich war sie ja auch einmal in der Extremadura auf einem Großgrundbesitz in einer absolut abhängigen Situation, in einem sklavenähnlichen Abhängigkeitsverhältnis. Sie war zwar in ihrem spezifischen Fall nicht einem sadistischen Patron ausgeliefert, aber eben weitgehend von dessen Verwaltern, Aufsichtführenden, Vorarbeitern und Capataces abhängig. Doch sie wusste auch von ähnlichen Geschichten aus dem Umfeld auf der Hacienda.

Irgendwann raffte sich Angelina auf, schloss noch einmal die kleine Indianerin kräftig in die Arme und versuchte ihr Mut zu machen. Vielleicht war es eine Möglichkeit zusammen dieser Hölle zu entkommen. Dann kam Angelina eine Idee, die sie selbst wieder erschauern ließ. Sie raffte sich zusammen und fragte:

„Hat er dich auch bereits vergewaltigt?“

„Ja!“

„Mehrmals?“

„Ja!“

Das <ja> kam zwar zögernd, war aber klar genug. Sie saß also bereits in der Falle, die Kleine. Irgendwann würde der Kommandante herausbekommen, dass sie mit seiner Frau unter einer Decke steckte. Wer würde mehr zu leiden haben?

Angelina versuchte ihrer neuen und nun einzigen Freundin Mut zu machen. Man wolle zusammenhalten. Sie wisse ja sicherlich, dass sie mit ihrem Mann die Ehe noch nicht vollzogen habe und unter keinen Umständen zu vollziehen gedenke. Es war ihr wirklich ernster denn je. Ein kalter Schauer lief ihren Rücken hinunter. Allein der Gedanke reichte jetzt aus sie aus der Fassung zu bringen. Eine abgrundtiefe Abneigung, ja ein Hass und Widerwillen fraßen sich immer tiefer in ihre Seele.

Mein Gott, was wäre Angelina jetzt alles bereit zu tun, wenn sie erleben müsste, dass auch diese Kleine so enden würde, wie die beiden Vorgängerinnen.

Sie versuchte nun mit den kleinen ihr bekannten Mittelchen ihre und die Augen der armen Kreatur so hinzubekommen, dass der Patron keinen Verdacht schöpfen konnte.

Am nächsten Morgen kam das Mädchen, diesmal sehr verstört. Angelina schloss die Tür ab und fragte sie baldigst: „Hat er dich wieder...?"

Ein verzweifelt klingendes <ja> bestätigte ihren Verdacht.

„Habe Angst", stieß sie hervor, und nochmals „habe Angst."

Angelina drückte sie an sich.

Nach einer Weile sagte sie wieder; „Habe Angst, habe Angst, dass Patron sie bald zwingen werde über Angelina mehr zu erzählen."

Sie müsse nämlich berichten, was ihr so auffalle. Wenn sie zweimal hintereinander zur Berichterstattung ohne <besondere Vorkommnisse> ankäme, waren ihr Prügel angedroht. Sie habe Angst sich dann irgendwie zu verplappern oder bei den Prügeln schwach zu werden.

Es war zwar mehr ein Stammeln als eine geordnete Wiedergabe ihrer Erlebnisse und Befürchtungen. Aber letztendlich ergab der Inhalt des Gehörten ein verständliches Bild - ein sehr grausames und niederschmetterndes Bild.

Angelina sah es auch so. Das Scheusal hatte einen eigenen Informationsapparat aufgebaut. Nichts sollte seinen Planungen entgegenstehen. Nur perfekte Informationen sicherten ihm immer einen Vorsprung vor jeder, auch noch so kleinen Ungewissheit und Widrigkeit im Leben.

Was Angelina noch nicht wissen konnte, war, dass er glaubte, sich nur vor den rastlosen Fangarmen des Gesetzes schützen zu können, wenn er über die besten Informationen seine ungehinderte Handlungsfähigkeit beibehalten konnte. Er hatte eine Menge Dreck am Stecken. Zu viele, die er um einen gerechten Anteil in ihrem Leben betrogen hatte, würden es sehr begrüßen, wenn sie ihm einen Strick drehen könnten. Er hatte mit dem Gesetz Rechnungen offen, die ihn ohne großes Federlesen auf die Garrotte bringen konnten.

An einem anderen Morgen erschien die Kleine mit einem dick geschwollenen Auge. Noch bevor Angelina sie dazu befragen konnte, schlich sie sich wie ein geprügelter Hund in die Ecke und machte sich an einigen Kleidern zu schaffen. Gleich hinter ihr trat nach höflichem Klopfen der Kommandante ins Zimmer und fragte mit einer absolut unschuldsvollen Miene, nach dem Befinden der Kleinen. Im Vorübergehen habe er ihr geschwollenes Auge gesehen und möchte gerne wissen, ob sie Hilfe oder eine Medizin benötige.

Angelina ging auf ihn zu, machte ein Zeichen, dass er gehen solle und schloss die Tür hinter ihm. Und sie wunderte sich noch eine kleine Weile, dass er ihrer Aufforderung zu gehen Folge geleistet hatte.

Die Eskalation nahm ihren Lauf. Mit diesem mutigen Schritt hatte sie ihrer Freundin keinen guten Dienst erwiesen. Doch was hätte sie auch anderes tun können? Sie hatte ihre ganze mutige Kraft zusammengenommen, um wenigstens den Schein zu wahren. Unter dieser Handlungsschwelle hatte sie nichts mehr zu bieten. Die große Gefahr bestand sogar effektiv einfach zu explodieren und ihrem Herrn Gemahl alles ins Gesicht zu schleudern.

Er hatte sie, noch vor ihrem täglichen Dienst bei Angelina, vergewaltigt. Er wollte Informationen und hatte natürlich bemerkt, dass etwas nicht stimmig war. Sie hatte ihm weiszumachen versucht, dass die Senora nicht mit ihr rede und sie nicht mit der Senora. Da habe er zugeschlagen.

„Das ist nur eine Warnung", hatte er ihr leise und beinahe zärtlich gesagt.

Das Mittagessen verlief in größter Anspannung. Der Kommandante wollte die Angelegenheit von heute Früh erst gar nicht mehr als Angelegenheit hochkommen lassen. Doch da er eine Niederlage hatte einstecken müssen, er war zur Tür hinausgewiesen worden, in *seinem* Haus, musste er zwangsläufig über diesen Vorfall hinaus eine neue Planung erstellen. Einesteils sollte Gras drüber wachsen, andererseits sollte seine *liebe* Frau aber irgendwie merken, dass er sowas nicht ohne Konsequenzen zu ziehen wegstecken würde.

Er konnte absolut nicht zulassen, dass er eventuell noch einmal vor einer Scheißindianerin gedemütigt werden würde. Das musste er Angelina klarmachen und dann würde er sich diese beschissene Kröte vornehmen.

Dazu musste er sich allerdings jetzt etwas Zeit lassen, denn ein zu schnell ausgeführter Racheschlag könnte bei seiner Frau Zusammenhänge erkennbar machen und Verdacht erregen. Er legte sich Disziplin auf, die verspätete Rache sollte dann aber umso fürchterlicher ausfallen. Keine seiner Leibeigenen sollte es noch einmal wagen irgendein Spielchen mit ihm zu treiben, das sollte ein für alle Mal klar sein.

Angelina hatte beschlossen das Dienstmädchen nicht mehr weggehen zu lassen. Doch wie sollte man ihre Eltern verständigen? Die würden sich zu Tode fürchten, wenn die Kleine über Nacht nicht nach Hause käme.

Sie wagten den Ausgang und gingen zusammen bis zu ihrem zuhause. Die Großmutter war da und würde die Eltern nach ihrer Tagesarbeit beruhigen. Die Kleine nahm ihr Bündelchen Wäsche mit zum Herrenhaus.

Das Ganze war natürlich dem Tyrannen sofort bekannt gemacht worden. Es war ein gewaltiger Affront, der ihn aus seiner Reserve locken musste. Seine Frau hatte ihn nochmals bloßgestellt und er konnte sich an seinen Fingern abzählen weshalb. Wieviel die Kleine auch ausgeplaudert haben mochte, es war ihm in jedem Fall zu viel.

Da er nicht mehr die Ruhe besaß seine weiteren Planungen gewissenhaft aufeinander abzustimmen, musste zwangsläufig irgendwo eine Deckungslücke entstehen. Vielleicht wurden sogar vollkommen falsche Grundlagen festgelegt. In dieser Spannung versagte gemäß seiner Selbsteinschätzung seine bisher aufrecht gehaltene militärische Disziplin. Er spürte dies auch, war jedoch in seinem Zorn nicht mehr in der Lage sich selbst zur Ordnung zu rufen. Er wusste, dass dieses Verhalten nach unkalkulierbaren Konsequenzen geradezu schrie. Aber er unterdrückte noch einmal alle aufkeimenden und auch offenen Warnungen, die ihm bewusst sein mussten und die ihm auch sein Unterbewusstsein klar vor Augen führte.

Angelina war ebenfalls nur noch ein Nervenbündel. Sie, die sowieso bereits runde zwei Jahre ein erbärmliches Leben führte, musste bei einer nächsten schweren Belastung zumindest teilweise zerbrechen. Und die Gefahr einer schweren seelischen und auch körperlichen Eruption mit folgendem Zusammenbruch war schon fast greifbar.

Er musste es akzeptieren, dass das Dienstmädchen die Nacht bei seiner Frau blieb. Schließlich waren vor der Eheschliessung ja sogar zwei Frauen da, die ebenfalls im Hause geblieben waren. Vielleicht war noch nicht alles verloren und er konnte, wenigstens zunächst, ein wenig sein Gesicht wahren und fürs Erste so tun als wäre dies die normalste Sache der Welt. Die gnädige Frau fühlte sich nicht wohl und brauchte Gesellschaft. Mit diesem mehr scheinheiligen Eingeständnis glaubte er leben zu können, ohne sein Gesicht vollends zu verlieren. Der Fehler an dieser Geschichte war, an seinen Rachegelüsten und entsprechenden Planungen änderte sich nichts.

Das Abendessen fiel diesmal schlicht und einfach aus. Die

Bediensteten der Küche erlebten einen Hausherrn, der seinen Missmut nur sehr schwer verbergen konnte.

Das Frühstück hatten die Eheleute sowieso noch nie zusammen erlebt.

Gemeinsam holten sich Angelina und ihre Bedienstete, die auf den christlichen Namen Rosa hörte, aus der Küche ihre Nahrung und verweigerten dem Küchenpersonal ihnen zu Diensten zu sein.

Draußen bei den Pferden hagelte es in großer Lautstärke ein Donnerwetter nach dem anderen. Der Kommandante war in seinem Element. Er war dabei sich so auszuleben, wie er unter seinen Männern am besten bekannt war. Es gab keine andere Stimme mehr.

Ein Hund jaulte fürchterlich und wollte nicht mehr aufhören. Erst nachdem ein Schuss gefallen war, schwieg auch er.

Angelina hatte eine Nachricht in die Küche gebracht, dass ab jetzt für sie nicht mehr im Speiseraum, sondern in ihren Räumen zu servieren sei. Und das sollte für die Zukunft so gehalten werden. Rosa musste nochmals in ihrer Sprache die gleiche Order vorbringen.

Eine weitere unerhörte Herausforderung für den Kommandanten. Niemand wagte es ihm diese Nachricht zu überbringen. Er bemerkte die Situation, wollte eine Erklärung des Küchenpersonals. Doch dann merkte er, dass er dabei war sich eine unnötige Blöße zu geben und versuchte seinen Unmut noch einmal unter Kontrolle zu bringen. Das ging unter den vorherrschenden Umständen nicht mehr. Schließlich hatte ihn seine Frau absolut bloßgestellt.

In einer vergleichbaren Situation bei einer Militäreinheit hätte es darauf Erschießungen geben können. Sich davon jetzt abzuhalten, musste er seine ganze Willenskraft aufbieten.

Er hatte niemals eine Niederlage kennengelernt, weder militärisch noch menschlich. Es war seine erste, und die war gleich so unbarmherzig, wie sie nur für einen Siegertyp sein konnte. Sein ganzes Innerstes bäumte sich auf und wollte es einfach nicht wahrhaben. Alle Planungen, alle Schritte, die er so sorgfältig aneinanderzureihen verstanden hatte, waren überholt, ja sahen in der gegenwärtigen Perspektive aus wie kindischer oder abstrakter Spielkram.

Er erkannte, dass der heutige Tag einen Bruch in seinem Leben bringen würde. Die Pein der Enttäuschung war so groß, dass die lange übertünchte Seele mit einem Schlag ihre wahre Farbe, nämlich tiefschwarz bloßlegen musste. Alle gebündelten Kräfte seines Willens und Wollens schwanden plötzlich und unaufhaltsam dahin. Einzig und allein die jetzt nicht mehr kontrollierbare physische Kraft drängte unbändig zu Taten mit Gewalttätigkeiten. Sein Gehirn, das ihm vielleicht noch einen warnenden Hinweis hätte geben können, war dagegen machtlos und jetzt praktisch ausgeschaltet.

Alles, was er so mühsam in seinem Leben zusammengerafft hatte, Opfer nach Opfer links und rechts und hinter sich lassend, alles hatte ihm Macht gegeben und die hatte er immer maßloser genutzt. Genau so sah er es jetzt in seiner ganzen Unbarmherzigkeit. Das sollte jetzt ins Lächerliche gezogen werden? Die Antwort, die er sich auf diese kurzen Reflexionen hin gab war die Kürzeste: NEIN!

Das setzte, mit menschlichem Auge gesehen, unerhörte zerstörerische Brutalität frei.

Das unerklärliche Phänomen richtete die Gewaltbereitschaft auf das aus, was er eigentlich versprochen hatte zu lieben, zu hegen und pflegen und in seiner Interpretation auch wollte.

Er schritt scheinbar äußerlich gelassen in Richtung der Räumlichkeiten seiner Frau, fand die Tür verschlossen und trat sie mit einem gewaltigen Tritt aus den Angeln. Dies war bei den Türarten in diesem Haus relativ einfach, denn sie bestanden überall aus zwei Flügeln.

Beide Teile krachten denn auch links und rechts gegen gemauerte Gebäudeteile.

Angelina musste erschrocken sein, aber sie wollte hart bleiben. Kein Entgegenkommen für dieses Monster.

Die Indianerin sprang von ihrem Stuhl auf und erwartete das Ende der Welt. Ihr Gefühl schien sie nicht zu betrügen.

Der Kommandante ging auf seine Frau zu, die noch auf ihrem Stuhl vor einem Teller saß. Er schaute sie kurz von der Seite an, trat dann einen Schritt zurück und zog mit einem Ruck den Stuhl unter ihrem Sitzfleisch heraus.

Es war ein schmerzhafter, völlig ungeschützter Fall.

Aus ihrer Perspektive stand eine riesengroße Bestie über ihr und war bereit sie zu zerreißen und mit Haut und Haaren zu fressen. Hätte er es doch nur getan, so vieles wäre ihr erspart geblieben. Doch ihr Schicksal entwickelte sich weiter.

Er schaute zur Indianerin und sagte in einem überraschend ruhigen und sachlichen Tonfall:

„Wenn du wegläufst, bring ich dich um und schmeiß dich zu den anderen."

Die Beine der Kleinen waren sowieso wie gelähmt, wer weiß, ob sie es bis zur Tür geschafft hätte.

Die Bestie zog Angelina am Gürtel hoch und warf sie wie ein lästiges Bündel in Richtung einer großen Liege.

Dann schlug er hemmungslos auf sie ein. Es war barbarisch, sehr schlimm, aber Angelina verlor nicht ganz das Bewusstsein.

Bewegen konnte sie sich nicht und so erlebte sie den Fortgang der grausamen Ereignisse.

Er prügelte die Indianerin, warf sie auf den Boden, trat sie, dann fegte er mit einer weit ausholenden Bewegung das servierte Essen vom Tisch.

Er hob das winselnde Opfer, aus dem Bestand seiner Eingeborenen auf der Hacienda, grob hoch und warf es auf den Tisch. Von der schweren Innengardine riss er die beiden Schnüre herunter. Er nahm zwei große Kissen und steckte sie dem Mädchen unter den Rücken. Ihre Beine baumelten über den

Tischrand und in dieser Position band er sie fest.

„Damit dir ja nichts entgeht, du elendiges Drecksstück. Schau nur genau hin. Später kommst du dran!“

Dann drehte er sich zu Angelina um, die, unfähig sich zu rühren in unveränderter Stellung auf der Liege lag. Jetzt begann er in äußerst roher Manier ihr die Kleider vom Leib zu reißen. Schließlich schnappte er sich noch ein Küchenmesser, um bei Schnüren nachzuhelfen, sie einfach durchzuschneiden.

Angelina versuchte sich jetzt zu wehren, bäumte sich mit aller ihr noch zur Verfügung stehenden Kraft gegen die Übermacht auf. Sie wollte sich vor Abscheu erbrechen, doch sie fing immer im richtigen Moment wieder einen harten Schlag. Ihr Wille zum Widerstand gegen das Unvermeidliche brach immer mehr zusammen und erlahmte erkennbar.

Sie bekam mit, dass sich der Kommandante die Kleider vom Leib riss und sie wusste, dass es furchtbar für sie werden würde. Ekel und abgrundtiefe Angst vermischten sich. Sie wollte sich auf die Seite legen, eine Hand zwischen ihre Beine klemmen, um Himmels Willen, nur das nicht.

Der Kommandante war entkleidet, trat vor sie und schrie:

„Mach die Augen auf. Schau auf das, was ich dir jetzt in deinen gottverdammten Bauch rammen werde, damit du endlich einen richtigen Kerl kennenlernst. Du verklemmte Sexmumie, du sollst endlich mal erzittern. Da schau ihn dir an.“

Er griff nach ihren Haaren und riss Angelinas Kopf herum. Ihr Gesicht hatte bereits Schwellungen, eines der Augen war schon fast verschlossen. Doch ihr Ehegatte war erst beim Vorspiel.

„Macht nichts, auch mit einem Auge kannst du den Burschen gut genug erkennen, und wirst noch vor Glück erstrahlen. Alle sollen es erfahren und wissen, dass ich es auch meiner Frau bis zum Exzess besorgen kann. Hier liegt eine Zeugin. Sie wird diesmal tatsächlich einigen interessanten Tratsch unter die Leute bringen können, wenn sie nach meiner Behandlung noch leben sollte,“ fügte er mit gefährlich ruhiger

Stimme leicht ironisch hinzu.

Dann schrie er Angelina an. „Mach die Beine auseinander oder ich reiße sie dir so weit auf, dass du sie nie mehr zusammenkriegst."

Er griff zu, zwängte ein Knie dazwischen, schlug ihr nochmals mit der freien Hand ins Gesicht. Sofort rann jetzt Blut aus ihrer Nase.

Er warf sich auf sie und begann ein bestialisches Ritual. Angelina glaubte, dass ihr Leib aufgerissen würde. Eine kurze, vom Kommandante komplett missverstandene Ohnmacht überkam sie. Er vollendete die erste Runde und zog sein immer noch steifes Glied heraus, grunzte, um dann wieder mit klarerer Stimme hinzuzufügen:

„Na siehst du, war doch gar nicht so schlecht. Du findest garantiert noch Geschmack dran, vielleicht kannst du gar nicht mehr genug kriegen. Hast einen prima Orgasmus hingelegt. Gutes Mädchen. Würde wetten, dass du mich für ein nächstes Mal richtig anbetteln wirst!"

Mehr murmelnd setzte er noch hinzu: „Immer dasselbe mit diesen Scheißweibern! Erst scheinheilig, rühr mich nicht an, ach ach ach, und dann können sie nicht genug kriegen!"

Er schien belustigt, aber noch lange nicht befriedigt.

„So, mein Täubchen, jetzt kommst du dran", drehte er sich zu der Dienerin um.

Links und rechts knallte er ihr eine Ohrfeige, derart wuchtig, dass bei einem zarteren Geschöpf der Kopf hätte abreißen können.

Die Kleine wäre gerne in eine Ohnmacht geflüchtet, doch das lag nicht so sehr in der Natur der robusten Indias.

Er zog sie weiter an den Tischrand, kümmerte sich in keiner Weise darum, dass die Fesselschnüre ihr bereits den Arm aufgerissen hatten, riss das halbe Dutzend Röcke hoch und schlug sie ihr über das Gesicht.

Er drehte sich nochmals zu seiner regungslosen Frau um.

Kurz ließ er von dem Mädchen ab und schlug Angelina zwei nicht ganz so harte Ohrfeigen. Dann schrie er mit sich fast überschlagender Stimme:

„Du sollst sehen, was du für einen Kerl von Mannsbild hast. Wach auf sonst versäumst du was. Die nächste Ladung landet im Arsch deiner India. Die Brut, wenn es denn eine gibt, könnt ihr zusammen ausbrüten!"

Angelina kam wieder langsam zurück in die äußerst traurige Wirklichkeit. Sie war jetzt in einem halbwachen Zustand. Über die Schmerzen im Unterleib wollte sie schreien. Es kam nichts. Sie erkannte den Kommandanten vor einem grotesken Szenarium. Es war ihr aber nicht möglich das in aller Klarheit wahrzunehmen, was es in Wirklichkeit war. Nämlich der entblößte Unterleib, lediglich ein Unterleib ... nun, eben ein Unterleib, weil zwei nackte Beine über die Tischkante hingen.

„Nun, können wir fortfahren? Ist es der Frau Gemahlin genehm?" Die Stimme des Kommandanten war jetzt abscheulich rau und bösartig laut. Sie hörte sich für Angelina an als käme sie direkt aus einem Grab.

Er zerrte an dem wie leblosen Körper der Dienerin, brachte sich in Position und führte sein ekelhaftes Werk zu Ende.

Angelina war zu schwach, um auch nur irgendeinen Laut hervorzubringen.

Seinen Höhepunkt begleitete der Kommandante mit einem unartikulierten lauten Schrei.

Nach einem kurzen Verweilen in der gleichen Position ging er einen Schritt zurück und begann sich in aller Ruhe wieder anzukleiden.

Danach ergriff er eines der Küchenmesser, schnitt die Fesseln durch, nahm die wehr- und leblose junge Frau und warf sie wie ein Paket neben Angelika.

Auf dem Gang zur zertrümmerten Tür wendete er nochmals, um mit triumphierender Stimme, sichtlich ungerührt, zu verkünden:

„Nur damit es klar ist, meine Liebe, ich bumse jede Fotze oder auch Arsch, mit jedem Weib, mit wem ich will, wann und wo ich will. Wenn ich dich mit einem anderen Kerl erwische, gibt es Tote, mindestens aber du und dein Verführer. Du bist mein und dein Arsch mit allem Drum und Dran gehört mir. Verstanden?"

Die kleine India wachte irgendwann aus einem komaähnlichen Zustand auf und wunderte sich zunächst, dass sie noch lebte. Alles schmerzte, einen Arm konnte sie nicht bewegen, vielleicht war er ausgekugelt.

Angelina schlief zwar nicht, aber sie bewegte sich auch nicht, sie lag mit einem weit geöffneten Auge da. Sie atmete und so musste sie also noch leben, reimte sich die kleine Helferin zusammen.

Es dämmerte schon, als sie immer noch leise in Richtung Angelinas rief: „Senora, Senora, Dona Angelina!"

Sie erkannte ihre eigenen Verletzungen am Arm. Alles war mit Blut verkrustet, doch sie konnte ihn bewegen, wenn auch nur unter großen Schmerzen. Mutig machte sie sich jedoch daran Blutreste abzuwischen.

Schließlich begann sie auch die Senora bei Kerzenschein zu waschen. Sie sah zwischen ihren Beinen fürchterlich aus. Doch nach der Säuberung waren außer Hauteinrissen, dunklen Flecken und Schwellungen keine weiteren grässlichen äußeren Wunden vorhanden.

Angelina wurde ganz langsam ansprechbar. Doch mehr als ein paar kurze Worte brachte sie nicht über die unmäßig geschwollenen Lippen.

Die junge India stellte einen Stuhl vor die Tür, deren zwei Flügel so provisorisch den Eingang verschlossen hielten. Die beiden geschundenen Frauen blieben zusammen, schliefen und weinten zusammen.

Auch am folgenden Morgen war Angelina noch wie benommen und die verschiedenen Schwellungen schmerzten. Es schmerzte eigentlich alles an und in ihrem Körper. Auf ihren Beinen konnte sie nicht stehen. Sie wollte sie auch überhaupt nicht mehr in ihre normale Position bringen. Der Schock saß immer noch tief.

Der robusten Indianerin ging es besser. Sie hatte auch bemerkt, dass der Herr ausgeritten war und wagte es nach dem Stallmeister zu fragen, der die schweren Türteile wieder in ihre Position bringen sollte.

Sie beschaffte auch Essen. Doch daran war dann doch nicht zu denken. Auch sie hatte, wie Angelina, Schwierigkeiten den Mund überhaupt zu öffnen. An kauen war nicht zu denken.

Die Küchenbediensteten schauten nur Richtung Boden. Keine sagte ein Wort. Es war gespenstisch, noch gespenstischer geworden als bisher in diesem Haus. Eine Dienstmagd saß in einer Ecke, schluchzend, die Köchin zeigte in ihre Richtung. Alle verzogen schmerzerfüllt ihre Gesichter. Es war klar, die Kleine in der Ecke war das Frühstücksopfer des Kommandanten geworden.

Die Tür wurde notdürftig repariert. Mit keinem Auge wollte der Stallmeister in Richtung der beiden Frauen schauen. Diese waren sich sicher, dass dieser neue Übergriff bereits überall bekannt war. Die Leute im Einflussbereich des Kommandanten waren mehr denn je eingeschüchtert und mutlos. Aus dieser Position konnte sich kein Widerstand aufbauen. Alle waren auf sich allein gestellt. Sie konnten von niemandem, auch nicht von einer Autorität, in irgendeiner Weise auf Hilfe oder Schutz hoffen.

Im Laufe des Tages erwachte Angelina etwas mehr aus der hoffnungslosen Niedergeschlagenheit. An etlichen Stellen hatten sich die Schmerzen, mal mehr mal weniger stark, wieder bemerkbar gemacht. Der Schock saß allerdings tief und ließ sich mit Sicherheit nicht so schnell überwinden. Es musste fraglich sein, ob er jemals ganz zu überwinden war. Vielleicht würde sich der körperliche Schmerz mit der Zeit verringern, eventuell ganz verschwinden. Aber der seelische Schmerz würde sich durch hässliche Narben immer wieder in bittere Erinnerung bringen.

So wie es vorher war, konnte es auf keinen Fall mehr werden. Angelina musste nun jede Stunde mit einer Wiederholung der gestrigen Erniedrigung rechnen.

Doch beide Frauen bauten sich gegenseitig mehr und mehr auf und nach einigen Tagen wagten sie über die Ereignisse selbst mehr und mehr zu sprechen. Das half etwas und auch die Spuren der körperlichen Gewaltanwendung verschwanden langsam.

Die Seelen hatten schwerste Schäden davongetragen. Das zeigte sich jetzt umso unbarmherziger. Keiner würde in dieser Umgebung zu reparieren sein. Schließlich erinnerten auch alle Gegenstände in dem Aufenthaltsraum an diese fürchterlichen Misshandlungen durch die Gewaltausbrüche des Hausherrn.

Angelina war wortscheu geworden. Die kleinsten Anlässe, z.B. einem ungewohnten Geräusch, ein fallender Löffel beispielsweise, das Erscheinen der Köchin, der Putzfrau oder nur das plötzliche Gebell eines Hundes, konnten sie total aus der Fassung bringen. Sie zitterte dann minutenlang am ganzen Körper. Weinkrämpfe schüttelten sie und ihr körperlicher Zustand blieb stark geschwächt.

Sie schien nach einer gewissen Zeit unterernährt. Niemand hatte die Tage seit der erbarmungslosen Züchtigung zählen wollen. Die Haut wurde mehr durchsichtig. Ähnlich musste sie vielleicht bei ihrer erzwungenen Abreise aus Guayaquil ausgesehen haben. Sie fand auch Wochen nach dem erbarmungslosen Überfall niemals ihr sowieso gestörtes seelisches Gleichgewicht wieder. Beide Frauen hatten es sich zur Gewohnheit gemacht die gewalttätigen Vergewaltigungen als Überfall zu bezeichnen.

Den Kommandanten sahen sie so gut wie nicht. Ja, hin und

wieder, mehr unabsichtlich vom großen Fenster aus, wenn er mit dem Pferd unterwegs war. Hören konnten sie ihn dagegen öfters, wenn er, möglicherweise auch absichtlich in ihrer Nähe, lautstark Bedienstete behandelte oder mehr misshandelte.

Seine Hauptstrategie war jetzt mehr die hemmungslose Einschüchterung. Ansonsten war er an weiteren sexuellen Exzessen mit seiner Frau nicht mehr interessiert. Er hatte ja genug Ersatz, wann und wo er immer wollte, wie er gesagt hatte. Angelina sollte von selbst zur Überzeugung kommen, dass er sie nicht brauchte.

An Nachkommen schien er auch nicht mehr interessiert. Scheiß drauf, war seine Antwort an sich selbst, wenn er an den Rest seines Lebens zu denken begann. Am Ende kommen doch nur wieder Scheißweiber zum Vorschein. Letztendlich hatte niemand eine Garantie auf die Geburt eines Sohnes. Andererseits hatte er ja vorgesorgt und sein Erbgut bereits in den verschiedenen Indiohütten verteilt. Wenn es also darum ging sich seinerseits in der Natur durch Nachkommen zu erhalten, dann hatte er ganz gute Arbeit geleistet. Ecuador würde ihn so schnell nicht loswerden.

Angelina bemerkte unterdessen mit größter Unruhe, dass die Regel ausblieb. Sie versuchte sich damit zu trösten, dass dies sicherlich mit inneren Verletzungen aufgrund des Überfalls zusammenhängen müsse. Qualvoll suchte sie nach Parallelen zu ihrer ersten Schwangerschaft, doch da war nicht viel in ihrem Gedächtnis hängengeblieben. Sie hatte ja die damalige Schwangerschaft selbst überhaupt nicht als solche erkannt.

Ihr sporadisches damaliges Unwohlsein hatte sie auf die Strapazen der Wanderschaft und dann dem Schaukeln des Schiffes zugeschrieben. Jetzt wanderte sie nicht und nichts schaukelte, höchstens hin und wieder der Boden, wenn der nahe Vulkan Tunguragua Schluckauf bekam.

Sie fühlte Unwohlsein, aber wann war das nicht der Fall

seit dem Überfall. Ja sie wünschte sich, dass sie sich nie mehr richtig wohlfühlen sollte. Das Erlebnis hatte weitere große Bereiche ihrer Lebensgefühle überhaupt zerstört. Teile, die sie bis jetzt in ihrer Hoffnung auf Daniel noch bewahrt oder herübergerettet hatte.

Würde sie überhaupt unter den gegenwärtigen Umständen jemals wieder mit offenem Herzen ihrem Geliebten gegenübertreten können? Auch diese bange Frage fraß sich fatalerweise in ihr fest.

Nach gut zwei Monaten wartete sie immer noch auf die Regel. Die beiden Frauen vermieden letzthin dieses Thema.

Im vierten Monat kam praktisch die Gewissheit, dass sie ein Kind bekommen würde. Es gab kein Entweichen mehr. Das Schicksal hatte wieder zugeschlagen. In dieser Beziehung kannte die Natur überhaupt kein Erbarmen. Es gab kein natürliches Entweichen vor diesem Ereignis. Die Natur bestand mit diktatorischem Vorgehen für den gesicherten Ablauf der Entstehung neuen Lebens. Und eine Lösung durch eine Engelmacherin, darüber hatte Angelina noch niemals gehört. Es hätte auch in ihrer Situation nichts gebracht.

Angelina wehrte sich noch einmal mit aller Kraft gegen die Erkenntnis. Es sollte einfach nicht wahr sein, das durfte nicht wahr sein, das wäre die bis jetzt härteste Strafe in ihrem Leben. Ein barbarischer, erniedrigender und eine äußerst schmerzhafte sexuelle Begegnung mit dem Scheusal von Mann. Und sie sollte ihm ein Kind schenken?

Das ging jetzt über ihre Kräfte. Sie wollte auch, dass es über ihre Kräfte gehen sollte. Sie wollte weg von allem, was so um sie war. Sie wollte einfach wegsinken, einschlafen und nie mehr wach werden. Sie befand sich in einem ähnlichen Zustand wie in Guayaquil, als ihr dieser scheußliche Kommandante vom Tod ihres Daniel berichtete. Noch einmal träumte sie den schönen Traum in den Armen von Daniel aufzuwachen. Doch nun setzte sich unbarmherzig auch die Erkenntnis durch, dass dieser Traum wohl diesmal der letzte seiner Art gewesen sein musste. Daniel war nach den gegebenen Umständen unerreichbar weit entrückt.

Niemals mehr würde er etwas von ihr wissen wollen. In ihrem Zustand, schwanger von einem solchen Scheusal - würde er ihr überhaupt Glauben schenken, wie es dazu gekommen war? Das durfte sie nicht einmal erwarten, denn er musste davon ausgehen, dass sie in bald zwei Jahren doch irgendwie und irgendwann das Bett mit dem Kommandanten geteilt hatte - wenn auch teilen musste.

Dieser kleine Strohhalm, Daniel wiederzusehen, ihn wieder anfassen zu dürfen, an den sie sich doch so hoffnungsfroh geklammert hatte, er war jetzt definitiv weg. Sie hatte nicht einmal mehr das Recht ihn oder einen neuen Strohhalm zu suchen. Sie war gezeichnet, unwiderruflich, für immer.

Das, und nichts anderes hämmerte sich in diesen Tagen in ihr Bewusstsein. Es wurde dadurch sehr stark geschädigt. Ihr Geist nahm enormen Schaden. Sie hatte es auch so gewollt, tief im Innern so gewollt. Sie wollte sich trennen von ihrem bisherigen Bewusstsein, all ihren Gefühlen, Hoffnungen und Wünschen. Sie wollte jetzt lieber danebenstehen und zuschauen, wie ihr ehemaliges liebefähiges Bewusstsein sich abquälte. Eine Spaltung ihrer Persönlichkeit begann sich abzuzeichnen.

Es vergingen noch ein paar Wochen. Sie hatte Fortschritte erzielt im Vergessen, Absondern, Unterdrücken von Gefühlen und Lebensmut - im negativsten Sinne überhaupt.

Den Kommandanten hatte sie ebenfalls verdrängt, wenigstens glaubte sie es.

Nach einem fürchterlichen Gepolter und einem Moment der gespannten Ruhe war er da, in ihren Räumen, bei den beiden Frauen. Die erstarrten. Ging ein neuer Überfall in seine Startlöcher?

Er hatte Geburtstag. Er feierte. Er hatte getrunken. Er

wollte sich ein Geschenk machen und den Weibern natürlich auch - auf seine Weise versteht sich.

„Was starrt ihr mich so an? Ihr könnt eure Beine zusammenkneifen. Ich bin, zumindest für den Moment versorgt. Habe bereits meine Morgenration!" Er prustete ein Lachen hinaus.

„Gehen sie hinaus", brachte Angelina mit überraschend fester Stimme hervor.

Ihre Freundin, die kleine India drückte ihren Arm als wolle sie besänftigend wirken, *bitte nicht provozieren querida Senora.*

Natürlich hatte es der Kommandante bemerkt.

„Weiberpack", stieß er verächtlich hervor. „Zwei Ärsche fühlen sich stärker als einer", er lachte herzhaft über seinen vermeintlich gelungenen Witz.

„Aber an dir ist ja nichts mehr dran was einen reizen könnte oder woran man sich festhalten könnte. Klappergestell! Armseliges Skelett."

Bis hier lief ja die Konversation eigentlich friedlich, aber der war doch nicht gekommen, nur um Konversation zu machen.

Doch, ihm war danach. Gleichzeitig <seine> Weiber aufmischen. Die Hühner im Stall aufscheuchen. Finsteres hatte er sich vorgenommen. Von der Schwangerschaft wusste er noch nichts.

„Guck nicht so glasig", wandte er sich im üblichen Befehlston an seine Frau, „ich bin es, dein geliebter Mann, dein innig geliebter Mann." Er verzog verächtlich seinen Mund. „Oder hast du gedacht Daniel könnte durch diese Tür kommen?"

Das war ein gewaltiger Stich, der sie mitten im Herzen traf. Angelina wollte wieder schnell weit weg, sich möglichst weit entfernt sich neben sich selbst stellen oder legen.

„Da schaust Du? Ich werde dir aber noch ein paar Leckerbissen servieren. Von deinem Daniel."

Beinahe hatte er den Namen ausgespuckt. Er musste ihm aufs äußerste verhasst sein, vielleicht auch schwer im Magen liegen.

„Du hast ihn umgebracht", es war ein Mittelding zwischen Frage und Behauptung, was da Angelina spontan herausbrachte.

Vielleicht, dachte sie, vielleicht war es gar das Beste ihn so zu provozieren, dass er wieder über sie herfallen würde und es zu einer Fehlgeburt reichte. Die Schmerzen wären es wert gewesen. Im Vergleich zum letzten Mal hätte sie diese vielleicht mit Genugtuung weggesteckt, wenn nur die Leibesfrucht damit verschwunden wäre. Sie stand nun wirklich weit weg, neben sich.

Der Kommandante hatte andere Absichten, er wollte mehr still genießen, keine wilde Geilheit. Er hatte vor, nur mit den fiesesten Mitteln zu quälen. Das war jetzt Bestandteil seines neuesten Planes. Und wann hätte das besser als an seinem Geburtstag gepasst.

„Ihn umzubringen? Spaß würde es mir heute noch machen", entgegnete er.

„Gerade heute an meinem Geburtstag. Aber der Sack ist nicht greifbar. So muss ich mich an dir schadlos halten. Dich langsam dorthin bringen, wo dein Daniel eigentlich weilen sollte."

Das ließ sogar Angelina in ihrem Zustand aufhorchen. Das <sein sollte> war ein brennend heißes Wort, es setzte ihre Seele in helle Flammen.

„Eigentlich weilen sollte - was wollt ihr damit sagen, Herr Kommandante?"

Er lachte. Das saß zumindest fest. Ein richtiger Blattschuss, ein Volltreffer.

„Nur langsam mein Täubchen, nur langsam. Nicht so hastig. Ich will auch mein Vergnügen haben, nicht nur du."

Angelina begann schrecklich zu zittern. Sie fühlte, wie sich da eine Sensation anbahnte, eine schreckliche Sensation, die ihr vielleicht den Rest geben sollte. Den letzten kleinen Schubs, um sie vollends in den Abgrund zu befördern.

„Ich kann es dir direkt ansehen, wie du zitternd darauf brennst mehr über deinen Daniel zu erfahren. Eigentlich sollte ich dich jetzt gerade mal sitzen lassen mit deiner Neugier. Aber glaub mir, ich will ja meinen Spaß haben, nicht nur du.“

„Sprechen sie“, brachte Angelina mit sich überschlagender Stimme hervor.

Doch der Kommandante weidete sich noch an seinen Anfangserfolgen. Es würde doch noch ein vergnüglicher Geburtstag werden. Da war er sich jetzt vollkommen sicher.

„Aber Täubchen, du weißt doch, dass ich ein geduldiger Mann bin. Ich hasse gehetzt zu werden. Dann verliere ich die Freude am Dasein. *Dann könnte ich die Sau rauslassen!*“ Er hatte diese Worte mit einer unheimlichen Ruhe aus seiner dunkelsten Ecke der Seele hervorgeholt.

Den letzten kurzen Satz aber, die letzten sechs Worte, hatte er, im Gegensatz zu den scheinheiligsten ersten Äußerungen, hart und laut auf seine Weiber herabgeschleudert. Die beiden Frauen zuckten zusammen. War es jetzt wieder soweit? Wie lange würde er sich noch an ihren Ängsten weiden?

Er schaute zum Fenster hinaus, tat unbeteiligt, suchte nochmals seine Pläne zusammen. So wie er sie sich ausgedacht hatte, um den größtmöglichen Impakt zu erzielen. Dann sprach er wieder scheinbar in einem ganz normalen Sprechton:

„Seit dem Tag deiner Ankunft in Colon, dem Hafen in Columbien, wusste ich, dass du für mich bestimmt warst“, begann er seine Ausführungen.

„Das andere war Routine für einen guten Militär wie ich. Das, was in Guayaquil ablief, war reine Augenwischerei. Ich wollte den armen Daniel doch nicht vor deinen Augen so einfach den Krokodilen vorwerfen. Der Hafenkommandant glaubte mir noch einen Gefallen zu schulden, so machte der ganz einfach mit. Neben deinem Gatten sollten, der besseren Tarnung wegen, halt noch ein paar andere daran glauben. Ins Pampagras beißen."

Er weidete sich zunächst einmal wieder an dem Entsetzen, das er bei Angelina hervorgerufen hatte. Die andere war für ihn nichts. Vielleicht doch noch in dem Sinne nützlich, dass sie es bei den Indios verbreiten würde, welch schreckliche Pläne er bei seinen Widersachern durchzuführen imstande war.

„Ach scheiß auf die N***r! Zu dieser Zeit waren schon Jahre vergangen, dass da tatsächlich mal N***r durchgebrannt waren. Keiner wusste damals, wo die sich hin verkrümelt hatten und keiner hatte auch mehr ein Interesse in dieser alten Geschichte herumzurühren. Es waren ja nur ein paar Scheiß-n***r. Aber die Geschichte war immer noch gut genug, um einen perfekten Kriegsplan, eigentlich Vernichtungsplan, darauf aufzubauen. Die Flinten, mit denen die Idioten, die mit mir in den großen Kampf zogen, waren sowieso zu nichts mehr nütze. Also konnte sie der Hafenkommandant entbehren."

Er machte wieder eine Kunstpause. Bis jetzt war jeder Schuss ein Treffer. Und er erkannte die einzelnen Einschläge bei Angelina Schuss für Schuss als Volltreffer.

„Daniel blieb auf dem Felde der Ehre, sollte auf dem Felde der Ehre für seinen König sterben. Der Scheißsack überlegte es sich aber anders. Er wollte zu seiner Angelina zurückkommen. Er ließ andere für sich sterben, er selbst dachte aber nicht daran zu krepieren. Sowas nenne ich Feigheit", ereiferte er sich jetzt doch selbst etwas mehr als er es sich vorgenommen hatte. Und er ärgerte sich wieder über seinen Fehler, den er sich zuschob.

Dass er damals, als er die beste Gelegenheit hatte Daniel zu beseitigen, sich für eine andere Idee entschieden und sogar begeistert hatte. Die Idee, die er für die Bessere hielt. Weil er diesen Arsch langsam zugrunde gehen lassen wollte. Er sollte elendiglich und ganz langsam und vor allem qualvoll verrecken. Er wollte sich gedanklich an den vorgesehenen Qualen Daniels immer wieder gern erinnern. Hoffentlich würde er von innen heraus verfaulen.

Angelina war starr geworden. Das bisschen Boden, das sie in letzter Zeit noch unter ihren Füßen behalten hatte entschwand.

„Nun ja, ich war ja wundersam gerettet und traf dich, mein süßes Täubchen, in einer geradezu idealen Situation. Du warst zu nichts mehr fähig, so dass sich meine Tat, dich zu erlösen, geradezu als der Gipfel an Menschenfreundlichkeit und Mitgefühl darstellen musste. Verdammt nochmals, das hätte aber schief gehen können. Angenommen du hättest nicht so erbärmlich in deinen Kleidern gehängt. Und du wärest nicht so einfach zu überzeugen gewesen mich zu begleiten. Dann wäre dein Kerl wieder aufgetaucht mit allen unvorhersehbaren und fürchterlichen Folgen, für dich, deinen Daniel und vielleicht auch ein bisschen für mich."

„Du siehst, das Schicksal wollte dich in meinen Armen sehen. Du sollst also nicht immer mit ihm hadern. Mach *ich* doch auch nicht, obwohl ich doch wohl am beschissensten dran bin und mit einem Miststück wie dir geschlagen bin. Und das ich auch noch unter allen Umständen, seit Christobal Colon, besitzen wollte. Ich könnte mir heute noch in den Arsch treten, nicht schon dort Tabularasa gemacht zu haben. Alles wäre leichter gewesen, Daniel von den Würmern am Isthmus gefressen und du hättest mich liebend gerne als einen vollwertigen Ersatz angenommen." Er holte Atem und schaute Angelina gespannt und auch wie vergnügt an. „Und jetzt habe ich dich am Hals, bin mit dir geschlagen."

Es war Zeit das Ergebnis seines bisherigen Trommelfeuers aufs Neue auszukosten. Kein Treffer ging bisher daneben, das war eine erstklassige Planung.

„Kaum hatten wir aber begonnen uns hier wohlzufühlen, bekam ich die Nachricht vom Hafenkommandanten, dass der unverwüstliche Daniel wieder aufgetaucht war. Einfach so von den Toten auferstanden. Das nenne ich eine nicht tolerierbare Hartnäckigkeit. Sicher, du kennst mich doch meine Liebe, dass ich nichts dem Zufall überlasse, sicher, ich leitete sofort Maßnahmen ein..."

„Ist er tot, sagen sie es mir jetzt - bitte."

Das <Bitte> kam nur noch als ein Flüsterton über Angelinas Lippen.

Aber genauso wollte es der Kommandante, das Weibsstück in der Defensive. Winselnd, flehend, bittend. Das machte Spaß. Das musste er auskosten, wunderschöne Geburtstagsgeschenke würde er sich hiermit machen.

„Wart´s doch ab, sei nicht so ungeduldig mein Täubchen. Die Geschichte hat noch ein paar mehr Facetten".

Angelina wollte zum wiederholten Male weinen. Doch es konnten sich keine Tränen einstellen. Es war die andere Seele, die, die unsichtbar danebenstand, sich verstoßen fühlte, diese weinte. Man konnte es nur nicht sehen. Ihre Erschütterung stand aber fast sichtbar und peinlich fühlbar im Raum. Angelina wollte sie festhalten, sie wieder zu sich hereinbringen, doch eine verstoßene Seele wieder einzufangen, sich wieder mit ihr zu vereinigen, erfordert übermenschliche Kräfte. Und Kräfte waren bei Angelina Mangelware geworden.

„Der Kerl war abgehauen, mit einem verhurten Weibsstück hat er dich verraten, mein Täubchen."

„Das ist nicht wahr, das ist nicht wahr", stöhnte Angelina, „sie wollen mich nur quälen. Nur Daniel und ich, wir gehören zusammen."

Das Letztere hatte sie wieder beinahe nur geflüstert, beschwörend geflüstert. Ihre verstoßene Seele konnte ihr aber keine Stütze mehr sein. Angelina konnte sich nicht mehr sicher sein. Die neue Seele war ja selbst zusammengebastelt, war also Menschenwerk und mit allen menschlichen Schwächen ebenso behaftet.

Der Kommandant fuhr nach einer kleinen Pause unbarmherzig fort: „Meine Liebe, wie recht du hast. Diese Erkenntnis hätte ich unter den gegebenen Umständen gar nicht mehr
von dir erwartet. Ihr, der Blödmann und du, ihr gehört zusammen. Aber du bist mit mir verheiratet. Du lebst in Bigamie,
mein Täubchen.“

Er betonte jedes einzelne Wort. Das war wieder eine neue
Waffe, von der der Feind noch nichts wusste, keine Gegenmittel hatte. Und jede Art von Abwehr schien von vorneherein sinnlos.

„Und weißt du, was die liebe, heilige, katholische, römische und sonst was Kirche mit solchen Weibsstücken macht?
Weißt du, wo das endet? Weißt du, dass dich dabei nicht mal
der König retten kann? Du weißt es sicher!“

Er machte eine Kunstpause. Angelina hatte tatsächlich an
diesen unleugbaren Zustand gedacht. Doch wenn dieser Teufel ihn so überbetonte, so triumphierend ausspielte, dann musste Daniel ja auch jetzt, in diesem Augenblick noch leben. Wie
sollte sie es nur herausbekommen? Wenn es der Kommandante
wusste, dann würde er es ihr doch gewiss nicht durch ihr bitten und flehen mitteilen. In dieser Richtung wollte sie sich
also nicht bewegen. Sie suchte fieberhaft nach einer Möglichkeit ihn vielleicht auch durch eine List dazu zu bewegen,
Daniels Aufenthalt preiszugeben.

Sie fand im Augenblick aber keine Worte und sah keine
praktikable Möglichkeit zu diesem Ziel zu gelangen.

Der Kommandante sah in den weit aufgerissenen Augen
Angelinas die Schwäche, die er sich als Reaktion auf seinen
verbalen Beschuss ausgerechnet und gewünscht hatte. Und er
gratulierte sich zum wiederholten Male für seine Erfolge. Der
Feldherr sonnte sich in seinen Siegen.

„Ja, wenn ich das so richtig sehe, würden die heiligen Vertreter Gottes auf Erden dir gewaltig Feuer unter deinen dürren
Arsch machen. Mit Lobgesängen und allerlei anderem heili-

gen Gebrabbel würde es ihnen Freude machen mit dem Feuer eines geweihten und somit heiligen Scheiterhaufens zu spielen. Dich bis in die jenseitigste Hölle mit Halleluja begleiten. Am Tag danach würden die Hunde auf deine kalte Asche pissen und der Regen würde die Reste als Pflanzennahrung den Berg herunterspülen."

Das hatte er doch gut gesagt, klopfte er sich innerlich auf seine Schultern, auf denen normalerweise Hinweise auf seine Wichtigkeit als Militärstratege prangen sollten. In Abwesenheit dieser fühlte er sich regelrecht nackt. War aber vor diesen dummen Weibsbildern auch nicht weiter schlimm, denn die hatten ja sowieso keine Ahnung was so einen richtigen Soldaten bewegt. Sein gesamtes Inneres erfüllte sich mit Stolz und er drückte seinen Rücken durch, so nach dem alten Kasernenhofspruch, Bauch rein, Brust raus. Er fühlte sich wie ein Kommandierender einer siegreichen Angriffsreihe auf dem Schlachtfeld.

„So ist das mein Täubchen, du lebst in Sünde und wenn es dem großen Juan Pablo Hernandez Palacios gefällt, dann reicht ein Wort und die heilige Inquisition wird dich als Hexe erkennen und die nötigen Schlussfolgerungen daraus ziehen. Mir als deinem Mann können sie nichts anhaben. Ich bin ja von dir verführt worden, du verdammte kleine Hexe."

Genüsslich hatte er sich die letzten Worte über die Zunge gleiten lassen.

„Lebt Daniel und wo, sagen sie es mir bitte."

Angelina flüsterte es nur. Die Worte kamen wie letzte Lebenszeichen von ihr. Doch anstatt Mitleid oder Verständnis regten sie beim Kommandante nur Genugtuung und eine tief empfundene Zufriedenheit aus. Er hatte diese Schlampe dort, wo er sie seit Monaten haben wollte. In jeder Hinsicht erniedrigt, erledigt. Wenn er sie schon nicht haben konnte, kein anderer sollte ihr in die Nähe kommen. Das war seine Rache, seine überbordende teuflische Gefühlswelt.

Klar, die Art der Fragestellung Angelinas drückte mehr Überzeugung für den lebenden Daniel aus als Hoffnungslosigkeit. Wenn er das wüsste, wo sich Daniel aufhielt, dann wäre er bereits einen gewaltigen Schritt weiter. Er würde alles daransetzen, um ihn zu beseitigen. Diesmal aber höchstpersönlich, nichts mehr würde er dem Zufall überlassen. Diesem Scheiß von General Zufall, von dem er jetzt endgültig die Nase gestrichen voll hatte. Der ihm jetzt irgendwann, einmal zu viel in seine Absichten und Pläne hineinregiert hatte.

Um diesen Daniel zu finden hatte er sich ständig bemüht. Eigentlich seit dem Tag, an dem er von diesem Arschloch von *Bademeister* im Hafen von Guayaquil über die Wiedergeburt eben dieses Typen erfuhr. Aber er blieb bis jetzt wie von der Bildfläche verschwunden. Über alle denkbaren und überhaupt möglichen Kanäle hatte er unermüdlich versucht etwas über seinen Verbleib zu erfahren. Seine Suchaktion hatte aber einen Schönheitsfehler.

Er konnte sich nicht wirklich alle denkbaren Kanäle nutzbar machen. Es gab einige Stellen in der Staatsverwaltung, sogar sehr empfindliche Stellen, die ihn auf einer sehr „schwarzen Liste" hatten. Klar doch, jede einzelne Stelle, wo er Auskunft hätte bekommen können, wäre eine zu viel, und wohl auch seine letzte gewesen. Seine Vita war nicht sauber genug. Und genau hier, in den Bergregionen Ecuadors, hatte es im Zusammenhang mit seiner Lebensführung in nicht allzu ferner Vergangenheit einige Vorfälle gegeben. Mit der Verwendung des Begriffs *Vorfälle*, wohl die absolute Tiefstapelei an sich.

„Diese" hatten sogar den königlichen Hof in Spanien erreicht. Konnten aber bis heute nicht erfolgreich aufgeklärt werden. Da ging es um verschwundenes Gold und auch um Leichen. Leichen, die im vollen Leben auch in den Diensten seiner königlichen Majestäten standen. Er musste demnach ein dominantes Interesse haben, dass keiner dieser ungeklärten Fälle ausgegraben und wieder aufgerollt wurde. So war er gezwungen sich unsichtbar zu machen, den Kopf einzuziehen und sein Mundwerk im Zaum zu halten.

Nicht einmal aus dem Unfall eines Unbekannten, über den man auf den Aufenthaltsort Daniel hätte schließen können, waren weder von den Behörden noch von ihm und seinen Spähern brauchbare Rückschlüsse zu ziehen. So ging er vom Tode Daniels aus, wollte er allzu gerne vom Tode Daniels ausgehen. Aber dessen Geist, wenn schon nicht sein Körper, war nicht totzukriegen. Er konnte ihn sich nur nutzbar machen, um seine niederträchtigen Ziele gegenüber Angelina weiterzuverfolgen.

Für den Moment hatte er sich sein Geburtstagsgeschenk gemacht. Er war es hochzufrieden. So verbeugte er sich höhnisch vor den Frauen und sagte laut und klar: „Meine Verehrung!" Er legte in diese zwei Worte größtmögliche Verachtung.

Das war's. Er drehte sich zur Tür und ging mit Stolz angefüllter Brust. Angelina war mit ihrer mitleidenden, treuen Dienerin wieder allein.

Beide fanden für eine lange Zeit keine Worte.

Angelina hatte die schlimmste aller Antworten auf ihre letzte Frage bekommen, nämlich eine niederschmetternde und höhnische und doch auch nichtssagende.

Ein dröhnender Schmerz ergriff wieder einmal von ihr Besitz. Er schlich sich nicht ein, er kam mit einem Geräuschpegel so laut, dass sie glaubte die Trommelfelle würden zerplatzen. Er schüttelte sie durch und wollte kein Ende nehmen.

Das Geräusch aber wurde in ihrem Kopf produziert und ihre Freundin sah ohnmächtig mit an, wie Angelina sich die Hände auf die Ohren presste und extrem mit den Augen rollte. Ihr ganzer Körper zitterte und sie schüttelte sich. Schließlich warf sie sich auf die Liege, wickelte den Kopf in Decken, rollte sich wild hin und her. Sie bekam Krämpfe in die Beinmuskulatur, sie schüttelte sich immer wieder und platzte endlich mit einem steinerweichenden Schrei heraus. Und den immer wieder. Bis sie wie in eine Starre verfiel.

Die kleine India wachte neben ihr. An diesem Tage aber wich die Starre nicht mehr von Angelina.

Am nächsten Morgen schien sie wie erlöst. Angelina schaute beinahe glückselig drein. Allerdings antwortete sie seltsamerweise auf die Fragen ihrer Freundin nicht. Diese erschrak nun gewaltig. Schlimme Befürchtungen stiegen bei ihr hoch. War ihre Chefin und Freundin jetzt verrückt geworden? War sie von allen *guten* Geistern verlassen worden? Hatte ihr Geist diesem unerhörten Druck von gestern nicht standgehalten und hatte sie verlassen? War sie vielleicht nicht mehr imstande wie eine gesunde Frau zu denken und zu handeln?

Hin und wieder sagte diese halblaut vor sich hin: „Er lebt, er lebt, er wird kommen!"

Die kleine Indianerin erschauderte wieder und wieder bei dem sich verstärkenden Gedanken, dass die Senora jetzt völlig geistesgestört sein würde. Absolut krank. Ihr Körper vom Kopf her zerstört.

Angelina selbst umklammerte mit aller Kraft ihre verstoßene Seele und sie wusste auch, dass sie nicht mehr ganz zu ihr zurückkehren würde. Sie würden aber zusammenbleiben, immer nahe bei ihr.

Die Dienerin versuchte Gespräche nach bekannter Art zu führen. Hin und wieder schien Angelina auch daran teilzunehmen, ein andermal antwortete sie kurioserweise auf Fragen, die ihr vielleicht vor Tagen gestellt worden waren.

So konnte sie auch einen Tag verbringen, an dem sie nicht ein einziges Wort sagte und ein andermal redete sie unablässig. Spanien kam darin vor, die Schiffsreise, Guayaquil und immer wieder Daniel.

Ihr Leibesumfang wurde immer größer. Die Schwangerschaft blieb niemandem verborgen. Nur der Kommandante wusste nichts davon und niemand wagte es ihm zu sagen. Das hätte ihm oder ihr vielleicht den Kopf kosten können. Dann auch noch begleitet von schlimmen Misshandlungen und Qualen.

Die Zeit der Niederkunft kam und zwei kundige Frauen kamen, um zu helfen.

Es war ein schmächtiger Junge.

Erst das in den kommenden Tagen wiederholte Kommen und Gehen einer dickbrüstigen Indianerfrau brachte den Kommandanten zum Hinterfragen. So erfuhr er, dass sie die Amme seines Sohnes sei, weil die Senora nicht genügend Milch geben konnte. Sie hatte überhaupt keine.

Angelina bekam das Ereignis selbst nicht mit. Sie bekam aber anscheinend nach der Entbindung mehr Klarheit im Kopf. Sie wusste was passiert war. Sie hatte einen Sohn. Man legte ihn ihr in die Arme, doch auch an den nächsten Tagen zeigte sie keinerlei Reaktion.

Nach ca. 10 Tagen weigerte sie sich ihn zu nehmen. Mit diesem ungewollten Bastard wolle sie nichts zu tun haben. Er schien ihr der sichtbare Beweis ihrer schlimmsten Niederlage im Leben. Die ganzen Erniedrigungen, Kränkungen und Leiden rund um seine Entstehung lebten in ihr auf. Sie sah klar und erklärte jedem Besucher, jeder Person, die es hören oder nicht hören wollte, dass man den Balg möglichst weit von ihr entfernt halten möge.

Sie erklärte, dass dies nicht ihr Kind sei, nicht sein könne. Ihre Dienerin versuchte von Fall zu Fall ihre Darlegungen zu rechtfertigen und regelrecht zu übersetzen, begreifbar zu machen.

Der Kommandante war wie vor den Kopf geschlagen, das war wieder mal nicht in seinen Planungen. Er nahm es wie ein heimtückischer Überraschungsangriff seiner Frau auf ihn und seine Selbstverständlichkeit als Mann und Soldatenehre.

Zunächst leitete er seine Gedanken in eine typisch falsche Richtung: Von wem sie sich wohl diesen Bankert machen ließ. Dass er es gewesen sein musste, wischte er aus seinen Empfindungen, das war nicht seine Art. Es hätte unangenehm gefühlsduselige Erinnerungen aufwirbeln können. Dem widersetzte er sich nach altbekannter Manier. Nein, in diesem trüben Gewässer würde er nicht rühren. Er wehrte sich vehement gegen einen aufkommenden Stolz offiziell Vater zu sein.

Ehrerbietig gratulierten ihm aber seine Untertanen. Es kam so weit, dass er sich nicht zwischen zwei mehr lästigen Empfindungen entscheiden konnte. Sollte er ihnen in den Arsch treten oder ein kurzes Lächeln auf seine abgefeimten Gesichtszüge zaubern.

Er überwand sich selbst und wollte tatsächlich der jungen Mutter danken, schaute bei ihr hinein, doch das brachte das Fass zum Überlaufen.

Sie hatte es erst gar nicht mitbekommen, dass er sich näherte und mit beiden Händen ihre Wangen tätscheln wollte. Doch sie zuckte so stark zusammen, als wäre sie von einer Schlange gebissen worden. Dann schrie sie so fürchterlich auf, dass man im weiten Umkreis befürchtete, der Patron sei jetzt dabei sie in kleine Stücke zu zerschneiden.

Der aber flüchtete. Er nannte sich zwar selbst bald danach einen Feigling. Verprügeln hätte er sie sollen, aber irgendetwas hielt ihn dieses Mal strikt davon ab. Sie hatte den Verstand verloren und Verrückte und Betrunkene sollte man nicht prügeln. Entsetzt erinnerte er sich daran, dass sie angeblich Kinder Gottes seien. Diesen „Glaubensgrundsatz" kramte er aus seinem Gedächtnis. Er hatte ihn irgendeines Tages, in seiner weiten Vergangenheit, von einem Priester erzählt bekommen. Was immer das bedeuten mochte.

Dann ließ er sich Wein bringen. Bereits nach dem zweiten Glas fand er es bereits ganz in Ordnung, dass sie von dem Kleinen nichts wissen wollte. Etwas später beschloss er, bereits etwas alkoholisiert, dass er den Sohn unter seiner Aufsicht aufziehen lassen wollte. Noch einmal kam eine, diesmal schwach ausgeprägte Welle des Misstrauens in ihm hoch. Er konnte, oder wollte diese Gefühlswallung aber austricksen.

Der Junge sollte ein Mann werden, ganz nach seinem Geschmack. Da wäre dieses hirnverbrannte Gerippe, seine sogenannte Gattin, nur im Wege gewesen. Und wiederholt fand er nun sich und seine neue Idee großartig - wie denn auch sonst? Obendrein würde er noch die Genugtuung haben ihr irgendwann in beleidigender Weise den Sohn vorführen zu können. Er würde es so einrichten, dass sie es fühlen musste, als ein Rühren in alten Wunden. Die überdies niemals heilen sollten. Aufgewühlt knirschte er hörbar mit seinem Gebiss.

Mit Angelina passierten nun tatsächlich die seltsamsten Sachen. Sie war zwar physisch da, aber ihr Geist schien oft unerreichbar weit weg. Sie hatte nun Zeiten in denen sie recht ordentlich an Gesprächen wie immer teilnehmen konnte, in denen sie auch ihr Problem erkannte. Doch sie weigerte sich aus dem Schatten herauszutreten, in den sie immer wieder und immer öfter eintauchte, eintauchen wollte, wie sie sagte.

Der Kommandante führte hart Regie, wenn es um das Befinden oder die Behandlung seines Kleinen ging.

Er konnte es z.B. partout nicht ausstehen, dass der sich, ganz normal, beschiss. Das ging gegen seine Vorstellungen von Disziplin, und ausgerechnet passierte derartiges in seiner Familie, und ausgerechnet mit seinem Sohn - *seinem* Sohn!

Er raunze die Betreuerinnen an, die er organisiert hatte, die ihm aber letztendlich das als ganz normal erklären wollten. Sogar er, der Herr Kommandante habe sich in diesem Alter verschissen.

Zunächst schaute er ungläubig drein. Dann verwahrte er sich aber vehement dagegen. Nein, das wollte er partout nicht glauben.

Der Gedanke schien ihm völlig abwegig.

Er ergoss sich aber nicht in Geschrei. Das von allen mit Bangen erwartet worden war.

Der Junge wurde Felipe genannt.

Eine Taufe wurde von ihm abgelehnt, das hätte Wirbel verursacht. Den sich Juan Pablo nicht leisten konnte. Das hätte allzu schnell eine öffentliche und besonders unkontrollierbare Angelegenheit werden können. Leicht hätten Gerüchte aufkommen können und Derartiges konnte er überhaupt nicht gebrauchen.

Seine Frau vergaß er oder übersah sie.

Daniels Traum

In Daniels Familie war das dritte Kind unterwegs.

Auch sonst waren Bewohner und auch die Landschaft fruchtbar.

Auf der Hacienda Daniels war man dabei, im Rahmen einer neuen Planung, Bewässerungsgräben auszubauen und neue hinzuzufügen. So gut wie alles, was die Gemeinschaft auf dem Anwesen Daniels anpackte, gelang und trug zur Steigerung der Produktivität bei. Daniel konnte bald bei seinen Einnahmen ansehnliche Gewinne erzielen. Er hatte ein Konzept und danach ließ er seine Indios daran teilhaben. Eine weitere gute Seite dieser Maßnahme war, dass er die dadurch begeisterten Hintersassen nicht mehr zu dieser oder jener Arbeit anzuweisen oder gar anzuspornen brauchte.

Bei der Planung der Anbausorten war er nicht mehr voll und ganz auf die Erfahrungen und Empfehlungen der Indios angewiesen. Er kannte nun sein Territorium recht gut und fühlte sich immer sicherer mit dem, was er damit zu leisten imstande war. Was dann auch zur rechten Zeit die besten Marktchancen haben würde.

Er suchte die Möglichkeiten auf der Anhöhe bis zum Nachbarterritorium zu nutzen. Es herrschte dort zwar ein herbes Klima vor, aber auch da bot ihm die Natur die Chance gestalterisch tätig zu sein. Und er nutzte sie nach bestem Wissen.

Auch hatte er dort oben Indios getroffen, die zur Hacienda

auf der Nordseite des Riegels gehörten. Man sah und respektierte sich. Doch es gab keinerlei Veranlassung Fragen zu stellen, zumal ein weißer Patron fremden Indios gegenüber, dies nicht zu tun pflegte. Und die Indios hätten darauf nicht besonders vertrauensvoll reagiert - ganz im Gegenteil.

Seine Indios hüteten Schafe und Lamas auf den Höhen. Die auf der anderen Seite hüteten ihre Tiere. Und wieso hätten Indios andere Indios nach der Vergangenheit Daniels befragen sollen? Oder nach den Eigenheiten ihres Patrons? Es gab dazu überhaupt nicht den geringsten Anlass und auch kein gewachsenes Interesse.

Ein bisschen Gedanken machte sich Daniel dann aber doch: Das musste sicherlich ein weniger begüterter Patron sein oder seine Ländereien erbrachten keine lukrativen Ernten. Diese, seine Indios machten nämlich einen sehr ärmlichen Eindruck. Doch das ging ihn in keinem Falle etwas an. Das wäre das Letzte, wegen einem ihm fremden Indio mit einem Nachbarn Streit zu provozieren?

Daniel achtete strikt darauf, dass die von ihm vorgegebene und eingeteilte Organisation beachtet und eingehalten wurde. So hatte er besonders begabte an Webstühle gesetzt. Einige junge Frauen hatten sich auf das Spinnen von Wolle spezialisiert. Man hatte unter allgemeiner Mitwirkung sogar eine Art Maschine geschaffen, mit der man dreimal schneller und vor allem auch gleichmäßiger Fäden, ohne einen erhöhten personellen Einsatz, erzeugen konnte. Ein alter Herr walkte, formte und färbte Filz als Rohmaterial für Hüte.

Die Produkte fanden auf den Märkten Anklang und nach einigen kleineren Missverständnissen vertrauten die Bewohner der Hacienda Daniels, ihm und seiner Frau Hilda.

Der Neubau des Herrenhauses hatte weiter Fortschritte gemacht. Jeder auf der Hacienda kümmerte sich um seine Aufgaben. Der Patron reiste nur sehr selten in die Stadt, dann nur, um Bankgeschäfte zu erledigen, die erforderlichen Einkäufe zu tätigen und er kam so schnell wie möglich wieder zurück.

Hilda war glücklich, dass sie sich auf ihren Mann verlassen konnte. Er erging sich weder in Spielhöllen noch gab er sich Alkoholexzessen hin. Er war ein liebevoller Familienvater und die Indios begannen in ihm mit wachsender Sympathie ein Vorbild zu sehen. Er wurde für sie *mehr* wie ein Patron.

Daniel hatte es aufgegeben systematisch nach Juan Pablo Hernandez Palacios zu fragen. Nur noch sporadisch und nicht mehr systematisch erwähnte er an exponierten Stellen den Namen des Kommandanten .

Zuletzt hatten ein paar sehr kalte Nächte den Kartoffeln geschadet, die sie in recht großer Höhe versuchsweise angepflanzt hatten. Sie waren aber alle überrascht, dass die Pflanzen sich danach wieder erholten. Sie beredeten dies als gutes Zeichen und vor allem sein erfahrener Schwiegervater war sehr begeistert, gerade *die* Kartoffeln aus dieser Ernte dafür zu verwenden, um weitere in der Anhöhe anzupflanzen.

Er war der Ansicht, dass sich diese Pflanzen an die Kälte erinnern würden und sich bei nächsten Kälteeinbrüchen nicht mehr so empfindlich reagieren würden. Daniel war nicht sehr überzeugt, aber seine Frau flößte ihm Vertrauen ein als sie entschied, dass es zumindest einen oder mehrere Versuche wert seien.

Freilich, der Geschichte stand noch ein anderer Umstand nicht gerade positiv entgegen. An den Hängen des Tales reiften die Erdfrüchte in 14 bis 15 Wochen. In der kälteren Höhe benötigten sie fast die doppelte Zeit. Doch das schadete ja im Grunde nichts, fand auch der Schwiegervater, denn ansonsten würde man diese Hochflächen nur als Weideland nutzen. Wenn das aber tatsächlich funktionieren sollte mit den kältefesten Kartoffeln, dann hätte man einen weit größeren Nutzen. Zudem brauche man in der Höhe, im Gegensatz zu den Tallagen, keine künstlichen Bewässerungen. Zeit und Arbeitskräfte konnte man somit einsparen.

Daniel stimmte den Überlegungen und den Schlussfolgerungen seines Schwiegervaters letztendlich leichten Herzens zu. Seine Frau liebte auch *dafür* ihren Daniel.

Für die Zeit nach der kommenden Ernte hatte er eine des Lesens und Schreibens kundige Person als Lehrkraft verpflichtet. Er wollte, dass in einem gewissen Alter jeder Junge und jedes Mädchen die elementaren Regeln der Schreibkunst beherrschen lernte.

Von seiner letzten Reise brachte er die erforderlichen Utensilien mit.

Hier musste im Vorfeld viel Überzeugungsarbeit geleistet werden, denn die Kinder im lernfähigen Alter waren zugleich Arbeitskräfte. Eben wie in der Extremadura. Das Lernen lag deshalb nicht gerade im Sinne aller Eltern. Daniel erinnerte sich an die leidvollen Umstände, die auch sein Patron in der Extremadura deswegen zu erdulden hatte.

Auch hier musste er sich mit der Kritik befassen, dass die Kinder doch letztendlich nicht dazu da waren, lesen und schreiben zu lernen. Man hatte sie doch nach uralter Sitte gezeugt, damit sie nicht zuletzt den Eltern die Arbeit erleichterten und zur Erzeugung von Lebensmitteln mit dazu beitrugen. Es war schwer an der Wurzel dieser Mentalität zu rütteln, den Leuten klarzumachen, dass diese Lernzeit erst viel später Früchte tragen sollte. Dass sie im Moment einfach davon überzeugt sein sollten, dass der Patron recht habe.

Man war sich aber in den betroffenen Familien im einzelnen Ernstfall nach dem St. Floriansprinzip einig, dass der Patron doch gefälligst seine Experimente mit Kindern anderer Eltern machen möge. Wenn die dann erfolgreich ausfallen sollten, dann werde man natürlich mitmachen, begeistert mitmachen - *vielleicht,* setzten einige Stimmen trotzdem hinzu - wenngleich leise hinzu.

Und immer wieder wurde Daniel an die Komplikationen erinnert, die er auch vom Hörensagen in seiner alten Heimat erfahren musste.

Doch hier war er von der Heiligkeit und den besonderen Interessenküngel der in Spanien allmächtigen und alles erdrückenden Kirche weit entfernt. Noch! Und seine Entscheidungen konnten daher von diesen heiligen Männern nicht konterkariert oder gar sabotiert werden. Etwas wehmütig gestand er sich dann doch mit einem Fragezeichen ein - noch nicht? Und setzte hinzu: Hoffentlich niemals.

Für die Zukunft plante er Spanischunterricht erteilen zu lassen. Das sollte mehr auf freiwilliger Basis geschehen. Dafür mussten aber die Schüler/innen das Schreiben und Lesen beherrschen. Daniel sah Kenntnisse in seiner Muttersprache als enorm wichtig an, weil im Alltagsleben Quechua immer mehr an Bedeutung verlor.

Und bei allen Verwaltungs- und besonders juristischen Vorgängen, ausschließlich die spanische Sprache zugelassen war. Quechua wurde verboten, in vielen Fällen das Sprechen dieser Sprache sogar unter Strafe gestellt.

Daniels zweiter Sohn, sie hatten ihn Humberto nach einem seiner Brüder benannt, entwickelte sich zum Liebling aller, die um Daniel herum und mit ihm lebten. Oft war er den ganzen Tag außer Haus, wurde überall herumgetragen und versorgt. Daniel freute sich, dass seine Kinder in dieses soziale Umfeld hineingeboren wurden. Mit Trauer und Schmerz gedachte er seinen Eltern, die nicht im Entferntesten denken oder glauben konnten, dass ihre Enkel dieserart ihr Leben beginnen konnten, oder auch durften.

Mit dem immer noch gleichen Stich in seiner Brust dachte er an Angelina. Sie hätte es gewiss verdient das alles mit ihm zu erleben und mitzugestalten.

Er würde weiter um sie trauern und versuchen irgendwie

irgendetwas über sie in Erfahrung zu bringen. Er war auf das Schlimmste gefasst, aber eben die Ungewissheit schien ihm noch schlimmer. Wieso konnte dieser Kommandante einfach verschwinden? Oder sich für alle unsichtbar machen.

Nun gut, bei offiziellen Stellen hatte er niemals nach ihm gefragt. Man konnte nie wissen, in welches Wespennest man da hineinstechen würde. Welche Lawinen an Problemen und auch Gefahren er damit lostreten konnte. Das hatte er gründlichst gelernt. Seine bitterste Erfahrung mit dem Hafenkommandanten in Guayaquil war Abschreckung genug. Aus den gleichen Befürchtungen heraus vermied er es sich an den Gouverneur oder seine maßgeblichen Untergebenen zu wenden. Es stand einfach zu viel auf dem Spiel. Der Kommandant war ein skrupelloser Verbrecher und Daniel hatte ihn fürchten gelernt.

Vielleicht wartete dieses Scheusal von Kommandante nur auf eine Nachricht seiner alten Kumpane, dass da oder dort ein gewisser Machado nach ihm gefragt habe. Darin war sich Daniel sicher, der Kommandant müsste und würde ihn ausfindig machen, um ihn endgültig zu beseitigen. Daniel wusste schließlich zu viel. Und zudem hatte ihm dieser die Frau gestohlen. Angelina wäre Kronzeugin, wenn die Gemeinheiten um seine erste Familie ans Tageslicht kämen. Daniel kamen Tränen, wenn er daran dachte, dass sie in Verbindung mit seiner möglichen Entdeckung, seitens des Kommandanten, unendlich viel zu leiden haben würde. Nein, sie würde in diesem Falle nicht mehr weiterleben dürfen. Aus der teuflisch logischen Sicht des Scheusals nicht mehr weiterleben können. Daniel war die Mordlust dieses miserablen Teufelsmilitärs nur zu bekannt.

Daniel kam zur Erkenntnis, dass der Kommandant mit jedem Tag, an dem er ihn nicht ausfindig machen konnte, nervöser werden musste. Allerdings einmal ausfindig gemacht, wäre er im krassen Nachteil. Er wagte nicht weiter zu denken. So sicherte Daniel sich zu, dass es allein deshalb schon wichtig sei, sich so wenig Zeit wie nötig in Riobamba sehen zu lassen. Hätte Daniel auch nur von dem völlig zerstörten Verhältnis des Gouverneurs zum Kommandanten gewusst oder auch nur geahnt, er hätte keine Sekunde länger gezögert und hätte sich dem Provinzchef anvertraut.

Auf seiner Hacienda konnte er jetzt sechs Pferde vorweisen. Nachwuchs seines kräftigen Pferdes hatte er gegen eine relativ kleine Rasse eingetauscht und dazugekauft. Sie hatten sich als hervorragend und nimmermüde auf den weiten und hochgelegenen Hängen seiner Hacienda bewährt.

Sie waren gelehrig und leicht zu führen. Es war dann auch ein Genuss mit ihnen zu reiten. Sie schienen die Absicht ihres jeweiligen Reiters zu ahnen, bevor der ihnen den entsprechenden Hinweis gab. Da reichte schon ein Zucken mit der Oberschenkelmuskulatur, ein leichtes Andrehen des Körpers oder eine leichte Verlagerung der Hände, sie erkannten den Willen des Reiters und führten in willig aus. Niemals würde er Sporen zulassen.

Seine Indios waren bei der Bebauung der Felder durchweg auf die Hacke als Handwerkzeug angewiesen. Tiere als Arbeitskräfte zu nutzen lag ihnen nicht - oder sie wollten nicht. Aber für *so* dumm, wie die meisten Europäer immer behaupteten, sah er diese Menschen jedoch nicht, als dass sie die Vorteile eines Arbeitstieres nicht erkennen würden. Allerdings, vor der Invasion der Spanier kannten sie keine Zugtiere, weder Pferde noch Ochsen. Es mangelte ihnen somit an Erfahrung und Tradition.

Sie hatten noch nicht alle Vorteile im Griff, die ein Ochsenpaar bedeuten konnte. Sie waren aber gelehrig und bald würden sie die Felder weitestgehend pflegen, vorbereiten und bearbeiten indem sie dazu Ochsengespanne benutzten. Allein der Pflug als Ersatz für das Behacken der Felder würde sie dann überzeugen. Klar, solche Gespanne würden nicht immer und überall einsetzbar sein. Aber allein dort, wo es möglich war, nämlich auf den Feldern, die im Flachland lagen und jene mit nur geringer Neigung im Gelände, da würden sie schon eine große Arbeitserleichterung bringen. Dadurch natürlich auch eine Leistungssteigerung des einzelnen Mitbewohners bedeuten. An den Hängen würde sich nichts ändern, da war immer noch die Handhacke das überlegene Werkzeug. Nur damit konnten die erfahrenen Indios die Erde so vorbereiten, dass kein Regenguss sie ins Tal spülen konnte.

An anderer Stelle hatte er die kräftigen und geduldigen Tiere eingesetzt. So hatte er eine Getreidemühle bauen lassen, die im stündlichen Wechsel von einem Ochsen in Bewegung gehalten wurde. Als nächstes gedachte er mehr Zuckerrohr anzupflanzen. Mit den ersten Versuchen konnte man noch nicht recht zufrieden sein, aber er ließ sich nicht, noch nicht entmutigen. An der tiefsten Stelle seiner Hacienda, in einem von einem Fluss erzeugten flachen Tal, bestanden die besten Voraussetzungen. Wenn es gelingen sollte, dann würde er auch ein Zuckerrohrmahlwerk bauen. Das würde man dann mit jeweils einem Ochsenpaar als Antrieb betreiben.

Die vergangenen Nächte hatte sich immer wieder ein Berglöwe bei seinen Viehherden herumgetrieben und große Unruhe verursacht. Gar mancher seiner Leute musste sich einen Teil seiner Nachtruhe versagen, mit entsprechender geringerer Arbeitsleistung am Tage.

Dann hatten sie bei einer extra dazu einberufenen Versammlung beschlossen den Vollmond abzuwarten, um das Tier zu jagen.

Seine sechs Pferde wurden besetzt und die besprochene Strategie verinnerlicht. Tagsüber hatte man so gut wie keine Chance das Tier aufzuspüren und unschädlich zu machen. Sie mussten es also in der Nacht bei Mondlicht machen.

Vor einiger Zeit hatte er zwei Vorderlader, Gewehre aus spanischer Produktion und einige Munition angeschafft. Außer ihm konnte nur noch ein Indio geschickt mit einem Gewehr umgehen. Also waren sie zwei Bewaffnete. Allerdings, der bewaffnete Indio durfte sich nicht mit der Waffe vor Fremden oder gar Autoritäten sehen lassen. Indios war es streng verboten Waffen zu tragen oder gar mit ihnen umzugehen. Nun, hier auf seinem Gelände der Hacienda konnte sich Daniel recht sicher sein, dass sich kein Fremder oder auch Funktionär unangemeldet sehen lassen würde.

Die anderen Beteiligten hatten ausgiebig mit ledernen Schlingen geübt und vom Pferd auf ein Ziel geworfen.

Die vorausgeplante Nacht kam und sie warteten ab, bis es an einem weiter abgelegenen Tierpferch unruhig wurde. Sie hatten mit dem Wächter ein Zeichen vereinbart und sie konnten es erkennen. In der Regel war für solche Wächteraufgaben ein Heranwachsender, ein Jugendlicher eingeteilt, doch für diese Nacht saß ein erfahrener Mann auf dem eigens gebauten Hochstand.

Dieser selbst bestand meist aus vier in den Boden eingelassenen kräftigen Holzstämmen. Zwischen diese war in günstiger Höhe ein Boden, bestehend aus einer geflochtenen Matte, eingebunden. Drei Wände waren ebenso aus Maisstroh oder Schilf geflochten, so wie auch das Dach. Es sah aus wie eine überdimensionierte Hundehütte auf Stelzen.

Die Seite zu dem zu schützenden Feld oder Areal war offen. Man verwendete an anderen Stellen die gleichen baulichen Vorrichtungen, um erntereife Maisfelder vor verwilderten Schweinen oder ausgerissenen Hausschweinen zu schützen. Meistens oblag die Bewachung dieser Felder bei Tag und Nacht einem Jugendlichen im Alter von 12 bis 14 Jahren. Sie brauchten dazu keine Bewaffnung, denn alles in Allem waren die wilden Schweine sehr scheu. Schon bei der kleinsten Reaktion der Wächter zogen sie es vor zu verschwinden.

Bei der Jagd auf einen Berglöwen galten aber andere, besondere Gesetze. Nicht immer hatte man Erfolg, aber der

Berglöwe war ja auch nicht gerade eines der dummen Rüsseltiere. Er war schnell, und kräftig war er auch.

Die Nacht war so klar, wie die Mondnächte in den Hochlagen der klaren Andenluft nur sein konnten. Die Bibel hätte man leicht ohne weitere Beleuchtung lesen können.

Dann kam das Zeichen als Warnung - das erwartete Tier war im Kommen. Nach diesem Signal ritten drei Jäger mit ihren Wurfschlingen etwas unterhalb zu der Stelle, wo man die Raubkatze vermuten konnte. Die Hunde lärmten, aber sie waren noch an Stricken festgebunden.

Die zweite Gruppe ritt nach links, etwas nach oben, um eine Zangenbewegung ausführen zu können.

Bald wurde das flüchtende Raubtier gesehen. Wie ein beweglicher Schatten glitt es von Deckung zu Deckung. Nun galt es ihn nicht mehr aus den Augen zu verlieren. Die Hunde, und das war die erste Kunst, mussten zu einem recht genauen Zeitpunkt freigelassen werden.

Der Berglöwe, ein Puma, versuchte ein schützendes Dikkicht zu erreichen.

Die Hunde wurden dann freigelassen und bald merkte man an ihrem Heulen und Verbellen, dass sie dem Raubtier dichtauf folgten. Es war nun relativ leicht den kürzesten Weg zum Puma einzuhalten. Die Hunde allein konnten der Großkatze eigentlich nichts anhaben, sie würden sich auch immer in respektvoller Entfernung halten. Doch darauf konnte sich das gejagte Raubtier nicht verlassen. Immer wieder würde es versuchen dem womöglich nächstkommenden Hund mit einer Tatze einen Schlag zu versetzen.

Die Verfolger wussten, dass dies viel Kraft und vor allem Zeit und Vorsprung für den Puma kosten würde. Die verfolgenden Reiter kamen ihm immer näher. Je langsamer der Puma vorankam, desto mehr setzten die Hunde ihre angeborene Jagdtechnik ein und begannen das Tier zu umkreisen. Dadurch wurde sein fluchtartiges Fortkommen mit Aussicht auf Erfolg mehr und mehr eingeschränkt bis unmöglich.

Das war dann die Stunde der Jäger. Im Grunde genommen war die Hatz also recht einfach aufgebaut. Das Ganze spielte sich zudem in einer für den Puma nachteiligen Situation ab. Für die Jäger aber bedeutete das fast grelle Mondlicht eine ideale Situation, für das gejagte Tier war es dagegen der größte Feind.

Die Jäger auf ihren Pferden erreichten bald die Stelle, an der der Puma von den Hunden regelrecht eingekesselt war. Dieser drehte sich mehr und mehr ruckartig im Kreise, immer wieder versuchend einen der Hunde mit einem Prankenhieb zu erreichen.

Die Reiter selbst reihten sich in das Karussell ein und versuchten in einem sicheren, doch auch nicht zu großen Abstand einen möglichst gleichmäßigen Abstand untereinander einzuhalten. Damit war das so vorläufig gefangene Tier kaum noch in der Lage eine echte Fluchtmöglichkeit zu erkennen oder gar wahrzunehmen.

Die überaus nervösen und verängstigten Pferde hätten womöglich bis zu diesem Punkt der Jagd gar nicht mitgemacht. Sie hatten aber Scheuklappen so vor den Augen, dass ihnen nur ein sehr eingegrenzter Blickwinkel direkt nach vorne zur Verfügung stand. Am besten sie sahen so gut wie gar nichts und verließen sich ganz auf die Anweisungen ihrer Reiter - wenigstens auf der Höhe dieser Jagdszene. Trotzdem witterten sie bestimmt den natürlichen Feind, aber die Reiter konnten ihre Reflexe beherrschen.

Natürlich waren auch die Jäger aufgeregt und entledigten sich des auf ihnen lastenden Drucks wenigstens teilweise durch lautes Schreien. Der Puma musste jetzt echt irritiert sein, die Kontrolle über sein stolzes Dasein verloren geben.

Die um ihn reitenden Jäger warfen immer wieder ihre Schlingen, wobei sie es nicht auf den Kopf der Großkatze abgesehen hatten. Sie versuchten immer wieder, meist natürlich vergeblich, eine Tatze in einer Abwehrstellung zu erwischen. Sie vertrauten darauf, dass es irgendwann schon klappen würde. Der Puma bot sie ihnen ja durch die geführten Luftschläge der Pranken seiner Vorderbeine an. Seine Bewegungen waren aber bei dem momentanen Stand der Dinge immer noch viel zu schnell, als dass man die Schlinge besser gezielt werfen konnte. Einige Male war sie bereits in das Bein hineingefallen, doch bevor der Schlingenwerfer zuziehen konnte, war der Vorteil auch schon wieder dahin.

Doch dann klappte es bei einem und der Erfolgreiche musste jetzt mit leichtem, aber stetigem Zug die Schlinge zugezogen halten. Dadurch blieb der ganze Zirkus mit dem Karussell in Bewegung. Die fünf restlichen Jäger versuchten jetzt eines der Hinterbeine mit der Schlinge zu erfassen.

Irgendwann gelang auch das. Jetzt war der Puma fast gefahrlos in der Hand der Jäger. Das Tier wurde von den beiden erfolgreichen Reitern regelrecht in die Länge gezogen. Die verbliebenen zwei freien Beine reichten nicht mehr für kontrollierte Bewegungen des Pumas. Rasch waren die ebenfalls erfasst. Man zog das arme Tier nun vorsichtig auseinander und der Mutigste fesselte zunächst die Beine paarweise, dann alle vier zusammen.

Durch die verbundenen Beine wurde von hinten eine Holzstange gesteckt. Männer trugen den Gefangenen dann lebend zur Hacienda. Morgen würde man den Kindern die Bestie zeigen und sich für den Mut zu diesem Fang von ihnen bewundern lassen. Von einem solchen Erlebnis würden dann sowohl die Kinder als auch die beteiligten Erwachsenen noch lange mit immer verklärten Gesichtsausdrücken erzählen.

Der junge Hernandez

Hinter den Bergen, nur gute zehn Meilen nördlich von Daniels Herrenhaus, wuchs Felipe, der Nachkomme des Kommandanten Juan Pablo Hernandez Palacios heran. Er entdeckte bald, dass er sich so gut wie alles, besonders gegen die Indios und Indias herausnehmen durfte. Schon als Dreijähriger trat er seinen Betreuern ans Bein, kratzte, spuckte, schlug und sein Vater wollte sich schier nicht mehr kriegen vor Lachen. War das ein immer wiederkehrender Spaß. Jeder in seiner Nähe hatte mehr und mehr unter den Widerwärtigkeiten des Bengels zu leiden. Sie mussten gute Miene zum bösen Spiel machen. Wehe es zeigte sich ein Betroffener oder eine Betroffene nicht belustigt oder gar beleidigt.

So war es denn allemal vorteilhafter den Bengel, anstatt im Nachhinein den Herrn Papa gewähren zu lassen.

Wehe dem, der es wagte über den Sohnemann zu sprechen und seinen Namen zu nennen. Es hatte strikt zu heißen: <Das Kind>. Nur Lobendes durfte über ihn verbreitet werden. Und so kam es, dass auch die gemeinsten Hinterhältigkeiten eines Fünf- und Sechsjährigen als Ausdruck von Intelligenz, Gewitztheit, Schlauheit, Lebenslust oder ähnlich umschrieben wurden. Unter keinen Umständen als das, was sie in Wirklichkeit bereits waren.

Er konnte einer die Mahlzeit zubereitenden India einen

Brocken Hundekot in die Suppe werfen. Das Kind hatte wieder einmal einen originellen Einfall. Papa war stolz auf ihn.

Er schlug einen Gleichaltrigen mit einem Prügel halbtot, das Kind wollte sich mal richtig ausleben. Wer konnte da etwas dagegen haben.

Eine viel zu zutrauliche Katze fesselte er und band sie an den Schwanz eines Pferdes. Papa verkündete, dies sei eine originelle Methode dem Pferd die Lauffaulheit auszutreiben.

Er legte Feuer an eine Indiohütte, das Kind hatte offensichtlich erkannt, dass ein Neubau eigentlich die bessere Idee sein musste.

Seine Mutter kannte er nur als die schrullige Tante. Sie war keine seiner Zielscheiben.

Angelina lebte in den Tag mit ihrer jetzt langjährigen Freundin und Leidensgefährtin. Es war jeden Tag anders mit der Senora, aber immer deprimierend schlimm. Sie hatte offensichtlich auch das Gefühl für die Zeit verloren.

Sie klammerte sich an das Leben und machte heute Pläne, von denen sie Morgen nichts mehr wusste.

Sie sang und weinte, sie saß dann wieder stumm und unbeweglich für Stunden, dann wollte sie laufen und Blumen pflücken. Sie schlief oder manchmal erzählte sie die ganze Nacht. Alles machte die treue Dienerin mit. Auch heute noch, nach so vielen Jahren erwachte in ihr das grauenhafte Bild des Überfalls. Und sie weinten dann im gemeinsamen Schmerz.

Daniel der fünffache Vater

Daniel hatte nun noch 2 Töchter und das fünfte Kind war wieder ein Sohn. Sie alle hatten christliche Namen anzunehmen, sonst hätte man ihnen die Taufe nicht gestattet. Sie hießen den der Reihe nach Anita, Angela und Christobal.

Seine Frau war es zufrieden, so nebenher hatten sie auch noch Namen aus der <Heidenzeit> der Indios. Doch die blieben dann mehr als Kosenamen der Großeltern und waren außerdem nur der Mutter und Daniel geläufig. Bei Angela ging er allerdings keine Kompromisse ein.

Eigentlich sollte das erste Mädchen bereits diesen Namen bekommen. Er glaubte aber, dass er damit einen zu großen Teil seiner Vergangenheit in das Alltägliche seines Lebens bringen würde. Das, daran glaubte er auch, hätte eventuell seine zufrieden-glückliche Ehe beeinträchtigen können. Er fürchtete eine echte Belastung, die er eines Tages nicht mehr hätte alleine tragen können.

Seine Hilda hatte ihn nie nach seiner Vergangenheit gefragt. Sie stand mit beiden Beinen fest in der Gegenwart und lebte für eine Zukunft. Dafür war sie bereit ihr ganzes Sein zu geben.

Er hatte vielfach das Bedürfnis sich ihr mitzuteilen, sein letztes Geheimnis mit ihr zu teilen. Doch der Mut endete weit vor dem Ansatz zur Verwirklichung des Vorhabens.

Sie hatten nun 5 Kinder und sie hatten sich mit wenig Pathos darauf geeinigt, dass dies eigentlich eine schöne Zahl war.

Wenn möglich wollten sie es dabei belassen. Keiner von beiden kannte sich allerdings in Punkto Biorhythmus aus. Wenn es denn allerdings Gottes Wille war, dann würden sie nicht <nein> sagen und auch ein weiteres Kind mit Freuden nehmen, wie die anderen in seinem Wirkungsbereich auch.

Sie sagten sich nicht laufend, dass sie sich liebten, sie versicherten sich nicht ständig gegenseitiger Treue. Aber sie wussten sie zu schätzen und lebten sie beide, und das war wichtiger als alle möglichen Worte. Das höchste der Gefühle, das tiefst gehende und für beide Ergreifendste war, wenn sie sich bei den Händen fassten, so wie damals, als er sich bei ihr vor der Lehmhütte verabschiedete. Schon dort gab er ihr so viel, dass sie auch heute noch davon zehren konnte.

Ihre Kraft schöpften sie voneinander in gegenseitiger Hingabe. Einen wohltuenden Ausgleich bewirkten sie mit dieser sich oft auch spontan wiederholenden Geste. Wenn bei dem einen sein persönlicher Vorrat an *good will* ins Ungleichgewicht kam, brachten sie das harmonische Gefühlsleben wieder in die Waage und schaffte den Ausgleich.

Carlos und Humberto hatten jetzt regelmäßig Unterricht und die Eltern legten großen Wert darauf, dass auch andere Kinder daran teilnahmen. Sie zeigten sich unnachgiebig gegenüber den Eltern. Gestanden ihnen aber auch andererseits gewisse Sonderbehandlungen, sprich Vorzugsbehandlungen zu. Das sollte bei den anderen Eltern Anreiz schaffen, um bedenkenloser ihren Kindern ebenso eine minimale Schulerziehung angedeihen zu lassen.

Im nächsten Schul-Zyklus würde es eine, nun ja, eine sensationelle Neuigkeit geben, denn dann würden sie Anita dabeihaben, ein Mädchen. Ein sowieso erstmaliger, aber längst fälliger und absolut einzigartiger Vorgang. Die Verarbeitung dieses Ereignisses wurde so gut wie in allen Indiohütten sehr kontrovers besprochen und nicht selten heftig diskutiert.

Der Männerclub, die erste Klasse sozusagen, war davon

ebenso wenig begeistert. Die Kleinen verstanden es schon ganz schön Zossen zu reißen. Freilich standen auch hier wieder die Eltern dahinter. Andererseits konnten diese sich an ihren Fingern abzählen, dass auch sie bald, wenigstens teilzeitlich auf die Arbeitskraft der Mädchen verzichten mussten.

Daniel hatte ein richtiges Klassenzimmer bauen lassen und der Lehrerin in einem kleinen Anbau eine nette Kleinstwohnung. In der aber alles, was die Zeit als modern bezeichnete, vorhanden war.

Daniel war wieder unterwegs mit seinem Vormann, einem Indio, dem er schon lange sein Vertrauen geschenkt hatte. Dieser versuchte ernsthaft dieses niemals zu enttäuschen. Daniel hatte auch bemerkt, dass dieser Mann sehr gut mit seinen Landsleuten umgehen konnte. Er war begabt und konnte ihnen die Wünsche und Vorstellungen des Patrons exzellent vermitteln. Er war intelligent und hatte ein Wesen, das ihm die Indiofamilien mit viel Vertrauen honorierten. Bei Schlichtungen von Streitigkeiten genoss er hohes Ansehen und verstand es die verschiedenen Ansichten vorurteilsfrei zu behandeln.

Seit der Zeit, vor Jahren, als Sanchez einfach so von heute auf morgen entschied wegzugehen, hatte Daniel in diesem Vormann seine Stütze und, Daniel zeigte es offen, er konnte ihm zu Recht vertrauen.

Dieser vertraute sich auch Daniel an, wenn mal wieder ein unvermeidliches <nasses> Fest oder ein Familientreffen anstand. Der Patron sollte gewarnt sein, dass er dann am folgenden Tag nur halb einsatzbereit war.

Daniel wusste das zu würdigen, das war menschlich und er konnte seine Planungen mit viel mehr Treffsicherheit daran ausrichten.

Sie ritten in den obersten Regionen seiner Hacienda, um die Weidemöglichkeiten für die kommenden Planungen auszukundschaften.

Sie fanden vereinzelte Schafe, verängstigt, in kleinen Gruppen. Es waren nicht seine Schafe, sie hatten andere Zeichen. Da aber in dieser Gegend sowieso keine festen Grenzmarkierungen vorhanden waren, gab es auch keinen Grund der Aufregung, allerdings der Beunruhigung. Machte sich da ein Berglöwe zu schaffen. Hatte er womöglich schon einige gerissen. Waren sie unbeaufsichtigt und wenn nein, was war mit dem Hirten geschehen?

Sie hatten selbst zwei abgerichtete Hunde dabei und trieben ein paar Gruppen Tiere weiter Richtung Norden. Vielleicht würden sie ihren Hirten wieder finden oder ganz einfach den Weg nach ihrem Zuhause suchen.

Schon waren sie sich einig, dass ihnen nichts weiter zu tun bliebe und begannen sich wieder ihren Angelegenheiten zuzuwenden. Doch nach kurzer Zeit schlugen die Hunde an, witterten und schlugen recht geräuschvoll an.

Sollte da nicht doch ein Puma lauern, vielleicht satt und faul vom vielen Lammfleisch?

Es lauerte kein Puma, aber es kauerte ein total verängstigter Indio hinter einem dicken Stein.

Er schien sich nicht entscheiden zu können, ob er sich nun über den großen Fremden und den wesentlich kleineren Indiobruder freuen sollte oder ob das weitere böse Vorzeichen bedeuten könnten.

Der Indio hatte sich mit einem Fetzen sein blutiges linkes Bein oberhalb des Knies abgebunden. Er schaute immer noch wortlos und äußerst verängstigt auf die Fremden. Die Hunde waren beruhigt worden und blieben in Habachtstellung.

„Was ist dir passiert“, fragte Daniel in seinem besten Quechua. „Brauchst du Hilfe?“

Der arme Indio war so verwirrt, dass er erst jetzt seinen schäbigen zerzausten Hut herunternahm und ihn vor seiner Brust drehte.

„Lass deinen Hut ruhig auf und sag mir, ob ich dir helfen

kann“, insistierte Daniel wieder in Quechua.

Der Indio setzte seinen Hut noch nicht auf und schaute, ohne zu antworten auf den Vormann.

Daniel fragte dann ebendiesen, ob der arme Teufel vielleicht gar eine andere Sprache spreche.

Der Vormann fragte jetzt seinerseits nach der Ursache seiner Verletzung. Ob er Hilfe brauche und seinen Hut solle er ruhig wieder aufsetzen. Der Patron habe das angeordnet und er werde ihn schon nicht fressen.

So als würde er diesen Worten nicht *ein* bisschen trauen, schaute er wieder auf Daniel.

„Mann so rede doch“, sagte der Vormann, „sonst werde *ich* böse. Kapiert? Und setz deinen Hut wieder auf!“

Das <ich> hatte der Vormann speziell betont, das hörte sich zwar nicht so herrisch wie in Spanisch an, war aber bestimmt nicht misszuverstehen.

Der Mann wollte aufstehen.

„Nun renn´ doch nicht gleich weg“, sagte halb im Scherz Daniel. „Weit kommst du ja doch nicht. Wir wollen dir helfen, wenn du ein Problem hast. Und Prügel wirst du von niemandem beziehen, das verspreche ich dir.“

Daniel hatte sicher einen weiteren empfindsamen Nerv des Mannes getroffen. Bei dem Wort für Prügel zuckte er zusammen, mehr noch, er sackte regelrecht in sich zusammen. Daniel dachte bei sich: „Da liegt er wie ein Häufchen Elend“, das dachte er aber in Spanisch.

Dann zeigte der Verletzte plötzlich wie in Zeitlupe auf sein verletztes Bein. „Der Hund hat mich gebissen. Ich bin müde, lasst mich hier.“

Das war eine reine Ansprache im Vergleich zu seiner bisherigen Schweigsamkeit.

„Dein eigener Hütehund“, fragte ungläubig Daniel und der Vormann fast gleichzeitig? Beide schauten sich nun mit ungläubigem Gesichtsausdruck an. Dann hörten sie den Unglücklichen.

„Nein“, kam die zögerliche Antwort.

„War es einer von den unsrigen“, wollte Daniel jetzt wissen und stieg spontan vom Pferd und ging auf den Mann zu.

„Nein“, kam wieder die Antwort. Diesmal schnell und man sah dem Mann seine Panik an. Daniel wusste weshalb. Er beruhigte den am Boden Sitzenden, und sagte in sehr ruhigem Ton, dass er ihm nichts anhaben wolle. Nach einer kleinen Weile fuhr er fort.

„Na, um Himmels willen wessen Hunde treiben sich denn noch hier oben herum?“, wollte Daniel, jetzt schon mehr beunruhigt, wissen. Wilde Hunde, das hätte ihnen gerade noch gefehlt. Sie würden dann wohl tagelang Jagd auf sie machen müssen, mit vielen Männern, die Arbeit liegen lassen. Aber auf die leichte Schulter durfte man das nicht nehmen.

Daniel war jetzt bei dem armen Teufel. Sein Vormann war auch vom Pferd gestiegen, ergriff das Gewehr und spannte den Hahn. Der Hund hätte ja noch in der Nähe sein können.

„Nein, das war nicht so“, stammelte jetzt plötzlich der Verletzte, jetzt schon viel gesprächiger.

„Dann rede endlich“, fuhr ihn der Vormann jetzt recht unsanft an.

Daniel machte ihm ein Zeichen, dass er sich mäßigen solle. Er hatte erkannt, dass hier eine Tragödie abgelaufen sein musste, die wollte er durch Druck nicht noch vergrößern. Der Mann litt unter einem schockartigen Zustand. Zudem hatte er sicherlich viel Blut verloren, was in diesen Höhen jedes Problem vergrößern musste. Wer weiß was der arme Indio bereits durchgemacht hatte. Wenn man ihm aber nicht helfen würde, könnte der Mensch in dieser Höhe die nächste kalte Nacht unmöglich überleben. Womöglich würde sein Blutgeruch auch Pumas anlocken.

Mit seiner Kenntnis der Mentalität der Indios wusste Daniel, dass, wenn er so als Riese vor dem armen Teufel stehen würde, dieser immer eingeschüchtert sein und bleiben würde. Er musste behutsam sein Vertrauen gewinnen. Er musste versuchen das Herz des Mannes zu öffnen. Vielleicht hatte er nur Schlechtigkeiten vom weißen Mann erfahren oder erlebt. Seine Angst gründete eventuell darauf.

So setzte sich Daniel in kurzer Entfernung im Schneidersitz vor den Verunglückten. Er legte seinen Poncho über seine Beine, genauso wie es ein Indio machen würde. Seine Hände legte er demonstrativ sichtbar über Kreuz auf seine Beine. Er nahm sogar seinen Hut, drehte ihn aber nicht in seinen Händen, sondern legte ihn neben sich.

Seinem Vormann, der ihn doch schon längere Zeit kannte, fielen dabei nahezu die Augen aus dem Kopf. So etwas hätte er trotz allem nicht für möglich gehalten. Das würde nicht nur dem Patron, sondern auch ihm, beim Erzählen am abendlichen offenen Feuer, bei den Leibeigenen der Hacienda, weitere gewichtige Pluspunkte und Respekt einbringen.

Zunächst schwieg Daniel und vermied es dem verwundeten Mann zu oft in die Augen zu sehen. Das war eigentlich ein Vorrecht aller weißen Männer, aller Patrons insbesondere. Die Indios hatten den Blick zu senken, wenn einer mit ihnen sprach und in angemessener Entfernung, einige Schritte immerhin, zu verharren. Klar, dass keiner den Hut auf seinem Kopf behalten durfte. Kurz dachte Daniel, welcher Hirnrissige hatte wohl diese Anordnungen oder absurde Verhaltensweisen zu verantworten?

Er hatte sich nun aber bewusst in eine ähnliche Stellung begeben, eine Stellung die ihn als Patron disqualifizierte. Er hatte sich praktisch auf die gleiche Ebene eines Indios begeben. Für die herrschenden Verhältnisse wirklich ein unerhörter Vorgang. Wenn ihn derart ein anderer Patron sehen würde, Daniel würde sich nicht mehr unter Seinesgleichen sehen lassen können. Ja er müsste sogar um sein Leben fürchten.

Indias und Indios - etwas Geschichte

Es ging da, in der Überzeugung der Großgrundbesitzer, der wahren Herren der neuen Länder, wie sie sich glaubten, um Grundsätzliches. Sie waren ja auch als Eroberer und jetzt Kolonialspanier in einer weltweit einzigartigen, wirklich herausragenden Stellung. Dies allerdings gedankenlos mehr dank königlicher Großzügigkeit statt eigener Verdienste.

Wenn man diesen Untermenschen von wertlosen Indios, ja diesen Tieren, *auch nur den kleinen Finger gäbe, dann werden sie doch so unverschämt und würden einem den ganzen Arm ausreißen. Ja als Tiere, so wurden sie überzeugend betitelt und bis in die Neuzeit gesehen. Zumindest von den Vermögenden, den jetzt Eigentümern des Landes Ecuador. Von denen, die das Schicksal Ecuadors bestimmten.*

Immer an der kurzen Leine halten, *hieß die Devise. Man war in der kleinen Minderheit in diesem Land, diesem Erdteil. Nur die blanke Gewalt mit allen Mitteln konnte angeblich die Ureinwohner „im Zaum" halten. Zwischen Herren und diesen Tieren konnte man keine Verbindung eingehen. Nun gut - einmal von der sexuellen Nützlichkeit abgesehen. Da bediente man sich und warf die Bedienten bei Aufsässigkeit oder gar Beschwerden wie Abfall wieder weg. Das lernte jeder am Reichtum und der Macht Beteiligte von Kind auf als Grundregeln. In diesen Ländern galt dies wie eine Art familiäre Basiserziehung bis hin zur Grundeinstellung.*

Schaute man diese Indios nur an, so die durchgehende Behauptung, musste man erkennen, dass es die niemals zu Größe bringen würden. Zu dumm für ein gezieltes Aufbegehren gegen die Besatzer, den Eindringlingen, eben gegenüber den Stärkeren, den siegreichen Eroberern.

Im Dreck müssten sie gehalten werden, dumm hatten sie zu bleiben. Nur ein paar Flausen musste man ihnen noch austreiben. Sie waren zu taufen, mit dem Hintersinn damit eine noch sicherere Methode der Kontrolle zu bekommen. Bis in einer nicht allzu fernen Vergangenheit stand die Katholische Kirche, die alleinseligmachende Religion auf dem eroberten Kontinent, fest auf der Seite der mächtigen Großgrundbesitzer. Die dadurch natürlich noch mächtiger erschienen, unangreifbarer und zweifelsfrei auch herrischer waren.

Es war dies eine besonders perfide Methode der Gängelung. Gleichzeitig wurden die Ureinwohner aus ihren Lebensarten und nicht selten auch Lebensräumen herausgerissen. Ihre Traditionen und Überlieferungen wurden zerstört und ausgelöscht.

Die ersten Jahrhunderte nach dem Eindringen der Spanier in „ihr neues Land" waren eine einzige Unterwerfung, begleitet von einer Zerstörungsorgie.

Diese Art der Entwurzelung und Entmündigung, in Verbindung mit Zerstörungen aller Art, war eine erbarmungslos wirksame Weise die Ureinwohner total zu unterwerfen. Diese Eroberer waren sogar stolz auf ihre Errungenschaften. Es gab „Eroberer", hier und auch im Mutterland, die eine Auslöschung dieser Menschen nicht rundweg ablehnten. Aber wen hätten sie dann noch als billige Arbeitstiere gehabt?

Dazu kam noch die Politik über die Entwurzelungen der gestandenen Lebensgemeinschaften, die gewachsenen soziale Gemeinschaften mit ihren Hilfeleistungen auf Gegenseitigkeit auseinanderzureißen. Politik nach der Devise: Teile und herrsche. Misstrauen musste unter ihnen gesät werden. Alle „Erfolg versprechenden perfiden" physischen und psychischen Mittel und Methoden wurden, viel zu oft auch in Zusammenarbeit mit den kirchlichen Organisationen, verdeckt oder ganz offen aufgeboten und eingesetzt.

Einer möglicherweise erfolgreichen Organisierung gleich welcher Art, die den großen Herrenmenschen hätte gefährlich werden können, wurde damit schon im Vorfeld jeder feste Boden, jede Erfolgschance genommen.

Die exemplarische Bestrafung, auch bei kleinsten „Unbotmäßigkeiten" war ein weiteres Mittel ihre mögliche Widerstands-

kraft bereits im Vorfeld einer entsprechenden Organisierung zu brechen.

Spanisch wurde als offizielle und einzige Sprache eingeführt, Quechua in der Öffentlichkeit zu sprechen verboten. Allerdings sollten keine Schulen eingerichtet werden, an denen die Indios, entsprechend ihrem erbärmlichen Lebensstandard spanisch lernen könnten. Schulbesuch musste (muss) privat finanziert werden. Allein die Pflicht verschiedener einheitlicher Schuluniformen (Hier: Arbeitsuniform, Sportuniform und Repräsentative Uniform) überforderte in der Regel bei weitem die finanziellen Möglichkeiten der Indios.

Hohe Hürden wurden derart vor einen Schulbesuch errichtet. Unmündigkeit bei totaler Abhängigkeit wurde damit großgeschrieben.

Die Großgrundbesitzer hatten de facto die Gerichtsbarkeit über die Bewohner innerhalb ihrer privaten Grenzen. Sie konnten, durchweg gefahrlos, mit ihnen machen, was sie wollten. Wagten die Indios doch gewisse Rechte anzumahnen oder gar krasse Ungerechtigkeiten anzuprangern, dann konnten sie sich nicht an die Cortes - die Gerichte - wenden. Sie mussten sich nach dem geltenden Recht an Rechtsanwälte richten, die in der Regel Familienangehörige der Großgrundbesitzer waren oder auf die eine oder andere Art mit denen verbandelt waren. Allein die sich daraus ergebenden finanziellen Aufwendungen erstickten jede Initiative sowieso. Die noch größere Hürde bildeten die erwähnten errichteten Sprachbarrieren.

Die Eindringlinge sprachen selten ein brauchbares Quechua, die Indios dagegen selten ein brauchbares Spanisch. Und, wenn sie trotzdem einmal bis vor einen Richter kamen, nun, dann marschierten (seltsame) Zeugen auf, die einen beklagten Patron immer und in allen Punkten entlasteten. Auch die Richter hatten wenig Interesse daran, Recht zu sprechen, sondern mehr das System zu stützen und zu unterstützen. Schon von daher waren keine Probleme zu erwarten. Und sowieso, kein Richter würde einen Zeugen mit Fragen in Verlegenheit bringen, die der offensichtlich nicht sachdienlich- das heißt: In seinem Interesse, beantworten konnte.

Schließlich waren dem Richter die bezahlten Zeugen durchweg persönlich als solche bekannt. Es waren ja fast immer die Gleichen. Sozusagen „professionelle Zeugen", von Beruf „Zeugen!".

Sie hielten sich stets an den gleichen Stellen in der Nähe des Gerichtssitzes auf. Rechtsanwälte wussten Bescheid wo sie zu finden waren, wenn sie wieder Zeugen für ihre Sache brauchten. Es kam in der Praxis vor, dass sie sich die besten Angebote aussuchen konnten. (Auch in der Mitte des 20. Jahrhunderts konnte der Autor noch dieses Vorgehen beobachten und erleben)

Die Indios standen praktisch immer rechtlos da, verarscht bis zum es geht nicht mehr. Das wurde dann noch einmal Gesprächsthema, wenn bei den häufigen fiestas, Partys oder Zusammenkünften herzhaft und theatralisch über diese naiven Idioten hergezogen wurde. Damit konnte aus einem ganzen Abend ein herrlich vergnügliches Erlebnis werden. (Auch davon kann der Autor als Zeuge berichten)

Die Indios auf einer Hacienda gehörten, neben dem „unbeweglichen Besitz" zum „beweglichen Eigentum" des Besitzers. In einem Kaufvertrag wurde durchweg festgeschrieben wieviel Indios und/oder Familien zur Hacienda, zum eigentlichen Kauf- oder Verkaufsobjekt, gehörten.

Es war auch durchaus üblich eine Hacienda zu erwerben unter der Bedingung, <ohne das bewegliche Gut, die Indios> zu übernehmen. Der neue Besitzer konnte seine eigenen <menschlichen Gegenstände> mitbringen. Die bisherigen Bewohner wurden damit herrenlos, vegetierten dann buchstäblich im Nichts, völlig rechtlos, ohne Möglichkeit Zugang zu

Arbeit oder Unterkunft und Nahrung zu haben.

Ungeliebte oder ungewollte Indios loszuwerden entwickelte sich zeitweise zu einer Art Unterhaltungssport. Wer konnte dies am raffiniertesten, mit den perfidesten Methoden? (Auch dabei wurde der Autor Zeuge)

Versetzungen waren die beliebtesten Beseitigungsmethoden, (oder -spielchen) natürlich dorthin, wo die Lebensumstände überhaupt nicht zu den Ärmsten passten. Man konnte die Betroffenen wegloben, ihnen sogar eine interessante Entlohnung zusagen und sie dann bei einem Bekannten oder Freund in der teilweise subtropisch heißen Küstenebene unterbringen. Ananas oder Bananen pflanzen, das war doch was.

Das war aber auch ihr sicherstes Todesurteil, das von der Natur spätestens in wenigen Monaten vollstreckt wurde. Die Bergmenschen vertrugen einfach nicht die Umstellung in das feuchtheiße Küstenklima. Das konnte aber doch nicht die Schuld des Patrons sein, oder? Es war oft zum <u>Tot</u>lachen!

Dass da, unter den Neusiedlern Typen von äußerster Brutalität vorkamen, lag in der Natur der Sache. In einer Zeitspanne nach den Entdeckungen war die Zahl der Auswanderungswilligen noch überschaubar. Die Risiken waren groß. Wer es dennoch wagte, kam vielfach aus extremen Bedingungen in ihrem Lebensumfeld. (Spezielles Beispiel: Die Extremadura) Auch jene mit krimineller Vergangenheit aus den Gefängnissen waren dabei. Die Besitzenden und kultivierten Spanier waren nur in Ausnahmefällen darunter. (Bereits in den ersten Jahren der „Inbesitznahme" und Entrechtung der Ländereien sowie Enteignung der Ureinwohner - anfangs des 16. Jahrhunderts - wurde ein blutrünstiger ex-Schweinehirt aus der Extremadura, Analphabet, im heutigen Peru zum Vizekönig(!) ernannt. Er vollzog rigoros sein blutiges Regiment. Nebenbei häufte er gestohlenes Gold an. „Francisco Pizarro", sein unrühmlicher Name.

Schauen Sie, liebe Leserin, lieber Leser, bei Google rein.
Unter vielem anderen: So wird Peru, kaum von Spanien erobert, zum chaotischen Schauplatz blutiger Fehden unter den Konquistadoren. Pizarro residiert als Vizekönig in der neuen Hauptstadt Ciudad de los Reyes - Lima....

Selbstverständlich bildeten die Militärs auch ein bedeutendes Kontingent.

So kam es durchaus nicht selten vor, dass die spanischen Behörden unter den Zuchthäuslern, sowie durch Urteile Totgeweihte auswählten. Sie erhielten die Chance ihr Leben auf dem neuen Kontinent ganz von vorne zu beginnen. Soldaten sollten sie werden und, was häufiger geschah, sie mussten Seeleute werden.

Nach ihren zeitlich festgelegten Diensten für die Krone konnten sie sich bewerben, um in Südamerika oder auch Zentralamerika zu bleiben und zu Herren werden. Ihre persönlichen Charakterbilder prägten oder bestimmten dann in ihrem Umfeld die neuen Lebensumstände der Ureinwohner in den „eroberten Gebieten."

Diese waren überall im Nachteil. Führungspersönlichkeiten gab es nicht mehr. Sie waren alle arm und hilflos. Sie wurden gnadenlos unterdrückt und in jeder Hinsicht, bis aufs Blut ausgebeutet.

Und Daniel...
Daniel konnte sich niemals zu dem *Status quo espaniol* verstehen. Er hatte ja einen außergewöhnlichen Lebenslauf. Mit besonderen Erfahrungen. Unter Anderem hatte er die ziemlich beispiellose Güte bzw. das Verständnis eines Patrons genießen dürfen. Sein Innerstes bäumte sich kraftvoll gegen jede Versuchung auf, seinen inneren Schweinehund von der Kette zu lassen, um es so der weitaus überwiegenden Mehrheit seiner Landsleute und Neusüdamerikaner gleich zu tun.

Daniel hatte rechtzeitig erkannt, wie viele seiner Landsleute tickten. Da war als krasses aber durchaus nicht als einziges Beispiel der Kommandante, den er am eigenen Leib kennen, fürchten und verachten lernte. Der war eigentlich ein geehrter Untertan und Offizier des Königs, und doch war er aber auch ein gemeinster Verbrecher. Sein Charakter konnte es nicht dabei belassen seinem König auch bei barbarischen und durchaus auch verbrecherischen Kriegshandlungen zu dienen. Nein, seinen bodenlos hässlichen Charakterzügen ließ er freien Lauf. Fremdes Eigentum, Menschenleben, die Freiheit und Unversehrtheit eines Mitmenschen waren dann für ihn irgendwann nur noch Floskeln, leere Worthülsen. In seinem Empfinden vielleicht sogar eine Bedrohung. Er nahm sich die Freiheit alle Regeln im menschlichen Zusammenleben mit Füßen zu treten, ja sie regelrecht zu zertreten.

Wie entfesselt nutzte der Kommandante die besonderen Situationen des oftmals auch unehrenhaften und sowieso extrem korrupten Verwaltungsapparates und die dadurch entstandenen Freiräume vor den Gesetzen in den „eroberten" Ländern. Er wütete regelrecht gegen jede Art von Menschenrechten. Und gewisse Freiräume wurden sogar noch vom Königshaus und von seinen eingesetzten Verwaltern ausgenutzt und gedeckt. Die Korruption blühte in allen Farben. Moralische Grundsätze wurden als Behinderung der eigenen Interessen mit allen finsteren Methoden beiseite geräumt. Wobei auch die Herren im allerkatholischsten Rom den gewichtigsten Teil beitrugen. Sie sorgten mit ihrer menschenverachtenden Interpretation für „neuentdeckte" - „andersartige" Einwohner, für einen beispiellosen Eklat im menschlichen Zusammensein. Sie stellten ihren Anhängern einen (vatikanischen) Freibrief (Bulle) für alle denkbaren Schandtaten aus, inklusive folgenlosem Mord und Totschlag.

Der verletzte Indio im Pampagras der Hochebene

Vor diesen mehr gefühlten Hintergründen hatte Daniel erkannt, dass der verletzte Indio in dieser prekären Situation womöglich lieber sterben würde, als sich über die Entstehung seiner Verletzung auszusprechen. Viele andere Patrones, sicher die meisten, hätten ihn auch einfach liegen lassen. Vielleicht im besten Falle ihrem Vormann empfohlen nach ihm zu schauen. Hätten ihn aber ansonsten angewiesen keinen Finger für diesen schmutzigen und armseligen Krüppel zu rühren. Kein Problem suchen. Denn das konnte eine Falle sein, so wurde oftmals auch argumentiert - es könnten böse Absichten dahinterstecken. Diesen Bestien sei alles zuzutrauen. Wie auch immer. Schein*heiligkeit* und Verlogenheit in Reinkultur.

Und wenn nicht, nun dann war es ja nur ein dreckiger Indio der ins Gras beißen würde. Nicht schade drum und auch weiter nicht wichtig. Sicher würde niemand nach ihm suchen. Und wenn doch, wer würde es wagen eine Anschuldigung zu formulieren, eine Anzeige zu machen oder gar eine Untersuchung der offensichtlichen Körperverletzung zu fordern?

Daniel war anders und hatte Anderes gelebt, erlebt, durchlebt und - gottlob - auch überlebt. Es war eine schreckliche Lehrzeit, die er bis zu seinem 17. *Lebens*jahr durchleiden musste. Diese Lebensform hatte ihn unveränderbar geprägt.

Er wollte nun unter allen menschlichen Umständen versuchen auf eine Vertrauensbasis zur Erkundung der mysteriösen Umstände dieses Verletzten zu gelangen. Daher sein Kniefall, diese erbärmliche Erniedrigung, wie ihn seine Kollegen aus anderem Großgrundbesitz disqualifiziert hätten. Für ihn war aber sein Gegenüber ein Mensch, aus irgendeinem, vorerst unbekannten Grund, gefangen in einer Tragödie.

Sein Vormann dachte da schon wieder ein wenig pragmatischer. Er hatte daher auch, nicht *nur* wegen eines möglichen wilden Hundes, das entsicherte, gespannte Gewehr in seinen Händen.

Der Indio lehnte seinen müden Kopf gegen den Stein. Sein Gesicht war nicht etwa vom Schmerz gezeichnet. Es hatte auch gar keinen hoffnungslosen oder vielleicht auch gespannten Ausdruck. Es war einfach da, nicht mehr und nicht weniger. Seine halb geöffneten Augen schauten nun irgendwie ausdruckslos zwischen den beiden Männern hindurch ins Leere.

Trotzdem hatte er die die Geste des auf ihn Zukommens, sich zu ihm herablassenden fremden Patrons wahrgenommen, voll in sich aufgenommen. Er wartete ab. Wenn es wieder so eine theatralische hinterhältige Idee war, musste er sich auf weiteres Unheil gefasst machen. Jedenfalls wollte er nicht die Initiative ergreifen, eine möglicherweise verhängnisvolle Vertrauensseligkeit zeigen.

Dem Mann jetzt unbedingt in die Augen schauen, das wusste Daniel, hätte ihn noch mehr verunsichert. Vielleicht hätte er es dann lieber vorgezogen hier und jetzt zu sterben, als sich ihm anzuvertrauen. Daniel schaute auf den Boden, zu seinen Händen, die er ruhig hielt und von Zeit zu Zeit langsam etwas abhob. Dabei war immer noch kein Blickkontakt gewünscht. Er schaute an dem Mann vorbei, leicht nach oben, so als wolle er den Flug eines Vogels verfolgen. Der Indio musste es aber bemerken. Auch wenn er Daniel weiterhin nicht in die Augen schaute.

Daniel, der nie etwas von Psychologie gehört oder erfahren hatte, er folgte seinen Gefühlen und Erfahrungswerten. Und genau zu diesen zählte auch seine persönliche Wiederbelebung, damals, als er vom Kommandanten zum Verdursten und Verhungern in der Pampa Ecuadors verurteilt worden war. Ganz einfache Menschen halfen ihm bedingungslos. Sie sahen weder nach Indios noch nach einer anderen ihm bekannten Menschenrasse aus. Es waren schlicht Menschen mit Leben wie seines und wie das von anderen, die er, neben so vielen bitteren Erfahrungen, auf der Estancia auch erleben durfte. Ja, da fand sich auch sein Patron wieder und der Schreiber - zum Beispiel.

Ja, damals, als er der Underdog war. Zunächst misshandelt und gedemütigt. Dann schließlich, als er von seinemChef und Herrn als Mensch geadelt wurde - ja, so seine Empfindungen. Und jetzt und hier hatte er die Gelegenheit diese Menschlichkeit weiterzugeben, anzuwenden. An einen anderen Menschen weiterzugeben, an einen der klar ersichtlich dringend seine Hilfe benötigte. Und eine gewisse Bitterkeit überkam ihn für einen Moment, als er an die entwürdigende, gängige Klassifizierung durch seine eigenen Landsleute dachte. Nein, er hatte nicht das „Stück Scheiße" vor sich, als das ihn seine Landleute einordnen würden.

Daniel war von dem offenbar schweren Schicksal, das diesen Mann getroffen haben musste, tief bewegt.

Sein Vormann war fasziniert von dem stummen, bewegungsarmen, wenn nicht sogar fast gänzlich bewegungslosen Tanz. Sein Patron musste jetzt, wollte er als Gewinner aus dieser Zeremonie herauskommen, viel Geduld aufbringen. Er hatte sich dieses Vorgehen ausgesucht. Und ja, er hatte ganz offensichtlich die absolut ernsthafte Absicht - war es wie ein Spiel? - es zu Ende zu spielen. Aber trotzdem, dazu eventuell einen Gewinner vorherzusagen, war auch für den Vormann, der ja ebenfalls von Psychologie noch niemals etwas erfahren hatte, sehr schwierig. Für sich begann er unterdessen darüber nachzudenken, welches grässliche, traumatisierende Schicksal der arme Mensch wohl erlitten haben musste. Eine gewisse Irritation beeinflusste in Schüben seine Empfindungen.

Daniel hatte mittlerweile seinen Kopf wieder gesenkt. Nach einer kleinen Ewigkeit bewegte sich der Indio tatsächlich. Er schaute jetzt mit weiterhin müdem Blick fast ganz in die Richtung des Kopfes des fremden Patrons. Dem war die neue Kopfhaltung des Indios natürlich nicht entgangen. Er hob dann nach einer Anstandspause ebenfalls seinen Kopf langsam, um auch seine, gespielt müden Augen, in die Richtung des anderen Blickes zu richten.

Es war der entscheidende Moment, dachte der Vormann. In den nächsten Augenblicken würde sich herausstellen, ob man in das Schicksal dieses Menschen eindringen konnte oder ihn demselben enttäuschend tatenlos überlassen musste. Er begann eine neue, besondere Art von Respekt und Bewunderung für seinen Chef zu entwickeln. Es war aber noch kein endgültiger vertrauensvoller Durchbruch.

Ganz langsam bewegte Daniel seine Hände und begann wie zum Gebet die Finger ineinander zu verschränken.

Der Indio holte nun seinerseits seine linke Hand vom verletzten Bein und dann auch die rechte, mehr den Körper stützende Hand. Er legte sie beide vor sich, auf seinen Oberschenkeln übereinander.

Völlig unbedeutende Gesten würde ein unbeteiligter und nicht eingeweihter Beobachter erkennen. Hier aber, zwischen den beiden Männern, bedeuteten diese stummen Zeichensprachen eine ganze Menge. Sie hatten praktisch einen zutiefst menschlichen Dialog eröffnet. Bisher allerdings tonlos.

Der Vormann sah es mit Staunen. Begriff aber zunehmend was da ablief. Dafür war seine Seele noch zu stark in der Vergangenheit seines Volkes verwurzelt.

Daniel senkte nach einer Weile wieder seinen Blick, gewollt langsam und sozusagen berechnend. Er wollte damit die immer noch erkennbar gespannte Situation nicht nur weiter entschärfen, sondern mit seiner Körpersprache auch beruhigend wirken. Und er wollte damit zeigen, dass er von seinem Gegenüber auf keinen Fall eine der üblichen Unterwerfungen erwartete. Er würde seinen Kopf möglichst in seiner jetzigen, Demut vermittelnden Stellung halten müssen. Damit eine gewisse Verneigung ausdrücken. Damit auch klarstellen oder zumindest erkennbar machen, dass er bereit war von Gleichem zu Gleichem eine vorbedingungslose, respektvolle, menschliche Beziehung aufzubauen.

Jedes Anzeichen von Bevormundung oder auch Aggressivität war damit ausgeschlossen. Auch durfte er keine Ungeduld zeigen.

Daniel war sich im Klaren, dass sich der Indio jetzt entschließen könnte den Blick abzuwenden. Damit würde er anzeigen, dass das mühsame Spiel des Aufbaus von Vertrauen, zumindest für einen längeren Moment, verloren gegangen wäre. Der Indio würde damit ausdrücken, dass er so oder so doch dem Fremden mit dessen möglichen Erniedrigungen ausgeliefert sei. Er würde damit anzeigen, dass er resignierend darauf hinwies, das Gefühl zu haben ein weiteres Mal nachgeben zu müssen und tief unter die Stellung dieses Patrons rutschen musste. Dann hätte er damit auch kundgetan, dass er nicht mehr den Mut würde aufbringen können, sich Daniel anzuvertrauen.

Doch völlig überraschend für Daniel, begann der Indio zu sprechen. Ganz leise und ganz langsam.

„Ich bin kein Hirte.“

Ganz langsam erhob Daniel wieder seinen Kopf, um sein Gegenüber mit seinem eigenen müden und fragenden Blick anzusehen.

„Ich bin kein Hirte“, wiederholte er und fuhr gleich fort: „Ich weiß nicht, wo der Hirte ist.“

Daniel wartete weitere Informationen ab, bevor er vielleicht irgendwann auch direkte Fragen stellen würde.

„Mein Patron hat meine kleine Schwester erniedrigt.“

Noch leiser fügte er hinzu: „Sie mit Gewalt genommen.“

„Ich kam dazu, wie sein kleiner Sohn ihr einen Stock in den Bauch drückte. Der Patron stand dabei und lachte. Meine Schwester verblutete. Er kam sie später holen und warf sie in eine Quebrada, in eine Schlucht und in den Fluss. Das war gestern.“

Damit war seine Rede, auch Klagen, zumindest fürs Erste, beendet. Sein Kopf sank müde auf seine Brust.

Daniel dachte keinesfalls daran aus dieser kurzen Rede den wahren und kompletten Hintergrund zu dem Elend des Mannes zu sehen. Zu viel Schreckliches, zu viel Entsetzliches war in diesen knappen Worten enthalten.

Er konnte, er musste hinter den wenigen Worten ein komplettes grausames Schicksal vermuten. Er hoffte alle Details, Hintergründe und wenn überhaupt möglich, auch über verantwortliche Personen Wahrheiten zu erfahren. Auch schreckliche Wahrheiten.

Alle Gedanken, die ihn warnten, dass er dabei war die ehernen Regeln der Kolonisten zu missachten, verdrängte er vehement - wohl auch etwas unüberlegt, jedoch in hohem Maße gefühlsabhängig. Und so setzte er weiter seine herausragende Stellung in diesem Kolonialland aufs Spiel.

Allerdings war auch das, was er bisher erfahren hatte, eine Herausforderung für seine mentale Aufnahmekapazität. Daniel gelang es Zweifel beiseitezuwischen. Würde er in der Lage sein die wirkliche, volle Wahrheit und alle Details des Schicksals dieses Mannes aufzunehmen und zu verarbeiten? Dies auch noch, ohne selbst Schaden zu erleiden? Doch er hatte seine Samariterarbeit begonnen und er würde sie auch zu Ende führen - müssen, setzte er für sich noch hinzu. Nur ganz kurz, aber offenbar ausreichend, dachte er, wie er seinen Patron gerettet hatte. Und daraufhin lief sein Lebenslauf in eine andere Richtung. Er war fortan kein Höhlenmensch mehr.

Jetzt spürte er, wie seine innere Kraft wuchs, als er sich in Erinnerung rief, dass er schon viel Schreckliches durchgemacht und dabei überlebt hatte. Er würde, er musste präsent sein und, wenn möglich diesem Mann helfen. Ohne an Konsequenzen zu denken. Und er sah ein schreckliches Bild vor Augen - des Mannes verblutende und sterbende Schwester.

Trotzdem sagte er noch eine Weile nichts. In etwa schnürte es ihm die Kehle zu. Nicht nur wegen dem Geschilderten, sondern auch in einer Vorahnung für das, was er da sicher noch erfahren würde, erfahren wollte und - ja, erfahren musste, verbesserte er sich. Er ahnte und fühlte jetzt kraftvoll ein Schreckensszenario auf ihn zukommen. Aber von dem wirklichen Wandel für sein Leben konnte er noch nichts wissen, ja nicht einmal ahnen.

Diesmal senkte Daniel noch einmal seinen Blick, jetzt aber mehr, um das geschilderte Bild zu verarbeiten, hineinzutauchen in die tiefsten Niederungen, in die Menschen versinken konnten.

Als er den Blick hob, schaute ihn der Indio wieder ruhig aber auch weiterhin verängstigt an. Möglicherweise mochte er immer noch befürchten, dass ihm, ob dieses Frevels nun der Anfang von seinem Ende bevorstand. Den eigenen Patron eines Verbrechens zu beschuldigen bedeutete nämlich in der Regel die Todesstrafe. Nicht von einem Gericht ausgesprochen. Nein, für die Vollstreckung bedurfte es in einem solchen Fall keines Gerichtsverfahrens und kein offizielles Urteil. Nach keinerlei Beweisanträgen oder Anhörungen von Zeugen. Es konnte der Beschuldigte jederzeit straflos vollstrecken. Es würde danach auch keinerlei Beschwerden oder gar Anschuldigungen geben.

Daniel schloss die Augen ganz langsam und ließ seinen Kopf wie in einer Geste der Entmutigung nach unten fallen.

Noch konnte sich der Indio nicht sicher sein, was jetzt folgen würde.

Nach einer ausgesuchten Weile hob Daniel wieder den Kopf, ziemlich rasch diesmal, er wollte Entschlossenheit andeuten.

„Ich will dir helfen," sagte er sofort. „Ich muss aber mehr wissen."

Sie sahen sich in die Augen, jetzt viel mehr direkter als bisher. Daniel schloss nun noch einmal für einen Moment seine Augen und nickte dann seinem Gegenüber zu. Der Mund

Daniels, mit fest aufeinandergepressten Lippen, gab den Eindruck der Entschlossenheit und großen Ernstes.

Worte begannen sich aus dem Mund des Indios zu lösen. Nicht wie in einem Fluss, aber erstaunlicherweise zusammenhängend. „Er ist ein Tyrann, mein Patron. Er wird uns alle vernichten, er und seit kurzem gemeinsam mit seinem kleinen Sohn.“

Wieder trat eine längere Pause ein, bevor er mit seinen Schilderungen fortfuhr. Daniel wartete geduldig ab. Er unterbrach die Aussagen seines Gegenübers nicht.

„Er hat schon mehrmals Leute aus meiner Gemeinde totgeprügelt. Sie in den Fluss geworfen. Hauptsächlich junge Mädchen.“

Daniel sagte noch immer kein Wort, gab aber durch sein Verhalten zu verstehen, dass er mit ihm leide und ihm Glauben schenken wolle.

Der vorhergehende Patron, den er noch als Kind erlebte, sei gut gewesen. Doch der jetzige Patron habe diesem die Hacienda gestohlen. Den guten Patron habe man nie mehr wieder gesehen. Man sage, er sei verschleppt worden, in seine alte Heimat.

Der jetzige Patron sei eines Tages erschienen und habe eine Frau mitgebracht. Die habe er praktisch eingesperrt, sie durfte nicht mit seinen Leuten in Kontakt treten. Sie sei betreut worden von fremden Frauen, die ebenfalls sehr brutal gehandelt hätten. Nicht nur gegen die Frau des Patrons.

Der Patron habe sich immer und überall an den jungen Frauen und Mädchen vergriffen. Die Männer, Eltern und Geschwister mussten oft zusehen. Wenn auch nur jemand ein Wort zu sagen gewagt hatte, wurde er oder sie mit der Peitsche misshandelt, oder auch manchmal mit Fäusten und einem Stock verprügelt.

Dann habe dieser schreckliche Mann geheiratet, diese Frau, die er mitgebracht habe, eine feine Dame. Dann habe er sie einmal halb totgeschlagen und dann hatten sie einen Jungen bekommen. Seither sei die Frau eine Heilige, sie sei auch bereits halb im Himmel.

Daniel verstand.

„Nachdem der Patron meine Schwester weggebracht hatte, jeder hat gewusst wohin, ist er zurückgekommen. Er hat seinen kleinen Sohn mitgebracht, nicht ganz 10 Jahre alt. Der hat sein eigenes kleines Pferd und kann gut damit umgehen. Sie hatten auch zwei Hunde dabei und haben mich aus dem Haus gejagt. Den ganzen Tag hetzten sie mich in die Bergregion. Sie lachten, hatten ihren Spaß und freuten sich unbändig. Ich bekam Peitschenhiebe ab, was aber nicht so schlimm war. Dann hetzten sie die Hunde auf mich. Der Kleine hat es dann fertiggebracht, dass mich ein Hund anfiel. Sie lachten. Der Patron rief noch, dass ich mich nicht mehr blicken lassen solle. Sonst würden sie mit mir einige Tage die Hunde füttern. Und...“ der Indio stockte in seinem Redefluss. Sein Kopf sank langsam wieder nach unten. Daniel bemerkte, wie ihm das Atmen immer schwerer wurde. Nach einer kleinen Weile hielt es Daniel nicht mehr aus, der Mann sollte weiterreden. Er sollte ihm alles mitteilen.

„Und was?“...mischte sich Daniel zum ersten Mal ein, ohne brüsk zu klingen.

Der Indio schaute ihn, diesmal mit einem leeren Blick an und fuhr stockend fort: „Der Mann sagte, dass sie es nicht gerne tun wollten, denn seine Hunde seien es nicht gewohnt Dreck zu fressen.“ Er schluckte mehrmals, sein Adamsapfel hüpfte. Dann ergänzte er: „Ich fürchte sie kommen doch noch zurück.“

Jetzt sackte des Indios Kopf tief nach unten. Daniel war jetzt an der Reihe. Er ließ auch nicht viel Zeit bis zu seiner ersten praktischen Initiative verstreichen. Kein weiteres quälendes Misstrauen durfte bei diesem geschundenen Mann mehr aufkommen.

„Glaubst du reiten zu können“, fragte Daniel. Wir wollen

dich mitnehmen auf meine Hacienda und dich gesund pflegen. Es wird dir nichts geschehen.“

Der Vormann schaltete sich ein, so als müsste er die Worte seines Patrons bezeugen:

„Es wird dir nichts geschehen“, wiederholte er die Worte Daniels.

Dann wandte sich der Unglückliche Daniel zu: „Entschuldigen sie Patron, dass ich ihnen Ungelegenheiten bereite“, sprach er mit wirklichem Bedauern in seiner Stimme.

Daniel antwortete mit sehr ernster Stimme: „Hier geht es um deine Gesundheit, die wollen wir zuerst wieder herstellen. Danach kannst du entscheiden was du zu tun gedenkst, du bist dann ein freier Mensch.“ Das <Du> war einem Indio gegenüber immer anzuwenden. Hätte Daniel ein <Sie> verwendet - wie es ihm doch hin und wieder herausrutschte, hätte er mit viel mehr Widerstand und Misstrauen rechnen müssen. So war das Gleichgewicht zwischen den beiden, so wie es sich Daniel auch gewünscht hatte, wieder hergestellt.

Der Vormann sicherte das Gewehr und zeigte, dass er Hand anzulegen gedachte, um den Mann transportfähig zu machen.

„Sag“, sprach ihn Daniel wieder an, „wo ist die Hacienda deines Patrons und wie heißt er?“

„Sie ist genau hier“, er zeigte die Bergrücken entlang und nach Norden, „er lässt sich mit Kommandante anreden, Juan Pablo Hernandez“, der Mann zögerte und schien zu überlegen, dann „Palacios heißt er.“

Den letzten der vier Namen hörte Daniel nicht mehr ganz. In diesem Moment hätte es nämlich Daniel nicht schlimmer erschüttern können, wenn direkt neben ihm der Blitz eingeschlagen wäre.

Daniel, der sich gerade halb umgedreht hatte, um zu seinem Pferd zu gehen, knickte ein, seine Beine versagten ihm den Dienst. Sofort sprang sein Vormann auf ihn zu, um ihn zu stützen.

„Patron, was ist, ich helfe ihnen, sagen sie was ihnen fehlt. Bitte sagen sie doch ein Wort." Der Mann war wirklich sehr besorgt.

Daniel war regelrecht eingeknickt, und dann immer mehr zusammengesackt. Er wurde immer kleiner. Es sah nach einer bösen Attacke aus, nach einem Versagen aller seiner Lebensfunktionen. Der Vormann wurde nervös, hektisch. Er kniete vor seinem Patron und hob seinen Kopf, um ihm in die Augen zu sehen. Sie waren weit aufgerissen, sie schienen ihm aus den Höhlen treten zu wollen. Es sah aus, als hätte er den Verstand verloren. Daniel wehrte sich gegen keine einzelne Maßnahme, die der Vormann nun in seinem Eifer ergriff.

Diesmal war es an dem verletzten Indio mit großen staunenden Augen die Vorgänge zu verfolgen. Er sah einen Indio sich sorgenvoll um seinen Patron kümmern. Ein für ihn einmaliger, unvorstellbarer Vorgang. Es kam ihm nicht in den Sinn, es konnte ihm ja auch nicht in den Sinn kommen, dass die Situation aufgrund seiner letzten Worte entstanden war. Er hätte sich schuldig gefühlt und wiederum vor einem Racheakt eines jeden Patrons erzittern müssen. So aber war er gottlob unwissend. Und fühlte sich auch nicht schuldig, nur eben erstaunt bis erschüttert.

Daniel spürte die Anziehungskraft der Erde. Er dachte, dass der Boden sein Gewicht nicht mehr aushalten und ihn sicherlich jeden Augenblick verschlingen würde. Hilflos schaute er jetzt seinem Vormann ins Gesicht - so hatte dieser ihn noch nie gesehen oder erlebt. So hatte er auch noch niemals zuvor einen Menschen erlebt.

Hier oben gab es doch keine Schlangen, die einen Menschen derart paralysieren könnten und außerdem waren die Pferde seelenruhig.

Endlich schaute ihm der Patron wenigstens in die Augen, nein er starrte ihn an. Seine Augäpfel schienen wieder an ihren angestammten Platz zurückgekehrt zu sein.

Dem Vormann fiel ein riesengroßer Felsbrocken von der Seele, als ihn der Patron ansprach: „Ist schon gut, ich bin in Ordnung - glaube ich." Es war mehr ein Flüstern als eine klare Aussprache.

Natürlich war er nicht in Ordnung. Aber Daniel wusste, dass das, was ihm jetzt passierte, in seinem Kopf entstanden war. Der hatte mit einem Schlag so viel zu verarbeiten, dass keine Kapazität für die Verarbeitung anderer Dienste am Körper mehr verfügbar waren.

Der hatte die Kontrolle über seine Muskeln abgegeben und sein Körper folgte der Anziehungskraft der Erde. Zu viel auf einmal schwirrte immer noch durch seinen Kopf. Ein klares Denken war nicht möglich, ja nicht einmal ein Denken an sich. Alles wurde verschluckt oder überlagert durch den Impakt der Neuigkeit, die Nennung des Namens, den der arme Teufel preisgegeben hatte.

Daniel ballte die Fäuste, richtete sie und sein Gesicht Richtung Himmel. Mit geschlossenen Augen gab er ein Geräusch von sich, das weder Stöhnen noch Gebrüll noch irgend ein Schreien sein konnte. Und doch war es alles zusammen, er wollte unbedingt diesen unerträglichen Druck, der sich in seinem Innern so plötzlich angestaut hatte, und ihm die Brust einschnürte, hinausschreien. Es war ein fürchterlicher Anblick für den relativ hilflosen Vormann, der doch absolut keine Ahnung hatte von den Gründen, die den Patron so von einem Moment zum anderen in diese offenbar verzweifelte und vielleicht lebensbedrohende Lage gebracht hatten.

Eine ungeheure Last kam ins Rutschen und wich von Daniel, aber gleichzeitig baute sich eine andere auf.

Eine Aufgabe, seine Frau über den Kommandanten zu finden war gelöst. Eine andere Aufgabe baute sich vor ihm auf.

Langsam nahm er die geballten Fäuste wieder nach unten, öffnete sie und schlug dann die Handflächen vor sein Gesicht.

Der Vormann und der Indio beobachteten ihn. Beide suchten, so viel war zu erkennen, nach einer schlüssigen Antwort für dieses Verhalten. Beide suchten allerdings in einer falschen Richtung. Wieso sollten sie ... Beide aber waren höchst besorgt. Nach einer halben Ewigkeit, wie es schien, nahm Daniel die Hände vor dem Gesicht weg, und, als ob scheinbar überhaupt nichts Wesentliches vorgefallen wäre, drehte er sich zu dem Indio um und fragte ihn: „Kennst du den Namen der Frau des Kommandanten?"

Katastrophenstimmung auf einer Passhöhe in den Anden

Nun war es wieder für den Indio an der Zeit zu überlegen. Nicht aber weil er eventuell nach dem Namen in seinem Gedächtnis fahnden würde. Er hatte schließlich immer noch die eingeübte Scheu etwas zu sagen, überhaupt ein Wort hervorzubringen. Diese keinesfalls gekünstelte Zurückhaltung zeigte sich immer zwanghaft in der Gegenwart des oder allgemein eines Patrons. Er war es schlussendlich, dem der Zusammenhang zwischen seiner Information und dem bedrohlichen Anfall des Patrons doch aufgefallen war.

Er zögerte noch immer, als der Patron ihn nochmals fragte: „Kennst du ihn nicht?"

Daniel war jetzt wieder bedrohlich groß über ihm und zudem hatte er wieder seinen Hut aufgesetzt. Der Indio war wieder das Überbleibsel eines Abfallstückes einer untergegangenen Zivilisation, vor ihm, auf dem Boden, im Dreck? Sollte er sich so fühlen?

Daniel bemerkte sein fehlendes Taktgefühl, nahm jetzt schon wesentlich konzentrierter seinen Hut ab und ging wieder in die Hocke vor dem Indio. Langsam streckte er seine Hand aus, um sie ihm auf das Knie des verletzten Beines aufzulegen.

„Bitte sag mir, auf welchen Namen die Frau deines Patrons" - „deines bisherigen Patrons", verbesserte er sich - „hört. Wenn du ihn weißt."

Daniel war sich sowieso sicher, dass seine Angelina die Antwort sein musste.

„Ich glaube, dass der Name etwas mit einem Engel zu tun hat, Patron. Ob das aber nur so gesagt wird, weil sie jetzt heilig ist, das weiß ich nicht. Für uns war sie sowieso immer ein Engel. Sie hat uns niemals etwas zuleide getan. Sie hat sogar alles riskiert, um Mädchen aus meinem Volk zu schützen - und hat deshalb auch fürchterlich gelitten, genau deswegen, Patron.“

Er hatte dies alles nicht fließend gesprochen. Aber Daniel hatte ungerührt zugehört. Hatte ihn durch seine aufgelegte Hand und sein Schweigen immer wieder ermuntert den nächsten Satzfetzen hinzuzufügen. So kam eine aussagekräftige Information zusammen.

Daniel erhob sich dann wie in Trance, ging zum Pferd und lehnte sich dagegen. Er verbarg sein Gesicht an der Brust des Pferdes. Drückte seinen Kopf fest dagegen.

Er litt. Er war die ganzen Jahre so nah bei ihr gewesen und konnte nicht verhindern, dass man sie zerbrach. Das jedenfalls musste er der Information des Indios entnehmen. Es konnte einerseits so gut wie keinen vernünftigen Grund geben an den Worten dieses armen Mannes zu zweifeln. Dazu andererseits auch nicht an der Tatsache, dass es sich tatsächlich um den Kommandanten und Angelina, seine Angelina handeln musste.

War jetzt alles verloren? Was sollte er als nächsten Schritt tun? Vielleicht sich den Weg beschreiben lassen, um sofort hinzureiten? Das wischte er mit der Unterstützung einer heftigen Handbewegung aus seinen Gedanken.

Keiner der beiden Männer verstand diese heftige Bewegung. Sie rührten sich auch nicht. Auch der Vormann spürte, dass hier etwas vor sich ging, dessen Gewalt den kräftigen und gesunden Europäer beinahe vernichtet hätte. Er wünschte sich, dass der Patron bald wieder der alte sein würde. Ernsthafte Zweifel mischten sich sofort in sein Wunschdenken.

Sie würden den verletzten Mann, wie versprochen aufladen. Sie würden auf die Hacienda reiten und die Alltagsroutine würde sich weiterentwickeln. Hoffentlich!

Der Samariterdienst und folgenschwere Entwicklungen

Der Vormann ahnte, dass dies nur ein frommer, unschuldiger, schlecht fundierter Wunsch sein konnte. Hier und jetzt hatte er sicherlich den Beginn eines neuen Lebensabschnittes miterlebt. Vielleicht für alle auf der Hacienda. Alle auf der Hacienda würden sie in irgendeiner Art in ihrem Lebenslauf eine Veränderung erfahren. Und sie waren doch alle, im Vergleich zu Nachbarn, wirklich glücklich.

Tapfer, aber auch dumm, ohnmächtig und doch energisch versuchte er diesen Gedanken, diese nicht sehr verheißungsvolle Möglichkeit zu verdrängen.

Daniel drehte sich um und sagte in einem Ton als wäre es jetzt Zeit zu frühstücken, „Lasst uns dem armen Mann helfen, er hat genug gelitten!"

Der Vormann, als das kleinere Gewicht, erhielt auf dem Rücken seines Pferdes den stöhnenden Körper des Indios. So ritten sie zurück in Richtung Hacienda.

Daniel redete die gesamte Wegstrecke kein einziges Wort mehr. Der Vormann wagte es auch nicht den Chef anzusprechen, der mit einem versteinerten Blick, immer in das gleiche unsichtbare Loch in der Ferne starrte. Gut, dass sein Pferd so gut trainiert war. So als wüsste es um die Fragilität des Gemütszustandes seiner menschlichen Fracht, bemühte es sich ja keinen einzigen Fehltritt zu machen. Sachte und sicher trug es Daniel nach Hause. Ein zu Hause, das von nun an auch nicht mehr *das* sein würde, was und wie es bisher war.

Daniel hatte sich bereits auf dem Rücken seines Pferdes zum Aufarbeiten klarer Gedanken gezwungen. Sich wenigstens bemüht eine Reihe von Schritten in gewisse Gedankenblocks einzutragen. Die würde er alle auf ihre Brauchbarkeit untersuchen. Alles aber, was mit blinder Rache zu tun hatte, sogar mit Mordgedanken oder mit Gewalt schlechthin, sortierte er aus. Verschloss wenigstens für die nächste Zukunft diese Gedankenpackungen besonders sorgfältig. Zunächst musste er, bei aller Liebe zu Angelina, an seine eigene Familie denken. Die ihm voll vertraute. Seine Kinder hatten das Recht auf seelischen und physischen Schutz. Dafür war er als ihr Vater und Erzeuger verantwortlich. Und dieser Verantwortung wollte sich Daniel, das nahm er sich fest vor, unter keinen Umständen entziehen. Oder sie auch nur leichtfertig aufs Spiel setzen. Jeder Schritt würde er jetzt sehr sorgfältig überlegen müssen. Jede falsche Aktion konnte nicht nur für ihn, sondern auch für seine Familie fatal sein. Damit selbstverständlich für die ganze Gemeinschaft, die von ihm abhängig war, die in ihn so viel freudige Erwartung setzte.

Die vielen Leute, die jetzt an ihn glaubten! Die konnte er unmöglich vergessen, einem ungewissen Schicksal überlassen, indem er jetzt selbstsüchtig und um Sühne für fast uralte Schandtaten bemüht wäre. Gutgläubig hatte sich seine Hilda an ihn geschmiegt. Sie war ihm eine gute Frau und hatte eigentlich, für ihren Einsatz, wie sie sich um die Kinder und gleichzeitig um das Wohlergehen der Allgemeinheit kümmerte, nur höchstes Lob verdient. Es wäre unverzeihlich ihr jetzt weh zu tun. Und doch sah er nicht klar, wie sie die neue Situation aufnehmen würde. Er würde jetzt alles offenlegen müssen.

Wieso hatten sie nie darüber gesprochen? Er klagte gegen sich wegen dieses Versäumnisses. War es überhaupt ein Versäumnis? Hatte er nicht einfach gehofft, dass ihn das Leben vielleicht doch nicht einholen würde, alte und unbezahlte Rechnungen präsentieren würde? Nein, musste er sich sagen, so einfach war das nicht. Dass er jetzt verheiratet war, schien ihm als eine Lebenserfahrung, der er sich nicht entziehen konnte. Er hatte geheiratet, weil das Leben weitergehen musste, was wäre sonst aus ihm geworden?

Er hatte sein Leben - und das seiner Hilda - doch nicht absichtlich in diese Bahnen gelenkt, nur um sein eigenes Glück bedacht. Er konnte guten Gewissens sich daran festhalten, dass er aufrichtig und mit dem besten Willen eine neue Familie gegründet hatte. Weil er fühlte, durch das Verschmelzen mit Hilda nicht nur für sich eine glückliche Zukunft aufzubauen gewillt und bemüht war.

Es war dann folgerichtig aus dieser Verbindung eine Lebensform in der Gemeinschaft mit seinen Leuten hervorgegangen, die allen Bewohnern seiner Hacienda ein bescheidenes Lebensglück gebracht hatte. Es hatte sich ein gesellschaftlich bedeutender Kern entwickelt, wie er sicher ohne seine Heirat mit Hilda nicht entstanden wäre. Darin sah er einen tieferen Sinn. Darin sah er seinen Lebensinhalt und, zaghaft noch gestand er sich ein, dass er einesteils damit zufrieden war und sicher wieder so handeln würde.

Er würde in der nächsten Zeit sehr viel von sich verlangen müssen. Weitestgehend würde er versuchen müssen die drohende Last für andere, die unschuldig daran beteiligt oder darin verwickelt waren, so weit wie möglich zu minimieren. Ob er wirklich die Kraft dazu würde aufbringen können, darin war er sich nicht ganz so sicher.

Die Justiz, Daniels dunkles Wissensloch
Vorläufig legte er fest, dass er angesichts der ihm bis jetzt bekannt gewordenen Scheußlichkeiten des Kommandanten, ganz oben ansetzen musste. Auf dem höchsten Level der Justiz. Die er erst einmal erkunden, erkennen und finden müsse. Dann käme auch seine eigene Todesmeldung unweigerlich zum Thema. Dann würde er sich nicht mehr entziehen können. Es müsste alles durchleuchtet werden. Aber, hatte er etwas dabei zu befürchten?

Von Rechts wegen, befand er, bei aller Vorsicht, nein. Er war in den Intrigen und teuflischen Handlungen immerhin das Opfer.

Aber wie sollte er wissen inwieweit der Kommandante und dessen Schandtaten nicht doch von alten Kameraden gedeckt wurde? Hatten nicht am Ende alle oder wenigstens die meisten militärischen Vertreter der spanischen Krone Dreck am Stecken? Vielleicht sogar derart, dass vielleicht der Kommandante im Vergleich eventuell als fast reiner Unschuldsengel dastehen könnte? Er hatte ja keine Ahnung, was vor seinem Eintreffen in diesem neuen Land abgelaufen war. Er sollte oder musste sogar anzweifeln, dass es hier, in dieser Provinz, eine effektive Gerichtsbarkeit gab.

Er würde sehr gut überlegen müssen, ob und auch wie er sich schließlich an den Gouverneur wenden konnte. Er kannte nicht die Zuständigkeiten. Und er wusste nicht einmal Bescheid, ob es eine Polizeiverwaltung gab oder nur das Militär. Das er ja bereits in seinen ersten Tagen in Riobamba kennengelernt hatte. Er würde es herausfinden müssen - nur wie?

Dass es aufgeteilte Zuständigkeiten geben musste, machte für ihn einen Sinn. Nur, wie die aussehen konnten oder sollten, davon konnte er sich keine Vorstellung machen. So einen klitzekleinen Zipfel der Machtstrukturen hatte er ja kennengelernt. Der Gouverneur hatte offenbar Macht über das Militär, konnte anordnen - war das wirklich so? Aber wie weit das ging, wie tief gestaffelt die Verantwortungen eingeteilt waren - nein, davon hatte er keine Ahnung. Und zu den weltlichen Verschachtelungen von Machtaufteilung kam noch die andere Komponente hinzu, nämlich die Katholische Kirche.

Er erinnerte sich an seinen Patron in Spanien. Der hatte doch auch das Beste gewollt, für alle Menschen in seinem Einflussbereich. Nur, dass es Interessen und Machtdenken gab, die er falsch eingeschätzt oder überhaupt nicht berücksichtigt hatte. Nicht in seine Denkungsweise effektvoll einordnen konnte. Daniel nahm sich vor die Zuständigkeiten in der hiesigen königlichen Verwaltung sehr vorsichtig zu erkunden

Bange wurde ihm bei dem - hoffentlich doch irreführenden Gedanken - dass er sich bei einer fehlgeschlagenen Initiative, vielleicht selbst der Grundlage entledigen, berauben konnte, aufgrund der er ein solch schönes und großes Stück Land zugewiesen bekam? Letztendlich war ja auch sein Empfehlungsschreiben, eigentlich die entscheidende Urkunde, wegen der erfolgreichen und tapferen Teilnahme an der Expedition, getürkt. Und die hatte immerhin der Hafenkommandant ausgestellt.

Er konnte einfach nicht wissen, in welcher Art die Militärs in der Vergangenheit und Gegenwart Einfluss auf das zivile Leben hatten. Und diese Unsicherheit quälte ihn recht ausdauernd und hartnäckig.

Und Auskunft einholen, einfach mal da und dort fragen, konnte bestimmt auch nicht der richtige Weg sein. Aber Auskunft und sich Kenntnisse einzuholen war eine Grundvoraussetzung für den trotzdem noch gewagten Schritt hin zu einer Aufklärung der kriminellen Machenschaften des Kommandanten.

Was konnte dann möglicherweise schlussendlich seine Urkunde noch wert sein? Sie war ja aufgrund verbrecherischer Machenschaften zweier skrupelloser Militärs, oder vielleicht auch nur eines skrupellosen Militärs zustande gekommen. Hier in einer Zusammenarbeit zwischen dem Kommandanten Juan Pablo Hernandez Palacios und einem ebenso verbrecherisch handelnden Hafenkommandanten? Oder würde dann letzterer als der einzige Verantwortliche verbleiben?

Konnte man ihm eventuell sogar einen Strick daraus drehen, dass er eine solche erfundene Urkunde überhaupt vorlegte? Immerhin, er war ja das Opfer. Er sollte ja eigentlich tot sein. Aber welche Bedeutung, welches Gewicht würde sein Schicksal überhaupt vor einem Gericht haben?

Diese Fragen konnte er sich nicht selbst in Klarheit beantworten.

Am Ende konnte er alles verlieren, wenn sich an höherer Verwaltungsstelle herausstellen sollte, dass der Kommandante mit Billigung höchster Kreise seine Untaten durchführte? Hatte der vielleicht doch die maßgeblichen Teile der Verwaltung in seiner Hand - wenn auch mit verbrecherischen Mitteln. Aber wer würde sich dann auf seine Seite stellen, um am Auffinden und der Durchsetzung des Rechts mitzuwirken?

Dagegen, gegen diese Einwände sprach, so überlegte er, und das sprach *für* Daniel, dass man von diesem Juan Pablo Hernandez Palacios buchstäblich in mehr als zehn, oder waren es zwölf Jahren, nichts vernommen hatte. Ja, das sprach gegen vernünftige oder auch nur normale Lebenserfahrungen zu menschlichen Verhaltensweisen.

Der Kommandante war wie untergetaucht, offenbar wie in einem Versteck, vor der Öffentlichkeit verborgen. Daniel hatte doch ohne jedes Ergebnis so viel herumgefragt. Er war unbekannt, wie inexistent. Er war aus der Öffentlichkeit verschwunden. Eine derart eingeschränkte Lebensart, wie sie sich ein unbescholtener Bürger und Großgrundbesitzer nicht auferlegen würde. Der hatte vor der Öffentlichkeit allerhand zu verbergen.

Daniel atmete jetzt weiter etwas erleichtert durch.

Er begann sich sicherer und damit auch zufriedener zu fühlen.

Nach dem Auftauchen und der Festmachung dieser Gedankengänge stachelte sich Daniel an in dieser Denkrichtung weiterzumachen. Und er wurde mit seinen Denkschematas weiter fündig. Ein Mann mit den Ambitionen und nichtkrimineller und doch machtbesessener Vergangenheit wie der Kommandante, würde auch in der Gegenwart und Zukunft seine Machtansprüche laut hinausposaunen und sich keinesfalls in zurückgezogener Position unsichtbar machen, regelrecht verstecken. Sich unsichtbar machen. Und wenn er denn maßgebliche Männer auf wichtigen Posten wirklich in seiner Gewalt hätte? Sie erpressen oder zumindest gängeln könnte? Dann würde er sich, entsprechend dem Charakter solcher Menschen, liebend gern selbst im Vordergrund sehen. Vielleicht auch nach einem wichtigen Posten streben, und zwar sehr weit oben. Keinesfalls sich mir nichts dir nichts aus dem militärischen Dienst verabschieden.

Und dazu sich auch nicht verstecken, sozusagen tot stellen..

Daniel spürte immer mehr, dass er auf dem richtigen Weg war. Er brauchte aber jemanden, der ihn unterstützen konnte, ihn korrigieren konnte, ihn gegebenenfalls stoppen und lenken konnte. Dies, wenn er mit seinen Gedankengängen irren oder unvorsichtigerweise zu weit vorpreschen sollte.

Aber wer konnte das sein?

Hilda, ja Hilda würde ihm helfen müssen klar zu denken und die richtigen Antworten zu finden. Bei diesem Gedanken fühlte er sich schon wieder viel leichter. Ein Druck fiel von ihm ab, er würde bei den anstehenden Entscheidungen nicht mehr allein auf sich gestellt sein.

Er liebte zwar noch Angelina und dachte jetzt nur mit Schmerzen in seiner Brust an die möglichen Leiden, denen sie auch in diesem Augenblick ausgesetzt sein würde. Doch, er musste es sich eingestehen. In seinen Gefühlen gab es auch ein Gutteil Selbstbemitleidung.

Er begann daran fester zu glauben, dass ihm seine Frau eine große Hilfe sein konnte. Er würde sich bei Hilda einsetzen, dieser Frau - seiner Angelina - zu helfen, wenn es denn möglich sein sollte. Der Rest seiner Zweifel machte sich aus seinem Körper und seiner Seele davon. Sie verschwanden wie das Eis nach Sonnenaufgang, das sich dann in der Extremadura auflöste und sich mit dem vorhandenen Wasser vereinigte. Und er bekam jetzt ein gutes Gefühl.

Das erleichternde Gefühl hielt auch diesmal nicht lange an. Bald kamen erneut diese verdammten Zweifel. Und Daniel ärgerte sich darüber. Hatte er doch ein zufriedenstellendes Ergebnis seiner Denkarbeit erreicht.

Er würde sich schnellstens mit Hilda beraten müssen. Denn Angelina war ja verheiratet und gehörte einem anderen Mann. Ein harter Griff umschlang seine Brust. Er war es ja auch, mit Angelina. Zweimal verheiratet - aber, jetzt wurde es verwirrend, Angelina war es ja auch. Doppelt!

Bange wurde es ihm und recht flau in der Magengrube, wenn er daran dachte, dass er all diese unerbittlichen Tatsachen und Geschehnisse vor Hilda ausbreiten musste. Und da stiegen auch schon wieder andere Sorgen in ihm hoch. Wie konnte er es nur zulassen, dass das Glück dieser prächtigen Frau auch nur angetastet werden könnte.

Doch da lief jetzt schicksalhaft etwas ab, was er nicht mehr aufhalten konnte. Das er nicht mehr außerhalb der Wahrheit und der Wahrnehmung, vielleicht in eine andere Richtung steuern konnte. Jetzt, das spürte, und er wusste es auch, dass er alles nachholen musste. Alles, wenn auch schwersten Herzens nachholen musste, was er eigentlich schon lange hätte bereinigen sollen.

„Ich muss kräftig sein, um auch meiner Frau, meiner Hilda Kraft geben zu können." Niemals hatte er bis jetzt ihren Namen so inbrünstig gesagt oder auch nur gedacht und mit so viel Gefühl ausgesprochen wie diesmal.

So viel und vorläufig bis hierher zu den Nachbarn Daniels.

Sondereinsatz des Schicksals

Der Kommandante hatte seinem Sohn beigebracht, wie man
einen Hund auf einen Menschen ansetzte. Nun gut, ein Mensch
war dieser Indio gerade nicht, aber andererseits als Übungs-
objekt gerade gut genug. Wenn er es richtig bedachte, war der
doch wie für eine Trainingseinheit mit dem Hund geschaffen.
Einen Weißen konnte er ja nicht gerade so mir nichts dir nichts
auftreiben, um an ihm Hunde abzurichten. Der Indio hatte
sich so ähnlich wie ein Mensch benommen, also würde man
das Experiment als gelungen betrachten können.

Er fühlte sich tief befriedigt über die begeisterte Freude,
die sein Sohn bei der Treibjagd an den Tag gelegt hatte, bei
dem ein mittelloser Indio als Freiwild ausersehen war. „Der
Junge wird mal richtig," sagte er sich, wie schon so oft.

Noch ein paar Jährchen, dann würden sie beide als Gespann
wirklich der Schrecken aller Weiber der Gegend sein. Es müsste mit dem Teufel zugehen, wenn nicht zumindest in allen Ek-
ken *seiner* Hacienda Bengels mit seiner phantastischen Erb-
anlage herumlaufen würden. Nach einigen Generationen würde das Erbgut der Indios bedeutungslos geworden sein. Dann
hätte man es mehr und mehr mit richtigen Menschen, statt
diesen stinkenden Tieren zu tun.

Zu zweit ließe sich dann auch bedeutend mehr Spaß gene-
rieren und erleben. Er fand es zunehmend fade sich mit Wei-

bern zu vergnügen und das war´s dann. Könnte man das aber
zu zweit veranstalten, müsste der Spaß mindestens auch
zweimal so groß sein. Es gab da bei ihm so gewisse Vorstellungen.

Seinen Felipe hatte er bereits mehrere Male beim Bumsen
seiner Ausgewählten dabeigehabt. Man konnte nie früh genug damit anfangen. Jedenfalls wollte er mit gutem Beispiel
vorangehen. Er nahm sich vor noch nicht besorgt zu sein,
wenn seinem Sprössling, wie im Moment noch üblich, die richtige Begeisterung abging. Diese würde sich mit zunehmen-
dem Alter schon ergeben. Er wollte sich also für den Augenblick noch keine Sorgen machen.

Einen Maricon, einen Hinterlader, würde er auf keinen Fall
großziehen, eher würde er ihn eigenhändig totschlagen. Ein
Homo, ein Mensch der an einer Frau kein Lustobjekt erkennen konnte, das schien ihm beinahe noch schlimmer als Indio
geboren zu sein.

Wenigstens mit den Titten der Weiber schien er bereits was
anfangen zu können. Was konnte er sich köstlich amüsieren
und schier ausschütten vor Lachen, wenn der Kleine mit seinen kräftigen Händen zupackte. Die hysterischen Schmer-
zensschreie der Betroffenen konnten ihn dabei noch richtig
beflügeln, offenbar begeistert antörnen.

Er musste ihm noch ein paar Tricks beibringen, damit er
die Schmerzen raffinierter erzeugen konnte. Toll mitanzu-
sehen, wie er bereits die vor Schmerzen halb bewusstlosen
Weiber wieder zur Aktion brachte. Ganz der Alte, dachte er,
wie er ihnen mit der flachen Hand links-rechts-links-rechts in
die Fresse hauen konnte. Dann wachten sie gerne wieder auf.

Er hatte Felipe versprochen heute wieder in die Berge zu
reiten, um nach dem Indio zu sehen. Sollte er noch leben,
hatte er seinem Sohn einen neuerlichen Heidenspaß voraus-
gesagt - versprochen.

Er musste nur noch diesem lahmarschigen Weib Beine ma-

chen, damit der Junge bald fertig für den Ausflug sein würde.
Sonst würde er noch das Schönste an diesem Tag versäumen.
Es war doch seiner Meinung nach so, dass sich mit jeder Stunde die Wahrscheinlichkeit, den Indio noch lebend zu finden,
verringerte.

Den Indio fanden sie nicht, auch keine Spuren von einem
Puma, der sich vielleicht mit ihm vergnügt hatte.
Der Kommandante ärgerte sich und Felipe ärgerte sich auch.
Der Kommandante ärgerte sich mehr, weil er es auf den Tod
nicht ausstehen konnte, dem Jungen ein Vergnügen versprochen zu haben und dann wurde nichts daraus. Irgendeinen
Ersatz müsste er ihm bieten. Vielleicht würde sich doch noch
eine Gelegenheit auftun. Wenn nicht, würde er heute Abend
seinen Ärger schon abzureagieren wissen.

Bei den Machados

Die Art und Weise wie Daniel nach Hause zu Hilda kam zeigte ihr sofort, dass etwas sehr Bedeutungsvolles mit ihm passiert sein musste. Sofort stieg in ihr das Gefühl der Sorge hoch.

Humberto, der zweitälteste brachte gleich darauf die Neuigkeit, dass Papa mit dem Vormann einen böse zugerichteten Mann aus den Bergen mitgebracht habe. Aber das konnte nicht alles sein, Hilda fühlte es regelrecht körperlich.

War er von „uns"?

Nein, gottlob nicht.

Hilda interessierte sich schließlich für die Verletzungen des Mannes, und begutachtete seine Wunden. Dann überließ sie aber die Pflege anderen. Sie ließ nach den beiden in solchen Verwundungen erfahrenen Frauen rufen. Sie beließ es dann bei einigen gutgemeinten Ratschlägen.

Sie selbst war aber mehr denn je überzeugt, dass dies nicht alles gewesen sein konnte. Ihr Mann wirkte seltsam anders, irgendwie verstört. Er war so ungewöhnlich wortkarg. Oder war der Grund vielleicht doch das Erlebnis mit dem verwundeten Menschen?

Aber, nein befand sie, der fremde Indio mit seinen Blessuren konnte unmöglich der einzige Auslöser von Daniels Aussehen und Verhalten sein. Er hatte zwar ein weiches Herz mit warmherzigem Gemüt, aber das Gespräch wollte nicht auf den verwundeten Mann kommen. Der Vormann wollte schon gleich gar nichts sagen, was die Angelegenheit noch mysteriöser und spannender machte.

Es gab auch keine Aufklärung als auch die beiden älteren Söhne darauf drängten Näheres zu erfahren.

Anita maulte über die Sensationslust ihrer Brüder.

Hilda musste sich gedulden bis alle Kinder in den Schlafplätzen waren.

Daniel gab dann einen lückenlosen Bericht zu dem Geschehen und stand, so wie er es sich vorgenommen hatte, tapfer Rede und Antwort. Die bisher äußerst unvollständige Familiengeschichte kam auf den Tisch des Hauses. Zwar immer noch nicht vollständig, aber das Wesentlichste, das was für die Ausarbeitung einer Strategie wichtig war, war da. Fehlende Teile, die die Planung ihres weiteren Zusammenlebens gefährden konnten, blendete Daniel aus. Für diesen Moment aus. Es würde dann eine andere Gelegenheit geben, bei der auch vermeintliche und besonders für den Moment unwichtige Begebenheiten für alle in seiner Familie besprochen werden konnten.

Zumindest in groben Zügen hatte nun auch Hilda etwas aus dem Leben aus Daniels Familie und ihrem grausamen Schicksal erfahren.

Hilda rüstete zum Kampf für ihre Familie. Man konnte es beinahe sehen, wie sie sich in die Materie einarbeitete und Strategiepläne für das weitere Vorgehen entwarf. Sie war darin Daniel haushoch überlegen.

So bestärkte sie ihren Mann darin, dass man es bei einer Zuschauerrolle nicht belassen konnte, ja auch nicht durfte. Sie wusste nur zu gut, dass die von Daniel vorgetragenen ernsten Bedenken, Argumentationen und Einwände, im Lichte seiner Befürchtungen nicht zielführend sein konnten. Sie brauchten, und das ergab praktisch so etwas wie eine Überschrift, einen Planungstitel, eine offensive Strategie, sonst würden sie an der sich entwickelnden Aufgabe zugrunde gehen können. Die Zukunft mit ihrer kompletten Familie stand auf dem Spiel. Es bestand die Gefahr, dass sich die Entwicklungen verselbständigten und an ihnen vorbeiziehen konnten. Nicht aber ohne fürchterliche Schäden zu hinterlassen. Dabei hatten sie es mit einem Gegner zu tun, bei dem die Begriffe von Menschlichkeit und Vernunft ganz offenbar unbekannte Fremdwörter waren. Wenn sie sich mit einer Rolle der Verteidigung abgeben würden, müssten sie am Ende die Geschlagenen sein. In einem waren sie sich einig, sie schätzten die Lage sehr ernst ein.

„Nein, mein lieber Mann, wir müssen die Dinge beim Namen nennen und vor den königlichen Behörden darauf bestehen geschehene Verbrechen zu verfolgen, aufzuklären und den oder die Schuldigen zu bestrafen. Es wird zwar Angelina" - sie sah ihren Mann bei der Nennung dieses Namens zusammenzucken - „nicht mehr glücklich machen und das bedauere ich ebenfalls und fühle mit dir. Wir müssen aber alles, was in unseren Möglichkeiten und Kräften steckt einsetzen, damit wir danach, wenn dem Kommandanten seine Macht aus den Händen geschlagen ist, ein friedvolles Leben führen können. Wir beide und unsere Kinder mit uns. Das sind wir ihnen schuldig. Und damit sie auch eine Zukunft haben."

Daniel war stark beeindruckt von der Zielstrebigkeit und Konsequenz, mit der seine Hilda die hässliche Geschichte an der Wurzel packen wollte.

Daniels eigene Argumente für eine mehr defensive Lösung der bevorstehenden Probleme, sowieso mit einer schwachen Überzeugungskraft vorgetragen, wurden letztendlich einvernehmlich als nun untauglich eingestuft. Sie waren buchstäblich vom Tisch. Man war sich auch einig, dass man, anstatt tiefgehenden Gefühlen nachzuhängen, jetzt zunächst handeln musste. Zeit zu trauern, würde man dann schon noch bekommen. Und wenn man dann etwas für Angelina werde tun können, dann würden sie es auch zur richtigen Zeit gemeinsam und mit den richtigen Mitteln und Lösungsansätzen angehen.

Daniel erkannte nun, dass er vor der Aussprache mit Hilda dieses Türchen seiner bescheidenen Entschlusskraft nicht zu öffnen imstande war.

Umgekehrt, das stand nun fest und auch darüber wurden sie sich einig, würde man mit Abwarten gar nichts erreichen, im Gegenteil. In einer Endlosschleife würden sie in der Familie unter den nicht genutzten Chancen unendlich zu leiden haben. Das würde die Familie auf Dauer nicht aushalten können.

Als schlimmstes Beispiel würden dann die hinreichend bekannten zerstörerischen Alkoholprobleme aufkommen. Mit ernsthaftesten Folgen für sie alle, für die Kinder, für die Gemeinschaft, einfach für alle. Für alle in ihrer gewachsenen kleinen, menschlich doch so wertvoll gewordenen Welt.

Und noch etwas verstand Hilda jetzt. Daniel hatte darauf bestanden die Hacienda nur mit der eingetragenen Grundstücksnummer zu bezeichnen. Nein, sie sollte nicht seinen Familiennamen tragen. Das war klug von Daniel - sie war einmal wieder sehr stolz auf ihren Mann. Mit dem Namen Machado hätte es dieser Kommandant leicht gehabt sie ausfindig zu machen und ... Hilda wollte jetzt nicht zu Ende denken.

Vordringlich sahen sie jetzt beide eine Gefahr, die vom Vormann ausgehen konnte. Der hatte ja die Ereignisse und damit besonders die Beschreibungen des verletzten Indios hautnah als Zeuge miterlebt. Er würde darüber in der Gemeinde mit besonderer Erregung berichten. Diesem Mann konnte man kein Redeverbot auferlegen, das würde auch nicht funktionieren.

Die Umstände seines Auffindens und die Art wie die Verletzungen des Indios entstanden waren, würden sich in der Gemeinschaft der Hacienda in Kürze vollständig herumgesprochen haben. Er hatte ja alles mitbekommen und auch unter seelischen Schmerzen die Aussagen des Unglücklichen vernommen.

Auch der Verletzte selbst würde bei seinen Brüdern und Schwestern von seinem Unglück erzählen. Der Name des nachbarlichen Grundbesitzers würde immer wieder fallen. Dabei konnte es dem Vormann niemand verübeln, dass er auch das eine oder andere Detail ausschmücken oder gar aufbauschen würde. Keinesfalls durften sie darauf vertrauen, dass ihre Indios das Gehörte und Geschilderte mit einem Ohr vernehmen und aus dem anderen Ohr wieder rückstandslos herauslassen würden. Eine unkontrollierbare Entwicklung könnte das von Hilda und Daniel geplante Vorgehen gefährden oder gar zunichtemachen.

Durch alle diese Schilderungen mussten bei den Bewohnern tiefgehende Emotionen entstehen. Diese konnten außer Kontrolle geraten. In der Gruppe könnten besondere Heißsporne zu Vergeltungsaktionen aufrufen und Anhänger finden. Diese spontanen, unbedachten aber auch durchaus verständlichen Reaktionen mit Aktionen der Einwohner, mussten verhindert werden. Im schlimmsten Falle könnten sich Männer auf der Hacienda mit Racheabsichten zusammentun und zu Gewaltaktionen aufrufen und zusammenrotten.

Hilda und Daniel waren sich einig, dass sie, bevor eine gefährliche Lage entstehen konnte, die Situation bereinigen oder zumindest in den Griff bekommen mussten. Sie mussten unbedingt einer möglichen überhitzten Entwicklung zuvorkommen, die Spitze nehmen und unter Kontrolle halten.

Ein wichtiges Ziel, die Autorität Daniels, musste voll erhalten bleiben. Jede Art von Gewaltanwendung in Form von Selbst- oder Rachejustiz, musste vermieden werden. Sollte sich etwas ereignen, das den Frieden in der Region beeinträchtigen konnte, wenn z. B. eigenmächtig Rache, in welcher Form und von wem auch immer, verübt würde, müsste in jedem Fall Daniel die Verantwortung übernehmen. Er würde dann vor dem Gesetz, statt als Opfer, als Angeklagter stehen.

Jede Aktivität seiner Untergebenen musste nicht durch Verbote, aber über die Überzeugung verhindert werden. Es käme dann zu einer nicht auszudenkenden Katastrophe, wenn diese zu Recht aufgebrachten Menschen eigenmächtig einen Rachefeldzug beginnen würden. Auszuschließen war dies, angesichts hochkochender Emotionen, nicht völlig.

Die Eheleute Hilda und Daniel sahen das Schreckgespenst einer Intervention von militärischen Kräften. Es wäre das Ende der Machados und der Hacienda mitsamt den Bewohnern.

Diese mussten jetzt das Gefühl vermittelt bekommen, dass der Patron die Geschehnisse *nicht* aussitzen wollte, passiv oder unbeeindruckt blieb. Sie mussten erkennen können, dass er sie nicht allein lassen würde. Daniel musste Führungsqualitäten vorzeigen. Er hatte diese in den ruhigen Phasen des Aufbaus bewiesen, sie geschickt und einfühlsam eingesetzt. Nun aber stand er in einer Konfliktsituation in der vordersten Reihe. Sein Gegner war kein Geringerer als ein mit allen schmutzigen Wassern gewaschener, ausgebildeter mörderischer Stratege, der sich zudem gerne brüstete, jede denkbare Gemeinheit gegen seine Gegner einzusetzen. Wie er es auch bereits hinreichend bewiesen hatte.

Hinzu kam in dieser konfliktbeladenen Situation auch, dass Hilda und Daniel vorbereitet sein mussten, um erklären zu können, was mit Daniel geschah, als er auf der Passhöhe physisch zusammenbrach. Der Vormann konnte ja nur von dem Vorfall berichten. Die wahre Ursache blieb ihm verborgen. Vermutungen die zwangsläufig in der Gemeinde die Runde machen mussten, wären dann der ideale Nährstoff für wilde Spekulationen und bittere Gerüchte aller Art. Und genau eine

solche Gemengelage, die von sich aus explosiv werden konnte, musste unbedingt vermieden werden. Dem mussten sie mit
aller Macht, Entschlusskraft und Intelligenz entgegenwirken.

Daniel und Hilda waren sich dann doch einig, dass ein pri-
vater Feldzug von Männern aus ihrer Gemeinde zwar nicht
unbedingt zu erwarten war. Ausschließen durfte man das aber
auch nicht, besonders dann, wenn sich der Patron passiv verhalten würde, nichts unternähme. Daniel sollte mit einer Initiative ausgestattet werden. Alle sollten erkennen können, dass
er sich um derartige Herausforderungen nicht drücken werde.
Eines Tages werde man dann auch die näheren Zusammenhänge mit der ersten Frau Daniels, der jetzigen Frau des Kommandanten, so ausführlich wie erforderlich auf der Hacienda
öffentlich darlegen. Spätestens dann müsste Daniel sowieso
Farbe bekennen, von sich aus tätig werden. Auf keinen Fall
abwartend bis sich der Fall zuspitzte und die königliche Verwaltung sich der Sache annahm, annehmen konnte.
Man werde die nächsten zwei bis drei Tage nichts vor den
Verwaltungsbeamten unternehmen. Sie würden sich in der
Familie, vielleicht auch mit den Schwiegereltern aussprechen.

Der Plan wurde dann geboren den Gouverneur voll und
ganz zu informieren. Man hatte ihn vielleicht nicht ganz auf
der eigenen Seite. Aber man würde ihn ganz bestimmt entschieden auch als Gegner haben, wenn man unter seiner Autorität anderweitig, an den Spielregeln der Verwaltung vorbei,
tätig werden würde. Man müsse Unklarheiten auszuschließen
versuchen, besonders um eine groß angelegte Aktion mit Untersuchungen auf der eigenen Hacienda zu vermeiden.
Die Gefahr bestand trotzdem noch in einem gewissen Maße
fort, weil man ja nicht wissen konnte in welcher persönlichen
oder vielleicht auch offiziellen Beziehung der Kommandante
mit dem Gouverneur stand. Aber wenn man die Karten auf

den Tisch legen würde, müsste man nach menschlichem Ermessen die besseren Möglichkeiten besitzen, um irgendwelche Rachefeldzüge Untergeordneter zu verhindern.

Es dürfe auf keinen Fall wie eine Denunziation aussehen. Es sollte zunächst nur das Problem Daniels angesprochen werden - *ich war verheiratet, der Mann hat mich in den Tod geschickt* - das kann man beweisen - *ich bin entronnen. Der Mann war dann unterdessen mit meiner Frau nach Unbekannt weggezogen, ich musste annehmen, dass sie nicht mehr lebte, er hatte sie aber entführt, ich habe neu geheiratet, habe bis vorgestern nichts von meiner ersten Frau gehört.*

Jetzt habe ich sie gefunden, was soll ich machen? Wie soll ich mich verhalten?

Anschließend wolle man die Ratschläge oder gegebenenfalls Aktivitäten des Gouverneurs familiär weiter bewerten und beraten.

Hilda wollte zunächst mit in die Stadt, fand es aber dann doch besser im Hintergrund, zu Hause zu bleiben. Man hatte zwar noch nicht vernommen, dass der Gouverneur ein Indiofresser sei. Aber Daniel solle sehen, dass die Angelegenheit Männersache ist und von Mann zu Mann vorgetragen und behandelt wurde.

Der Tag hatte sich bis jetzt gewaltig in die Länge gezogen.

Hilda und Daniel verarbeiteten, meist schlaflos, im Rest der Nacht die Eindrücke und beschäftigten sich immer wieder mit Planungseinzelheiten.

Schwer erträgliche Wahrheiten

Daniel erreichte die Stadt Riobamba an einem Nachmittag. Er band sein Pferd an den dafür vorgesehenen Eisenringen vor dem, nach Daniels Auffassung, grandiosen Palast an. Er ließ sich von der Wache zum Sekretär des Gouverneurs führen. Der konnte ihm für den nächsten Vormittag einen Termin beim Chef vormerken. Danach ging er zu der ihm bekannten Herberge und verkündete der herrisch auftretenden Eigentümerin, dass er für mehrere Tage hierzubleiben gedenke.

Es war dies Hildas Idee gewesen, denn sie konnte sich vorstellen, dass ihr Mann für weitere, vielleicht ergänzende Aussagen gebraucht wurde, nachdem die Hauptanschuldigungen einmal vorgebracht waren.

Daniel wollte die aufzuwendenden Kosten für seinen Aufenthalt in der Stadt im kleinen Rahmen halten und hatte deswegen einen Vorrat an Essen mitgebracht. Auf seinem Zimmer zerkaute er die gekochten und jetzt kalten aber immer noch herrlich süßen Maiskörner.

Am nächsten Morgen fand er sich am Gouverneurspalast ein, als der Haupteingang noch verschlossen war. Sein erstes Ziel war es, nicht zu spät zu kommen. Für seine Audienz beim Gouverneur musste er danach in einem Zimmer lange warten, dann aber wenigstens auf einer Sitzgelegenheit in einem Raum mit drei einfachen Stühlen.

An einer Wand hing, etwas schief, in einem reichverzierten Rahmen, ein einzelnes Bild. Daniel hatte dann Zeit sich jeden einzelnen Pinselstrich ausgiebig und mehrmals anzusehen. Das Motiv erinnerte ihn an die Umgebung seiner Hacienda. Es waren weidende Schafe auf einer mit Blumen durchwachsenen Weide. Da musste aber ein Maler genau hingeschaut haben. Daniel war beeindruckt, das würde er gerne Hilda erzählen.

Es ging wahrscheinlich schon auf Mittag zu, bis er zum Gouverneur gerufen und hineingeführt wurde.

Daniel war erstaunt, dass sich der hohe Herr noch gut an ihn erinnern konnte. Er schien bedeutend abgenommen zu haben. Seine Gesichtsfarbe war wesentlich blasser als sie Daniel in Erinnerung hatte. Er ging etwas gebeugt, bedächtig, ja, eben langsam.

Über die Hacienda ließ sich seine Exzellenz ausgiebig berichten und fragte öfters nach Details.

Mit einem länger anhaltenden Stirnrunzeln vernahm der hohe Herr, dass Daniel mit einer India fünf Kinder hatte. Erst nachdem Daniel beteuert hatte, dass sie alle getauft seien, verschwanden die Falten auf der Stirn des königlichen Vertreters in Riobamba.

Es kam aber doch noch eine Frage, weshalb er die Indiofrau überhaupt geheiratet hatte. Daniel fiel nichts anderes ein als die Wahrheit. Er habe sie lieben gelernt, weil sie ihm nach seiner Überzeugung ins Leben zurückverholfen habe.

Jetzt spitzte der Gouverneur die Ohren und ermunterte Daniel darüber zu berichten.

Mit Erstaunen vernahm es der hohe Herr, als Daniel mehr in einem Nebensatz bekannte, dass er in den Indios auch Menschen sehe. Dass er in seiner Heimat in der Extremadura viel Schlimmes mitgemacht habe und dass er als Leibeigener, als ein Hintersasse eines Patrons von eben diesem fürsorglich und freundlich aufgenommen wurde. Von ihm sei er als Freund behandelt worden. Und so oder so ähnlich wolle er auch mit seinen Menschen, die von ihm abhängig sind, leben. Das habe er sich vorgenommen.

Der Patron habe ihm damals in Spanien somit danken wollen, weil er, nach eigener Aussage, ihm wohl das Leben gerettet habe.

Er wundere sich heute noch, dass dies als eine herausragende Tat gewertet wurde. Er habe ihm doch nicht als Patron geholfen. Er hätte es doch für jeden anderen Menschen auch gemacht.

Des Gouverneurs Interesse war nun wirklich geweckt, weshalb auch immer, er rückte seinen Stuhl näher an den kostbaren polierten Schreibtisch und legte seine Unterarme breit vor sich. Sein Gesicht befand sich nun bedeutend näher bei Daniel. Der schilderte seine Begegnung und schließlich Heirat mit Angelina. Für eine Weile war Daniel sprachlos, er hatte plötzlich einen Knoten im Hals und brachte kein Wort mehr heraus.

Erstaunlich, der Gouverneur drängte ihn nicht, sondern wartete geduldig Daniels weitere Ausführungen ab. Der beschrieb dann wie seine Eltern starben und nacheinander seine Geschwister verschwanden oder getötet wurden. Er schilderte die Nöte seines Patrons, der, um die beiden letzten Kinder zu retten, ihnen die Mittel und die Empfehlungen an die Hand gab, um sich in den neuen Ländern eine Existenz aufbauen zu können.

Er erzählte von der Fehlgeburt auf dem Schiff und seiner Reise auf dem Isthmus. Dann kam zum ersten Mal die Sprache auf den Kommandanten, der sich in auffällig unauffälliger Weise seiner Frau genähert habe. Auf dem gleichen Schiff seien sie dann bis Guayaquil gefahren.

Hier unterbrach der Gouverneur die Schilderungen Daniels und fragte ihn, ob er sich an den Namen des Kommandanten erinnern könne. Und ob. Es sei Juan Pablo Hernandez Palacios gewesen.

Der Gouverneur schob mit einem kräftigen Ruck seinen Sitz zurück und sprang recht behände auf.

Dann sagte er zu Daniel, dass er doch einen Moment auf ihn warten möge, er käme gleich wieder, um seinen Schilderungen weiter zuzuhören. Damit entfernte er sich aus seinem, für die dortigen Verhältnisse großzügig eingerichteten Empfangszimmer. Er rief etwas und erst jetzt bemerkte Daniel, dass sich noch jemand im Raum befunden hatte. Er sah, wie diese Person einen großen Federkiel sorgfältig neben einem Tintenfass ablegte und seinem Herrn nach draußen folgte.

Daniel war für eine geraume Zeit allein.

Als der Gouverneur wieder mit dem Schreiber erschien, fand Daniel, dass sich die Gesichtszüge des hohen Herrn verändert hatten. Waren sie bis vorhin recht entspannt, zeigten sie jetzt eine gewisse angespannte Härte.

Und er setzte sich auch nicht entspannt an den großen Tisch. Er berührte nicht einmal mehr den Tisch. Er saß mit vor seinem Bauch wie krampfhaft verschränkten Händen. Dann begann er wieder mit einer Frage.

„Dieser Juan Pablo Hernandez Palacios, ist er mit ihnen von Bord gegangen?"

Daniel bejahte und wollte schon mit seiner Geschichte fortfahren, als ihn der Gouverneur mit einer herrischen Handbewegung stoppte. „Ich will jetzt alles über diesen" - er zögerte einen Moment, um den Namen auszusprechen - „über diesen Kommandanten Juan Pablo Hernandez Palacios wissen."

Eine Glocke ertönte von draußen. Der Gouverneur erstarrte. Verärgert schüttelte er den Kopf. Daniel wollte fortfahren und von diesem Schurken reden. Gerne reden, denn er hatte erkannt, dass dieser Gouverneur bereits bei der ersten Nennung des Kommandanten wie verwandelt war. Der hatte ganz bestimmt noch so manche Rechnung mit diesem Verbrecher offen. Vielleicht hatte der sich sogar gegen die Krone vergangen und .... Daniel fand, dass diese erlebten Reaktionen ein gutes Signal waren. Und er registrierte mit Freude und Erleichterung, dass er genau in Bezug auf diesen scheußlichen Kerl offene Ohren gefunden hatte. Es fiel ihm wie ein Stein vom Herzen. Er brauchte sich nicht mehr zu sorgen.

Der Schreiber näherte sich und bedeutete mit verhaltener Stimme, dass das Mittagessen angerichtet sei.

Jetzt kam die wirklich faustdicke Überraschung für Daniel. Der hohe Herr lud ihn und den Schreiber ein mit ihm zu speisen.

Dann sah sich der Gouverneur offenbar genötigt zu diesem doch recht außergewöhnlichen Schritt eine Erklärung abzugeben.

Zu Daniel gewandt sagte er in einigen Sätzen, dass er keine Zeit verlieren möchte. Er wolle die Unterhaltung beim und über das Essen hinaus weiterführen. Die Erwähnung des Kommandanten habe ihn mit einer großen Spannung erfüllt. Alleine zu essen und auf die Fortführung des Gesprächs zu warten würde ihm sicherlich den Appetit verderben. Wo er es doch in letzter Zeit mit seinem empfindlichen Magen zu tun habe.

Der Schreiber sagte, wieder mit gedämpfter Stimme, dass am Nachmittag ...

Weiter kam er nicht, denn der Gouverneur unterbrach ihn und stoppte die Ansage des Schreibers. Dann beschied er ihn: „Der kann warten, Der kann auch eines anderen Tages wiederkommen."

Daniel fühlte sich bei dem Gedanken nicht recht wohl, dass er sich über die sicher peinlich einzuhaltenden Tischsitten nicht klar war. Er hatte zwar noch die eine oder andere Gelegenheit im Gedächtnis, wenn er mit dem Patron in der Extremadura speiste. Aber, das glaubte er wenigstens, würde es hier bedeutend vornehmer zugehen.

Worin er sich getäuscht hatte. Zudem hatte der hohe Herr Daniels Überraschung und Zögern bemerkt, richtig interpretiert und nahm ihm seine Bedenken. Er meinte in einem väterlichen Ton, dass er nicht viel von Etikette halte. Daniel solle zugreifen wie bei sich zu Hause.

Dann gab er einige Anweisungen an eine dicke, kräftig und groß gewachsene Frau, die daraufhin wohl aus der Küche zwei weitere Gedecke brachte.

Daniel dachte sich, dass es dem Gouverneur wichtig sein musste, ohne Verzögerung weitere Details aus dem Leben dieses Kommandanten zu erfahren. Er dachte sich, dass da wohl dicke Brocken zu verdauen waren - Gedanken, die sich nicht auf das angesagte Essen bezogen.

Daniel schaute, wie sich der Gouverneur ein großes Stück Tuch um den Hals band und er machte es ihm nach. Dafür war also das Tuch neben seinem Teller - aha.

Es wurde eine Suppe gebracht mit wunderbaren Einlagen, vor allem Stücke von Hühnerfleisch und Brocken von Maiskolben.

Der Gouverneur fischte sich sein Maisstück und begann daran zu nagen. Dabei drehte er es mit den Fingern beider Hände. Daniel machte es ihm nach und wischte sich seine Finger an dem umgebundenen Tuch ab, so wie es auch der Herr des Hauses und der Schreiber machten.

Dann löffelte man die Suppe. Irgendwann fischte sich der Gastgeber ein Stückchen Hühnerfleisch und nagte es von dem Knochen. Daniel begann sich sicher zu fühlen, denn anders hätte er es auch zu Hause nicht gemacht.

Die Teller waren geleert, der letzte Bissen gekaut und sofort fragte der Gouverneur Daniel, wie es dann mit dem Kommandanten weitergegangen war.

Daniel erschrak beinahe, er war in Gedanken noch bei der Suppe und Beilagen. Ob das alles gewesen war?

Doch dann fasste er sich und erinnerte sich auch, dass er ja eigentlich noch gar nichts über die Ausfälle dieses Schurken erzählt hatte. Es lag alles noch vor ihm und glaubte seine Zuhörer vor grausigen Enthüllungen warnen zu müssen.

Der Gouverneur bemerkte das Zögern seines Gastes und ermunterte ihn weiterzufahren.

„Erzähl ruhig. Ich bin Kummer gewöhnt. Und ich weiß, dass du Kummervolles zu berichten hast. Das kann bei diesem ..“ er zögerte einen Moment ...“bei diesem Subjekt gar nicht anders sein. Der ...“ Er wollte offensichtlich noch etwas Weiteres sagen, überlegte es sich aber im letzten Moment anders. Offenbar wollte er noch abwarten, inwieweit er diesem Daniel Interna aus der Verwaltung und Polizeiarbeit sagen sollte bzw. durfte.

Daniel setzte sich stocksteif aufrecht hin und begann mit seiner Schilderung.

„Also“ - und in diesem Moment sausten alle möglichen Eindrücke und Erinnerungen auf ihn ein. Der Gouverneur wartete geduldig, bis sich Daniel gefangen hatte. Sich vom erschreckenden Erkennen der Tragweite seiner kommenden Schilderungen wieder erholt hatte.

Und er setzte nochmals an: „Also, wir kamen gemeinsam an Land, Entschuldigung, wenn ich Land sagte. Es war schrecklich!“

„Ich kann das nur bestätigen,“ unterbrach ihn der Tischherr.

„Wir bekamen vom Hafenmeister eine Bambushütte zugewiesen. Ihm hatten wir, Angelina und ich, unsere Urkunden vorgelegt.“

Er kenne seinen Namen, unterbrach der Gouverneur ihn wieder. Wie denn dieser Hafenmeister ausgesehen habe?

Daniel wand sich ein wenig in Verlegenheit. Doch sein Gastgeber, der das natürlich bemerkt hatte, ermunterte ihn mit Worten und Gesten ruhig weiterzureden und seine Erkenntnisse offen auszusprechen.

Und aus Daniel platzte es plötzlich heraus. „Der Herr entpuppte sich als ein Säufer, Alkoholiker. In seinem eigenen Schmutz erstarrend.“

Der Gouverneur sprach seinen Schreiber an. „Na los, schreib mit."

Dieser erhob sich, eilte zurück in den Empfangsraum und kam mit Papier und Tintenfass zurück. Sofort schrieb er etwas auf.

In diesem Augenblick kam die große, dicke Frau wieder, diesmal in Begleitung eines jungen Indiamädchens. Geschäftig gingen sie wortlos hin und her bis auf einem flachen Teller zwei gekochte Kartoffeln, gekochter Reis und gebratene Stücke Fleisch serviert waren. Auf den mundgerecht geschnittenen Bratenstücken lag noch ein gebackenes Hühnerei.

„Weiter", sagte der Gouverneur, was sich nicht auf den Reis und den Braten bezog. Er hatte Daniel angeschaut.

„Wir baten den Hafenmeister uns doch kundzutun, wie wir am schnellsten weiterreisen könnten. Wir sollten uns gedulden hat er uns gesagt. Es vergingen Tage, ohne dass wir wussten wie es weitergehen sollte."

Der Gouverneur spießte sich ein Stück Fleisch auf und schob es sich in den Mund. Daniel tat es ihm gleich. Es war jetzt und für eine nächste Zeitspanne kein Gespräch mehr möglich.

Daniel hatte dann fast gleichzeitig mit seinem Gastgeber seinen Teller geleert und sich den Mund abgewischt. Der schaute ihn an, ganz offensichtlich in der Erwartung, dass Daniel jetzt fortfahren würde seine Erlebnisse zu schildern.

„Hast du den Kommandanten gesehen?"

„Ja, einige Male, aber ich dachte, dass der uns jetzt hoffentlich in Ruhe lassen würde. Dass er hoffentlich meine Frau Angelina vergessen hatte. Auf dem Schiff hatte er uns noch verschiedene Male seine Hilfe angeboten. Aber das schien jetzt vergessen zu sein. Doch der hatte ganz Anderes im Sinne, die größte Gemeinheit, ein Verbrechen, wie man es sich kaum vorstellen kann."

Der Gouverneur beugte sich vor als könne er kaum die weiteren Neuigkeiten erwarten.

Daniel fuhr fort. „Der heckte einen Plan mit dem Hafenmeister aus, der ihm, wie ich später erfuhr, noch einen Gefallen schuldig war. Und da kam dieser Hafenmeister an einem Morgen zu uns, man sah es ihm an, dass er noch betrunken war. Er sagte, dass er die Befehlsgewalt in Guayaquil habe, und er schilderte uns, dass es zu einer Sklavenrevolte im Norden von Ecuador gekommen sei, bei der viele N***r entflohen seien. Er wollte eine bewaffnete Expedition zusammenstellen, um diese Sklaven wieder einzufangen und sie zu bestrafen. Daniel sei somit, kraft seiner Befugnisse, auch zwangsrekrutiert, im Namen des Königs habe er an dem Feldzug teilzunehmen. Dem Kommandanten habe er die Befehlsgewalt übertragen. Am nächsten Morgen solle es losgehen. Ich habe noch argumentiert, dass ich keine soldatischen Erfahrungen habe. Aber er meinte, dass ich das schon auf seinem Marsch erlernen würde.“

In diesem Augenblick kamen die beiden Hausfrauen und brachten jedem saftige Stücke einer Papayafrucht. Die Unterhaltung wurde wieder unterbrochen.

Danach aber ging es weiter mit Daniels Schilderungen. Er hatte eine stetig wachsende Unruhe beim Gouverneur bemerkt.

Daniel fuhr fort. „Auch wenn ich keine militärische Ausbildung hatte, erkannte ich, dass das Gewehr, das mir der Kommandant in die Hand drückte, nicht mehr funktionieren konnte. Auch erhielt ich kein Pulver und Kugeln. Aber mein ganzes Bestreben war daran ausgerichtet wieder schnell zu meiner Ehefrau Angelina zurückzukehren. Sie allein und ohne Schutz zu wissen in diesem mörderischen Klima, inmitten einer Menge von zumindest zweifelhaften Menschen und dem Dreck und den Krankheiten der Stadt Guayaquil. Das spornte mich an kritiklos auszuhalten, um diesen bösen Traum hinter mich zu bringen.“

Die Hausdamen brachten eine Karaffe und füllten jedem der Männer einen metallenen Becher mit Wein.

Der Gouverneur hob seinen Becher und prostete den beiden Begleitern zu.

Es war das erste Mal, dass Daniel eine dieser Köstlichkeiten zu sich nahm.

Dann erhob sich der Gouverneur und lud mit einer Handbewegung ein wieder in den Salon zurückzukehren. Zu seinem Sekretär gewandt sagte er noch knapp. „Die Siesta fällt heute aus."

Dann schilderte Daniel wie die Grausamkeiten des Kommandanten begannen und wie er einen jungen Mann nach dem anderen in den Tod führte oder dem Tod überließ.

„Zuletzt sollte ich dran sein. Er ließ mich in einer höllischen Einöde ohne Essen und Trinken zurück. Trinken konnte ich mir dann noch etwas organisieren. Bald war ich aber am Ende und überlebte nur, weil mich Bewohner der Gegend völlig hilflos fanden und mich so lange pflegten, bis ich wieder reisefertig war. Ich weiß aber nicht, wie lange dies gedauert hatte. Sie bauten mir ein Floß und damit konnte ich nach einigen Tagen wieder, auf dem Rio Guayas fahrend, in Guayaquil sein. Was ich da fand, ließ mich meinen Lebensmut verlieren."

„Du hast deine Angelina nicht mehr gefunden?" Es war eine Frage des Gouverneurs.

Daniel schaute zu Boden und antwortete nicht, er konnte nicht antworten, weil ihm jedes Wort im Halse stecken geblieben war.

Der Gouverneur hatte auch *so* verstanden oder er wusste was kommen musste.

Daniel erzählte, wie überrascht, ja erschrocken der Hafenmeister war, als er wieder auftauchte. Ich erfuhr, dass niemand anders die Expedition überlebt habe. Nur der Kommandant sei mit dem Leben davongekommen und wiedergekommen. Daniel schilderte jetzt, wie ihm der Hafenmeister von der schweren Durchfallerkrankung Angelinas erzählte.

Und dass sie bereits extrem geschwächt war, nicht auf eigenen Beinen stehen konnte, völlig willenlos war und der Kommandant ihr die Nachricht von einem heldenhaften Tod Daniels erzählt habe.

Der Kommandant habe sich ihrer erbarmt und sie mit auf seine Reise in die Berge genommen hatte. Auf einer Trage habe er sie über den Fluss gefahren. Was dann passiert ist, sei ihm nicht bekannt geworden.

Hier unterbrach ihn wieder der Gouverneur und sagte: „Also ist dieser Hurensohn doch hier oben angekommen."

Der Schreiber sollte auch dies vermerken.

Er gab Daniel ein Zeichen weiterzusprechen.

Daniel schilderte dann noch, dass er sich gebrochenen Herzens zunächst in sein Schicksal fügen wollte. Er sagte auch wahrheitsgemäß, dass er dabei war sich seinen Kummer mit Alkohol zu betäuben. „Und dann bekam ich doch eines Tages die Gelegenheit Nutztiere von einem Transporter zu erwerben, hierher zu kommen und..." Daniel stockte in seinen Ausführungen, „von ihnen, Excellenz, ein Stück Land bekommen habe. Ich bedanke mich nochmals."

„Und mit was hast du die Tiere bezahlt?"

Daniel war von dieser Frage etwas überrascht und er musste ehrlich nachdenken, wie das gewesen war.

„Excellenz, wir hatten von meinem Patron in Spanien Goldstücke für die Reise und für einen Neuanfang in diesen neuen Ländern erhalten und mit denen gingen wir, Angelina und ich, sehr vorsichtig und sparsam um. Als ich, als einer der eigentlich tot sein sollte, wieder beim Hafenkommandanten vorsprach, war der natürlich total überrascht und sehr verärgert. Ich sollte ja, nach den Plänen, die beide, also er und der Kommandant, ausgeheckt hatten, nicht mehr wiederkommen. Angelina und ich hatten vor dem Einsatz ausgemacht, dass sie unseren Schatz, also unser kleines Vermögen, dem Hafenmeister zur Aufbewahrung übergeben sollte. Es gab sonst keine andere Möglichkeit in der ganzen Stadt."

Hier unterbrach ihn der Gouverneur wieder einmal, indem er bestätigte: „Ich weiß!"

Daniel sprach wieder. „Also verlangte ich von dem Hafenmeister die Herausgabe der ihm übergebenen Werte. Er leugnete sie zu haben, ja er habe niemals welche bekommen. Ich überlegte mir die Sache zwei Tage lang. Dann ging ich wieder zu diesem ..." Daniel wollte sich nicht die sprichwörtliche Zunge verbrennen und keinen Schimpfnamen aussprechen. Er konnte ja nicht mit letzter Gewissheit wissen, wie der Gouverneur zu dem Hafenmeister stand. Aber da fiel ihm ein, dass er ihn bereits als, na als was??, als Säufer bezeichnet hatte. Das konnte er risikolos wieder tun. „Also ging ich wieder zu diesem Säufer," fuhr Daniel fort „und verlangte wieder mein Eigentum."

„Er lachte mich aus und ich solle mich fortscheren, bevor er ein paar Bewaffnete rufen wolle. Die würden mich dann an die Fische verfüttern, dann würde ich mit dem Gesicht nach unten den Rio Guayas bis zur Mündung schwimmen können. Genauso sagte er es. Eine glatte Morddrohung. Wieso ich überhaupt auf die Idee käme, dass er Wertsachen von ihm und Angelina aufbewahre? Nun, sagte ich, weil wir es so ausgemacht hatten, dass sie es so machen würde. Dann habe Angelina es sicher nicht so gemacht und sei mit den ganzen Wertsachen und Geld mit dem Kommandanten verschwunden. Dann wurde ich wütend. Ich gebe zu, dass es schlimm hätte ausgehen können. Schließlich sagte ich zu ihm, dass er doch selbst bestätigt habe, dass Angelina völlig abgemagert, kraft- und willenlos gewesen sei, als sie vom Kommandanten auf seine Reise mitgenommen wurde. Also war sie auch nicht imstande die Wertsachen einzufordern und mitzunehmen. Der Hafenmeister wurde dann ausfällig. Der hat mich beschimpft. Dann habe ich ihm gesagt, dass ich seine Machenschaften bei den Behörden anzeigen werde. Ich behauptete dann, alles sprach ja dafür, dass er zumindest mitverantwortlich sei, für das was der Kommandant ausgeheckt und durchgeführt hatte. Nämlich alle an der sogenannten Expedition Beteiligten verschwinden zu lassen, zu töten oder hilflos ihrem Schicksal zu überlassen. Einschließlich meiner Person, die offensichtlich eigentlich der einzig wahre Grund des Unternehmens war, dass er so viele Menschen geopfert habe, nur um mir meine Frau zu rauben. Ich machte ihn nochmals darauf aufmerksam, dass er ja, nach seinen eigenen Worten, die Expedition zusammengestellt und dazu junge Menschen verpflichtet hatte. Dies sogar im Namen des Königs, dass er also für alle Folgen verantwortlich sei. Ob er denn seine Vorgesetzten, königliche Beamte, richtig über dieses Unternehmen informiert habe? Plötzlich machte er als habe er sich erinnert und gab mir unser Eigentum. Daraus habe ich dann die Tiere und den Führer bis hierher bezahlt."

Von dem Empfehlungsschreiben, das er dem Hafenmeister abgetrotzt hatte, sagte Daniel nichts.

„Das ist ja ein starkes Stück", sagte der Gouverneur. Er lehnte sich in seinem Sitz zurück und verschränkte die Arme vor seiner Brust. „Und dann?", fragte er nochmals.

„Dann habe ich nichts mehr von dem Kommandanten gehört und ihn auch nicht mehr gesehen. Auch Angelina blieb verschwunden, bis zu dem Tag letzte Woche, an dem ich mit meinem Vormann den verletzten Indio auf der Passhöhe gefunden habe. Er erzählte mir von seinem Patron und nannte den vollen Namen des Kommandanten. Das war für mich wie ein harter Schlag. Aber es kam noch schlimmer, als er uns auch von einer Frau erzählte, die ich dann als Angelina erkannte."

„Und dann erst hast du dich entschlossen mit der Geschichte zu mir zu kommen. Weshalb hast du dich nicht sofort, als du hier in Riobamba angekommen bist beklagt. Wir hätten uns alle viel Ärger ersparen können und du hättest deine Angelina wieder zurückbekommen. Und der Kommandante wäre aus dem Verkehr gezogen worden."

Der Gouverneur beobachtete, wie sich Wasser in den Augen von Daniel ansammelte. Das hatte er nicht gewollt, aber er wartete auf die Antwort Daniels. Die kam dann nach einer Weile.

„Excellenz, ich hatte ja keine Ahnung, wie die Verbindungen und die Verwaltung arbeiteten. Ich befürchtete, dass ich alles verlieren könnte, wenn - verzeihen sie - wenn sie und die Militärverwaltung, oder wie das heißt, mit diesem Kommandanten zusammengearbeitet hätten. Er war doch auch ein Militär, so befürchtete ich, dass es für mich schlecht hätte ausgehen können. Der Kommandante hätte sich an mir rächen können, ich war ja der Machtlose. Er hatte doch ..."

Der Gouverneur ließ ihn nicht mehr ausreden. Dann sagte er: „Ich kann es nachempfinden. Du bist ja nicht der Schuldige oder Angeschuldigte. Ich freue mich, dass du sofort zu mir gekommen bist, nachdem du von diesem Schurken" - ja er sagte Schurke - „und seinen Untaten erfahren hast. Gibt es da noch etwas zu den Vorkommnissen in Guayaquil zu sagen?"

Daniel überlegte nicht lange und teilte noch mit, dass er von einer Frau mit zweifelhaftem Ruf informiert wurde, dass der Hafenmeister ihn verschwinden, ihn umbringen lassen wollte.

„Dieser widerliche Bastard", entfuhr es dem Gouverneur. Er holte tief Luft. „So jetzt beschreibe, wie du den Indio gefunden hast und was er alles gesagt hat."

Daniel gab sich Mühe das Geschehen und den Ablauf möglichst in der richtigen Reihenfolge zu schildern. Als er zu dem Thema der Misshandlungen, der Vergewaltigungen und des Verschwindens von Bewohnern kam, stockte ihm der Atem. Der Gouverneur bedeutete ihm, er solle sich Zeit nehmen. Wenn er eine Pause bräuchte, soll er sie sich nehmen.

Daniel war ihm dankbar, denn er musste sich wirklich um

seine Emotionen kümmern. Sie drohten ihn zu überwältigen.

Dann sagte sein Gastgeber zu dem Schreiber: „Elisa soll uns einen Kaffee machen. Den können wir jetzt alle gebrauchen."

Der Schreiber verschwand.

Der Gouverneur lief jetzt die Längsseite seines Empfangsraumes auf und ab. Seinen Kopf hielt er leicht gesenkt. Die Hände verknotet hinter dem Rücken, die er laufend in Bewegung hielt. Kein Zweifel, die Geschichten wühlten ihn auf. Aber Daniel konnte immer noch nicht wissen, dass seine Ausführungen tatsächlich immer nur weitere Anschuldigungen auf dem Sündenregister des Kommandanten anhäuften.

Dann trank und schlürfte Daniel seinen ersten Kaffee in seinem Leben.

Sie saßen dann wieder zusammen. Der Schreiber vor seinen Papieren, der Gouverneur Daniel gegenüber.

„Geht's jetzt"? fragte er.

Daniel nickte. Dann schilderte er die Einzelheiten, so wie sie in seinem Gedächtnis gespeichert waren. Zwischendurch unterbrach ihn einmal der Gouverneur, um zu fragen, wie er denn den verletzten Indio überhaupt dazu gebracht habe ihm so viel zu erzählen.

Daniel fasste seine Meinung so zusammen. „Ich glaube er hat gespürt, dass er mir vertrauen konnte."

„Das war alles"? fragte der Gouverneur.

„Nun, ich denke, dass es so war", antwortete Daniel. Der Gouverneur schaute eine Weile zur Zimmerdecke.

Dann erzählte Daniel von den geschilderten Gräueltaten, die Papa Kommandant in Zusammenarbeit mit seinem kleinen Sohn verübt hatte. Und dann kamen die in die Quebrada und in den Fluss geworfenen Eingeborenen zur Sprache. Die gequälten und geschundenen Menschen wurden so geschildert, wie sie in Daniels Gedächtnis ruhten - seit dem Tag auf der Passhöhe, an der Grundstücksgrenze zwischen der Hacienda der Machados und dem Anwesen des Kommandanten.

Daniel gab die Angaben des Indios so getreu wie möglich wieder. Sie waren wirklich schlimm genug. Er forschte in seinem Gedächtnis, ob er auch nichts ausgelassen hatte. Dann erwähnte er seine und seiner Frau Befürchtungen, dass seine Leute auf der Hacienda eventuell das Heft der Rache in ihre Hände hätten nehmen können. Und er beschrieb, wie er jede gewalttätige Reaktion zusammen mit seiner Frau Hilda unterbinden konnte.

Dann war Daniel erschöpft. Seine aus dem Gedächtnis abgerufenen Verbrechen hatten ihn physisch und mental stark beansprucht und er fühlte sich wie ausgelaugt, total erschöpft, körperlich und geistig wie ausgehöhlt. Dann hörte er den Gouverneur wie aus weiter Ferne dem Schreiber Anweisungen geben.

„Vermerke er mit besonderer Deutlichkeit die Schilderung des Herrn Machado, dass er und wie er einen Aufstand der Indios verhindert hat."

Daniel war bisher immer Daniel, das Du war wie eine Selbstverständlichkeit - in seinem ganzen Leben. Und nun titulierte ihn eine so hochgestellte Persönlichkeit mit dem „Herrn" Machado. Jetzt hatte Daniel ein Gefühl einer großen Dankbarkeit. Nicht für den Gouverneur und auch für sonst keine Person, keinen Menschen. Er dankte dem Schicksal, das ihn letztendlich hierhergebracht hatte.

Dann erst erinnerte er sich ebenso mit Dankbarkeit an seinen Patron in der fernen Extremadura.

Die „Mühlen" der Justiz beginnen zu mahlen

Der Gouverneur blickte Daniel - Herrn Machado - lange schweigsam in die Augen. Er schien seine Gedanken zu sammeln. Dann sagte er unvermittelt:

„Senor Machado, ich danke ihnen persönlich und im Namen der königlichen Majestäten für ihre Ausführungen. Wir werden jetzt des Kommandanten, die Nennung seines Namens können wir uns sparen, habhaft werden und ihn der höchsten Gerichtsbarkeit, die in Vertretung und im Auftrag des Spanischen Königshauses in diesem Lande tätig ist, zuführen. Ich erkenne ausdrücklich an, dass es mutig war an die Vertreter der Spanischen Krone heranzutreten, um die schweren und schwersten Anschuldigungen gegen diesen gewesenen Kommandanten Juan Pablo Hernandez Palacios auszusagen. Ich hätte es zwar gewünscht, dass wir diesem Verbrecher früher sein fürchterliches Unwesen hätten nachweisen können, um ihn der Gerichtsbarkeit des königlichen Hofes zuzuführen. Ich erkenne aber auch ausdrücklich ihre Bedenken und Sorgen an, die sie davon abhielten zu mir oder an die königlichen Beamten heranzutreten. Sich dabei offen zu bekennen und die jetzt zu behandelnden Verbrechen anzeigten. Sie haben nichts falsch gemacht, im Gegenteil sie sind ein mutiger und wertvoller Zeuge, wenn dieser Kommandante vor ein Gericht gestellt wird und seine Untaten verhandelt werden. Sie sind ein Kronzeuge und wir werden sie informieren, wann das hohe Gericht zusammentreten wird, um zu verhandeln. Spätestens dann werden wir uns wiedersehen. Darüber hinaus würde ich mich immer wieder freuen mit ihnen zusammenzutreffen. Darf ich sie zu einem Abendessen einladen? Wir können gerne weiter über ihre Vergangenheit und auch Zukunft sprechen. Ich würde sie gerne näher kennenlernen."

Daniel wusste zunächst nichts zu sagen. Das war eine ganze Menge, die seinen Kopf jetzt beschäftigte. Er wünschte sich, dass jetzt seine Hilda neben ihm stehen könnte, und helfen würde seine Reaktionen zu steuern. Aber er gab sich einen Ruck. Er hatte jetzt eine Antwort auf die Aussagen und die Einladung des Gouverneurs zu geben. Jetzt! Der Gouverneur bemerkte sehr wohl, wie Daniels Gesicht hochrot wurde. Dann wollte er diesem Mann den Weg ebnen, erleichtern, mit seiner Antwort zurechtzukommen.

„Wir trinken dann in aller Ruhe ein Gläschen Wein und plaudern über unser Vaterland und ihre Familie, wenn sie wollen."

Daniel holte tief Luft. Nie in seinem Leben hatte jemand so zu ihm gesprochen. Niemals hatte sich jemand für seine Familie interessiert. Er fühlte sich wie in einem anderen, vielleicht einem Parallelleben. Doch er fand Worte.

„Ich danke ihnen, Excellenz, ich komme gerne ihrer Einladung nach."

„Danke," sagte dann noch der Gouverneur. Daniel fand das unerhört. Wenn er das seiner Hilda erzählen würde!

„Herr Machado", begann der Gouverneur nochmals, „ich habe jetzt mit meinem Schreiber viel zu tun. Unter Anderem muss ich die königliche Verwaltung in Quito schnellstens von allen Vorgängen in Kenntnis setzen und darauf drängen, damit so bald wie möglich ein Gerichtshof zusammentritt, um diesen ex-Kommandanten zu richten. Jeder Tag Verzögerung kann weiteres Ungemach über Personen in seiner Nähe bringen. Und über die Vergangenheit und Zukunft des Hafenmeisters muss auch befunden werden. Für keinen der beiden Anzuklagenden sehe ich eine gute Zukunft. Herr Machado, während ich meinen Aufgaben nachgehe, schlage ich ihnen vor, sich in Riobamba etwas die Füße zu vertreten. Ich erwarte sie dann kurz vor Sonnenuntergang."

Der Gouverneur hielt Daniel seine Hand zum Abschied hin und sagte noch, „bis später."

Daniel musste sich jetzt konzentrieren und seinen ganzen Willen aufbieten, um nicht zu wanken. So viel war heute auf ihn eingestürmt und er war innerlich sehr stark aufgewühlt. Und immer wieder fragte er sich, was dazu seine Hilda sagen würde.

Er schaffte es aufrecht und zielstrebig zum Ausgang.

Der Gouverneur beorderte seinen Schreiber zu seinem Schreibtisch. Dieser nahm jetzt den Platz ein, den vorher Daniel besetzt hatte.

„Nun, dann wollen wir mal," sagte er. „Es gibt eine Menge zu tun." Der Schreiber nickte mehrmals. Dann ordnete er seine Niederschriften. Es war ein schönes Bündelchen geworden, auf das auch der Gouverneur mit Zufriedenheit schaute.

Der Gouverneur lehnte sich zurück, verschränkte seine Hände hinter seinem Kopf und atmete hörbar tief ein. Das Ausatmen hörte sich wie ein langgezogener Seufzer an. Dann sagte er nur ein Wort: „Endlich!"

Der Gouverneur schaute nun eine längere Weile wie gedankenverloren zur Zimmerdecke. Dann kam er plötzlich in seine normale Sitzposition und begann: „Wir gehen Punkt für Punkt aller Anschuldigungen und Vergehen dieses Juan Pablo Hernandez Palacios durch. Zunächst fertigen wir die neuen Anschuldigungen aus und danach geben wir den königlichen Abgeordneten noch einmal die Bezugsnummern der Aktenniederschiften aus den bekannten Vergehen des damals aktiven Kommandanten. Da kommt eine ganze Menge zusammen. Dann werden wir anregen hier in Riobamba einen Gerichtshof einzuberufen, der kompetent genug ist die Angeklagten, Kommandant und Hafenmeister abzuurteilen. Dazu erbitten wir die Anreise der besten Juristen und Richter. Ich will keinem Urteil zuvorkommen, aber ich kann mir nicht vorstellen, dass die beiden Beschuldigten mit dem Leben davonkommen."

Dann sagte der Schreiber, dass Excellenz vielleicht erwägen mögen, auch für den Hafenmeister, der ja dann als Angeklagter von seinem Posten zu entheben wäre, eine Neubenennung anzufragen.

Seine Excellenz geruhte dem Vorschlag zuzustimmen.

Der Schreiber gab noch zu bedenken, dass der ganze Schriftverkehr wohl heute nicht mehr zu schaffen sei.

„Dann wird es eben noch einen weiteren Tag dauern, was ja in Anbetracht der Jahre, die seit den schlimmsten Verbrechen des Kommandanten vergangen waren, den Bock auch nicht mehr fett machen wird."

Daniel setzte sich eine lange Zeit in die Kathedrale und überdachte in der Stille nochmals die Ereignisse des Tages. Er versuchte sich die am intensivsten gespürten Momente seiner Ausführungen und Klagen ins Gedächtnis zu rufen. Er wollte sie doch möglichst geordnet seiner Hilda vermitteln.

Aber seine Emotionen waren zu stark gegenwärtig und er musste soundso oft resignieren. Was er sich auch vornahm, er brachte doch wieder nur alles durcheinander.

Es war noch Zeit bis zum Sonnenuntergang, als er vor dem Tor des Palastes stand und die Schatten beobachtete, wie sie immer länger wurden. Erst als der Schatten des Palastes das gegenüberstehende Gebäude vollkommen bedeckte, meldete er sich bei dem Wachhabenden an.

Der war informiert und bat ihn doch noch eine Weile in

dem Daniel bekannten Vorraum Platz zu nehmen. Dort hatte Daniel nun Gelegenheit und Zeit nochmals in aller Ruhe das gemalte Bild mit den Schafen zu bestaunen. Wer denn Derartiges könne, fragte er sich. Das sah ja beinahe schöner aus, als er die Szene aus der Natur kannte.

Langsam verblasste das Bild in der kurzen Zeit der Dämmerung.

Zum Abendessen, bei dem auch wieder der Schreiber anwesend war, ließ der Gastgeber zunächst ein Gläschen Jerez servieren. „Langsam genießen", mahnte der Gouverneur.

Für Daniel war der Genuss ein erstmaliges und auch wieder einmal grandioses Erlebnis.

Sein Gastgeber begann bald eine, wie es schien, unverfängliche Unterhaltung. Daniel sollte schildern, woher er genau komme. Da aber Daniel von der Gesamtgeografie Spaniens nicht viel Ahnung hatte, wusste er nur von dem zu berichten, was als Anhaltspunkte dienen konnte.

Ja, Trujillo, das habe der Patron erwähnt, sei in der Richtung des Sonnenverlaufes. Madrid mehr nach Sonnenaufgang, in diese Richtung sei der Patron auch immer weggeritten, wenn er dort zu tun hatte.

Der Gastgeber erkannte, dass auf diesen Fragen keine grossartige Konversation aufzubauen war. Und so erzählte er von sich aus, wo er herkomme, wohl wissend, dass ihn Daniel niemals fragen würde.

„Ich bin in Ciudad Rodrigo geboren." Bei Klosterbrüdern sei er unterrichtet und gebildet worden. Dann habe ihn ein Onkel nach Valladolid geholt, wo er dann an der Universität in Sachen Verwaltung und Recht studiert habe.

Daniel konnte sich von nichts eine genauere Vorstellung machen. Von dem, was der Gouverneur weiter ausführte, allerdings umso mehr - wenngleich er nicht ganz die richtigen Schlüsse aus dem Gehörten ziehen konnte.

Daniel hörte voller Bewunderung, dass sein Gastgeber in die Dienste des Königs eintrat und nach drei Jahren Dienst in Valladolid in die neuen Territorien beordert wurde. Die Ehrfurcht vor einem solchen beruflichen Werdegang wuchs bei Daniel ins Unermessliche.

Daniel begann, vielleicht auch unter der Einwirkung des Jerez, dessen Wirkung ihm unbekannt war, von seiner Familie und seiner Herkunft zu erzählen, von seiner Mutter, die von den Hintersassen als Hexe verschrien war. Die Menschen, die auf der Hacienda wohnten, glaubten, dass sie im Bunde mit dem Teufel stand und er beschrieb, dass seine Geschwister nach und nach ermordet oder verschwunden waren. Hinter diesen Taten standen, auch nach den Erklärungen seines Patrons, die Neider, die die Übersiedlung der Familie Machado aus der bittersten Armut auf die Hacienda als heimtückisches Werk des Teufels sahen.

Der Gouverneur machte große Augen.

Dann wurde das Abendessen aufgetischt und noch mehr Kerzen auf dem großen Leuchter angezündet. Da staunte Daniel wieder über das grelle Licht, das den ganzen Raum bis in die letzten Ecken ausleuchtete.

Zum Essen wurde wieder Rotwein eingeschenkt, allerdings den Becher nicht randvoll gemacht. Daniel nahm sich ein Beispiel am Gastgeber und trank nur in kleinen Schlückchen.

Nach dem Essen und der süßen Nachspeise gab es nochmals Wein. Die kleine Gruppe wurde dann vom Gouverneur in einen Raum geführt, in dem ein Kaminfeuer brannte. Ein absoluter Luxus, wie Daniel für sich bemerkte. Nur einmal hatte er solches gesehen und erlebt, nämlich im Arbeitszimmer des Patrons.

Daniel sah sich eingeladen von seiner Hacienda zu erzählen. Der Gouverneur hörte diesmal aufmerksam zu, als er von seinen Indios erzählte und wie er sie dazu brachte erstaunliche Leistungen zu erbringen. Dergleichen hatte dieser königliche Verwalter noch niemals gehört. Wenn er mit anderen gestandenen Großgrundbesitzern Unterhaltungen geführt hatte, bekam er bisher stets nur von den faulen, übelriechenden, hinterhältigen und nichtsnutzigen Ureinwohnern zu hören. Und dass sich alle wünschten man würde doch hoffentlich bald in Afrika eine N***r-Rasse finden, die sich für die Arbeiten im Hochland Ecuadors besser eigneten. Er fand, dass es gut sei von nun an derartige Berichte mehr kritischer einzuordnen. Vielleicht sollte er einmal diesen Machado auf seinem Grund und Boden besuchen. Daniel diese Absicht ins Gesicht zu sagen, hielt er dann doch nicht für eine gute Idee. Nach all dem und wie er hier behandelt wurde, würde der sich wahrscheinlich nicht wohl in seiner Haut fühlen. Er würde ja mit Sicherheit nichts Vergleichbares an Annehmlichkeiten für ihn als Gast bieten können. Diese Einsicht könnte Daniel leicht überfordern.

Der Gouverneur brachte dann noch das Gespräch auf seine eigene Initiative und beschrieb oberflächlich das, was da jetzt ins Rollen gekommen war.

Daniel erfuhr nochmals, dass aus der königlichen Verwaltung in Quito, in Abhängigkeit vom Vizekönig in Peru, Spezialisten in Recht und Gerichtsbarkeit kommen würden. Dass dann in Riobamba ein Gericht eingerichtet werde und sich die Angeklagten vor diesem verantworten müssten. Der Kommandante würde von ausreichend bewaffneten Einheiten aufgesucht und verhaftet werden. Dass der Hafenmeister auch hierhergebracht werden sollte, wunderte Daniel besonders. Eigentlich hatte er damit gerechnet, dass es diesen nicht mehr gab - bei seinem Lebenswandel.

Das Gespräch plätscherte danach in angenehmer Weise dahin, bei dem aber der Gouverneur immer aufmerksam mitmachte oder zuhörte. Hin und wieder machte er ein Zeichen und der Schreiber machte sich einen Vermerk.

Die Zeit des Abschieds kam, als sich der Gouverneur

nochmals für die Anwesenheit und angenehme Unterhaltung Daniels bedankte. Auf einen Wink ging der Schreiber nach draußen und kam mit einem Uniformierten zurück.

Daniel bekam es mit, wie der Gouverneur diesen anwies Herrn Machado bis zu seiner Unterkunft zu begleiten und dafür zu sorgen, dass er unbeschadet dort ankomme.

Dann zu Daniel gewandt sagte er noch, dass man sich bei den Gerichtsverhandlungen in einiger Zeit, vielleicht in Wochen oder Monaten wiedersehen werde.

Daniel wollte schon abwinken und die Begleitung zurückweisen, aber er konnte sich dann doch noch zurückhalten. Der Gouverneur hatte es angeordnet, da hatte er nicht zu widersprechen.

In der Herberge machte die Verwalterin im Schein einer Kerze ein mürrisches Gesicht und murmelte einige Verwünschungen.

Die Uhrzeit der Einkehr war ihr zuwider.

Daniel fühlte sich im siebten Himmel. Der Alkohol verbreitete in seinem Körper ein wohliges Gefühl.

Am folgenden Tag machte sich Daniel früh am Morgen auf die Heimreise. Er hatte der grummelnden Alten am Abend noch das Geld für die Beherbergung gegeben. Was diese aber nicht gnädiger gestimmt hatte.

Dann kam er mit dem verwahrlosten Stallmeister in Konflikt. Der war nämlich von der frühen Stunde nicht begeistert. Aber Daniel raunzte ihn an und dann herrschte Ruhe und, wenn auch ein brüchiger Friede zwischen den beiden Männern.

Virreinato de Nueva Granada.
Die königliche Verwaltung und Gerichtsbarkeit in Quito

Der Gouverneur hatte die Aufarbeitung der Anschuldigungen gegen den Kommandanten und den Hafenmeister rechtsgebräuchlich, den Vorgaben entsprechend, aufgearbeitet und in verschiedenen Schriftsätzen zusammengefasst. Das Ganze musste nun der Verwaltung der *„Audiencia y Cancillería Real de Quito"*, einem Regierungsrat des Vizekönigs von *Neu Granada* zugeleitet werden.

*Dieser <Rat **Audiencia y Cancillería Real de Quito**> bestand normalerweise aus vier hochrangigen Beamten - <oidores> genannt - von denen einer den Vizekönig zu vertreten hatte, wenn dieser nicht vor Ort war. Dieser Regierungsrat verfügte über besondere Verwaltungsbefugnisse und ihm unterstand auch die Gerichtsbarkeit.*
Er war die höchste Gerichtsinstanz der spanischen Krone in den Territorien der Provinz innerhalb des Vizekönigreiches von Peru. Diese wurde dann als Teilbereich in das Vizekönigreich Neu Granada integriert.
Die Verwaltung war in einer längeren Zeitepoche, in der ersten Hälfte des 18. Jahrhunderts, innenpolitisch korrupt und ineffizient sowie überaus schlecht organisiert.
Es kann nicht verwundern, dass es in dieser Zeitspanne und in diesem Verwaltungsbereich kunterbunt bis chaotisch und auch gewalttätig zuging.

Es kam zu Aufständen, Aufruhr, Protesten die vielfach in Gewalttaten endeten. Ereignisse denen in ihrer Ineffizienz der Rat, die <Audiencia y Cancillería Real de Quito> *nicht Herr wurde.*

Quito mit seinem Verwaltungsgebiet war ein Zentrum der Unruhen.

Es hatte mehrere Aufstände der indigenen Bevölkerung gegeben, denen sich auch Mischlinge und verarmte Spanier angeschlossen hatten, die somit gegen die eigenen Herren kämpften. Allerdings fehlten den Aufständischen die entsprechenden militärischen Mittel, um die Kolonialherren komplett aus dem Land zu verjagen. Andererseits gelang es den militärisch überlegen gerüsteten Spaniern aber auch nicht, den Widerständlern eine Niederlage beizubringen.

Es war eine Zeit, in der die Verwaltung des <Vizekönigreiches Neu Granada>, *von ihrem Verwaltungssitz Quito aus, immer wieder einmal nach da und dort militärische Operationen anordnete und durchführen ließ.*

Verschiedentlich hatte das spanische Königshaus versucht, durch eine Umverteilung der Zuständigkeiten und Wiedereinführung gerade abgeschaffter Strukturen, Ruhe und Effizienz, besonders in die Gebiete Ecuadors, einzubringen.

Eine effiziente Kontrolle der Vertreter des Königs blieb aber immer lückenhaft.

Das hatte auch und sogar besonders mit den wechselnden Zuständigkeiten der Teilbereiche der Kolonialmacht zu tun. Viermal wechselte für Ecuador die Verwaltungsstruktur in nur wenigen Jahrzehnten.

Es war eine günstige Zeit in der raffgierige, verantwortungslose und brutale Herrenmenschen ihre auch perversen Neigungen auslebten.

Es kamen immer wieder die schlimmsten denkbaren Übergriffe vor.

Die allermeisten blieben ungesühnt. Viele lange Jahre hink-

te die Gerichtsbarkeit den Auswüchsen hinterher.

Gemäß einem Gesetz der Spanischen Krone - die <Leyes Nuevas> - das in den ersten Jahrzehnten des 16. Jahrhunderts angeordnet wurde und an dem der bekannte Indiobeschützer (Indianerbeschützer) **Las Casas** *maßgeblich beteiligt war, war es verboten die Indios zu versklaven. Christianisierungen sollten nur noch auf freiwilliger Grundlage vorgenommen werden können. Damit gab es von Fall zu Fall einen weiteren Konfliktpartner, nämlich die katholische Kirche. Ehrgeizige und überehrgeizige Talarträger hatten sich hervorgehoben und wollten sich auch weiterhin hervorheben, wer dann letztendlich im Wettstreit die meisten Heiden zu Christenmenschen getauft hatte.*

Und genau an dieser, eigentlich revolutionären Anordnung die Indios zu schützen, - „Die neuen Gesetze" - schieden sich die Geister. Die neuen Herren in den Kolonien - heute würde man sie Großgrundbesitzer (Feudalherren) nennen - unterliefen und bekämpften sogar erbittert dieses Gesetz nach Belieben. Und genau daran entzündeten sich auch die Konflikte mit den Vertretern der Krone und in den königlichen Verwaltungsgebieten. Besonders tat sich das Verwaltungsgebiet Neu Granada mit dem Zentrum Quito hervor.

Die unterschiedlichen Konfliktparteien teilten sich im Groben wie folgt auf:

Es gab die Verwaltung von Neugranada, es gab das Militär dieses Verwaltungsgebietes, es gab die Interessen der Ureinwohner und es gab die Interessen der Neusiedler. Diese hatten das Land unter sich aufgeteilt, es den Indios entrissen.

Die Religionsvertreter drehten ihren Hut in die gerade günstigste, am meisten Gewinn und Vorteile versprechende Windrichtung.

Die militärischen Operationen verzettelten sich auf eine Anzahl von Einzelunternehmungen.

Es gab neben den üblichen Patrouillen keine koordinierten Kommandounternehmen. Was zur Folge hatte, dass von Fall

*zu Fall einige Operationen der Kontrolle der Verwaltung ent-
glitten. Manche Kommandanten führten auf eigene Rechnung
ihren Krieg und verfolgten, auch von Fall zu Fall in Zusammenarbeit mit den Großgrundbesitzern, ihre eigenen Interessen.* (Soweit aus der Kolonialgeschichte Spaniens zitiert)

Und hier schließt sich in schrecklicher Weise der Kreis mit
dem Kommandanten Juan Pablo Hernandez Palacios.

Gerüchte und Berichte: Manipulationen und Verfehlungen des Kommandante

In der Verwaltung der *Audiencia y Cancillería Real de Quito*
tat ein Mann seine Dienste, dem der Kommandante unterstellt
und dem er auskunftspflichtig war. Er hatte über die angeord-
neten Patrouillen und Kommandounternehmen nach deren Abschluss Berichte zu schreiben und Rechenschaft abzulegen.

Was der zukünftige Gouverneur von Riobamba von dem
Kommandanten Juan Pablo Hernandez Palacios dagegen erhielt,
waren schriftliche Augenwischereien bis Zumutungen. Er fühlte
sich hintergangen, konnte ihm aber lange nichts nachweisen.
Die Klagen und Widersprüche nahmen zu. Aber Zeugen konnten oder wollten sich nicht zur Verfügung stellen.

Der Kommandante ignorierte selbstgefällig sämtliche Anordnungen und Ermahnungen.

Dann kam die Anweisung der Krone, die das Verwal-
tungsratsmitglied als Gouverneur nach Riobamba versetzte.

Der neue Gouverneur hatte von da an etliche sprichwörtliche Rechnungen mit dem Kommandante offen.

Dann wurde der Kommandante vom Regierungsrat wieder
einmal mit einer delikaten Aufgabe betreut. Er sollte nach
dem immer noch verschwundenen Inka-Schatz suchen, der
neuesten Gerüchten zufolge tatsächlich im See Yaguarcocha
versenkt worden sei.

Die Bezugsperson für diese neuesten Aussagen war ein

Cazique aus der Gegend von Cotacachi, unterhalb des Sees Cuicocha. Ihn sollte man ausfindig und gesprächig machen.

Für diese Aufgabe war allerdings ursprünglich ein anderer Kommandant vorgesehen. Er konnte die Führung aber nicht wahrnehmen, weil er mit schweren Vergiftungserscheinungen medizinisch behandelt wurde. Es stünde schlecht um ihn, er sei nicht ansprechbar, so ging die Runde.

Nun gab es Probleme mit den für das Kommandounternehmen ausgewählten und abkommandierten Soldaten. Sie machten geltend, dass diesem Kommandanten Juan Pablo Hernandez Palacios der Ruf eines Todeskommandanten vorausging. Bei anderen Operationen sei er einige Male als einziger Überlebender zurückgekommen. Die Untersuchungen seien stets im Sande verlaufen. Sie wollten nicht die nächsten Opfer fehlgeschlagener Operationen werden.

Um weitere Unruhen unter dem militärischen Personal zu vermeiden, setzte der Regierungsrat eine Prämie aus. Im Erfolgsfalle solle jeder beteiligte Soldat einen Anteil des nach Quito verbrachten Goldschatzes erhalten. Das Abkommen war aber, typisch für die korruptionsanfälligen Beamten, recht vage gehalten. Und schriftlich erhielt auch niemand etwas.

Letztendlich kam eine Gruppe von 8 Soldaten, einem Führungsoffizier und dem Kommandanten zusammen. Der ganze Zug machte sich mit Maultieren und Eseln auf den Weg, zunächst in Richtung Cayambe.

Der Goldschatz.
Es gab Geschichten, Legenden und Gerüchte über einen sagenhaften Goldschatz. Der Ursprung dieser sogenannten Überlieferungen lag bereits zwei Jahrhunderte zurück, aber zwischenzeitlich blühten die Fantasien immer wieder auf. Innerhalb gewisser Zeitspannen vergrößerte sich das sagenhafte Goldvolumen konstant und wundersam beträchtlich.

Es war damals, in der ersten Hälfte des 16. Jahrhunderts, als die einrückenden spanischen Soldaten (angeblich) eine flüchtende Kolonne (angeblich) bewaffneter Indios verfolgten. Sie würden (angeblich) einen Auftrag des INKAS Atahualpa ausführen.

Diese - „angeblich" - militärische Abteilung bestand aus Würdenträgern und Zivilisten, die auf bepackten Lamas schwere Lasten transportierten. Die Gruppe wurde von einer bedeutenden Menge Soldaten des Inka gesichert. Am See Yaguarcocha, im Norden Ecuadors, stellten die Spanier (angeblich) die Indio-Soldaten. Der Kampf endete mit einer totalen Niederlage der Eingeborenen. Die siegreichen spanischen Soldaten wollten erfahren haben, dass die Gruppe tatsächlich mit Gold unterwegs gewesen war, um es vor den neuen Herren in Sicherheit zu bringen, es zu verstecken. Jedenfalls sollten die Eindringlinge nicht in den Besitz der Reich- und Heiligtümer gelangen.

Es gab von den Indio-Soldaten keine Gefangenen. Die Spanier hatten schließlich die nach den Kämpfen verbliebenen Gegner (angeblich) rücksichtslos in den See Yaguarcocha getrieben. So gab es keine Überlebenden und damit auch niemand der verlässliche Auskunft über den tatsächlichen Umfang und den Verbleib des Goldschatzes hätte geben können. Es war schon wieder einmal dumm gelaufen. Wieder einmal waren die <tapferen>, militärtechnisch weit überlegenen Soldaten des spanischen Könighofs in ihrem Siegesrausch über das Ziel hinausgeschossen. (?)

Es war die Geburtsstunde vieler Legenden, die sich z.T. bis in die Neuzeit herüberretteten.

Bei allem, was sich die goldgierigen Spanier dann damals zusammenreimten, oder auch erfahren haben wollten, verblieb, dass der Schatz, in der Erwartung einer militärischen Niederlage, von den Indios im See versenkt worden war. *Angeblich* hatten sich die Transporteure und Begleiter des Goldes weisungsgemäß im gleichen See ertränkt. So *glaubte* man *sicher* zu *wis-*

sen(?). Damit sollte niemand Details (oder die Wahrheit) ihrer Mission erfahren.

So stand es auch niedergeschrieben. Irgendwo, von irgendwem. Wie bekannt, es gab ja niemand als überlebender verlässlicher Zeuge. Das war der ideale Nährboden für fantasievolle Ausschmückungen von Legenden und Geschichten. Die, so darf vermutet werden, in mancher Darstellung, auch zu Märchen mutierten.

Die Geschichte blühte dann immer weiter auf, wurde zur Legende, ja zur Obsession bei Zivilisten, auf allen Verwaltungsebenen, in militärischen Kreisen und lockte Abenteurer aus manchen, damals bekannten und zugänglichen Ecken der Welt an. Die spanischen Eroberer und ihre „Geschichten" wurden seither immer wieder intensiv bemüht und ließen die Fantasien von Glücksrittern und Abenteurern aufblühen. Gefunden wurde aber, nach offiziellen Darstellungen - nichts.

Damals aber: In all den Wirren, die die Verwaltung, der Regierungsrat in dieser Zeit durchzustehen hatte, kamen Gerüchte auf, dass ein Kazike vorgegeben hatte von dem verschwundenen Schatz zu wissen.

Und dieser, immer wieder misshandelte Begriff von einem (uralten) Kazike, der etwas von Überlieferungen wisse, hat sich Erkenntnissen und Erlebtem des Autors zufolge stur und steif bis mindestens in die zweite Hälfte des zwanzigsten Jahrhunderts erhalten. Ende der fünfziger Jahre kamen den Statistiken zufolge viele tausend „Gold-" und „Schatzsucher" aus USA und Europa in das Land Ecuador.

Der touristische Wert des Märchens emanzipierte. Unglaubliche „wahre" Geschichten und „Überlieferungen" machten die Runde. Die Gier hatte einmal wieder Hochkunjunktur. (Der Autor selbst hatte eine neue Welle von Abenteurern in den fünfziger Jahren des vorigen Jahrhunderts erlebt. Wohlgemerkt als *amüsierter* Zuschauer.)

Es war damals (in der Zeit, in der die vorliegende Geschichte spielt) eine Steilvorlage für die Mitglieder des Verwaltungsrates und alle höheren Verwaltungsbeamten. Die Korruption hatte alles umfassende Ausmaße angenommen. Durchstechereien sollten, angeblich, allgegenwärtig geworden sein. Zu allem war bekannt, dass von einer geregelten Verwaltungsarbeit und Organisation nicht die Rede sein konnte. Es herrschte Verdruss und Verwirrung.

So kamen den Entscheidungsträgern diese Gerüchte über den Verbleib des Goldschatzes wie gerufen. (Sie hatten ja auch (ein wenig) nachgeholfen.)

Vergoldete Zeiten, ein Verbrecherleben

Der Kommandante kam nach 26 Tagen von dem Einsatz aus dem Norden Ecuadors zurück. Allein. Wie durch ein Wunder gerettet. Wieder einmal, kolportierten gewisse Kreise hinter vorgehaltener Hand. Nein, Gold brachte er auch nicht mit. Sein Maultier und seine Pistole habe er retten können.

Die Königliche Audiencia, der Regierungsrat, war entsetzt - natürlich, was denn sonst? Und wollte alsbald den Bericht des Kommandanten einsehen. Des Kommandanten, der sich nicht an die Brust klopfte, von wegen *mea culpa* und einmal mehr mit einer haarsträubenden Geschichte aufwartete. Die sogar in diesem Fall wenigstens teilweise stimmte. Das sollte ausdrücklich betont werden.

Trotzdem strotzte sie noch von Sadismus und unglaublichen Geschehnissen.

Sein Bericht:

Meine Abteilung ritt und marschierte in schwierigstem Gelände. Am Nachmittag des dritten Tages erreichten wir Cayambe, wo wir Quartier bezogen. Wir hatten einen Esel an dem Steilabstieg vor Calderon verloren. Das Gepäck konnte großteils gerettet werden.

Zwei Tage später erreichten wir Otavalo. Alle Mann waren gesund.

Von dort marschierten wir Richtung Cotacachi, wo wir mit dem angekündigten Kazike Kontakt aufnehmen sollten. Weil

*wir wieder eine tiefe Schlucht mit einem Fluss zu durchque-
ren hatten, benötigten wir den ganzen Tag. Wir machten Quartier in Cotacachi.*

*Am 7. Tag versuchten wir Kontakt mit dem Kazike aufzu-
nehmen. Es gab zunächst niemand, der uns verstehen wollte
und erst als wir einen Jungen, von vielleicht 12 Jahren vor
seiner Familie kräftig in die Mangel nahmen, erklärte sich
der Papa durch Zeichen bereit, mich zu dem Häuptling zu führen.*

*Es war aber nicht der Häuptling, der Mann hatte uns irre-
geführt. Dafür verhängte ich eine empfindliche Strafe für ihn.
Ich führte meine Soldaten wieder in den Ort Cotacachi. Aber
fast alle Behausungen waren diesmal leer, die Bewohner verschwunden. Nur ein paar Alte noch anwesend. Wir erfuhren
dann von einer Alten, der wir die Daumenschrauben anlegen
mussten, wo wir den Kazike finden könnten. Wir setzten sie
auf einen Esel und drohten sie in eine Quebrada zu werfen,
wenn sie uns nicht die Wahrheit gesagt haben sollte.*

*Wir kamen zu einem alten Mann, der uns nach einem län-
geren Palaver helfen wollte. Er sprach ein sehr mangelhaftes
Spanisch.*

*Beim Herunterholen der Alten vom Esel verletzte sie sich
und konnte nicht mehr laufen. Vermutlich Beinbruch.*

*Der Alte versprach mir, dass er uns am nächsten Tag einen
uralten Friedhof zeigen wolle, wo ein Schatz - er sagte nicht
<der> Schatz - begraben sei. Dort kenne er das Grab mit
dem Schatz, ja es sei Gold begraben.*

*Ich ließ dann dort unser Lager derart errichten, um dem
Alten eine eventuelle Flucht unmöglich zu machen.*

*9. Tag. Der Kazike führte uns in Richtung eines Sees, den
er Cuicocha benannte. Nach zwei Stunden Marsch, der Alte
hatte nicht mehr viel drauf, erreichten wir den See, der in einem tiefen Krater liegt.*

Dann kamen wir an eine exponierte Stelle hoch über dem

See. Nach vielem Hin und Herr zeigte uns der Kazike eine Grabstätte.

Ich wollte schon mit der Grabung anfangen lassen, als er laut und auch mit Zeichen zu verstehen gab, dass es so nicht machbar sei.

Ich wollte schon seine Aussage ignorieren, als er erklärte, dass der Schatz, gemäß einem Fluch des Inka nur bei Vollmond und um Mitternacht ausgegraben werden durfte, sonst passiere ein großes Unglück, die daran beteiligten Menschen würden erblinden. Es war schwierig aus seinem bruchstückhaften Spanisch das letztendlich zu verstehen.

Ich konnte ihm nicht glauben und auch nicht trauen und ordnete an mit der Grabung zu beginnen. Dann sagte er, dass es ein anderes Grab sei, das er uns aber nur bei Vollmond und um Mitternacht zeigen werde, dann könnten wir ausgraben und Erfolg haben. Er würde dann dabei sein und mit einer Zeremonie sicherstellen, dass die Geister besänftigt seien und den Ausgräbern nichts passiere.

Der Alte versicherte mir nochmals, dass wir bis Mitternacht zu warten hätten, dann würde er die Grabstätte bezeichnen und zur Zeremonie gehöre, dass er sie mit dem feurigen Wasser besprühen müsse, damit sich der Geist des dort Beerdigten nicht aufrege. Dann würde er noch mit dem gleichen Feuerwasser andere wichtige Gräber segnen. (Ich verweise hier noch einmal auf die schwierige Verständigung)

Nun so kurz vor dem Ziel wollte ich keine Schwierigkeiten mehr machen und so warteten wir. Die Soldaten freuten sich auf Schnaps. Es schien mir als hätten wir Vollmond.

Die Grabung, die ich dann doch angeordnet hatte, erbrachte wirklich nichts als eine sitzende Mumie mit einigen billigen Grabbeigaben, die wir zum Teil an uns nahmen.

Ich gedachte schon den Mann mit einigen Foltern zum Reden über das wahre Grab zu bringen. Ich erkannte aber, dass uns dann der Alte alles Mögliche zeigen würde, nur nicht das

*richtige Grab. Wir hätten wahrscheinlich den ganzen Fried-
hof umgraben müssen.*

*Nach drei Tagen sollte es wieder Vollmond sein, also be-
schloss ich zuzuwarten und tat als würde ich dem Kazike glauben. Ich gab meinen Männern die Erlaubnis hinunter zum
See zu gehen und zu baden.*

12. Tag.

*Der Kazike wollte sein Feuerwasser holen. Ich ließ ihn
von vier Männern und zwei Maultieren begleiten. Spätnach-
mittags kam er wieder und hatte tatsächlich zwei große Kale-
bassen mit dem Feuerwasser dabei. Bis hierher hatte er Wort
gehalten.*

12. - 13. Tag.

Als der 12. Tag zu Ende ging trafen wir uns wieder.

*Jeder an der Ausgrabung Beteiligte müsse dann, wenn der
Mond seine höchste Stellung erreicht habe, und vor dem Beginn der Grabung von dem feurigen Wasser trinken.*

*So hielten wir uns bereit. Der Kazike segnete und bot je-
dem in einem kleineren ausgehöhlten Kürbis Schnaps an. Dann
segnete er das Grab wieder mit Schnaps und es gab auch
wieder Schnaps für die Mannschaft.*

*Ich goss meinen über die Schulter, was der Kazike in dem
Halbdunkel nicht erkennen konnte.*

Alle anderen tranken großzügig mit, auch die vierte Portion.

Dann gab der Alte das Zeichen, dass es jetzt so weit sei.

*Dann passierte es, dass sich Männer unwohl fühlten. Wir
schafften es nicht das ganze Grab bis in eine gute Tiefe auszu-
heben. Wir wollten dann bis zum nächsten Tag warten, um
bei Tageslicht und bei besserer Kondition der Soldaten die
Arbeit zu vollenden.*

*Am nächsten Tag waren alle Soldaten und der Offizier er-
blindet. Da ich als Einziger nicht erblindete, schloss ich
daraus, dass der Schnaps vergiftet war. Ich erschoss daraufhin
den Alten auf der Stelle.*

Einiges, davon ganz Entscheidendes, fehlte in dem Bericht. Gold, gefunden oder vermutet, wird mit keinem Wort mehr erwähnt. Und vom 13. auf den 26. Tag, immerhin beinahe zwei Wochen, fehlen alle Details zum Aufenthalt und dem Tun des Kommandanten. Der Kommandant wurde dann vom Verwaltungsrat zu einer Aussprache vorgeladen.

Auf alle Fragen zeigte der sich ganz aalglatt. Er verwies auf die Verletzung seines Maultieres, mit dem er sich in höhere Bergregionen begeben musste.

Ja, er habe sich ein halbwüchsiges Schwein verschafft, ja, er bekam Schwierigkeiten mit dem Besitzer, er wollte sich aber nicht auf Einzelheiten einlassen, was er daraufhin unternommen habe.

Auf die Frage, was mit den Packtieren, der Ausrüstung, der Verpflegung, den Waffen der Truppe geworden sei, sagte er lakonisch, dass alles in die Hände der Indios gefallen sei. Und wieder regte er an, ein Corps zusammenzustellen und diese Region um Cotacachi Indiofrei zu machen - alle müssten weg. Und er bot sich sofort auch als der Führer dieses Rachefeldzuges an. Ja, es stehe ihm geradewegs zu, denn er sei ja der direkt Betroffene. Dazu brauche er nicht mehr als zehn gut ausgebildete und gut bewaffnete Männer.

Er regte dann doch auch noch an, die Suche nach dem Gold weiterzuführen. Dann aber nicht in der Gegend des Cuicocha-Sees, sondern im Yaguarcocha-See.

Dem Gerücht, dass auf dem Goldschatz ein Fluch liege, wolle er keine Bedeutung beimessen.

Es kam die Frage, nach der Erblindung der Grabgräber.

Das könne keine Folge eines Fluches sein, sondern das sei schlicht und einfach vergifteter Schnaps gewesen. Zumindest gepanscht mit einer giftigen Art von Schnaps (Aguardiente). Der Kazike, das muss ein ganz schlimmer Finger gewesen sein.

Weshalb er niemanden seiner Männer gewarnt habe, wo er sich selbst doch enthielt?

Wie sie sich das vorstellten? Den Kaziken als ein noch nicht überführter Giftmischer hinzustellen? „Was aber mich betrifft, so bin ich schlicht und ergreifend kein Freund von diesen scharfen Sachen.“

Die hohen Herren schauten sich mit einem überraschten ja ungläubigen Gesichtsausdruck an. Hatten sie andere Informationen? Aber es war ja so viel verleumderischer Tratsch unterwegs. Wem sollte man bei dem herrschenden Durcheinander mit den vielfältigsten Intrigen noch Glauben schenken. Der Einzige, der von den vier hohen Herren im Regierungsrat noch einen einigermaßen Durchblick hatte, der wurde vor einiger Zeit von der Krone als Gouverneur nach Riobamba versetzt.

Aber auch dieser allgemein respektierte Kollege hatte mit diesem Kommandanten so seine Probleme. Gerüchten nach, die sich hartnäckig gehalten hatten, wurde er von diesem sogar mit dem Tode bedroht. Nicht direkt. Aber die Drohung soll ihm damals von mehreren Seiten zugetragen worden sein.

Die vier Mitglieder des Regierungsrates, der **Real Audiencia de Quito**, entschieden nach einer kurzen Beratung, dass der Kommandante für einen neuen Einsatz vorgesehen werde. Einzelheiten würden ihm schriftlich zugestellt.

Dem Kommandanten war es recht. Er würde im richtigen Moment seine eigenen Pläne in ein neues Unternehmen einfließen lassen. Es würde ihm schon etwas einfallen.

Rechtsbeugungen des Kommandanten, ein Beispiel.

Der Kommandant einer anderen Abteilung hatte in einem Duell einen Unteroffizier erschossen. Duelle waren schon länger verboten. Beim Töten in einem Duell galt dies als Mord. Juan Pablo Hernandez Palacios und Antonio Claudio Echeverria Sanchez, der Sieger - und Mörder - in dem Duell, waren in einer verqueren Freundschaft miteinander verbunden. Antonio Claudio Echeverria Sanchez hatte, trotz aller Vorsicht seitens des Kommandanten Juan Pablo Hernandez Palacios, Kenntnis davon erhalten, dass dieser in einer sehr verdächtigen Form am Verschwinden einer großen goldenen Monstranz beteiligt war. Genaues konnte er aber nicht in Erfahrung bringen. Bei diesem Vorfall hatte es zwei Tote gegeben, bei denen die genauen Ursachen ebenfalls nicht abschließend geklärt werden konnten.

Juan Pablo Hernandez Palacios wurde von seinem Offizierskollegen in einer verdächtigen Weise angesprochen. Der Kommandant musste daraufhin glauben, dass dieser Antonio Claudio viel mehr wisse. Gegen eine gewichtige Goldsumme versprach dieser zu schweigen und hielt auch sein Wort.

Bei der Untersuchung des Duells half ihm der Kommandant Juan Pablo Hernandez Palacios als Zeuge die Tat zu verdrehen. Gemäß der getroffenen Absprache sollte es wie ein Unfall aussehen. Und die Akte wurde dann auch nach der entsprechenden falschen „Zeugenaussage" in diesem Sinne geschlossen. Von nun an befand sich Antonio Claudio in der Hand des Kommandanten. Er schuldete ihm - Ehrensache - einen Gefallen. Die Ehre des Duellanten war aber nach dem Prozess angeschlagen, nicht mehr unantastbar. Das war auch der Grund, weshalb er auf den Posten des Hafenmeisters in Guayaquil versetzt wurde. Gewissermaßen eine Abschiebung, eine Strafversetzung.

In dieser Position war der Hafenmeister dem Kommandanten zu Gefallen, als dieser mit dem gleichen Schiff als Daniel und Angelina eintraf. Damit war die Bilanz der gegenseitigen Gefallen ausgeglichen, keiner der Beiden schuldete mehr dem anderen etwas. Freundschaftsdienste ausgeschlossen.

Der Vergeltungsschlag gegen die Indios.

Der Kommandant erhielt den Auftrag mit vier Bewaffneten drei Indios aus Cotacachi nach Quito zu bringen. Wenn es denn möglich wäre, sollten diese am besten aus der Gruppe stammen, die bei dem Überfall und dem Töten der Soldaten dabei waren. Hier sollten sie als abschreckendes Beispiel vor Gericht gestellt werden. Die Parole hieß: *In der Gegend müssen alle Indios sehen, dass die Real Audiencia de Quito die Macht und auch den Willen hatte Widerstände gegen die Kolonisatoren zu brechen.* Es würde allgemein sichtbar und bekannt gemacht, dass Straftaten mit aller Härte des Gesetzes verfolgt und abgehandelt werden würden. Nach Lage der grausamen Geschehnisse, würde man an ihnen wohl die Todesstrafe vollstrecken. Und zwar nicht mit der Garrotte, sondern öffentlich mit dem Strick.

Der Kommandante stand mit den Vorbereitungen für das ihm anvertraute Unternehmen kurz vor dem Abschluss, als er zurückgepfiffen wurde. Es war eine Nachricht vom Königlichen Hof in Spanien eingetroffen, gemäß dieser sollte jeder Vorrat an Gold schnellstmöglich auf den Weg nach Spanien gebracht werden.

Zunächst werde man demnach auf den Vergeltungsgang nach Cotacachi verzichten. Aber nicht aus den Augen verlieren. Alle Mann, die nicht unbedingt zum Schutz des Verwaltungssitzes des *Vizekönigreichs Neugranada* in Quito gebraucht würden, sollten sich für die Begleitung des Goldtransportes zur Verfügung halten. Die Begleitmannschaften würden den Transport bis zu dem kolumbianischen Hafen Christobal Colon an der Karibischen See begleiten und sichern.

Jeder der Kandidaten für die Begleitung des Transportes wusste, was das bedeutete. Die meisten der im militärischen Dienst des Vizekönigreiches Neu Granada standen, waren bereits auf dem bekannten Weg hierher, nach Ecuador gekommen. Sie mussten zu Fuß die Strecke bis auf die atlantische Seite des Isthmus durchlaufen - *leiden* wäre treffender ausgedrückt.

Als verantwortlicher Leiter dieser Expedition wurde der General Henrique Alvaro Rodrigo de Avila bestimmt. Dem Kommandanten war bekannt, dass dieser General, aufgrund seiner herausragenden Verdienste im Norden Perus und Süden Ecuadors, mit einer großen Hacienda in der Gegend von Ambato belohnt worden war. Diese Hacienda lag zwar nicht unmittelbar an der Route, die die Expedition zu nehmen hatte, war aber leicht von dieser zu erreichen. Und nach den Plänen des Kommandanten sollte diese Hacienda eine schicksalhafte Rolle bei dieser Reise spielen.

Und nur Juan Pablo konnte wissen, dass dieser Marsch eine einzigartige Chance bedeutete. Der Kommandant hatte seine eigenen Pläne und schon länger auf eine solche Gelegenheit gewartet.

Mit dem General besprach er die entstandene Situation, dass er nämlich mit vier Soldaten bereits für eine Expedition nach Cotacachi reisefertig war, als die Order für den Goldtransport gekommen sei. Aus diesem Grund sei die Expedition für die Zukunft verschoben worden.

Dann schlug er dem General vor, er könne mit diesen vier Soldaten als Vorhut alsbald aufbrechen und vielleicht in der Gegend von El Conde, vor Ambato, ein Lager vorbereiten. In dieses könne er von Latacunga und Salcedo Futter für die Tiere mitnehmen, da ja bekannterweise beim Sitio El Conde nicht viel Grünzeug wachse. Die Gegend sei ja bekannt als „arido" - ziemlich spärlich bewachsen, weil zu trocken. Auf diese Art und Weise könne man zwei wichtige Punkte für die Reise auf einen Schlag regeln. Die Tiere wären sicher mit Futter versorgt und der Weg sei praktisch bis Ambato gesichert.

Der heimtückische Plan des Kommandanten: Beim Zusammentreffen auf dem **Sitio El Conde** würde er einen besonders interessanten Vorschlag machen. Der General würde ihn gerne befolgen. So dachte es sich der Kommandant.

Des Kommandanten geheimer Plan lief darauf hinaus, den Transportführer und General in Sitio El Conde davon zu überzeugen, dass er mit seinen vier Männern ausgeruht sei und sie damit die Wache übernehmen könnten.

Dann, während dieser nächtlichen Wache, würde Gold gegen Steine ausgetauscht werden und das Edelmetall würde auf der Hacienda des Generals versteckt werden. Am folgenden Morgen würde er dem General den Vorschlag machen, dass er sich einen Blitz-Besuch auf seiner Hacienda leisten könne. Er wolle dann die kurze Strecke nach Ambato weiterziehen und dort auf seine Rückkehr warten. Dann könne der General wieder die Führung übernehmen.

Der Vorschlag für die Nachtwache schien aus der Sicht des Generals brauchbar. Er sah, nach kurzer Überlegung, darin in keiner Weise eine Arglist und genehmigte dann auch die Idee des Kommandanten. Soweit die grobe Planung.

Der Kommandante ließ sich vom General noch genau erklären, wie die Hacienda vom **Sito El Conde** aus zu erreichen ist. Somit wolle er sicher gehen, dass er einen Rastplatz auswählen konnte, der in nächster Nähe und nicht zu weitab vom Eigentum des Generals lag.

Die Vorhut mit dem Kommandanten würde runde zwei Tage vor dem Tross mit dem Transport die Raststelle erreichen. Der Kommandant, so sein Plan, würde genug Zeit haben bei Tageslicht die Lage der Hacienda auszukundschaften. Das würde er allein, ohne Begleiter machen.

Das Ziel dieser Intrige war, den General zu kompromittieren. Gold aus dem Transport würde in einem Versteck auf der Hacienda gefunden werden können. Die Hacienda musste der Offizier daraufhin verlieren, sie würde ihm weggenommen. Was mit dem General dann passieren würde, ja musste, darüber machte sich der Kommandant Juan Pablo Hernandez Palacios keine Gedanken. Er war sich sicher, dass er selbst dabei gut abschneiden würde. Er konnte ja als königstreuer Soldat und Kronzeuge auftreten. Er würde bezeugen können, dass der Abstecher des Generals auf dessen Wunsch stattfand, sie hätten es beide so auch besprochen. Er würde sich aber hüten zu erwähnen, dass er es ja gewesen war, der ihn zu diesem Umweg geradezu ermuntert hatte.

Auf der Reise als sichernde Vorhut stand aber der finstere Plan des Kommandanten vor dem Scheitern. Kurz vor Latacunga erlitt einer seiner Soldaten einen Unfall und verstauchte sich einen Fuß. Der schwoll sofort stark an. Der Mann konnte nicht mehr weiterreisen. Er blieb im lokalen Cuartell Latacungas, um sich kurieren zu lassen.

Das konnte jetzt insofern problematisch werden, als nicht nur *seine* Leute für den nächtlichen Wachdienst ausreichten. Möglich, dass noch ein Unbekannter abkommandiert werden würde, um die Wachmannschaft wieder auf volle Einsatzstärke zu bringen. Dann würde es schwierig werden sich absprachegemäß unbemerkt davonzumachen, um auch unauffällig wieder ins Lager zurückzukehren. Seine Leute konnte er dirigieren und als Vorgesetzter seine zeitweise Abwesenheit erklären. Seine Bewegungen konnte er als Kontrolle der Umgebung auslegen. Aber einem Fremden gegenüber? Sein Ausritt ohne Begleitung musste dann verdächtig erscheinen.

Aber alles verlief ohne weitere Probleme. Der Kommandante platzierte „seine" Wachen so, dass er unbemerkt einige Goldobjekte herausnehmen und sie durch vorbereitete Steine ersetzen konnte.

Er selbst würde den berüchtigten „Stein" dann in Guayaquil beim Umladen ins Rollen bringen.

Er würde das allgemeine Lob für seine Aufmerksamkeit einheimsen. Vielleicht würde sogar der König davon in Kenntnis gesetzt. Dann die Hacienda des Generals für sich als Belohnung zu beanspruchen, würde dabei schon wie folgerichtig erscheinen.

Niemand vom Tross hatte ihn bei seiner nächtlichen Rückkehr bemerkt. Er gab sich aber der Wache mit der vereinbarten Parole zu erkennen. Er überzeugte dann die Wachen, dass er mit seinem Ausritt die Umgebung des Camps gesichert habe. Alles in Allem eine Aufgabe für einen verantwortungsvollen und tapferen Offizier.

Das Gold hatte er in einem Ziegenpferch auf der Hacienda des Generals versteckt.

Die Wachen selbst berichteten, dass alles in bester Ordnung sei. Sie vernahmen daraufhin gern die Belobigung ihres Kommandanten. Sie erfuhren, dass sie in den kommenden Nächten Gelegenheit hätten, den entgangenen Schlaf nachzuholen, das betonte er noch. Wenn sie das wollten. Denn dann wären sie ja in der Stadt Ambato mit ihren Angeboten von möglichen Ausschweifungen und verschiedenen Abwechslungen.

Als sich die kleine Karawane zur Weiterreise bereitgemacht hatte, war die Stunde des Kommandanten gekommen, um den nächsten Schritt in seiner Planung zu machen.

Er schlug dem General vor, dass er gut und gerne seiner Hacienda einen Kurzbesuch abstatten könne. Der Kommandante schlug auch vor, dass er bis zum nicht mehr weit entfernten Ambato die Leitung des Zuges übernehmen könne. Dort werde man sowieso ein Lager aufschlagen müssen, denn wenn man weiterzöge, käme man für die nächste Rast direkt auf die Passhöhe des Chimborazo. „Das sollte man aber keinem der Männer zumuten - Herr General!"

Der General überlegte einen recht langen Moment, in dem der Kommandant schon seine Felle fortschwimmen sah. Aber dann fand der General die Idee praktikabel bis gut und willigte ein.

Der Kommandante konnte aufatmen! Nochmals gutgegangen!

Am späten Nachmittag kam der General mit seinen Adjudanten und den zwei Mann Sicherungspersonal zu der Gruppe, die in der örtlichen Verwaltung von Ambato ihr Lager bezogen hatte. Der Kommandant versuchte sich die Namen der Begleitpersonen einzuprägen. Sie würden bei dem unvermeidlich kommenden Prozess wertvolle und gleichzeitig verwirrende Zeugen sein.

Die Tiere waren gefüttert, in einem Kessel dampfte das Abendessen. Schöne große Fleischstücke hatte der Koch und sein Gehilfe organisiert.

Am nächsten Tag ging die Reise weiter in Richtung Riobamba. Rechts vor ihnen lag, der in diesen frühen Morgenstunden in der Sonne glänzende gewaltige Eisbrocken des Chimborazo. Am Abend, die Sonne war gerade untergegangen, erreichten sie Riobamba.

Der Kommandante ließ sich beim General entschuldigen und bat die Nacht bei einem alten Bekannten verbringen zu können.

In Wahrheit wollte er aber einem Zusammentreffen mit seinem alten Widersacher, dem jetzigen Gouverneur aus dem Weg gehen.

Ab dem nächsten Tag würde die Reiseroute immer beschwerlicher werden. Die westliche Kette der Cordillera war zu durchqueren mit dem folgenden Abstieg von dem sehr hoch gelegenen Übergang bis hinunter auf Meereshöhe.

In Guayaquil angekommen wurden die Frachtschaluppen beladen, um die Ladung auf die rechte Flussseite, auf die „Stadt"seite zu bringen.

Der Kommandant, der unüblicherweise beim Umladen der Frachtstücke selbst Hand anlegte, näherte sich dem General, um ihm mitzuteilen, dass man alles auf der anderen Flussseite kontrollieren solle. Er habe einen Verdacht, der sich hoffentlich nicht bestätigen werde.

Auf der anderen Flussseite gab es zunächst eine Begrüßungszeremonie mit dem Hafenmeister, der ja erst seit einer kurzen Zeitspanne auf diesen Posten versetzt worden war.

Der General bat den Kommandanten bei der Kontrolle der Transportstücke dabei zu sein.

Dass man in einer Charge Steine statt Gold fand, schlug bei allen an der Expedition Beteiligten wie eine Bombe ein. Die Nachricht verbreitete sich in weniger als einer Minute.

Nun schlug die Stunde des Hafenmeisters, der die Unregelmäßigkeit zu protokollieren hatte.

Dann beschlossen der General und der Hafenmeister den Transport, soweit es das verbliebene Gold anbetraf, mit dem nächsten Schiff seiner Majestäten zu vollenden. Ab diesem Moment würde die Verantwortung für die Sicherheit des Frachtgutes der Kapitän des Schiffes übernehmen. In fünf spätestens sieben Wochen würden dann die sichernden Begleitpersonen ja schon wieder zurück sein. Im Augenblick sei der Wunsch des Königlichen Hofes Gold zu bekommen, offensichtlich mit größter Vordringlichkeit zu behandeln.

Mittlerweile würde ein Kurier die Nachricht von dem Schwund nach Quito zur Real Audiencia de Quito befördern.

Dort würde es große Aufregung geben und die vorläufige Suche nach dem Verlust und dem oder den Schuldigen beginnen. Bis die kompletten Mannschaften wieder zurück seien, würde man aber kaum praktische Schritte unternehmen können.

Dann aber würde Schwung in die Aufarbeitung der anrüchigen Angelegenheit kommen.

Die Intrige.

Nach 48 Tagen waren alle Expeditionsteilnehmer wieder in der Hauptstadt von Neu Granada, in Quito.

Der Regierungsrat, die Real Audiencia trat zusammen, um mit der Befragung aller Beteiligten zu beginnen. Der General berichtete als Erster. Er schilderte alles mit der Reise Zusammenhängende, angefangen von den Vorbereitungen für die Reise.

Er berichtete auch wahrheitsgemäß über die Absprache mit dem Kommandanten, was als nicht zu beanstandendes sicherndes Vorauskommando erklärt wurde. Bis hierher entwickelten sich keine Widersprüche. Denn die Organisation der Reise lag vollkommen im Verantwortungsbereich des Generals.

Es gab dann doch die Frage eines Ratsmitgliedes, ob er dabei keine Bedenken gesehen habe.

„Ganz im Gegenteil", meinte der General. Der Kommandante hätte doch praktisch aus dem Stand heraus die Reise antreten können. Er sei ja geradezu für dieses Vorauskommando prädestiniert gewesen. Schließlich sei er mit den Tieren, seinen vier Mann und dem benötigten Proviant und Gepäck sofort reisefähig gewesen. Andernfalls hätte der ja mit Sack und Pack und Tieren praktisch hier herumlungern müssen. So aber konnte er einen begrüßenswerten praktischen Beitrag zur Sicherung des Transportes leisten. Die vom Kommandanten vorgetragene Idee habe er daher als sehr sachdienlich angesehen.

Der General gab Auskunft über alle Lagerstätten und den jeweils durchgeführten Sicherungen bis zur Ankunft in Guayaquil. Dort habe der Kommandant, der freiwillig beim Verladen Hand angelegt habe, als Erster eine Unregelmäßigkeit vermutet und sei damit an ihn herangetreten.

Über seinen Abstecher auf seine Hacienda sagte der General kein Wort. Hatte er ihn vergessen?

Dann verlas ein Ratsmitglied den Bericht des Hafenkommandanten und fragte den General, ob er mit dessen Inhalt einverstanden sei?

Der General hatte den Ausführungen nichts hinzuzusetzen und auch nichts zu bemängeln.

Als Nächste kamen die Adjutanten des Generals zur Befragung.

Sie schilderten sachlich den Ablauf der Reise, erwähnten aber ebenfalls nicht den Besuch des Generals auf seiner Hacienda.

Andere Aufgerufene wussten wirklich nichts von einem Besuch oder wollten sich nicht zu Spekulationen äußern.

Den Kommandanten hatte man mit der Reihenfolge der Vernehmungen nicht brüskieren wollen und hatte ihm von Anfang an mitgeteilt, dass ihn der Regierungsrat für eine Zusammenfassung seiner Eindrücke als Abschluss hören wolle.

Des Kommandanten finsterer Plan ging also auch über die Reihenfolge der Anhörungen voll und ganz auf. Seine Version des Reiseverlaufes würde wie eine Bombe einschlagen. Ganz zum Schluss würden alle Aussagen völlig relativiert sein und die Rekonstruktion der Ereignisse würde von vorne beginnen müssen.

So kam es, dass er die Stationen und Umstände der Reiseabschnitte routiniert schilderte. Auch der verstauchte Fuß eines Soldaten fand gebührende Aufmerksamkeit. Beinahe wie in einem Nebensatz, so ganz und gar beiläufig erwähnte er den besprochenen Besuch, den Abstecher des Generals auf dessen Hacienda. Und wie erwartet, hakten die hohen Herren fast unisono nach.

Weshalb der General nach Ansicht des Kommandanten zu seiner Hacienda geritten sei?

Der Kommandant gab sich nach außen als loyaler Offizier gegenüber dem königlichen, hochdekorierten General. Nein, meinte er immer wieder auf bohrende Fragen, dass er zu diesem Thema nicht bereit sei zu spekulieren oder gar nur Vermutungen anzustellen. Das hohe Haus könne sicherlich ergänzende Aussagen aus der näheren Umgebung des Generals erhalten. Mit diesen Leuten wolle er sich aber nicht anlegen, das sei Ehrensache. Überhaupt sei es Ehrensache gegenüber seinem General aufrichtig und nicht hinterhältig zu sein.

Am Ende, nach allen Ermittlungen würde man sowieso die Unschuld des Generals herausfinden. Da sei er sich sicher. Schnell könne man die Ehre eines solch hochgeachteten und dekorierten Offiziers beschädigen, aber sie wieder herzustellen würde, wenn es denn überhaupt möglich sei, lange, ja sehr lange dauern können, belehrte er das Gremium.

Und genau diese Aussagen in Form und Inhalt brachten die versammelten Herren in höchste Alarmstimmung.

Der Kommandant gratulierte sich innerlich bereits jetzt für seinen offensichtlich ehrenhaften Auftritt in Verteidigung der Ehre seines Generals. So etwas konnte man in Offizierskreisen nicht oft genug aufzeigen und betonen.

Der Regierungsrat hatte es geschluckt, er würde sich tiefgehend mit diesem ominösen Besuch des Generals auf seiner Hacienda befassen. So viel stand für den Kommandanten fest. Sie würden ihm Pflichtvergessenheit vorwerfen, was allerdings im Rahmen der weiteren absehbaren Anklagepunkten nur ein fast unbedeutender Klacks sein würde.

Und somit hatte er sein erstes Etappenziel erreicht. Die weiteren Entwicklungen konnte er in aller Ruhe als Zuschauer abwarten. Sie würden sich von selbst für den General zu einer immer schneller wachsenden Katastrophe weiterentwickeln.

Er hatte einen Stein losgetreten in einer Art und Weise, die ihn in keinem Punkt belasten würde oder auch nur verdächtig machen müsste. Er hatte seinen General vor diesem Gremium sogar verteidigt und er hatte sich standhaft geweigert irgendwelche Schlüsse aus dem Besuch zu ziehen. Vermutungen auszusprechen hatte er weit von sich gewiesen. So weit, dass die hohen Herren von seiner Ehrenhaftigkeit vollkommen überzeugt sein mussten.

Im weiteren Verlauf der Befragungen würde sich „sein" General persönlich schwerstens belasten. Vielleicht sogar, ohne es selbst zu bemerken. Den Rest, für seinen Absturz, würden seine eigenen Ordonanzen und Begleiter besorgen. Auch dies, ohne es zu wissen oder zu spüren, dass sie mit jedem weiteren Wort in den Aussagen, das Grab ihres Generals immer tiefer schaufelten.

Und er brauchte nur zuzuschauen. Ja, der Kommandant konnte es zufrieden sein. Er wuchs über sich hinaus, er sah sich selbst in Übergröße als ein Genie. Er sah in seinem Erbgut eine einmalige Veranlagung, die er unbedingt an einen Nachfolger weitergeben musste. Er fand diese Idee gut und wunderte sich zugleich, dass er bisher die Möglichkeit eine Familie zu gründen total vernachlässigt hatte. Nun ja, sagte er sich, aufgeschoben heißt nicht für die Ewigkeit aufgehoben.

Der Regierungsrat lud den General wieder vor und konfrontierte ihn mit dem Vorwurf die Reise zu seiner Hacienda verschwiegen zu haben. In diesem Zusammenhang wurde ihm Pflichtvergessenheit zu einem möglichen Schaden des spanischen Königshauses vorgeworfen. In diesem Zeitraum seiner Abwesenheit auf der Hacienda, so die Schlussfolgerung, eine allerdings falsche, musste das Gold gestohlen worden sein.

Der General wies darauf hin, dass der Kommandante Juan

Pablo Hernandez Palacios die Verantwortung während seiner Abwesenheit trug, und dem vertraue er vollkommen. Da konnte kein Diebstahl von Goldgegenständen passiert sein.

Und damit zog er sich selbst wieder ein Stück tiefer in den von eben diesem Kommandanten verursachten und organisierten Schlamassel.

Und er setzte noch einen drauf: Er schlug den hohen Herren, den Vertretern des Königshauses vor, seine Hacienda durchsuchen zu lassen, sie „meinetwegen" auf den Kopf zu stellen. Ja, er stellte diesen Vorschlag so dar als wolle er unbedingt die Durchsuchung. Sie würde nur seiner direkten Ehrenrettung dienen. Er sei schließlich sauber und das werde eine Durchsuchung ergeben müssen, da könne er komplett darauf vertrauen.

Die danach nochmals verhörten Offiziere konnten nur bestätigen, dass ihnen nichts aufgefallen war, das auf eine Unregelmäßigkeit des Herrn Generals hätte hinweisen können.

Klar, der General sei mit kleinem Gepäck auf seinem Pferd geritten, eigentlich wie immer.

Auf die Frage, weshalb sie bei der ersten Vernehmung nichts von dem Abstecher auf die Hacienda ausgesagt hatten, konterten sie mit einer - fast - plausiblen Erklärung. Schließlich habe dieser private Ausritt ja gar nichts mit dem Goldtransport zu tun gehabt. Und, nein, der General habe sie auch nicht dazu angestiftet davon nichts auszuplaudern.

Und natürlich hatte sie der General allein gelassen, als er im Haus nach dem Rechten geschaut habe.

Keiner der Begleitoffiziere war dann bereit irgendwelche Vermutungen oder Verdächtigungen zu einem möglichen sonderbaren Verhalten des Generals anzustellen und auszusagen.

Es folgten noch weitere Verhöre von Expeditionsteilnehmern, die aber alle keine weiteren Erkenntnisse zu dem Diebstahl erbrachten.

Der Regierungsrat beschloss dann die Hacienda gründlich

durchsuchen zu lassen. Und wer wäre für ein solches Unternehmen besser geeignet als der Kommandant. So bekam er den erwarteten, übrigens geheime Auftrag.

Der General wurde darüber nicht informiert, aber über seine Zuträger erfuhr er von der Anordnung.

Noch regte er sich keinesfalls auf. Weshalb denn auch? Sollten sie ruhig suchen, danach würde Ruhe herrschen. Seine Weste würde wieder sauber sein. Die Vorwürfe oder überhaupt der hundsgemeine Verdacht wäre aus der Welt.

Der Kommandant wählte zwei Begleiter aus und der Regierungsrat benannte weitere drei Personen, die eine juristische Grundausbildung besaßen. Die Gruppe sollte sich so schnell wie möglich aufmachen, um den Auftrag auszuführen.

Sie benötigten einen Tag, um die Geräte und die Verpflegung mit dem übrigen Standartgepäck vorzubereiten. Am darauf folgenden Tag wollten sie in der ersten Tagesstunde mit den Maultieren und Reitpferden aufbrechen. Alle hassten diese Stunde in Quito, wegen der niedrigen Temperatur, die sich dann in der Regel so um den Gefrierpunkt bewegen würde. Kleine Pfützen wiesen dann eine dünne Eisschicht auf. Allerdings fand dieses Wettergeschehen nur bei wolkenlosem Himmel und, was besonders wichtig war, ohne Wind oder allgemeine Luftbewegung statt.

Etwa eine Stunde später müssten sie bereits weit außerhalb des Stadtgebietes sein. Es würde nicht mehr erforderlich sein sich die klammen Hände zu reiben. Die Sonne entfaltete dann bereits eine wärmende Kraft. In weiteren zwei Stunden müssten sie bereits beginnen das Tal Machachi zu durchqueren und schwitzen.

Am Abend des dritten Tages erreichten sie, nach teilweise scharfen Ritten, Ambato. Von hier, so sah der Plan aus, würde die ganze Mannschaft zur Hacienda aufbrechen. Hier in Ambato brauchten sie in der ersten Morgenstunde eine empfindliche Kühle nicht zu fürchten.

Es war noch nicht Mittagszeit, als die Gruppe der „Goldsucher" auf der Hacienda ankam.

Der Verwalter empfing sie mit dem Gewehr in der Hand. Das war Routine, wenn sich mehrere unbekannte Reiter dem Haupthaus näherten. Der Kommandant zeigte die Dokumente, die ihn als Bevollmächtigter auswiesen, um im Auftrag der höchsten Gerichtsbarkeit in Quito die Hacienda gründlich zu durchsuchen. Auf die Frage des Verwalters wonach sie suchen sollten, erhielt er keine Antwort.

Dagegen erhielt er den Auftrag und Anweisung die Reit- und Transporttiere betreuen und verpflegen. Diese Order kam vom Kommandante in einem Ton, der den Verwalter anspornte, ohne weitere Fragen den Auftrag auszuführen. Zunächst pfiff er durch die Finger und fast augenblicklich erschien im Eingangsbereich ein junger Indio, an den der Verwalter seinen Auftrag weitergab. Dazu gab es auch noch eine lautstarke Warnung: „Und ein bisschen dalli, sonst trete ich dir in deinen dreckigen Arsch."

Der Kommandante teilte seine eigenen Begleiter für die einzelnen Bereiche des Hauptgebäudes ein. Neben jedem der Begleiter und „Gold"sucher postierte sich praktisch ein beobachtender Beamter, der direkt dem Regierungsrat unterstand.

Nach einer kurzen Weile rief der Kommandant nach dem Verwalter und beauftragte ihn für ein anständiges Essen zu sorgen.

Als sich dieser etwas verwundert zeigte und nicht gleich darauf reagierte, beschloss der Kommandant für sich ihn in einer ersten Handlung, nach der Übernahme der Hacienda, zu feuern.

Sollte es dem Kerl auffallen, dass der Kommandant wie lustlos und unsystematisch mal hier, mal dort auf einer mysteriösen Suche war? Scheiß drauf, war die höchst private Reaktion des Kommandanten. Das sagte er natürlich nicht laut. Aber es stand für ihn bereits jetzt schon fest, dass er, in einer nicht allzu fernen Zukunft, dieses blöde Gesicht des noch Verwalters nicht einen Tag länger als es unbedingt notwendig war, zu ertragen.

Der Kommandante knöpfte sich die Küche und Vorratslager vor. Das schien auf den ersten Blick logisch aber ihn interessierten mehr die Vorbereitungen für das Mittagessen. In diesem Zusammenhang entdeckte er einige Flaschen Rioja-Wein. Den würde er sich aufheben, um den Tag seines Einzuges in diese Hacienda zu feiern.

Der Kommandant spornte das kochende Personal an, etwas Anständiges auf den Tisch zu bringen. Er sah, dass man ein paar Hühner geschlachtet hatte, und das stellte ihn vorerst zufrieden. Aber es drängte ihn immer mehr die Suche im Haus als erfolglos und als beendet erklären zu können.

Dann kam das Mittagessen und zog sich bis in die Nachmittagsstunden hin. Jetzt war es an der Zeit die Karten auf den Tisch zu legen, so dass sie alle zeitmäßig wieder vor Einbruch der Dunkelheit in Ambato sein konnten. Auch dort würde es gut zu Essen geben. Und ... nun da werde man sehen.

So stellte er kurz fest, dass man *im* Haus alle Möglichkeiten erschöpft habe. Die begleitenden Beinahejuristen stimmten ihm zu. Und sie waren ebenfalls der Meinung, dass man nun die Geräteschuppen, Stallungen und Einfriedungen für die Tiere, genau inspizieren wolle.

Der Kommandant wollte schon einen anderen Vorschlag machen, hielt sich aber zurück. Er hätte sich möglicherweise verdächtig gemacht.

So ging es von *einem* stinkenden zu einem *anderen* stinkenden Ort. Der Kommandant suchte sich allerdings die weniger stinkenden Orte aus, dort wo normalerweise die Esel untergebracht waren. Deren Ausscheidungen waren in der

Regel bereits nach einigen Tagen getrocknet und verbreiteten nicht mehr den penetranten Duft.

Dann hatten sie endlich die überdachten Bereiche durchsucht und - natürlich - nichts gefunden.

Es gab verschiedene Pferche. Die unterschiedlich hohen Einfriedungen bestanden durchweg aus aufgeschichteten Steinen, die zum großen Teil mit niedrigem Gestrüpp und Flechten bewachsen waren.

Der Kommandant drehte es so, dass einer seiner Begleiter den gewissen Ort beim Ziegenpferch finden sollte. Er würde aber in der Nähe sein.

Und da fand das auserwählte Paar doch tatsächlich goldene Artefakte. Na, war das eine Überraschung! Hatte der General doch wirklich ....

Damit war der Fall glasklar geklärt. Darüber waren sich sowohl die Begleiter als auch die Abgesandten des Regierungsrates einig.

Was die Artefakte anbetraf waren sie, auf Anweisung des Königshauses, diesmal nicht vor der Überführung nach Spanien eingeschmolzen worden. Ein schlauer, königlicher Bediensteter hatte zu bedenken gegeben, dass es der Königsfamilie gut anstehen würde, einiges aus dem Nachlass der Inkas unverändert aufzubewahren. Damit könne man auch den nachfolgenden Generationen die Überlegenheit, die Größe und Herrlichkeit Spaniens vor Augen führen. Prachtvolle Museen sollten gebaut werden, die dann eines Tages Besucher aus aller Welt anziehen würden. Besonders die Stadt Madrid würde von dem Ruhm der spanischen Welteroberer profitieren.

Der Mann besaß Weitsicht und Fantasie.

Der strahlende Sieger

Die Regierungsräte beschlossen einstimmig den General in Ketten zu legen.

Da er vom König direkt geadelt wurde, könne man ihm hier nicht den Prozess machen und verurteilen. Es sei nicht daran zu denken an ihm auch noch ein Urteil zu vollstrecken. Nicht einmal den Generalsrang konnten sie dem Mandatsträger aberkennen.

„Er muss in Ketten gelegt, nach Spanien verbracht werden."

Der nächste Beschluss war etwas problematischer, aber sie fanden sich doch zusammen und beschlossen den General zu enteignen. *Die Hacienda, die der General für seine besonderen Erfolge erhalten hatte, wird ihm aberkannt und somit die Eigentumsrechte entzogen.*

Und die hohen Herren vom Regierungsrat beschlossen ebenso einstimmig den Mann zu belohnen, der ganz entscheidend dazu beigetragen hatte, die Schurkentat des untreuen Generals aufzudecken. Über die Art der Belohnung werde man beraten und das Ergebnis in den kommenden Tagen verkünden und sanktionieren.

Der Kommandant fühlte sich übergangen. Hatte er doch fest damit gerechnet, dass er ab heute der neue Besitzer dieses Großgrundbesitzes sein würde. Alsbald hätte er um seinen

Abschied aus dem aktiven Militärdienst gebeten. Die Situation spannte nun seine Nerven aufs Äußerste an. Würde am Ende doch noch alles anders, seine Träume zerstört werden? Sollte er jetzt kämpfen? Aber dann wie und gegen was? Ja, es würde ihm nichts Anderes übrigleiben, als sich in Geduld zu üben. Das fiel ihm schwer, wo er sich doch so viel Mühe mit der Durchführung seines Planes gegeben hatte.

Zwei Tage später berief man ihn wieder vor den Regierungsrat. Wieder schwoll seine Brust vor Hoffnung und Begeisterung an. Das, ja das würde die Entscheidung in seinem Sinne bringen.

Und wieder wurde er enttäuscht. Er bekam diesmal die Order den General in Ketten nach Christobal Colon zu begleiten, wo er mit einem der nächsten auslaufenden Schiffe nach Spanien zu verbringen sei.

Er erhalte die Anweisung die Planung für diese Reise zu erstellen und den Transport unter seiner Verantwortung durchzuführen. Der General müsse wohlbehalten auf ein Schiff verbracht werden. Und noch einmal: Dafür trage er die Verantwortung. <Wohlbehalten>, wurde, wie eine Warnung wiederholt und betont.

Alles hätte der Kommandant lieber getan, als wieder einmal diese beschwerliche Reise antreten zu müssen.

Mehr zaghaft ließ er anmerken, dass er noch auf seine Belohnung für die Aufdeckung der Schurkerei des Generals hoffe.

Sie belehrten ihn, dass sie ihr Versprechen nicht vergessen hätten oder es gar brechen wollten. Aber gewisse administrative Vorgänge seien noch als ein gewisses Hindernis zu betrachten. Auch ein anderer der Entscheidungsträger äußerte sich im gleichen Sinne. Er dürfe sicher sein, dass die Belohnung für seine Leistung nicht vergessen werde. Es gäbe aber gewisse Umstände, die für den Augenblick die Verwirklichung einer Prämiierung verhinderten, eher behinderten, verbesserte sich der Würdenträger.

Hatte da der Kommandant in den Augen des Sprechers ein gewisses Zwinkern wahrgenommen?

Dann sprach dieser Sprecher doch noch Ermutigendes. Wenn er von dieser Überführungsaktion zurückkäme, sei sein Belohnungskonto noch gewachsen. Man erwarte eine absolut sichere Überführung bis nach Christobal Colon.

Mehr Details konnte der Kommandant aber beim besten Willen nicht erwarten. Enttäuscht und doch voller berechtigter Hoffnung fühlte sich Juan Pablo Hernandez Palacios mit seinen Gefühlen hin- und hergerissen. Sofern man bei ihm von „Gefühlen" überhaupt sprechen konnte.

Er stellte das Personal zusammen, das ihn bis zum Hafen an der Karibischen See begleiten sollte. Bei der Auswahl achtete er darauf, dass keiner von ihnen jemals direkt unter dem General gedient hatte.

Keiner wollte sich - logisch - freiwillig für dieses Kommando melden. Er brauchte aber mindestens acht wehrfähige Männer, lieber zehn, denn wenn er den General nicht unbeschädigt bis zu seinem Verschiffungshafen bringen würde, hätte er bestimmt auch seine Belohnung verspielt.

In dem Kopf des Kommandanten schwirrten auch Gedanken daran, dass es eventuell zu einem Befreiungsversuch kommen könnte. Es würde sicher noch eine respektierliche Anzahl seiner Verehrer und Bewunderer geben, deren Entschlossenheit man nicht unterschätzen sollte.

Er handelte bei seinen Auftragsgebern noch eine Sonderprämie für jeden Teilnehmer aus. So bekam er mit Ach und Krach neun Soldaten und einen Koch zusammen.

Um die Garnison zu schwächen und eine Befreiungsaktion von innen, seitens der bisherigen Soldaten und Offiziere des Generals zu verhindern, brachte er bei dem Regierungsrat den Vorschlag ein, eine Truppe zusammenzustellen. Sie sollte auf eine Strafexpedition in den Norden Ecuadors aufbrechen. Eben und hauptsächlich nach Cotacachi und zum See Yaguarchocha. Man habe ja vor Monaten wegen dem Goldtransport diese Operation abbrechen und verschieben müssen.

Er würde ja dieses Unternehmen gerne selbst führen, aber die Überführung des Generals habe absoluten Vorrang.

Der Vorschlag des Kommandanten fand beim Regierungsrat offene Ohren. So konnte er sich für seine Reise mit dem in Ketten liegenden General den Rücken freihalten. Er würde mit dem Gefangenen nach Süden reisen, die Interventionstruppe nach Norden.

Jetzt musste er sich noch der Aufgabe einer Rollenverteilung widmen. Die delikateste Rollen-Aufgabe bestand darin, wer wann für die Hygiene des Generals zuständig sein würde. In Ketten gefesselt, konnte der General seine eigenen Hosen nicht herunterlassen, um sein großes und kleines Geschäft zu machen. Freiwillig würde sich auch keiner seiner Männer für diesen humanitären Dienst melden. Der Kommandante entschied, dass sich für jeden Tag zwei Männer abzuwechseln hatten. Sie mussten ihn vom Pferd heben und zumindest beim Kacken beidseitig abstützen. Je nach Lage der Dinge vor Ort, würden sie ihm auch beim Essen und Trinken behilflich sein müssen.

Der tägliche Wechsel schien dem Kommandanten eine gerechte Verteilung dieser heiklen Aufgabe. Er erwartete zu dieser Anordnung keine unüberwindbaren Widerstände. Befehlsverweigerung würde es sowieso nicht geben....können.

Die Gruppe machte sich auf den Weg. Alles lief so weit reibungslos. Aber der Kommandant begann sich Sorgen zu machen. Hoch zu Ross blieb viel Zeit zum Nachdenken. Und Kommandante Juan Pablo ließ diese Zeit nicht ungenutzt verstreichen.

Der General könnte nämlich bei seinem Prozess in Spanien vor den Richtern doch noch neue und bisher nicht angesprochene Aspekte über den Golddiebstahl auspacken. Der

könnte für ihn selbst Entlastendes finden oder für seine eigene
Verteidigung auch neue gewichtige Argumente *er*finden. Der
Kommandante kannte sich ja im Intrigieren im Militärapparat
bestens aus.

Vielleicht konnte der General mit seiner unbestrittenen Intelligenz doch bei seinen Überlegungen und Bedenken über
Details zum Goldtransport, in ihm den wahren Urheber seiner
Niederlage erkennen. Vielleicht - vielleicht, überlegte sich
der Kommandante. Das Wörtchen <vielleicht> begann sich
vor den Augen Juan Pablos zu einem Monstrum zu entwickeln,
das seine scharfen Krallen nach ihm ausstreckte.

Der General begann sich im Kopf des Kommandanten wie
eine offene Flanke bei einer kriegerischen Auseinandersetzung
zu entwickeln. In einer solchen Situation ergaben sich die
peinlichsten, unberechenbarsten oder auch gefährlichsten Ereignisse. Vorbeugen wurde zur Maxime des Tages für den
Kommandanten. Er erkannte, dass sich da ein absolut unkalku-
lierbares Risiko für ihn entwickelte.

Und wer konnte dieses im Vorfeld und unter den obwalten-
den Umständen genau abschätzen? Am Ende konnte er
ebenfalls nach Spanien zitiert werden.

Es wäre verdammt unangenehm, erkannte der Kommandante weiter, wenn der General eine Gleichung aufmachte,
bei der am Ende unbarmherzig seine eigenen intriganten Pläne offen oder, wenn auch nur in Umrissen, erkennbar würden.
Es gab dazu zwar eine geringe Chance, aber, verdammt
nochmals, der General musste zu jedem Strohhalm greifen.
Und wenn einmal ein Anfangsverdacht auf ihn fallen würde?
Das Ende konnte er sich selbst mit der Beantwortung dieser
Frage ausmalen.

Schon wieder störte ihn die Aktivität seines Gespenstes,
des Generals <Zufall>.

Er musste unter allen Umständen jeden noch so kleinen
Zweifel nicht nur neutralisieren, sondern wahrhaftig beseiti-

gen. Jede noch so kleine Ungereimtheit vollkommen aus dem Weg räumen. Es durfte auf ihn in keinem Fall und in keinem einzigen Moment auch nur der geringste Verdacht fallen. Im Gegenteil. Der Eindruck, den er vermittelte, vermittelt hatte, zeigte doch klar und deutlich, dass er loyal war. Dass er sich als Zeuge auf keinerlei Spekulationen eingelassen hatte. Und dass er seinen Vorgesetzten - *dieses Stück Scheiße, reagierte der Kommandante* - durch seine Aussagen nicht im Geringsten belastet hatte. War es wirklich so? Er ging noch einmal, bereits zum x-ten Mal sein Verhalten, seine Aussagen vor der Ermittlungskommission gedanklich durch.

Es kam ihm aber auch zum x-ten Mal die Idee. Eine immer klarere Vision begann sich durchzusetzen. Der Kerl durfte Spanien und seine königlichen Richter, Beschützer oder Gönner nicht erreichen. Er sollte, nein, der Kommandante war jetzt so weit, er *musste* etwas unternehmen. Jetzt hatte er noch viele denkbare Möglichkeiten, ein eventuelles gerichtliches Verfahren, eine Katastrophe gegen sich abzuwenden. Und so begann sein verqueres Gehirn immer intensiver an dieser Aufgabe zu arbeiten.

Und, er wäre nicht der Kommandante Juan Pablo Hernandez Palacios, wenn er das Ableben, also das Verschwinden dieses Generals, nicht so inszenieren würde, dass er auch noch Vorteile für sich daraus schlagen konnte. Dass es ihm zum Vorteil gereichen musste. Ihn in den Augen Vorgesetzter in ein rechtes Licht, in ein günstiges Licht - in ein sehr günstiges Licht rücken musste.

Der Weg durch den Isthmus zum Hafen barg so viele Schwierigkeiten, und ganz besonders gesundheitliche Gefahren, da konnte dem General doch glatt etwas passieren. Zum Beispiel, wegen falschem Trinkwasser waren bereits so viele Menschen für immer an Ort und Stelle geblieben. Das wäre doch wirklich eine sichere und endgültige Lösung. Auf der kaute er jetzt in Gedanken. Hoch zu Ross formulierte er für sich bereits Aktionsdetails.

Was aber sprach dagegen? Dagegen sprach immer etwas. Und das musste er bedenken, in allen Facetten zu Ende denken. Eines davon war, dass der General diese Gefahren kannte. Das andere, dass er als Führer des Kommandos seinen Offizierseid darauf geschworen hatte, den General lebend und in keinem schlechten Zustand bis zum Hafen zu bringen. Allerdings - *scheiß auf den Offizierseid* - auf dieser Reiseroute passierten immer wieder schlimme Dinge, von denen man nicht im Einzelnen wusste, weshalb sie überhaupt geschahen, geschehen konnten.

Sie mussten nicht unbedingt etwas mit einem Unfall zu tun haben und doch stellten sie jedes Mal wieder eine individuelle Katastrophe dar. Aber, und das war unumstößlich, nach einem Unfall durfte ein Ableben des Generals nicht aussehen, nicht einmal die Spur dessen. Denn dann würde unabdingbar die berechtigte Frage nach seiner eigenen Verantwortung gestellt werden. Es würde immer etwas Negatives an ihm hängen bleiben. Schließlich hatte man alle Verantwortung für das Gelingen dieser Überführung in seine Hände gelegt. Dass er in Verdacht geraten musste, durfte also unter keinen Umständen passieren. Nicht einmal der Schatten eines Verdachtes durfte bei ihm hängen bleiben.

Des Kommandanten Gedankengänge bewegten sich bereits wieder in Kategorien, in denen er sich am besten auskannte.

So war sich der Kommandant jetzt definitiv sicher, dass der General diese Reise nicht überleben durfte, nicht überleben würde. Und er wusste auch bereits in groben Umrissen, wie er seinen unverdächtigen Tod herbeiführen konnte. Es gab Schlangen, es gab giftige Pflanzen, es konnte einen witterungsbedingten Unfall geben, es konnte ... nein, kein Unfall. Da hatte er sich ja bereits festgelegt.

Stopp, sagte sich der Kommandant. Das musste irgendwie zu aufwendig werden, er hätte bei diesen angedachten Todesarten zu viel eigene Initiative investieren müssen. Alles hätte wegen eines kleinen dummen Zufalls, einer winzigen Intervention des Generals Zufall, auf ihn zurückfallen können. Dazu gab es immer eine Menge möglicher Zeugen. Und genau diese, das war der Schlüssel zum Erfolg, würde er für seinen Plan einspannen müssen. Sie würden bezeugen können und müssen, dass er an dem Ableben ihres Gefangenen keinen Anteil hatte. Im Gegenteil. Definitiv niemand aus dieser Expedition sollte mit dem Tod etwas zu tun haben.

Aber wie sollte das gehen?

Er als erfahrener Todesstratege würde die Antwort finden. Da war er sich sicher. Er hatte noch so viel Zeit zur Verfügung.

Sein Plan musste gelingen.

Er würde gelingen - müssen.

Nach der Ankunft und Anlandung auf der Pazifikseite der kolumbianischen Provinz, wollte er den Begleitern des Zuges etwas Ruhe und Erholung gönnen. An diesen wunderschönen Stränden.

Der Kommandante wollte sich etwas die Füße vertreten, auch einen Ausritt unternehmen. Er wollte etwas Bewegung in seine eingerosteten Knochengelenke bringen. Bei der Überfahrt von Guayaquil aus hatte es auf dem Schiff wie üblich für ihn einfach zu wenig Möglichkeiten der körperlichen Betätigung gegeben. Niemand würde unter diesen Ausreden einen Verdacht hegen. Nein, nein, danke, er würde gerne allein sein, keine Begleitung. Es gäbe ja für diese Gegend keine Kenntnisse über Überfälle oder andere Gewalttätigkeiten.

In den Ausläufern der Sümpfe in westlicher Richtung füllte er einen kleinen Wasserschlauch mit dem trüben Wasser der unbewohnten Sümpfe. Doch nicht nur die Stechmücken waren hier der schlimmste Feind - wenn man überhaupt von Unterscheidungen zwischen einer Gesundheits-Katastrophe zur anderen sprechen wollte. Die ganze Gegend, besonders die, in der er sich jetzt befand, innerhalb nicht festgelegten Begrenzungen weitläufiger Sumpfgebiete, war lebensbedrohend. Und wieder ganz besonders die trübe Brühe der Sumpfgebiete.

Das Wasser aus diesen Sümpfen war als Killer bekannt. *Trinkst du davon, reißt es dir die Gedärme auseinander.* In kürzester Zeit ist dein Körper vergiftet. Der sichere Tod ist die Folge. Es gab und es gibt immer noch keinerlei Medikamente dagegen. Und immer noch bezeichnete man diese Art zu Tode zu kommen als *Die Rache des Montezuma.*

Wieviel brave Spanierleben hatte dieses Übel bereits ausgelöscht?

Klar, es gab Stellen auf dem Isthmus, an denen man die gleichen Wasserprobleme kannte. Aber die Stellen waren dem Kommandanten nicht so geläufig. Möglicherweise aber dem General. Und vielleicht dem einen oder anderen der Begleitmannschaft. Und die würden die Augen offenhalten.

Es wäre dann auch ein verdammt unsicheres Unterfangen darauf zu hoffen, dass er das richtige, ebenfalls tödliche Wasser finden würde. Mit dem, was er da jetzt mit sich führte, würde er nur auf die Gelegenheit zu warten brauchen, in der er sich als Samariter zeigen konnte. Indem er nämlich dem mitleiderregenden, durstigen General Wasser zu trinken geben würde.

Das musste es dann auch sein. Eine zweite Chance würde er nicht bekommen.

Das durfte dann auch nicht zu früh auf der zwei Tage dauernden Reiseroute geschehen. Würde der General vorzeitig seine letzte Reise ohne Wiederkehr antreten, hätten sie alle ein gewaltiges Problem. Passierte das Malheur einem gewöhnlich Sterblichen, wurde er alsbald unter die Erde gebracht.

Der Kommandant hatte schon reihenweise Berichte darüber gelesen. Bei dem Tag und Nacht schon extrem feuchtheißen Klima, konnte man in der Umgebung eines Verstorbenen nicht länger als 24 Stunden verweilen. Schon bald nach dem Dahinscheiden würden die Mücken in Scharen über das angebotene Festmahl herfallen. Klarer definiert: Schon nach zwanzig Stunden konnte der oder die Verblichene in einen starken Verwesungszustand hinübergleiten und einen bestialischen Gestank verbreiten. Doch das war beileibe nicht die Hauptsorge des Kommandanten.

Berichte bestätigten, dass eine verstorbene Person dann bald danach entstellt und nicht mehr wiederzuerkennen ist. Und darauf kam es ja auch an, dass er in Colon nicht nur so eben einen menschlichen Kadaver vorweisen konnte. Der tote General musste noch als derselbe erkannt werden. Nur so würden Beamte „*seinen*" Tod bestätigen. Und eine wie auch immer gestaltete Urkunde ausstellen, dass der überbrachte Tote der Leichnam des Generals Henrique Alvaro Rodrigo de Avila sei.

Entstellt und von Mücken zerfressen würde er, als der Kommandant der Überführung, niemand finden, der ihm die Übergabe des Generals bestätigen könnte. Mit einem zerfallenen und von Maden zerfressenen Gesicht wäre er nicht als der General Henrique Alvaro Rodrigo de Avila wiederzuerkennen. Definitiv niemand würde eine Bestätigung schreiben, den angeklagten General bei der Übergabe seines Leichnams wiedererkannt zu haben. Diese zusammengefasste Erkenntnis würde immer im Vordergrund seiner Planungen stehen müssen.

Äußerst wichtig also: Das Ableben dieses hohen Offiziers der spanischen Krone durfte erst dann passieren, wenn man nur noch höchstens eine halbe Tagesreise vom Übergabeziel entfernt war. Der Kommandant klopfte sich in Gedanken auf die Schulter. Seine Planungen, Strategien und Bedenken waren einmal wieder meisterlich, ja genial. So musste es klappen.

Er würde einen Wagen mit zwei Maultieren aus dem hiesigen Armeebestand aussuchen, auf dem er den General während des Tages sitzen lassen konnte. Bei Nacht würde er auf der

Ladefläche angekettet werden. In diesem Zustand und unter diesen Voraussetzungen brauchte man nicht großartig Wache zu schieben.

Für den General würde es zwar über Tag umständlich sein vom Wagen herunterzukommen, zum Beispiel um zu pinkeln oder seine Notdurft zu verrichten. Aber es wäre immerhin möglich, so dass ihm niemand direkt zur Hand gehen müsste.

Er als Chef des Unternehmens würde sein Pferd am Wagen festbinden und bei dem General auf dem Bock sitzen. Jemand musste ja das Gefährt lenken. Er würde dabei um jeden Preis eine Unterhaltung vermeiden müssen.

An den bekannten Stellen würde er, sichtbar für jedermann, den Wasserschlauch des Generals auffüllen. Im richtigen Moment würde er das gefährliche Gebräu in den Schlauch des Generals umfüllen. Weder zu früh noch zu spät. Das am letzten Reisetag. Er müsste, und das war, wie er fand, wieder eine gute Idee, dafür sorgen, dass das Frühstück mehr als notwendig gesalzen sein würde. Das ergäbe einen unwiderstehlichen Durst der durch die schweißtreibende feuchte Hitze verstärkt werden würde.

Der General würde die verpestete Brühe eigenhändig trinken. Schon ein Schluck davon würde ausreichen, um in seinen Därmen in einem kurzen Zeitabschnitt die Hölle losbrechen zu lassen. Er hatte es selbst mitangesehen, ja, bereits zweimal.

Soweit seine Gedankenspiele und sein teuflisch guter Plan. Der wieder einmal genial ausgefallen war, wie er sich zum wiederholten Mal bestätigte und in Gedanken auf seine Schulter klopfte.

Niemand konnte ihm danach etwas anhängen, geschweige denn etwas Handfestes nachweisen. Er hätte den Schlauch des Generals vor Zeugen befüllt. Der Kommandante trank das gleiche Wasser. Der General würde sich selbst aus seinem Schlauch bedienen können.

Auch die hohen Herren des Regierungsrates, die doch so an ihrer Idee der unversehrten Überstellung des Generals interessiert waren, würden zugeben müssen, dass es halt einmal wieder einen der ungezählten Spanier getroffen hatte. Die Rache des Montezuma ein weiteres Mal vollstreckt worden war.

Seine Mannschaft hatte zwar jetzt den Höhepunkt der Strapazen vor sich. Sie wussten aber auch, dass sie nach einigen Tagen, spätestens in einer Woche wieder auf der Pazifikseite zurücksein würden. Dann würde es immer eine unbestimmte Zeit dauern, bis sie ein Schiff mit dem Ziel Guayaquil besteigen konnten. Unterdessen konnten sie es sich an den Stränden gut gehen lassen. Sie konnten auch Fische angeln und der Koch würde sie verwöhnen können.

Auch darauf freuten sie sich.

Dann erfreuten sie sich noch, dass sie in vielerlei Hinsicht nicht so stark in Pflichterfüllungen eingebunden sein würden.

Der General wurde auf dem Wagen angekettet. Also brauchten sie ihre Augen nicht ständig auf ihn gerichtet zu halten. Es sah nach einer reinen Routine-Pflichterfüllung aus.

Wenn die scheißelendfeuchtheiße Atmosphäre nicht gewesen wäre, sie hätten die Tagesmärsche als einen Ausflug erleben können. So ritten sie alle auftragsgemäß voraus. Die Schindmären, alles Maultiere aus dem Armeebestand, trabten auf dem ihnen hinreichend bekannten Weg. Nur der Kommandante besaß ein Pferd, das, hinter dem Wagen angebunden, hertrottete. Auf dem Wagen deponierten sie ihre mitgeführte persönliche Habe. Auch der Koch fühlte sich entlastet.

Unterwegs kamen ihnen zweimal eine Gruppe Reisender entgegen. Über eine kurze Begrüßungszeremonie hinaus kam es aber nicht. Der Kommandant konnte aber dieserart ziemlich sicher davon ausgehen, dass demnach mindestens ein Schiff im Hafen wieder für die Rückreise ausgerüstet wurde. Das würde aber dem General auch nicht mehr helfen.

Nach der zweiten Übernachtung bekamen sie vom Kommandanten bestätigt, dass sie am Nachmittag im Hafen ankommen würden.

„Noch einmal Wasser fassen an ... wo? ...“

Der Kommandant ergriff, wie schon einige Male zuvor, den Wasserschlauch des Generals. Er wartete wieder bis alle seine Leute ihre Schläuche gefüllt hatten, um auch seinen und den des Generals zu füllen. Erwartungsgemäß achtete niemand mehr darauf, wie der Kommandant Wasser aus seinem Schlauch in einen anderen umfüllte. Was sollte daran auch so verkehrt sein? Fast belustigte ihn der kurze Gedanke, dass die Situation für ihn nur von Vorteil sein konnte. Er würde von jedem, der ihn beobachtet haben sollte, praktisch freigesprochen. Hatte er doch offensichtlich dem General von seinem eigenen Wasser umgefüllt. Und er würde sagen können, dass er dies vorgezogen habe, weil ihm das Wasser aus dem Bach nicht empfehlenswert erschienen war.

Dann spülte er seinen entleerten Schlauch sorgfältig aus.

Als er den Schlauch an den General übergab, bedankte sich dieser knapp, wie üblich.

Das Frühstück war tatsächlich etwas versalzen gewesen und es dauerte nur eine relativ kurze Zeit, bis sich der General an seinem Wasser bediente.

Dann merkte er an, dass das Wasser dieser Wasserstelle scheußlich schmecke. Er wollte sich gar nicht mehr daran erinnern, dass das einmal so gewesen war. Trotzdem hatte er mehrere Schlucke getrunken.

Der Kommandant kommentierte, wie üblich, diese Bemerkung des Generals nicht.

<Die Sache nimmt ihren unaufhaltsamen Lauf>, dachte sich der jetzt hochzufriedene Kommandant. Jetzt würde er darauf achten und bei erster Gelegenheit den Wasserschlauch des Todgeweihten unauffällig leeren. Und dann mit eigenem Wasser aus seinem Schlauch ausspülen. Es würden keine verräteri-

schen Rückstände mit Geschmacksveränderungen mehr verbleiben. Beweise für seine Aktivitäten wären nicht mehr aufzufinden. Auf dem hier ausnahmsweise nicht aufgeweichten Weg würde der verseuchte Wasserrest unauffindbar versickern.

Der General beugte sich plötzlich nach vorne. Es entfuhr ihm ein langer Klagelaut. Und gleich darauf wieder. Nur sehr schwer verständlich verwies er darauf, dass er schnellstens vom Wagen musste - er presste die Hände auf seinen Bauch.

Der Kommandant entriegelte den Kettenverschluss, der den General an seinen Wagensitz fesselte. Und machte sich lautstark bemerkbar, damit der vorauslaufende Zug anhalten sollte.

Dort wurde die Anweisung weitergegeben und dann standen alle in Erwartung weiterer Anweisungen. Diese brauchten sie aber nicht mehr, denn sie sahen, wie der General sich mühselig von seinem Platz auf der linken Wagenseite nach unten auf die feste Erde zubewegte. Was dann kam erklärte sich von selbst. Zunächst machten sie, fast wie eingeübt, ihre Witzchen.

Für den gefesselten General war es eine mühselige Angelegenheit die Hosen selbst nach unten zu bringen und den Hintern freizulegen, aber er schaffte es gerade noch so. Dann schoss ihm, unweit des Wagens, eine gelbliche Brühe aus dem Unterleib. Er stöhnte. Und verblieb in sitzender Haltung. In immer kürzeren Abständen verließ ihn durch den Hinterausgang ein Strahl Flüssigkeit. Der General fing an lauter zu stöhnen.

Er hielt sich jetzt mit einer Hand krampfhaft an einem dünnen Stämmchen eines jungen Bäumchens fest. Sein Kopf sank immer tiefer.

Er machte nicht einmal mehr den Versuch aufzustehen. Es sah aus, als würde sein Körper immer mehr in sich zusammensinken. Sein zeitweiliges Stöhnen wurde seltener.

Der Kommandant, dem die Symptome bekannt waren, verhielt sich weiterhin abwartend. Zufrieden mit sich selbst. Es sollte doch vor seinen Männern so aussehen, als würde er aus menschlichen Erwägungen heraus, dem General Zeit lassen, damit er in Ruhe seine Därme entleeren konnte.

Dann stieg er doch vom Wagen und ging auf den schon mehr apathischen Mann zu. Er fragte ihn, ob er nachhelfen lassen sollte. Selbst würde er natürlich keinen Finger rühren.

Dann fragte er ihn nochmals, ob man ihm helfen solle, wieder auf den Wagen zu kommen.

Der General, oder was von ihm noch gerade so als menschliches Wrack übrig war, schüttelte langsam den Kopf. Dann sagte er doch noch etwas nur noch schwer Verständliches: „Lasst ... mich ...lasst mi ...hier. Ich kann...nicht ...nicht ...“

Der Kommandant drehte sich um und dachte kaltherzig bei sich „*den Gefallen kann ich dir tun.*“ Laut sagte er aber zu den Begleitern gewandt: „Der General braucht etwas Ruhe. Rasten wir eine Zeit.“

Der eine oder andere brummelte etwas, denn allgemein waren sie gerade jetzt von der Pause nicht begeistert. Jetzt, wo sie so nahe am Ziel waren, noch weitere Zeit in dieser grünen Hölle zu verbringen, das fühlten sie unangebracht, ja als ungerecht.

Der General fiel kraftlos nach vorne. Der Kommandant hörte noch wie aus den Versammelten die Ansage kam: „Wenigstens ist er nicht in seine eigene Scheiße gefallen.“

Während er fiel, schüttelte sich sein Körper wie in Krämpfen. Er brachte keine Schutzabwehr mehr mit seinen Händen und Armen zustande. Es sah dann aus, als wollte er sich erbrechen. Das klappte aber nicht.

Keiner rührte sich vom Fleck. Jeder hoffte offenbar, dass ein anderer oder andere beauftragt wurden, dem General wieder auf die Beine zu helfen.

Dann lag er da, zusammengekrümmt. Und der Kommandant stand noch immer daneben, als ginge ihn diese leidende

Person gar nichts an. Als stünde er neben einem verendenden Tier, das er gerade auf einer Jagd angeschossen hatte.

Die Atmung des Generals war nicht mehr wahrzunehmen.

So standen sie alle da und starrten immer einmal wieder auf den General. Nach einer, wie es jedem erschien, langen tatenlosen Zeitspanne, sagte der Kommandant etwas: „Das kann doch nicht mehr normal sein, Herr General, stehen sie auf. Sollen wir ihnen helfen?"

Es kam keine Antwort. Der Kommandant beugte sich zu ihm hinab und fühlte an dessen Hals. Dann suchte er den Puls an einem Unterarm.

Dann zeigte er auf seine Truppe und befahl: „Du - du - du - und du, ihr legt den General jetzt vorsichtig auf den Wagen."

Dann zeigte auf zwei andere und befahl: „Ihr macht einen Platz für den General frei." Dann holte er Luft und in einem weitaus barscheren Ton rief er: „Los - los - los - los, beeilt euch! Seht ihr nicht, dass es dem General schlecht geht. Er braucht dringend einen Arzt. Wir bringen ihn jetzt so schnell wie möglich in den Hafen."

Und der Kommandant dachte sich auch, dass in einer späteren Schilderung der Situation die Burschen sich an diesen seinen Ausspruch erinnern würden. Genau an diese Aufforderung - von wegen los-los-los-los-Beeilung. Die hohen Herren würden über seine Sorgen für den General erfreut sein.

Nun ging alles ganz schnell.

Als der General, mit zum Teil vom flüssigen Kot verschmierten nur halb hochgezogenen Lederhosen gebettet war, gab der Kommandant wieder einen Befehl: „Jetzt so schnell wie möglich auf nach Christobal Colon." Und er wiederholte: „Der General braucht dringend medizinische Hilfe."

So als hätte der General nur auf diesen Befehl gewartet, stöhnte er nochmals vernehmlich auf.

Niemand achtete mehr auf ihn, zwei der mit dem Betten beauftragten rupften Gras und von den Sträuchern Blätter, um sich die Hände damit abzuwischen oder auf ihre Art zu reinigen.

Der Kommandant schwang sich auf den Wagen und schlug den beiden Maultieren mit der Peitsche auf ihre Hinterteile. Sie zogen den Wagen mit einem Ruck an. Vorne setzten sich sechs der Begleiter ebenfalls schnell in Bewegung, wenigstens so schnell, wie es Maultiere eben können. Bald darauf kamen die aufsitzenden noch fehlenden Männer von hinten an dem Wagen vorbei und schlossen zur Vorreitergruppe auf.

Keiner verschwendete noch einen Blick auf den General.

In der Zeit des angebrochenen Nachmittags erreichten sie das Randgebiet der bunt zusammengewürfelten Ansiedlung, die den großspurigen Namen Christobal Colon, den Namen des Amerikaentdeckers, trug. Teilweise mussten sie sich in Schlammpfützen fortbewegen. Viele Gerüche und Gestank waren überall gegenwärtig. Alles hier war recht chaotisch.

Sie konnten sehen, dass im Hafen drei Schiffe mit gerefften Segeln lagen. In einem davon würde der General zu seinem Prozess in Spanien gebracht werden.

Der Kommandant, der die Schiffe ebenfalls sah, dachte ganz anders. Für ihn war der General tot und er würde hier in der Erde dieses Drecklochs begraben werden. In der Folge: Kein Prozess, keine Gefahr für ihn.

An einer unfertigen, vielleicht war es nur eine angefangene Festung, fuhren sie zwischen gelagertem Baumaterial bis zu einem festgemauerten Gebäude. Ein Wachhabender in verschlissener Uniform, die kaum noch als solche zu erkennen war, schaute missmutig auf die angekommene Gruppe.

Der Kommandant, der an seiner Uniform erkannt und von niemandem aufgehalten wurde, ging direkt in die Unterkunft und rief nach dem wachhabenden Offizier. In einem Raum setzte sich gerade ein Typ seine schäbige Mütze auf, und fragte grußlos den in der Türöffnung stehenden Kommandanten, wieso er es denn so eilig habe.

Und gleich meldete sich die Stimme eines anderen Mannes, der von der Tür verdeckt, ebenfalls in dem Raum war. Er reklamierte lautstark, dass er als Erster dagewesen sei und das Recht habe auch als ... Dann verstummte er, als ihn der Kommandant mit einem bitterbösen Blick bedachte.

Der Kommandant, der mittlerweile erkannt hatte, dass es sich um einen Zivilisten handelte, brüllte ihn dann an, dass er gefälligst sein Maul halten solle, sonst ... Auch dieser Satz blieb unvollendet.

Dann sagte er, in beinahe normalem Tonfall zu dem Mann mit der Mütze, dass er einen sehr kranken General des Königs bringe. „Er benötigt dringend einen Arzt. Sorge dafür, dass keine Zeit mehr verloren geht."

Der Bemützte schaute ihn überrascht an.

Dann war der Kommandant wieder am Zuge. „Verdammte Scheiße, ich habe gesagt, dass ich sofort einen Arzt für meinen kranken General brauche. Soll ich dir höchstpersönlich Beine machen oder wachst du heute noch von alleine auf?" Das hatte der Kommandant gebrüllt.

Der Diensthabende aus der Hafenkommandantur flog jetzt förmlich die Tür hinaus und damit fast den Wachhabenden um, der dabei war die Ursache des Lärms zu erkunden.

Der Kommandant blieb im Schatten stehen, um die Ankunft des Arztes abzuwarten. Draußen in der prallen Sonne lag der General - oder das, was einmal der General war.

Dann kam ein weiterer Mann in erbärmlich vernachlässigter Uniform und stellte sich als Hafenkommandant vor. Er streckte dem Kommandanten die Hand zum Gruß aus, der ihm aber verweigert wurde. „Ich warte auf einen Arzt für meinen General, der auf meinem Wagen schwer krank liegt." Dann wandte der Kommandant wieder den Blick von dem Würdenträger ab.

Erstaunlich, aber in einer verhältnismäßig kurzen Zeit kam der Bedienstete mit einem verlotterten Typen an. Als erstes fiel dem Kommandanten auf, dass dieser Ankömmling nur einen Schuh anhatte. Der unbekleidete Fuß strotzte nur so vor Schmutz. Er war ungepflegt bis zum *es geht nicht mehr*.

Der Kommandant ging ihm entgegen und fragte, ob er der Arzt sei. Der Angesprochene nickte.

„Folgen sie mir." Damit ging der Kommandant zum Wagen. Der sogenannte Arzt erschien bald neben ihm.

Der Arzt fragte, ob der Lädierte vielleicht von einer Schlange gebissen wurde. Der Kommandant verneinte und sagte, dass er plötzlich über Bauchschmerzen geklagt habe und hätte sich dann mehrmals dünnflüssig erleichtert. Offenbar habe er grosse Schmerzen erlitten, denn er habe viel gestöhnt. Dann habe er gebeten mitten im Dschungel verbleiben zu dürfen. „Wir haben alle, sehr unter diesen Umständen gelitten - meine Leute vom Spezialkommando und ich. Wir konnten ihm leider nicht helfen. Bitte tun sie ihr Bestes," ergänzte der Kommandant.

Der sogenannte Arzt hob mit seinen dreckigen Fingern die Augenlider des Patienten hoch. Dann sagte er. „Ihr General ist tot. Da kann ich nichts mehr mit meiner ärztlichen Kunst machen."

Der Kommandant versuchte nun erschüttert, betrübt und schockiert auszusehen - ja er versuchte es wenigstens. Hoffentlich würde es der Dr. so erkennen und gegebenenfalls irgendwann im Falle eines Falles zu seinen Gunsten aussagen oder selbst niederschreiben.

Der Hafenmeister war inzwischen zu der kleinen Gruppe gekommen und fragte, ob es sich um einen Unfall handele.

Jetzt schenkte ihm der Kommandant seine ganze Aufmerksamkeit und erklärte den Sachverhalt. Plötzlich sei seinem General übel geworden und - der Kommandant erklärte nun mit mehr Details das, was aus seiner Sicht passiert war.

Dem Hafenkommandanten entfuhr es, man spürte das Entsetzen in seiner Stimme, „ein General in Ketten?"

Der Kommandant zog jetzt Papiere hervor, die an den Ortskommandanten von Christobal Colon gerichtet waren. Andere versiegelte Begleitpapiere hielt der Kommandant noch zurück.

Nachdem der Ortskommandant die an ihn gerichteten Zeilen überflogen hatte, bat er den Kommandanten hinein. Der aber sofort zu protestieren begann: „Ich kann doch meinen General nicht in der Sonne liegen lassen. Ich muss bis zum letzten Moment für ihn haften. Es ist schon schrecklich genug, was ihm bisher widerfahren ist."

Die Autorität dieses Ortes vermerkte, dass er die Verbringung der sterblichen Überreste des hohen königlichen Offiziers in eine Schreibstube sofort veranlassen werde.

Dann kamen sie in einem stickigen Büroraum an.

Der Kommandant machte klar, dass er für den Regierungsrat in Quito einen möglichst ausführlichen Bericht, besonders zur Todesart des Generals benötige. Es dürfe kein bisschen Verdacht auf ihn und seine Männer fallen, wie auch immer. Jeder habe auf der ganzen Reise darauf geachtet, dass der General wohlbehalten hier ankommen konnte. „Und dann das, praktisch im letzten Moment. Welch ein Unglück. Ich weiß nicht, wie ich dem hohen Rat gegenübertreten kann. Ich brauche also dringend das Dokument mit der Beschreibung der Todesursache. Bitte, ihr Wort zählt, geben sie dem Arzt die entsprechende Anweisung."

Dann: „Ich bin ja mit den örtlichen Begebenheiten nicht vertraut. Ich möchte aber dabei sein, um sicher zu sein, dass mein General ein ordentliches Begräbnis erhält. Eines, das seinem Rang und Namen Ehre macht."

Die Respektsperson des Ortes versprach alles in seinen Kräften Stehende zu tun.

Wann die Beerdigung stattfinden könne. Er müsse jetzt, nach diesem tragischen Zwischenfall noch schneller nach Quito zurück. Das sagte der Kommandant und wünschte sich, dass diese Farce doch möglichst bald ein Ende haben möge.

Der Ortskommandant läutete dreimal eine gewichtige Glocke. Daraufhin erschien ein erstaunlich akkurat gekämmter und gescheitelter Mann in jüngeren Jahren. Der Kommandant vermerkte für sich, dass der, im Gegensatz zu den anderen Bediensteten, einschließlich des Doktors, keine tiefen Ringe unter den Augen hatte. Er war also erst seit kurzem hier in dieser Hölle. Hatte sicher noch keine Gelegenheit sich mit größeren Alkoholmengen zu betäuben.

Der Chef, der ihn herbeigerufen hatte, gab eine Serie von Anweisungen, die der als Sekretär bezeichnete junge Mann, recht sorgfältig notierte - wie der Kommandant für sich vermerkte.

Dann bot der Chef des Hauses dem Kommandanten einen Kognak an, den man, der Chef lächelte süffisant, erst vor einigen Wochen von einem erbeuteten französischen Schiff befreien konnte.

Kognak in dieser schwülen Hitze, dachte sich der Kommandant - und er lehnte dankend ab. Er begründete die Ablehnung mit einer neuen Lüge, dass er sich Magen-Darmprobleme zugezogen habe und daher auf den Genuss verzichten müsse.

Dann wurden noch so Nebensächlichkeiten geregelt, wie die Unterbringung und Verköstigung seiner Mannschaft und seiner eigenen Wenigkeit bzw. Wichtigkeit.

Die Beerdigung geriet ins Hintertreffen. Allerdings fragte der Kommandante noch mal, wann er über die medizinische Bestätigung zur Todesursache rechnen könne. In aller Frühe wolle er morgen zum Pazifik aufbrechen.

Eine Einladung dieser örtlichen Autorität zu einem guten Abendessen nahm der Kommandant gerne an.

Unterdessen waren die Tiere in Stallungen untergebracht. Den Mannschaften wurde ein nach allen Seiten offenen Raum zugewiesen, Sie würden also in dem stickigen Mief des Ortes nur relativ wenig leiden.

Für die Rückreise zur Pazifikküste brauchten sie nur zwei Tage. Dann stellte sich heraus, dass erst in einigen Tagen das Schiff erwartet wurde, mit dem sie nach Guayaquil segeln konnten.

Niemand beschwerte sich über diese Verspätung.

Quito im Vizekönigreich Neugranadas

Auf der linken Flussseite des Guayas warteten die Pferde der rückkehrenden Begleitmannschaft in einem Corral.

Alle Männer hatten es plötzlich eilig aus diesem Scheißloch von Guayaquil herauszukommen. Die zehn Tage auf dem Segler zur Untätigkeit verdammt zu sein, war eigentlich mit einer Strafe zu vergleichen. Und das noch bei täglich sengender Hitze in Äquatornähe bei schwacher Luftbewegung.

Der Kommandant schlug seinem alten Kumpan, dem Hafenmeister, eine Einladung zu einer Feierstunde nach Sonnenuntergang aus.

Alle in der Mannschaft hatten es jetzt eilig zurück nach Quito zu kommen.

Am Tag nach ihrer Ankunft wurde der Kommandant vom versammelten Regierungsrat empfangen. Er übergab seinen Bericht, der ziemlich kurz ausgefallen war. Er hatte lediglich beschrieben, dass es auf der ganzen Reise keinerlei Schwierigkeiten gegeben habe. Bis der General dann plötzlich und kurz vor Erreichen des Zielhafens über Unwohlsein geklagt hatte. Kurz, nur Minuten danach, bekam er schlimmen Durchfall. Dass man ihn auf dem Transportwagen hatte betten müssen, weil er völlig entkräftet gewesen sei, und sich nicht mehr ohne Unterstützung aufrecht halten konnte. Nicht einmal mehr im Sitzen.

Sie seien dann mit der höchstmöglichen Geschwindigkeit zum Hafen gefahren, wo er sofort von einem Arzt untersucht wurde. Der aber leider nur noch den Tod feststellen konnte.

Attest und eine Bewertung des Arztes liegen seinem Bericht bei, ergänzte er seinen mündlichen Bericht.

Die hohen Herren gaben sich natürlich betrübt bis bestürzt. Aber am Verhalten des Kommandanten war nichts auszusetzen. Es traf ihn offenbar keine Schuld. Trotzdem gab es einige Fragen:

Ob er immer ausreichend und standesgemäß ernährt worden sei?

Ob er in den Pausen und Übernachtungen seine verdiente Ruhe bekam?

Ob er niemals Anlass zu Beschwerden gehabt habe?

Ob man ihm seine Füße gepflegt habe?

Ob man kontrolliert habe, dass die Kettenfesseln ihm nicht unnötig Schmerzen zugefügt hatten?

Ob er immer sauberes Trinkwasser bekommen habe und niemals Durst leiden musste?

Hierauf betonte der Kommandant, mit etwas beleidigter Miene, dass der General genau das gleiche Trinkwasser wie er selbst und jeder seiner Mannschaft erhalten habe.

Ob der Kommandant wirklich alles getan habe, um dem General die erforderlichen Hilfen angedeihen zu lassen?

Da tat der Kommandant wirklich beleidigt: „Ich bin Offizier des Königs von Spanien. Ich kann solche beleidigenden Fragen nicht zulassen. Niemals würde ich mich gegenüber einem Offizierskollegen unangemessen und respektlos benehmen. Und ganz bestimmt nicht gegenüber einem vorgesetzten Kollegen.“

Einer der Herren hob abwehrend beide Hände und argumentierte, dass sie nun eben verpflichtet seien auch solche Fragen zu stellen.

Der Kommandant beschloss seinen Schmollmund und seinen beleidigten Gesichtsausdruck aus dem Spiel zu nehmen.

Beinahe wie entschuldigend fügte der gleiche hohe Herr noch an, dass man - leider, leider - auch die anderen Mitglieder der Expedition befragen müsse. Schließlich müsste der Bericht über den General allgemein und im Speziellen über die Umstände seines Todes so vollständig wie möglichst geschrieben, von allen beglaubigt und an den Königlichen Hof weitergeleitet werden.

Dann wurde er gebeten sich für eine abschließende Zusammenkunft bereit zu halten. Auch er würde unter den Bericht seine Unterschrift zu setzen haben. Natürlich nur, wenn er dem Inhalt voll und ganz zustimmen könne.

Keiner der Begleitpersonen konnte etwas berichten, das den Ausführungen des Kommandanten widersprochen hätte. Ungeduldig wartete dieser aber auf die Art der Belohnung, die man ihm versprochen hatte. Die in keinem Fall anders ausfallen durfte als die von ihm Erwartete. Die Hacienda schwebte jetzt vor seinen Augen wie eine Verheißung.

Dann kam der entscheidende, so lange herbeigesehnte Tag. Wieder saß er den hohen Herren des Regierungsrates gegenüber. Einer verlas den fertiggestellten Bericht, dann sollte der Kommandant ihn gegenlesen und unterschreiben.

Die Versammlung schaltete dann um. Die Gesichter hellten sich auf. Das mit dem traurigen Tod des Generals verlangte nicht mehr in trübsinniger Stimmung fortzufahren.

„Kommen wir jetzt zu Erfreulicherem," sprach ein Mitglied, das ganz offensichtlich den Vorsitz am heutigen Tage führte.

Die drei anderen Mitglieder setzten sich jetzt entspannter in ihre Sessel.

„Wir sind ihnen noch die zugesagte Belohnung für ihre Hilfe bei der Aufdeckung des Golddiebstahles schuldig. Für diese Tat wurde der General in Ketten gelegt und sollte nach Spanien vor ein königliches Gericht verbracht werden. Wir hoffen, dass die Geste ihren Erwartungen entspricht und Sie verantwortlich damit umzugehen gedenken. Wir, vom hohen Gremium haben einstimmig beschlossen ihnen die verwaiste Hacienda des Generals als ihr ständiges Eigentum zu überlassen. Sind sie bereit die Schenkung anzunehmen?"

Der Kommandant bedankte sich artig mit wie eingeübt wirkender Gestik der scheinheiligen Dankbarkeit. Ja, er war auch wirklich erleichtert, dass sein Plan endlich das ersehnte und herbeigeführte Ergebnis erbracht hatte. Er war am Ziel. Jetzt würde er nur noch die Hürde der Beendigung seiner aktiven Militärzeit hinbekommen müssen.

Dann, so wurde er belehrt, würde der hohe Rat einen Termin bestimmen, an dem der Neubesitz vom Notar zu beglaubigen wäre.

Das war eine Formsache. Dem Kommandanten war es sehr recht. Das Thema seines Abschieds würde er später einmal anschneiden und vor den Herren ausbreiten.

Nicht von den hohen Herren aber doch in allen Einzelheiten erfuhr er von dem geglückten Unternehmen gegen die aufsässigen Indios bei Cotacachi. Es hatte während seiner Abwesenheit stattgefunden. Sie hatten vier Indios, die an dem Überfall auf die Truppe des Kommandanten dabei waren, hierher nach Quito verbracht. Sie waren dann ohne großes Federlesen zum Tode verurteilt und hingerichtet worden. *„Zum Tode durch den Strang!"*

Über eine Woche war jetzt Standortdienst angesagt. Dann konnte endlich die Übergabe der Hacienda rechtlich besiegelt werden. Der Kommandant erhielt Dokumente mit Brief und Siegel, die ihn als alleinigen Eigentümer auswiesen.

Welche neuen Herausforderungen für ihn jetzt wohl anstanden, das hatte er von den hohen Herren wissen wollen. Er wurde aufgefordert Geduld zu haben. In den kommenden Tagen würde er mehr erfahren.

Dem war auch so und er stellte fest, dass sie ihm praktisch in die Arme arbeiteten. Die Aufgabe hätte er nicht besser planen können.

Sie bestand darin, in erster Linie den Bericht über das Fehlverhalten des Generals und die Beschreibung mit Einzelheiten zu seinem Ableben, nach dem Hafen Christobal Colon zu bringen. Sie hätten ihn als Kurier auserwählt.

Bei der Gelegenheit würde er auch normale Kurierpost mitnehmen. Dieses Vorgehen war nichts Außergewöhnliches.

Der Kommandant bedankte sich für das in ihn gesetzte Vertrauen und es sei ihm eine Ehre diese Aufgabe mit der traurigen Wahrheit auf den Weg zum spanischen Königshaus zu bringen. Dann jedoch bat er darum das Thema wechseln zu dürfen.

Und die hohen Herren hörten mit etwas Verwunderung, dass der Kommandant um die Beendigung seines aktiven Militärdienstes bat. Sie hatten es unter sich bereits in Erwägung gezogen, dass der frisch gebackene Haciendabesitzer möglicherweise um seine Entlassung einkommen könnte. Um ihn aber im aktiven Dienst behalten zu können, hatten sie auch eine Beförderung in Betracht gezogen. Mit gleicher Post, die der Kommandante befördern sollte, würde auch eine Empfehlung nach Spanien unterwegs gehen, diesen getreuen Offizier zum General zu befördern.

Und nun das. Sie baten um Bedenkzeit und man wolle sich in zwei Tagen wieder zu diesem Thema treffen. Mittlerweile wolle man ihn aber auch bitten, seine Reisevorbereitungen zu treffen. Denn diese Aufgabe habe er, gleich welche Entscheidung zu seinem Anliegen getroffen werden würde, zu erledigen. Sie gereiche ihm ja auch, nicht zuletzt, zu größerer Ehre.

Es war Donnerstag, als er in Begleitung eines schwer bepackten Maultieres seinen Weg über die Quebrada im Süden Quitos nahm. Den Panecillo - der Hausberg Quitos - hatte er dann auch bald hinter sich gelassen. Vier Stunden später war er bereits im Abstieg in das Tal von Machachi.

Solange er noch in den frühen Morgenstunden in der Hauptstadt unterwegs war, litt er unter der üblichen Kühle oder auch Kälte. An manchen Stellen waren Pfützenreste des gestrigen Regengusses mit einer dünnen Eisschicht überzogen. Jetzt hatte er sich eines Teiles seiner wärmenden Schutzkleidung entledigt. Vor ihm, in südlicher Richtung leuchtete ihm der schneebedeckte Konus des Vulkans Cotopaxi entgegen.

Am vierten Tag erreichte er nachmittags die Provinzstadt Ambato. Er würde bei seinem alten Kumpel Juan Fulgencio Sepúlveda Errazuriz einkehren und bei ihm übernachten. Er brauchte keinen Zweifel zu haben, dass ihm dieser einer seiner privilegierten Räume anbieten würde.

Juan Fulgencio Sepúlveda Errazuriz wurde erst vor ca. zwei Jahren hierher von seinem Verwaltungsposten in Quito beordert. Seine Hoffnung auf eine Aufwertung seines Verwaltungssitzes zu einem Gouverneursposten war bis jetzt nicht in Erfüllung gegangen. Er hatte auch alle Hoffnungen fahren lassen.

Juan Fulgencio Sepúlveda Errazuriz war ein Kumpel von Kommandant Juan Pablo Hernandez Palacios. Er war kein Soldat wie Juan, aber sie kamen sich näher und schließlich sehr nahe als ihn der Verwaltungsbeamte in gehobener Position und in Sachen Bildung und Erziehung tätig, um einen ganz gewaltigen Gefallen bitten musste.

Juan Pablo Hernandez Palacios wusste da seit einiger Zeit, dass der Kumpel Juan Fulgencio Sepúlveda Errazuriz pädophil veranlagt war. Sich in diesen Schlamassel hineinziehen zu lassen, konnte er immer umgehen. Nein, an Kindern würde er sich nicht vergreifen. Das war supergefährlich.

Der Kommandant, der beruflich damals noch eine Stufe unter seinem jetzigen Titel stand, sorgte dafür, dass er immer mehr Einzelheiten über das intime Leben dieses Menschen zusammentragen konnte. Dieser Schreibtischhengst lebte mit einer beeindruckenden Schwäche. Das schien ihm lukrativ. Das schien ihm unter gewissen Umständen für die Zukunft eine gute Anlage in Sachen Wissen mit Beweisen. Es musste ja nicht gleich eine Erpressung werden. Doch das würde die Zeit zeigen. Wissen ist Macht, sagte er sich und so baute er sich gegenüber diesem gefährlich lebenden Einfaltspinsel eine Machtposition auf. Wenn jemand sich in eine solche Lage selbstverschuldet einbringt, dann sollte er sich nicht wundern, wenn sie ihm eines Tages um die Ohren fliegt.

Aber mit seinem wachsenden Vorrat an delikatem Wissen häufte er eine immer größere Menge an belastendem Material an. Bald war der Kommandante im Besitz so mancher schwerwiegender Beweise über das Unwesen des Verwaltungsangestellten Juan Fulgencio Sepúlveda Errazuriz. Eines Tages würde er sie nutzen können, vielleicht gewinnbringend einsetzen können, vielleicht auch nur, um sich Vorteile zu verschaffen. Wie auch immer, er würde das Wissen ohne Skrupel verwenden.

Überhaupt, in solchen Sachen war der damals angehende Kommandante ein fleißiger Sammler. Die Zukunft würde ihm offenbaren, welche Werte ihm dann zu seinem Vorteil zur Verfügung standen.

Der angehende Kommandante trat dann dem Angestellten Juan Fulgencio in zwei prekären Fällen zur Seite, um mit Falschaussagen Ungemach von ihm fernzuhalten. Das brachte ihm Pluspunkte in seiner persönlichen Bilanz mit Juanito. Doch eines Tages zog er eine Trumpfkarte. Mit dieser hatte er einen Hebel in der Hand, um seinem Kumpel jederzeit die Luft zum Atmen abdrehen zu können. Ja, genauso fühlte und dachte er.

Es war eine missbrauchte 8-jährige, Tochter eines spanischen Kolono, die als missbrauchtes Opfer unter seinen schändlichen Händen starb. Und er bat seinen Kumpel und Namensvetter - tocayo Juan - um Hilfe. Der ließ die Leiche verschwinden, aber so, dass er sie jeden Moment wieder an die Oberfläche bringen konnte, dann wenn es die Umstände erforderlich machen sollten. Und von da an wusste es der baldige Kommandant, dass diese Hilfestellung für den Mörder sehr kostspielig werden konnte.

Es mussten ja nicht Goldstücke sein. Er konnte ja Gefallen einfordern. Und es würde niemals zu einem Gleichstand von gegenseitigen Einforderungen von Gefallen kommen. Juan Pablo Hernandez Palacios würde mit seinen Trumpfkarten immer jede andere Karte ausstechen können. Er musste nur aufpassen, dass sein Namensvetter, und jetziger Verwalter in Ambato, niemals von seinen eigenen Umtrieben erfahren konnte.

Und nun trat er wieder diesem Menschen gegenüber. Er würde gut bewirtet werden. Er würde dem Verwaltungsbeamten mitteilen, dass er demnächst seine Hacienda beziehen werde. Er würde von Quito informiert werden, dass der Kommandante Juan Pablo Hernandez Palacios Eigentümer der Hacienda sei. Jener Hacienda, die bis vor Kurzem dem General Henrique Alvaro Rodrigo de Avila gehörte.

Er würde seinen Kumpel anmahnen, niemand und niemals von dieser Änderung zu erzählen. Oder überhaupt Auskunft über seine Person zu erteilen. Es sollte besonders der Gouverneur von Riobamba nichts erfahren.

Der ex-Verwaltungsangestellte und Päderast im Erziehungsreferat in Quito, wusste lediglich über gewisse Spannungen zwischen den beiden Männern Bescheid. Über alle Verdächtigungen, zwischen dem Gouverneur und Juan, hatte er keine oder nur über praktisch wertlose Nebensächlichkeiten Kenntnis. Das glaubte der Kommandante zu wissen. Juan Pablo Hernandez Palacios würde sie dem Kumpel auch jetzt nicht auf die Nase binden.

Andererseits, gute Bewirtung und erstklassige Übernachtung einmal beiseite gelassen, er würde diesem Kinderschänder auch stecken, dass es den betrogenen Bürogehilfen immer noch gäbe. Diesem hatte Juan Fulgencio einen gehobenen Posten in Ambato versprochen, wenn er schwieg. Ja, und auch *das* war dem Kommandanten bekannt: Als der „Schweigsame" in Ambato erschien und seinen guten Posten einfordern wollte, warf ihn der Verwalter hinaus.

Der Kommandant hatte es erfahren, wo und wie sich dieser arme - sicher auch dumme - Schlucker durchs Leben schlagen musste. Er überzeugte sich persönlich von dessen erbärmlicher Lebenslage. Aber für diesen war es scheinbar immer noch vorrangiger, sein Zeugenwissen für sich zu behalten, als die kriminellen Schandtaten dieses jetzigen Verwalters in Ambato anzuzeigen und aufzudecken.

Erstaunlich, wie der erzitterte, als der Kommandant auch nur den Namen des ehemaligen Beamten im Erziehungsreferat erwähnte. Dieser hatte ihm einen schlimmen Tod angedroht, wenn er dann einmal anfangen sollte zu reden.

Der Kommandante würde den Verwalter in besonderer Weise an diesen Tatbestand erinnern. Ihm somit klarmachen, dass er auch über dieses Detail aus den finsteren Tiefen seiner Seele wusste. Mehr brauchte er dazu nicht zu sagen. Der Verwalter würde verstehen wieviel die Uhr geschlagen hatte.

So würde Juan ihm mehr nebenbei, aber durchaus auch gnadenlos wieder einmal seine Schandtaten aufzählen. Wenigstens die, von denen er wusste und von denen er auch beweiskräftige Mittel besaß, die er jederzeit als Druckmittel in Form von Erpressung einsetzen konnte. Dies nur zur Auffrischung von dessen Gedächtnis. Es war dabei dem Kommandanten mit seinem schwarzen Gemüt auch klar, dass der „Kumpel" nur auf eine Möglichkeit warten würde, um sich die beständige Bedrohung durch ihn vom Hals zu schaffen.

Andererseits war wiederum dem Verwalter klar, dass sich dieser hinterfotzige Kommandante in mehrfacher Hinsicht abgesichert haben musste und dass im Falle seines Todes ihm, dem Verwalter, alles um die Ohren fliegen könnte.

Dem Kommandanten war es wichtig dem Typen glasklar zu machen, wie wichtig es sein würde, dass sein Aufenthalt auf seiner Hacienda unbedingt der absoluten Geheimhaltung bedurfte. Dafür sollte der höchste Beamte der Umgebung mit allen Mitteln sorgen. Bei Bedarf sollten auch seine Polizisten eingesetzt werden können.

Alle Schriftstücke, die sich in irgendeiner Weise auf seinen Wohnsitz Hacienda bezogen, sollte er persönlich in Verwahrung nehmen. Keine Person aus seinem Umfeld, immerhin ein nicht sehr großer Apparat, durfte darauf jemals Zugriff haben.

Den Verwalter verwunderte dann doch, dass diese geheimnisvolle Vorgehensweise besonders wegen dem Gouverneur in Riobamba unbedingt einzuhalten sei. Dass der partout nichts von der Anwesenheit, in nicht einmal großer Entfernung von hier, wissen durfte. Da steckte doch sicher ein gewaltiges Potential von möglicher Einflussnahme drin, das er bei Bedarf gegen den Kommandanten ... Er stoppte seinen Gedankengang. Eine innere Stimme ermahnte ihn einmal mehr in seinem ureigenen Interesse solche Gedankengänge nicht in Bewegung zu bringen.

Doch hin und wieder schoss ihm wiederholt durch seinen ebenfalls verdorbenen Geist der Gedanke, dass es wohl möglich sein sollte, wenigstens ein Gleichgewicht des Schreckens zwischen ihm und dem Kommandanten zu finden. Dieser hatte ihn in eindeutiger Skrupellosigkeit in seiner Hand. Könnte es nicht sein, dass er auch den Kommandanten in seiner Hand .... Wenn er dem Gouverneur, nun ja, es könnte ja ein kleiner Wink sein ....

„Nein", sagte er sich, „dazu wird es nicht kommen dürfen."

Dann verschrieb sich der Verwalter beim Schweigen zu

bleiben und verbot sich weitere Gedanken in dieser Richtung. Der absoluten Verrohung, mit einem gewaltigen Potenzial von Verbrecherenergie, die er beim Kommandanten kennengelernt hatte, war er nicht gewachsen. Das war eine gute Einsicht. Es war seine Lebensversicherung, wenn er die Bedingungen des Juan Pablo Hernandez Palacios anerkennen würde. Es kostete ihn ja auch nichts. Kein einziges Silberstück.

Und dem Verlangen des Kommandanten konnte er, auch ohne Gesichtsverlust nach außen, gut und sachgerecht nachkommen.

So wurde es ein gemütlicher Abend, den die beiden verdorbenen Charaktere miteinander verbrachten. Mit einem Lächeln auf den Lippen konnte ihn der Kommandant seelenruhig an seine Möglichkeiten erinnern. Mit einem Lächeln bestätigte der Verwalter, dass er verstanden habe.

Sie hatten zwei Flaschen guten Weines miteinander getrunken. Es war kein einziges böses Wort gefallen. Alle Drohungen waren inmitten eines Ambientes von Frieden, Freude, Eierkuchen eingebettet.

Zwei Schwerverbrecher plauderten, scheinbar unbeeindruckt von den Gedanken und Absichten des anderen, über die guten Seiten des Lebens. Beide gingen dann auch ohne dem anderen gram zu sein, auseinander. So hätte es wenigstens ein unbeteiligter Anwesender bezeugt.

Sie trafen sich noch einmal zu einem späten Frühstück. Ein Stallknecht sattelte unterdessen das Pferd und bepackte das Maultier. Dann machte sich der Kommandante gutgelaunt wieder auf seinen befohlenen Weg. Auch diese Klippe war umschifft. Eine explosive Lage war entschärft. Er würde es sich auf der Hacienda gemütlich einrichten können.

Ach - und da war noch etwas: Es gab durchaus gutaussehende Indiamädchen. Er würde weiterhin sein Vergnügen haben. Und wenn nicht - jetzt gab er unvermittelt, in einem plötzlich auftretenden Impuls, dem Pferd mit der handlichen Peitsche einen kräftigen Schlag auf das Hinterteil. Es kostete ihn dann nach einer Schrecksekunde Kraft und Überzeugung sein Pferd wieder zu beruhigen.

„Scheiß Gaul", rief er - und hatte damit wieder den Schuldigen des Ausbruchs gemaßregelt.

Er kam zwei Tage früher als geplant im Hafen auf der Atlantikseite des Isthmus an. Hätte seine Zeitplanung gestimmt, das Schicksal hätte keinen Umweg, verbunden mit Unglück für Angelina und Daniel, einplanen können.

Aber so sah der Kommandante, dass ihm auf seiner Hacienda eine Frau aus dem Mutterland Spanien gut anstehen würde. Und hier gab es die Gelegenheit.

Es fielen ihm die Indias ein - nein auf die brauchte er ja trotzdem nicht zu verzichten. Weshalb auch?

Er musste sich einen Plan zurechtlegen.

Menschenleben würden - sollten - dabei keine Hindernisse darstellen. Er war wieder in seinem Element.

Band 3
Erbanlagen pflanzen sich bis in die Neuzeit fort

Ein Einblick in das Geschehen im 3. Band
Riobamba

In Teil 4:

Der Kommandant, der Hafenmeister und der Verwalter in Ambato werden angeklagt. Mit großem Aufwand wird Riobamba als Gerichtsort festgelegt. Eine beachtliche Anzahl von juristisch gebildetem Personal wird ausgewählt und in Begleitung von einem Tross Begleitpersonal in die Provinzhauptstadt Riobamba beordert.

Der Gouverneur hat seine so herbeigesehnten großen Auftritte bei der Anklage und Verurteilung der königlichen Beamten. Neue ausbruchsichere Gefängnisverliese werden gebaut. Die Garotte wird angefragt. Die Heilige Inquisition mischt sich in „unheiliger" Mission ein. Die Existentz der Familie Daniels ist in Gefahr.

In Teil 5:

Auslaufmodell Gegenwart
Felipes Lebenslauf
Die Hacienda des Kommandanten
Felipe

In Teil 6:

Die Nachkommen des Kommandanten
Die Parallelwelt in der Neuzeit

Gonzalo C.R. entwickelt sich systematisch zum Superverbrecher. Ein bekannter Teil seiner teuflischen Inszenierungen im Detail.

Weitere Bücher von Kurt Koch

1. **Die Festung Weilerbach**
550 Seiten - Autobiografisches, Kriegskindertage des Autors - Erinnerungen, Erlebnisse und Interpretationen eines Kindes aus der schwierigsten Zeit des vergangenen Jahrhunderts. Am 19. März 1945 erklärte in Weilerbach eine versoffene deutsche Führungsriege der Deutschen Wehrmacht, das Dorf Weilerbach zur Festung.

Softcover, ISBN **978-3-8192-10082**

2. **Riobamba**
Familiensaga in drei Bändern.
Roman und das wirkliche Leben - Ein Familienschicksal. Großgrundbesitzer in der Extremadura Spaniens gegen Leibeigene, die Heilige Inquisition und die Leibeigenen unter sich und gegeneinander - das Leben in einer erbarmungslosen Gesellschaftsform in benachteiligter Landschaft.

Softcover, ISBNs:
Band 1: **978-3-8192-0050-2**
Band 2: **978-3-8192-0054-0**
Band 3: **978-3-8192-0067-0**

3. **Satans Geile Träume**
   Thriller in zwei Bändern.
   Drogenhandel, Drogenbarone, brutale
Geschäftspraktiken. In Europa wird tonnenweise Kokain
angelandet und großflächig vermarktet. Ein absolut
tödliches Spiel mit wechselnden hochseetüchtigen
Yachten und den mit allen Wassern gewaschenen
„honorigen" Alten Herren. Die DEA der Amis greift mit
Undercovers und wechselndem Erfolg in „das absolut
tödliche Spiel" ein. Hochspannung.

Softcover, ISBNs:
Band 1: **978-3-8192-0072-4**
Band 2: **978-3-8192-0074-8**

4. **Ecuador, mein Leben in den 50-er Jahren**
   471 Seiten - Autobiografisch.
   Koch in einer Bananenrepublik. Von Weilerbach nach
Quito/Ecuador, Kochs erste Station in 3000 Meter über
NN auf dem Äquator, bei „meinen" Indios. Ihre
täglichen Demütigungen durch die weißen „Eroberer",
ihr Elend, Deutsche Pädagogen sind die Plünderer
Nummer eins der uralten Kulturgüter. Und vieles andere
aus einer erwachenden Welt.

Softcover, ISBN: **978-3-7597-9702-5**

5. **Ein Sarg für die Tante**

444 Seiten - Krimi über Habgier und Erpressung.

Ein Bankangestellter erbeutet und veruntreut eine Datenliste mit tausenden von Steuerhinterziehern. Seine Frau erpresst hinter seinem Rü-cken unehrliche „Sparer". Als Deckung inszeniert sie den Tod und Beerdigung ihrer Tante. Der Sohn mischt dann mit. Kann das gutgehen?

Softcover, ISBN: **978-3-7583-4001-7**

6. **Finderlohn**

Roman in 9 spannenden Episoden über zwei Bänder.

In Chile die Revolution, das Ende Allendes. Der junge Raúl Rivera muss den barbarischen Folterungen seiner Eltern durch Schergen der Militärdiktatur beiwohnen, kommt dann nach Deutschland. Als erfolgreicher Erfinder verteilt er nachgemachtes Geld mit Verfallsdatum und erlebt bei seinen Beobachtungen die haarsträubendsten Überraschungen.

Softcover, ISBNs:
Band 1: **978-3-7583-5152-5**
Band 2: **978-3-8192-0048-9**

7. Höllenbrut

438 Seiten - Thriller mit Staatsterrorismus.
Staatlich gesteuerter terroristischer Hintergrund.
Urlauberpaar aus Deutschland gerät in die perfidesten
Machenschaften von korrupten Putschisten und
Erpressern zwischen die Fronten einer zutiefst
unmo-ralischen Diktatur und Freiheitskämpfern in
einem gescheiterten Staat.

Softcover, ISBN: **978-3-7693-0958-4**

8. Heiße Latinaliebe im Abseits

423 Seiten - hochemotionaler Erotikroman
Eine Jungvermählte entdeckt, dass ihr frisch
angetrauter Ehemann impotent ist. Sie muss sich ihren
Weg im damaligen, prüden Peru selbst suchen -
Scheidung gibt es nicht. Sie lässt sich auf eine Affäre
mit einem Deutschen ein. Mit verhängnisvollen Folgen.

Softcover, ISBN: **978-3-8192-9825-7**

9. Zahlbar in Diamanten

532 Seiten - Thriller

Blutdiamanten finanzieren in Afrika Kriege. Ein kriminell strukturiertes Kartell in den USA hat sich auf Waffen- und Diamantenschmuggel spezialisiert. Machtkämpfe werden mit Mafia-methoden ausgetragen. Eine Diamantenlieferung geht „verloren". Es kommt zu dramatischen Szenen, in denen auch ein skrupelloser und korrupter Sheriff eine bedeutende Rolle spielt. Die Welt, wie sie ist.

Softcover, ISBN: **978-3-7693-0611-8**

10. ...nicht begehren Deines Freundes Frau

496 Seiten - Kriminalroman

Zwei Geschäftsfreunde haben viele Gemeinsamkeiten bis einer des anderen Frau für sich beansprucht. Die Freundschaft zerbricht und das Trio gerät in einen Wettlauf, wer wen zuerst beseitigen kann. Schließlich kann nur einer gewinnen - und dann aber gleich alles.

Softcover, ISBN: **978-3-7693-0994-2**

11. **Dein Kind zurück für 2 Millionen**

349 Seiten - Drama, Krimi, Hochspannung

Der einzige Sohn eines Konzernleiters wird aus einem Feriencamp entführt. Die Familie verzweifelt an unvorhersehbaren Ereignissen und Missverständnissen. Die Polizei versucht in groß angelegten Aktionen die Befreiung des Jungen, verbockt die Initiative und büßt mit Kompetenzverlust. Es endet alles mit einem riesengroßen Missverständnis.

Softcover, ISBN: **978-3-7597-7855-0**

12. **Das Paradies**

198 Seiten - Ein humorvoller Roman.

Die Kreationisten werden sich in dieser Schrift bestätigt fühlen. Die Niederschrift zum Handlungsablauf könnte ihr „Katechismus" werden. Der HERR hat Himmel und Erde in 6 Tagen erschaffen. Dann kam die Geschichte mit Adam und Eva und ihrem geklauten Apfel.

Softcover, ISBN: **978-3-7693-2746-5**

Mehr auf www.kurtkoch.com!